Zum Buch

Diese Familiengeschichte entstand überwiegend aus den Erzählungen meines Großvaters, der, ich möchte es gelinde ausdrücken, zu Ausschmückungen seiner eigenen Erinnerungen neigte, welche wiederum wesentlichen Einfluss auf meine eigene Phantasie hatten.
Viele Menschen neigen zu Übertreibungen, damit ihnen zugehört wird und sie das Interesse eines Zuhörers immer wieder neu beleben können. Mein Großvater war so ein Mensch. Ich verzeihe ihm dies, weil seine Erzählungen, so übertrieben sie auch sein mochten, mich diesem eigensinnigen Mann näher gebracht haben und seine Mär noch Jahre später leise in meinen Ohren zu klingen vermag.
Ich wiederum neige manchmal, wie mein Vorfahre auch, zu Beiwerken, die mir von meinen Lesern, so hoffe ich, freundlichst verziehen werden mögen. Manche werden beim Lesen vielleicht eine Mär erkennen. Bei ihnen bitte ich höflichst um Nachsicht, denn sie dürfen gerne zweifeln und ich freue mich sogar darüber, denn der Zweifel ist bekanntlich der erste Schritt zur Erkenntnis. Sollten sich meine Leserinnen und Leser jedoch in dieser Geschichte wiederfinden, freut es mich natürlich umso mehr.
Die Figuren dieses Romans sind frei gestaltet. Für einige von ihnen gibt es historische Ausgangspersonen, doch ihre Handlungen und Charakterzüge sind vom Autor frei erfunden.

Der Autor

Joachim Werner wurde 1963 im Dorf Wulksfelde, jetzt Tangstedt, in Schleswig-Holstein geboren. Aufgewachsen mit drei Geschwistern interessierte er sich bereits früh für Geschwisterkonstellationen und ihre vermeintlichen Auswirkungen auf die eigene Persönlichkeit. Er arbeitet als sozialpädagogische Fachkraft in der Integrationsgruppe einer Kindertagestätte.

Joachim Werner

Finkenflug

›Frühe Kindheit‹

Familienroman

Herstellung und Verlag:
BoD - Books on Demand, Norderstedt
ISBN 978-3-7412-8478-6

Für Kirsten, Katrin und Julia

Glöttweng im Schwäbischen

Kapitel 1

Sonnabend, 14. August 1886

‚Es soll endlich heraus', dachte Viktoria, während sie einen befreienden Schrei ausstieß, nachdem eine der schier unendlichen Wehen erneut keinen Erfolg brachte. Sie schaute sich im stickigen, warmen Raum um. Ihr müder Blick blieb an der schmucklosen Wand haften. Die Maserung der grob behauenen Bretter schimmerte durch die aufgetragene schmutzige, dünne Kalkschicht.

„Warum öffnest du das Fenster nicht?", fragte sie Anne, die Hebamme, die sich ihre blutverschmierten Hände an einem Tuch abrieb.

„Der Wirt möchte es so", antwortete Viktoria mit gequält klingender Stimme, der jedoch deutlich zu entnehmen war, dass sie keinen Widerspruch duldete.

Während der letzten Geburt vor nunmehr zwei Jahren kamen Viktoria allerhand Winde aus dem Darm. Das Fenster stand damals offen und die Nachbarsbrut, angelockt vom Wehgeschrei, hockte darunter und kicherte leise. Sie erzählten es ihren Eltern, die abends in der Wirtschaft so manche Spöttelei mit Blick in Richtung des Wirts abgaben.

Viktoria schmunzelte in sich hinein, als sie sich daran erinnerte. Wie eine halbe Ewigkeit kam es ihr vor, dass Theodor auf die Welt kam. Die Geburt hatte damals nicht so lange gedauert, erinnerte sie sich. Ihre Brust hob und senkte sich jetzt schnell, während sie lautlos lachen musste. Sie rechnete damals schon mit dem nächsten Wind aus ihrem Darm, als mit einer erleichternd kurzen Wehe Theodors Köpfchen aus dem geweiteten Geburtskanal schlüpfte. Danach ging alles ganz schnell, erinnerte sie sich an die Zeit zurück, als sie eine erneute, diesmal wahnsinnig schmerzhafte Wehe in das Hier und Jetzt zurückkatapultierte.

„Es wird gleich kommen", sagte Anne laut und mit Mut machendem Lächeln im Gesicht.

Viktoria bemerkte Annes Lächeln nicht. Sie war mit ihren Gedanken bei ihren Schmerzen, bei ihrem Sohn Theodor und ihren anderen Kindern. Erst jetzt kam ihr die humorvolle Erkenntnis, dass bisher alle ihre vier Kinder zur Erntezeit des Kohls geboren wurden. Aus Kostengründen stand oft Kohl auf dem Speiseplan und Viktoria erkannte augenblicklich, dass dies einen wehenden Einfluss auf die Geburtsverläufe gehabt hatte. Erneut hob und senkte sich Viktorias Brustkorb, was von ihrem glucksenden Gelächter begleitet wurde.

„Jetzt bist närrisch geworden, oder was?", fragte Anne ein wenig unsicher. „Dreh mir bloß nicht durch auf der letzten Strecke."

Kaum hatte die Hebamme ihre letzten Worte gesprochen, setzte erneut eine Wehe ein und mit einem erleichterten Schrei schob sich das Köpfchen des Säuglings hinaus in diese Welt. Mit gekonntem Griff half Anne dem Säugling auf dem letzten Stück seines kurzen, anstrengenden Weges und legte es behutsam auf die Brust der Mutter, wo es alsbald leise zu greinen anfing.

„Ist es ein Mädchen?", fragte Viktoria mit erschöpfter Stimme.

„Ja, es ist wieder ein Mädchen und, wie es scheint, recht gesund."

„Es soll meinen Namen tragen", sagte Viktoria lächelnd. Sie schaute ihr drittes Mädchen liebevoll an. „Viktoria", flüsterte die Mutter den Namen ihres Babys.

Beim ersten Kind hatte sich ihr Mann Theodor durchgesetzt und bestand bei der Namensgebung auf den Namen seiner Mutter, Genoveva. Die Mutter verstarb, als Theodor elf Jahre alt war. Er liebte sie sehr und seine Augen wurden jedes Mal feucht, wenn er von ihr sprach. Dies erlaubte er sich allerdings nur vor Viktoria. Im Dorf konnte er sich Sentimentalitäten nicht erlauben und gab sich als unnachgiebiger, auf Anstand pochender Wirt, der die Ärmel hochkrempelte, wenn ein unangenehm auffallender Gast vor die Tür gesetzt werden musste; natürlich nur, wenn alles Reden versagt hatte und es keinen anderen Ausweg mehr gab. Abends in der Kammer war Theodor stets liebevoll zu seiner Frau und sie genoss das wenige traute Beisammensein mit ihm. Er konnte sehr verständnisvoll sein, nicht so grob, wie es bei anderen Eheleuten in Glöttweng zuging. Es wurde nicht offen über Grobheiten in der Ehe gesprochen, Viktoria konnte sich jedoch aus dem Verhalten und den Anmerkungen der zumeist männlichen Gäste in der Schankstube einiges zusammenreimen.

Immer wieder schaffte sie es, seine Nachgiebigkeit ihr gegenüber auszunutzen. Erst vor zwei Wochen durfte sie sich schönes festes Tuch vom fahrenden Händler, einem Juden namens Samuel Kindig, aussuchen. Zwar knurrte Theodor zunächst, aber als Viktoria ihm erklärte, sie wolle doch nach der Geburt schön für ihn sein und sich aus dem Stoff ein Kleid nähen, schaute er zunächst den verschmitzt dreinblickenden Juden, dann seine hochschwangere Frau an und sagte ruhig lächelnd: „Gut, du sollst den Stoff haben, aber nur, wenn der Herr Samuel Kindig im nächsten Herbst ohne schönen Stoff bei uns aufkreuzt."

Ja, der Wirt gönnte seiner Viktoria sein letztes Hemd. Bei der Namensgebung seiner Kinder ließ er Viktoria bisher jedoch keine Entscheidungen treffen und so bekam ihr zweites Kind den Namen seiner Großmutter, Anna. Danach erblickten Georg, benannt nach seinem Großvater, und Theodor, benannt nach ihm selbst, das Licht der Welt.

„Immer schön in bewährter Tradition der Familie Fink, denn die Dörfler sollen wissen, wer hier der Herr im Hause ist", pflegte er mit einem Lächeln zu sagen und hoffte nicht unbedingt auf Viktorias Verständnis, jedoch darauf, dass der Haussegen deshalb nicht schief hing. „Beim dritten Mädchen darfst du entscheiden", sagte Theodor nach der Geburt von Genoveva. Aus unerfindlichen Gründen hatte er die naive Hoffnung, dass ihm nach Genoveva nur noch Söhne geboren werden würden. In diesem Zusammenhang erwähnte der Wirt oft den armen, bedauernswerten Bauern Salger, wie er ihn gespielt mitleidig nannte, denn dieser hatte bereits drei Töchter. Der Wirt erwähnte den Bauern meistens nur in diesem Zusammenhang, obwohl er ihn vielmehr aufgrund seines ungehobelten Verhaltens ablehnte.

„Da hat der Theodor nicht mit gerechnet, dass mir nach der Genoveva, der Anna, dem Georg und dem Theodor noch ein Mädchen beschieden sein würde. Ich bin so glücklich und so müde", sagte Viktoria.

„Erst die Kleine anlegen, danach können Sie sich ausruhen", antwortete Anne, während sie grob sauber machte. Anschließend wischte sie sich mit einem Tuch den Schweiß von der Stirn und ging mit ausladenden Hüftbewegungen zur Tür.

„Herr Wirt! Sie können kommen und ihr Werk bestaunen", rief Anne die Stiege hinunter, ohne sich ein Lächeln verkneifen zu können, weil sich der Herr des Hauses mit seinem Geschlecht wieder in der Minderheit befand.

Sonntag, 15. August 1886
„Josefa, ich weiß nicht, was ich ohne dich täte. Ich bin dir so dankbar."
„Ist schon recht. Ich hab die Brust voller Milch und bin froh, dass die Dinger zu etwas nütze sind", antwortete Josefa mit gesenktem Blick auf ihre großen mit Muttermilch gefüllten Brüste. Sie dachte an ihr viertes Kind, das vor vier Tagen die Nottaufe erhalten hatte und genau wie ihr erstes und drittes an einem unerklärlichen Fieber gestorben war. Ihr zweites Kind, das von allen nur „die kleine Josefa" gerufen wurde, war jetzt zehn Jahre alt und erfreute sich bester Gesundheit. ‚Sie scheint die Kraft ihres Vaters Georg Fink geerbt zu haben', dachte Josefa und schweifte gedanklich in die Vergangenheit.

Georg war einer der zwei Brüder von Theodor und verließ für zwei Jahre seinen Heimatort Glöttweng, um in Augsburg das Handwerk des Schmiedens zu erlernen. Sein Vater hatte ihn darauf gebracht, denn die Wirtsstube würde, wie er sagte, nicht alle drei Söhne ernähren können.

So kam es, dass Georg sich eines schönen Septembertages im Jahre 1860 auf dem Kutschbock des Juden Kindig wiederfand und mit schwerem Herzen in eine ihm unbekannte Stadt fuhr. Der Jude bemerkte seine Traurigkeit, aber er wollte es seinem Begleiter nicht noch schwerer machen und schwieg. Er sagte auch nichts, als einige hundert Schritte hinter dem Dorfausgang Josefa, halb versteckt hinter einem Baum, stand und zaghaft die Hand zu einem Abschiedsgruß hob.

Georg und Josefa hatten niemandem etwas von ihrer Liebe erzählt und sich im Geheimen getroffen. Ihre Beziehung fing an, als Georg im Auftrag seines Vaters, Franz Josef Fink, die von ihm bestellten sieben Bierkrüge von Josefas Vater, dem Töpfer Mändle, abholen sollte. Georg klopfte mit seinen großen Fäusten gegen die Tür des Töpfers und nahm sich vor, sich nichts von seiner Unsicherheit anmerken zu lassen, die ihn gegenüber erwachsenen Männern oft überkam. Er wollte gerade ein zweites Mal klopfen, als sich die Tür zaghaft öffnete. Statt des Töpfers stand Josefa, die Tochter des Hauses, vor ihm.

„Ja ... ähm ... ich wollte ...", begann Georg. Es hatte ihm nichts genützt, dass er sich die Worte vorher zurechtgelegt hatte, da nun gänzlich unerwartet statt des Töpfers seine Tochter vor ihm stand.

„Brauchst wegen der Krüge nicht so zu stammeln. Du willst bestimmt einen Krug abholen, habe ich recht?" Josefa war über ein Jahr älter als Georg, was in ihrem Alter nicht unbedeutend war, zumal Mädchen in ihrer Entwicklung den Buben oft voraus sind. Diesen Vorteil machte sich Josefa zu Nutze und fuhr Georg keck über den Mund.

„Nicht einen. Mein Vater hat ...", begann Georg zu sprechen, wurde jedoch schnell wieder unterbrochen.

„Ich weiß, wie viele Krüge ihr bestellt habt, aber es wäre doch schade, wenn ich dir alle auf einmal gebe."

„Aber wieso?" Georg schaute Josefa fragend an.

„Nun ja, wenn du jetzt alle Krüge auf einmal von mir bekommst, hätten wir für heute nur ein einziges gemeinsames Zusammentreffen. Willst du das?" Josefa hoffte inständig, dass Georg auf ihr Vorhaben einging. Sie wusste, dass Georg schüchtern war und von sich aus keine Anstalten machen würde, um auf sie zuzugehen. Jetzt war es an ihm, auf ihren Annäherungsversuch einzugehen.

„Ich ... würde schon ... – Gerne!", stammelte Georg.

„Also gut!", sagte Josefa schnell, bevor Georg es sich anders überlegen konnte. „Nach jedem Krug, den du von mir erhältst, gehst du von dannen und klopfst später erneut an die Tür und fragst höflich nach dem nächsten. – So haben wir beide mehr davon." Josefa nickte Georg aufmunternd zu.

So kam es, dass Georg mit jedem Klopfen ein wenig mehr die Scheu verlor. Als er schließlich nach dem siebenten und letzten Krug verlangte, nahm er seinen ganzen Mut zusammen. „Sieben Mal habe ich meine Scheu überwunden und bin ich zu dir gekommen", begann Georg schüchtern, um anschließend fordernd weiterzusprechen. „Die nächsten sieben Sonntage schleiche ich mich weg von den Kirchgängern und dann musst du dich überwinden, denn ich werde an der Glöttquelle auf dich warten."

Es sollte nicht bei sieben Treffen bleiben. Jede Möglichkeit nutzend, trafen sie sich an der Quelle und kamen sich zaghaft näher, vertrauten sich Geheimnisse und Wünsche an. Erst kurz vor seiner Abreise küssten sie sich zärtlich und gaben sich das Versprechen, einander treu zu sein bis zu seiner

Rückkehr aus Augsburg. Es war der schönste Sommer ihres Lebens; so zart wie die Blüten eines Vergissmeinnichts und so verheißungsvoll wie der volle Mond einer wolkenlosen Nacht.

„Gib mir die Kleine", sagte Josefa, die wieder in die Gegenwart zurückgekehrt war.

Viktoria legte ihre Tochter der sitzenden Schwägerin an die Brust. Die kleine Viktoria fand schnell die Warze und begann umgehend stark zu saugen. Sacht legte Viktoria ihre Hand auf Josefas Schulter und küsste ihr sanft auf das Haar.

Josefa lächelte ein kurzes gequält wirkendes Lächeln. „Ich bin froh, dass es dich gibt. Du bist mir ein Trost in meinen schwersten Stunden."

Für einen Augenblick war es still im Raum. Durch das geöffnete Fenster hörten sie das Gezwitscher einiger Singvögel, ansonsten durchbrach die Stille nur das zufriedene Saugen des Säuglings. Im Raum war die stickige Luft des Vortages der sommerlichen Frische eines Augustmorgens gewichen. Viktoria atmete tief durch und begann ihrer Schwägerin ihre Gedanken mitzuteilen.

„Wie wäre es für dich und deine kleine Josefa, wenn du eine Zeit lang hier bei uns wohnst?", fragte Viktoria. „Natürlich nur, bis mein Baby nicht mehr gestillt werden muss. Ich wüsste derzeit nicht, was ich ohne euch täte. Meine Kinder sind noch so klein. Deine Josefa hütet die Kinder, du gibst meinem Kind Milch, weil meine bestimmt nicht ausreichen wird und mein Theodor erwartet, dass ich ihm in der Wirtsstube zur Hand gehe. Vielleicht ist es auch gut für dich und Josefa, wenn ihr hier ein wenig Ablenkung und Trost habt. Georg kommt dann einfach zum Essen herüber."

Die Stille kehrte in den Raum zurück. Josefa dachte daran, wie es wäre, eine geraume Zeit hier zu wohnen. Hier war alles so voller Leben. Die Wirtsstube mit den vielen Gästen und die Kinder bedeuteten zwar viel Arbeit, aber auch Ablenkung von der Trauer ihres Hauses. Und hier gab es immer satt zu essen.

„Ich muss das mit Georg besprechen. Er lässt sich seine Trauer über den Verlust unserer Kinder zwar nicht anmerken, aber stumpf ist er weiß Gott auch nicht. Den Hammer drischt er seit geraumer Zeit so grimmig auf das Schmiedeeisen, dass einem dabei angst und bange werden könnte. Früher war er so voller Hoffnung, behandelte das Eisen mit einer Liebe, die mich schon fast eifersüchtig machte. Als er sich gestern unbeobachtet fühlte, sah ich ihn über dem Blasebalg gebeugt weinen. Mir zerriss es fast das Herz, aber ich hatte keine tröstenden Worte für ihn." Eine Träne lief über Josefas Wange.

Montag, 16. August 1886

„Grüß Gott, Georg! Wir müssen reden." Theodor stand angelehnt im Türrahmen zur Schmiedewerkstatt. Er ließ seinen Blick durch den Raum schweifen. Die Werkstatt wirkte auf ihn zu klein und das Mobiliar in ihr sehr spärlich. Den schmiedeeisernen Fenstern fehlte an einigen Stellen das Glas. ‚Bevor die kalte Jahreszeit anfängt, muss hier dringend Abhilfe geschaffen werden', dachte der Wirt. Das Werkzeug lag ordentlich sortiert am rechten Platz und machte einen gut instand gehaltenen Eindruck. Theodor verstand nicht viel vom Schmieden. Aber es war offensichtlich, dass vieles, was ein Schmied an Werkzeug benötigt hätte, fehlte.

Nach der Lehre bekam Georg ein wenig Werkzeug von seinem Lehrherrn, dem Augsburger Schmiedemeister Alois Schlickengruber, mit auf den Weg. Bevor Georg jedoch in seinen Heimatort zurückkehren konnte, ging er auf die Walz. Er kam in Städte wie München, Bamberg und streifte auf dem Weg nach Zürich auch Ulm. In Ulm war er versucht, einen Abstecher nach dem nahe gelegenen Glöttweng zu machen, um seine geliebte Josefa und seine Familie zu sehen. Es entsprach jedoch nicht den Regeln der Walz, seinen Heimatort zu besuchen. Er wollte Meister werden und in Glöttweng etwas ganz Eigenes aufbauen. Sein Vater hatte ihm ein Stück Land versprochen, worauf er eine eigene Schmiedewerkstatt errichten wollte. Das auf der Walz Ersparte sollte für den Neubeginn in Glöttweng sein. Geld vom Vater wollte Georg möglichst nicht annehmen müssen. Er hatte seinen Stolz und wollte allen beweisen, dass er es schaffen würde. Außerdem sollte Josefa seine Frau werden und es immer gut bei ihm haben.

„Ach, du bist es. Ich habe dich nicht kommen hören. Ich mach dieses gute Stück noch fertig." Georg klopfte ein gebogenes Stück Eisen mit dem Hammer ab, ließ es anschließend laut zischend in einen Bottich mit kaltem Wasser sinken, zog es wieder heraus und legte es samt Greifzange auf den Tisch neben der Feuerstelle ab. Mit einem kräftigen Ruck zog er seine Lederhandschuhe von den Händen und wischte sich abschließend mit einem fleckigen Lappen den Schweiß von Stirn und Armen. Mit wachsamen Augen schaute Georg seinen Bruder an.

„Hast du mit Josefa gesprochen, Georg?", fragte Theodor ungewohnt ruhig.

„Ja, habe ich."

„Und, was sagst du zu unserem Vorschlag?"

Eine unangenehme Pause machte sich breit.

„Ich weiß, dass du ungern Unterstützung annimmst, Georg. Aber sieh doch, wir machen uns Sorgen um Josefa. Sie braucht jetzt Menschen um sich und eine Aufgabe, die sie ablenkt. Es soll auch alles nicht umsonst sein. Sie wird für ihre Mühe gerecht entlohnt und wir haben sie und deine Tochter gerne bei uns. Es soll doch nur für kurze Zeit sein und …" Der Wirt hielt einen kurzen Augenblick inne. „… wenn du magst, kannst auch du jederzeit bei uns sein. Tag und Nacht."

Georg hatte die Gedankenpause in Theodors Satz bemerkt. Er wusste, dass Viktoria und Theodor es gut meinten mit ihrem Vorschlag und auch mit ihm. Es fiel ihm jedoch schwer, über seinen Schatten zu springen. Er hatte sich vorgenommen, alles im Leben selbst zu schaffen, ohne auf die Hilfe anderer angewiesen zu sein. Das Schlimmste für ihn war, dass er zum Bittsteller werden würde. Gerade seinen Brüdern wollte er es beweisen, weil sie es zu Ansehen gebracht hatten. Theodor mit seiner Speise- und Schankwirtschaft, die direkt an der gut befahrenen Überlandstraße zwischen Ulm und Augsburg lag, hatte es geschafft. Viele Fuhrwerker machten hier Halt, kehrten bei Theodor ein und ließen so manchen Gulden auf der Zeche erscheinen. Auch Joseph, der älteste der drei Brüder, hatte einen Gasthof, allerdings im benachbarten Hafenhofen.

Es wäre Georg sicherlich leichter gefallen auf Theodors Vorschläge einzugehen, wenn er nicht der ältere Bruder gewesen wäre. So stand er verlegen da und wusste nichts zu sagen.

„Du möchtest doch auch nicht, dass Josefa vor die Hunde geht." Theodor behielt seinen ruhigen Ton bei, verstärkte jedoch den Nachdruck in seiner Stimme.

Insgeheim wusste auch Georg, dass dies der richtige Weg war. Er machte sich Sorgen um seine Frau und wusste in dieser Situation keinen anderen Ausweg. „Aber nicht für lange und auch nur, weil Viktoria und du so darauf drängt", willigte er barsch ein. „Wenn die Situation es zulässt, kommt meine

Frau heim. Nur dass du's weißt." Ein Gefühl der Erleichterung setzte bei Georg ein. Vielleicht würde nun doch noch alles gut werden.

Theodor ging auf seinen Bruder zu, legte ihm eine Hand auf die Schulter, zeigte mit der anderen auf Georgs Arbeitsstück und fragte: „Woran arbeitest du gerade?"

„Das ist für den Bauern Kroitsch. Ein Teil seines Spanngeschirrs ist gebrochen. Er braucht es dringend. Er will morgen Heu einfahren."

Georg ging wieder seiner Arbeit nach. Tief in seinem Herzen freute er sich, dass er sich in der Not auf seine Brüder verlassen konnte.

„Na, dann will ich mal. Servus, mach's gut, Bruder", sagte der Wirt.

Kapitel 2

Taufe am Sonntag, 14. November 1886

Die gesamte Familie Fink hatte sich an diesem Morgen in der Pfarrei St. Oswald in Glöttweng versammelt, um der Taufe von Viktoria beizuwohnen. Die Kirche lag am Ortsrand und hatte einen schönen weißen Turm vor einem kleinen, gedrungen wirkendem Schiff. Es bedurfte keiner zusätzlichen Stützpfeiler, um das Dach zu halten. So hatte jeder einen guten Blick auf den Taufstein. Die Gemeindemitglieder saßen auf den Holzbänken und schauten zum Taufstein hinüber. Dort sahen sie den Vater des Taufkindes, neben ihm die Mutter, daneben Pfarrer Gumpeller, neben dem Geistlichen Josefa, die als Patin den Täufling auf ihrem Arm trug, und Joseph, der auch Taufpate war und hinter dem Taufbecken stand. Mit einer leichten Neigung des Kopfes deutete der Pfarrer Josefa an, dass sie nun das Kind über das Taufbecken halten sollte, anschließend schöpfte er ein wenig geweihtes Wasser über den Kopf des Täuflings.

„... und ich taufe dich hiermit, auf das Geheiß unseres Herrn Jesus Christus, im Namen des Vaters ...", sprach der Pfarrer und konnte von dem Moment an, als das nasskalte Element Berührung mit Viktorias Kopfhaut aufnahm, nur noch mit lautstarker Stimme sein Gebet gegen das heftige Gebrüll des Täuflings aufsagen.

„Mir scheint, die Kleine hält auch den Pfaffen ordentlich auf Trab", sprach der alte Wagner, der in der ersten Reihe saß, flüsternd zu seinem Sitznachbarn. Den Spott in seiner Stimme wusste sein Sitznachbar zu deuten, denn aus seiner Abneigung gegen die katholische Kirche machte der Alte im Allgemeinen keinen Hehl. Seine politische Meinung kannte in Glöttweng auch jeder. Der Kaiser hatte, zusammen mit seinem Kanzler, das Bayerische Königreich dem Deutschen Reich zugeführt. Dies stieß hier in Glöttweng scheinbar nur bei dem alten Wagner auf unkritische Zustimmung, denn er ließ keine Gelegenheit aus, den Kaiser zu loben, und trug derzeit als Einziger seinen Bart nach Manier des Staatsoberhauptes. An der Oberlippe war sein Bart schmal und an den Wangen buschig abstehend. Dazu schaute der Alte aus zwei tiefliegenden, aufmerksamen Augen, die von ausgeprägten Tränensäcken und buschigen Augenbrauen umrahmt wurden.

„Kannst du nicht wenigstens heute Ruhe geben?", flüsterte sein Sohn Karl energisch zurück.

„Geh mir ab mit den Pfaffen. Überall wollen die mitmischen und zeigen mit dem Zeigefinger auf ihre sündigen Schafe."

Karl wusste, worauf sein Vater anspielte. „Du hast der Vreni ... na, du weißt schon", flüsterte Karl.

„Der Pfaffe hat in seiner Predigt darauf angespielt ...", sagte der alte Wagner in mokierendem Ton, „... obwohl ihn das nicht das Geringste angeht. Er findet es sogar verdächtig, dass ich nichts zu beichten habe."

„Vater, lass jetzt gut sein."

Die Orgel begann laut zu tönen und unterbrach das Gespräch der beiden. Wie eine Mahnung an den Alten stimmten die Familie Fink und viele der versammelten Gemeindemitglieder zur dritten Strophe des Liedes „Ach bleib mit deiner Gnade" an und sangen voller Inbrunst.

„Ach bleib mit deinem Glanze
bei uns, du wertes Licht;
deine Wahrheit uns umschanze,
damit wir irren nicht."[1]

---

[1] Kirchenlied von 1627

Während des Liedes schaute der Pfarrer immer wieder mahnend zum alten Wagner hinüber. Dem Angeschauten war bewusst, dass der Geistliche in ihm ein unfrommes Schäflein sah.

„Ehre sei dem Vater und dem Sohn und dem Heiligen Geist. Wie es war im Anfang, jetzt und immerdar und von Ewigkeit zu Ewigkeit. Amen."

Das Wirtshaus hatte eine prächtige, weiß gestrichene Eingangstür. Die geschliffenen Ornamente der Glasscheiben zeigten hübsche Blumenmuster und wurden von grünlackierten Holzleisten umrahmt. Durch das Glas schimmerte matt ein Schild auf dem *„geschlossene Gesellschaft"* stand. Die gedämpfte Musik eines Akkordeons und von Lachen unterbrochenes Stimmengewirr drang zur Straße hinaus. Die Straße im Ort bestand aus Kopfsteinpflaster. An ihrem Rand standen zumeist kleine Häuser, deren Anzahl übersichtlich war und auf bescheiden lebende Bewohner schließen ließ. Verließ man den Ort, ging die Straße in einen festen Sandweg über und verlor sich in den weiten Wäldern des sogenannten Holzwinkels.

Die Tür des Wirtshauses öffnete sich und man hörte die lauten Stimmen der Gäste hinaus ins Freie tönen. Theodor und Joseph traten ein wenig wankend die zwei Stufen vor dem Eingang hinunter, während die Tür hinter ihnen wieder ins Schloss fiel. Es war jetzt still auf der Straße. Die untergehende Sonne brach das Licht zwischen den fast blattlosen Linden vor dem Haus und ließ die Umgebung in rotgoldenem Glanze erscheinen. Auch die Gesichter der beiden Männer bekamen etwas von dem Glanz ab, der sie in ihrem Sonntagsstaat vornehm aussehen ließ.

„Du, dein Schwiegervater ist mir ja ein Schwerenöter. Sage einmal, was ist wahr an der Geschichte mit der Vreni?" Joseph konnte seine Neugierde nicht verbergen. „Du weißt, bei mir drüben in Hafenhofen wird allerlei erzählt. Und jeder erzählt etwas anderes."

„Der alte Wagner erzählt doch niemanden etwas, auch uns nicht. Und die Vreni schweigt sich auch aus. Alles, was ich weiß, und das kann jeder mittlerweile sehen, ist, dass die Vreni schwanger ist", antwortete Theodor, der von der Angelegenheit sichtlich genervt war, da an den Tischen seiner Wirtschaft über das Thema ausgiebig getratscht wurde. Zunächst, aus

Rücksicht vor dem Wirt, leise und hinter vorgehaltener Hand, aber seit Neuestem unverhohlen.

„Aber ohne Grund kann doch niemand behaupten, dass der alte Wagner der Vater des Kindes ist", drängelte Joseph weiter. „Dass er jedem schönen Rock hinterherschaut, ist bekannt. Und er soll ja auch nicht immer treu gewesen sein in seiner Ehe mit Viktorias Mutter. Gott möge sich ihrer Seele annehmen." Joseph bekreuzigte sich während seines frommen Wunsches und schaute Theodor mit einem aufmunternden Lächeln an.

„Na gut, er wurde mehrmals bei Bauer Salger auf dem Hof gesehen, half gerne beim Zusammentreiben und Melken der Kühe mit, eine Aufgabe, die Vreni innehatte. Zunächst fand sie es ganz und gar nicht gut und sprach mit dem Salger darüber. Der fand nichts dabei, sprach meinen Schwiegervater darauf an und ließ sich von dem Alten mit der Erklärung abspeisen, dass er Zeit habe und ihm nur einen Freundschaftsdienst erweisen wollte. Von da an ging er fast täglich zum Melken und mit der Zeit wurde Vreni freundlicher zum Alten. Sie staunte über sein Wissen und fühlte sich geehrt, dass er, als ehemaliger Schulmeister von Landensberg, ausgerechnet eine Magd wie sie ernst nahm", sagte Theodor mit wissendem Lächeln. „Später war sie anscheinend seinen Komplimenten erlegen und in einem der Frühlingsmonate muss es dann passiert sein."

„Und ging es im Sommer weiter mit den beiden?", wollte Joseph wissen.

„Plötzlich, es muss so Mitte Mai gewesen sein, wollte der Alte nicht mehr zum Melken. Ich habe ein wenig gespöttelt und ihn gefragt, ob er der Magd nicht mehr zur Hand gehen mag", lachte Theodor über seine ehemals, wie er es empfand, gut platzierten Worte.

Auch Joseph lachte. „Also ist etwas passiert, was nicht hätte passieren sollen. Beide waren danach besonnen genug, um zu wissen, dass es einmalig bleiben musste. Sie gingen wieder ihrer Wege und keiner der beiden rechnete mit dem Volltreffer", schlussfolgerte er.

Nun war es Theodor, der sich ein Lächeln nicht verkneifen konnte. „Seit dem *Volltreffer* ist der Alte wieder den ganzen Tag hier bei uns im Wirtshaus. Er war zunächst etwas grimmig, was sich mit fortschreitendem Abstand vom Melkabenteuer aber legte. Seit Vreni jedoch offensichtlich etwas unter ihrem Herzen trägt, grübelt er viel und ist beizeiten grantig."

„Nun muss er sicherlich viel darüber nachdenken, wie es weitergeht mit seinen Vaterfreuden." Joseph war mit dem Ergebnis der Unterredung mit seinem jüngsten Bruder sichtlich zufrieden.

„Und nun lass gut sein. Wir feiern heute die Taufe meines fünften Kindes. Gehen wir hinein", schlug Theodor vor.

„Es wird auch langsam kalt hier draußen." Joseph behielt gerne das letzte Wort und rieb sich, nicht nur wegen der abendlichen Kälte, die Hände.

Drinnen in der Wirtsstube war die Luft rauchgeschwängert. Die Männer der Familie Fink gingen dem Tabakgenuss gelegentlich nach und stopften an diesem geselligen Nachmittag manche Pfeife mehr als sonst. Tische wurden zu einer Tafel zusammengestellt, so dass alle Platz an ihr fanden. Die Tafel begann am Fenster in einer Ecke des Raumes und endete in der Raummitte. An der Stirnseite, direkt am Fenster, saß der alte Wagner und unterhielt sich mit seiner Tochter und seinem Schwiegersohn, die direkt vor ihm saßen. Das heftige Gestikulieren der beiden Männer ließ, trotz der leisen Stimmen, auf ein unangenehmes Gesprächsthema schließen.

Neben Viktoria hatte Josefa ihren Platz gefunden und ihr gegenüber saß Georg. Neben Georg hatte Joseph Platz genommen. Ihm zur Seite saß seine Frau Theresa breitbeinig auf dem Stuhl. Sie hatte sich ein wenig von ihrem Mann abgewendet und blickte auf die freie Fläche des Saales. Ihr langer Rock fiel elegant in Falten hinunter, so dass der Saum auf dem Fußboden lag. Zwischen den Händen hielt sie ihr Akkordeon, welches sie im Takt wankend zusammen und wieder auseinander zog. Sie spielte ein fröhliches schwäbisches Volkslied.

Die Kinder der Familie reichten sich die Hände, tanzten im Kreise und gaben sich ganz ihrer Unbeschwertheit hin. Als Zehnjährige überragte die „kleine Josefa" mit ihrer Körpergröße die ansonsten zwei- bis sechsjährige Kinderschar deutlich.

„Ich bin ein Musikante und komm aus Schwabenland ...", sang Theresa gerade, als sich der alte Wagner vom Stuhl erhob und seine rechte Hand donnernd auf den Tisch krachen ließ. Für eine kurze Zeit herrschte Stille und ungläubiges Staunen. Theresa wendete sich dem unerwarteten Geschehen zu und hörte, wie der Alte leise, mit vor Aufregung vibrierenden Lippen, zu sprechen begann.

„Schließlich habe auch ich meinen Anteil an diesem Haus; vergiss das bitte nicht", sprach der Alte, nickte seinem Schwiegersohn mit unmissverständlicher Entschlossenheit zu und ließ sich mit einer Geste der Beschwichtigung, die er an die Anwesenden gerichtet hatte, wieder auf seinen Stuhl sinken.

Jeder der Anwesenden wusste, dass der Schulmeister viel Geld in den Erwerb der Gastwirtschaft gesteckt hatte und dafür Wohnrecht auf Lebenszeit mit freier Kost und Logis bekam. Warum der Alte gerade jetzt daran erinnerte, blieb für die Unbeteiligten zunächst ein Rätsel.

Theresa war an das Leben in einer Wirtschaft gewöhnt und musste oft als Schlichterin vieler Streithähne herhalten. In unangenehmen Situationen konnte sie die Stimmung oft vom Tiefpunkt zumindest wieder in die Normalität bringen. So gewann sie auch jetzt schnell ihre Fassung wieder und spielte zur Aufmunterung das passende Lied vom armen Dorfschulmeisterlein.

„In einem Dorf im Schwabenland
da lebt, uns allen wohlbekannt,
da wohnt in einem Häuschen klein
das arme Dorfschulmeisterlein ..."[2]

Der Alte lächelte Theresa freundlich zu. Er mochte sie sehr. Sie war immer guter Dinge, war nicht auf den Mund gefallen „und kann schaffen wie ein Brunnenreiniger", wie er anerkennend über Theresa sagte.

Theresa lächelte zurück und beobachtete Augenblicke später, wie Viktoria ihrem Vater einen Kuss auf die Wange gab, Theodor bei der Hand nahm und ihn zur Tanzfläche zog. Sie legte ihre Hände auf seine Schultern und gab auch ihm einen Kuss. Nun begannen sie im Takt der Akkordeonmusik zu tanzen. Viele Gäste fingen bald zu klatschen an und begaben sich auch auf die Tanzfläche. Allein Viktoria, der kleine Täufling, bekam von alledem nichts mit. Sie schlief seit dem Kirchgang selig in ihrer Wiege und würde erst aufwachen, wenn es Zeit zum Stillen wäre. Josefas Geruch war ihr bereits sehr vertraut.

---

[2] Volkslied aus dem 19. Jahrhundert

Ein Mann saß am nächsten Morgen am Frühstückstisch und kaute genüsslich an einem Stück Brot, während er nebenbei die Schale von seinem Frühstücksei pulte. Er liebte die Stunde nach dem ersten Hahnenschrei, wenn die Dämmerung den Tag ankündigte und die Menschen sich einer müden Langsamkeit hingaben. Das Haus des Theodor Fink mochte er sehr, weil in ihm eine Sauberkeit herrschte, die er in anderen Gasthäusern selten vorfand. Gleich nach dem Aufstehen stand neben einer Porzellanschüssel ein Krug mit kühlem Wasser bereit, um ihm die Morgenwäsche angenehm zu machen. Wenn er sich mit den bereitliegenden, frischen Leinen abgetrocknet hatte, ging er die Treppe hinunter, schnurstracks zur Hintertür hinaus und über den Hof zum „heimlichen Örtchen". Nach der Erleichterung kehrte er sehr entspannt in das Haus zurück und begab sich direkt in den Speiseraum an den gedeckten Tisch.

„Herr Wirt, Ihr Frühstück macht dem Vergleich mit dem Paradies wieder alle Ehre. Herrlich!"

„Freut mich, dass es Ihnen schmeckt, Meister Oswald", antwortete Theodor, der gerade Gläser und Krüge in den Thekenschrank sortierte. „Aber ehre, wem Ehre gebührt, das Frühstück hat heute meine liebe Gattin hergerichtet."

„Oh, Ihre Gattin habe ich noch gar nicht gesehen", stellte Meister Oswald fest.

„Sie ist gerade bei den Kindern", sagte Theodor, der seine Arbeit unterbrach und zum Tisch des Gastes hinüberging. Mit einem freundlich zugewandten Gespräch pflegte Theodor seine besonderen Beziehungen zu den Stammgästen des „Adler".

„Als ich gestern gerade noch rechtzeitig vor dem Dunkelwerden hier ankam, neigte sich die Feier ihrem Ende entgegen. Ich hoffe, Ihnen durch mein Erscheinen nicht zu viele Unannehmlichkeiten gemacht zu haben", sagte Johannes Oswald und meinte es ehrlich.

„Nein, keine Sorge. Ich freue mich über jeden Gast. In der dunklen Jahreszeit haben wir weniger auswärtige Gäste als sonst. Sie scheuen das Wetter, weil die Wege vom Regen durchweicht sind und jederzeit mit Schnee gerechnet werden muss." Der Wirt überlegte einen kurzen Augenblick, bevor er weitersprach. „Was treibt euch um diese Jahreszeit auf die Straße?"

„Das Geschäft. Ich brauchte Farbpulver. Sie wissen vielleicht, dass ich eine Glasbläserei in Ulm habe. Die Kunden verlangen heutzutage immer mehr nach farbigem Glas. Die besten Pulver bekomme ich in München, denn die Händler dort beziehen die Farben aus Venedig und ..." Meister Oswald überlegte, ob er die Handelswege der von ihm benutzten Farben erklären sollte, entschied sich aber, einer Eingebung folgend, dagegen. „Nun ja, wie dem auch sei, jetzt auf dem Rückweg kehre ich gerne hier ein, denn die Herbergen der Großstadt sind mir zu hektisch und zum Teil auch zu schmuddelig", sagte der alte Glasbläsermeister und legte seine Nase rümpfend in Falten.

So ging es vielen Kunden vom Wirt. Das Wirtshaus „Zum Adler" war bei den reisenden Händlern mittlerweile für seine Gastfreundlichkeit und Sauberkeit bekannt.

„Sie reisen diesmal nicht allein", stellte der Wirt fest.

„Diesmal reise ich mit meiner Tochter, sie ist eine Langschläferin", stellte Meister Oswald fest und vergewisserte sich mit einem Blick auf seine Armbanduhr, ob seine Aussage wirklich zutraf. „Acht Uhr!" Oswald tat erschrocken. „Herr Wirt ...", er hob mahnend den Zeigefinger seiner rechten Hand, „... Ihre Betten sind einfach zu bequem."

„Wie man sich bettet, so liegt man."

„Sie liegt mir eigentlich schon zu lange. Ich meine allein, wenn Sie verstehen?"

Theodor tat so, als verstünde er die Anspielung nicht, und schaute sein Gegenüber hilfesuchend an.

„Also ...", hob Meister Oswald erneut an, nur diesmal leiser und um sich blickend, ob niemand von den weiteren Gästen lauschte, „... meine Tochter, die Kreszenz, ist mittlerweile über 23 Jahre alt und kein Kerl guckt sie an. Ich habe sie mitgenommen, weil ich keine Gelegenheit auslassen möchte. Vielleicht interessiert sich ja doch noch eine gute Partie für sie."

„Verstehe ich nicht", sagte der Wirt erstaunt. „Das Mädel sieht doch anständig aus."

„Haben Sie sie schon sprechen gehört?"

„Wenn ich es mir recht überlege, nein."

„Sie kriegt zunächst keinen Ton heraus, müht sich redlich und stottert dann ein oder zwei Wörter über ihre Lippen."

Der Wirt war verblüfft. Es war ihm noch nicht aufgefallen, dass die junge Frau keine flüssige Sprache benutzte. Allmählich wurde ihm jedoch klar, warum sie sich bei jedem Gespräch hinter ihrem Vater zu verstecken schien, und einen Gruß erwiderte sie stets nur mit einem freundlichen Nicken.

Noch bevor der Wirt seine Verwunderung überwunden hatte, öffnete sich die Tür und Kreszenz trat ein. Eilenden Schrittes ging sie an den Tisch ihres Vaters und setzte sich auf den freien Stuhl.

„Kreszenz, willst du den Wirt nicht grüßen?", mahnte der Vater seine Tochter.

„Lassen Sie es gut sein", sagte der Wirt eilig. „Ich bin froh, dass ein schönes Gesicht auch ohne Sprache meinen Gastraum erhellt." Der Wirt lächelte Kreszenz freundlich an, machte auf dem Absatz kehrt und verließ den Raum durch die Schwenktür zum Flur. Nun stand er überlegend da. Seine Arbeit hinter der Theke hatte er vollkommen vergessen. Als würde er den Flur nicht kennen, schaute er sich in ihm um. Der Durchgang links war der Zugang zur Küche. Von seinem Standort aus konnte der Wirt die von der Küche abgehende Tür zur Abstellkammer sehen. Sie war stets verschlossen und den Schlüssel dazu hatte nur der Wirt. Unbewusst fühlte er nach dem Schlüssel in seiner Hosentasche.

Geradedurch befand sich das Wohnzimmer mit Alkoven für die Eltern und den kleinsten Kindern. Daneben bewohnte der alte Wagner ein bescheidenes Zimmer mit Schlafstatt. Rechter Hand befand sich ein Zimmer, der dem Nachwuchs des Hauses zugedacht war. Hier hatten zurzeit nur Genoveva, Anna und der kleine Georg ein Bettchen stehen, denn „sie brunzen nicht mehr in die Büx", wie der Hausherr anerkennend zu sagen pflegte. Neben der Tür zum Zimmer der Kinder führte eine knarzende Holztreppe in die oberen Räume. Dort gab es einige mit Bett, Stuhl und Tisch eingerichtete Kammern für die Übernachtungsgäste. Die größte der Kammern bewohnte derzeit Josefa mit ihrer Tochter, der kleinen Josefa.

Theodor schaute konsterniert die Treppe hinauf. Er wusste, dass seine Frau dort oben war und er spürte das Verlangen, sie zu umarmen. Die Situation im Speise- und Schankraum hatte ihm zugesetzt. Etwas hatte ihn zutiefst berührt. Als Wirt und Oberhaupt einer großen Familie brauchte er seine Sprache immerzu. Ohne darüber nachzudenken, gab er Anweisungen, musste sich bei unangenehm auftretenden Gästen durchsetzen, war Schlichter in Familienangelegenheiten und Erzieher seiner Kinder. Abends, wenn der Tag Abschied nahm und er mit Viktoria im Bett lag, flüsterten sie einander zärtlich Kosenamen zu. All das wäre hinfällig ohne Sprache. Ihm wurde bewusst, dass all dies nicht selbstverständlich war. Er fragte sich, ob er manches zu selbstverständlich nahm und seinen Lieben zu viel abverlangte. Ein erstes Gefühl von Verunsicherung fing in ihm an zu keimen.

Derweil saß Josefa in der von ihr vorübergehend bewohnten Kammer auf einem Stuhl. In ihrem Arm hielt sie Viktoria, die seelenruhig und mit geschlossenen Augen an ihrer Brust saugte.

„Sie hat wieder einen großen Appetit", sagte Josefa zu ihrer Schwägerin, ohne aufzuschauen.

Viktoria stand neben ihr und trug Theodor, ihr viertes Kind, auf dem Arm und drückte ihn zärtlich an sich. Der Kleine fühlte sich sichtlich wohl auf ihrem Arm. Er schmiegte sein Gesicht an den Hals seiner Mutter. Viktoria lächelte zu ihm hinunter und schaute anschließend nachdenklich auf Josefa, die ihre Rolle als Amme hingebungsvoll ausfüllte. Die Situation fühlte sich für Viktoria nicht stimmig an, denn liebend gerne würde sie jetzt ihr Kind stillen. Aber wie sollte sie, ihr Milchfluss versiegte schon wenige Tage nach der Entbindung. Tief in ihrem Herzen wusste Viktoria, dass dies noch von Bedeutung sein würde.

„Warum war eigentlich dein Vater gestern so aufgebracht", unterbrach Josefa Viktorias Gedanken.

Erleichtert, von ihren unbehaglichen Gefühlen abgelenkt zu werden, war Viktoria schnell bereit, sich einem anderen Gedanken zuzuwenden, obwohl auch dieser nicht ohne Belastung für sie war. Sie überlegte kurz, ob sie vom Anliegen ihres Vaters erzählen sollte, entschloss sich jedoch schnell dafür, denn irgendwann würde sie diesem Gespräch nicht mehr ausweichen können.

„Wenn die Vreni das Kind bekommt, möchte mein Vater es versorgt wissen."

„Ist es denn von ihm?", fragte Josefa ungläubig.

„Dazu schweigt er sich aus."

„Und was meint er mit *versorgt wissen*?"

„Ich weiß es nicht so genau. Er kriegt es fertig und gibt Vreni samt Bastard Obdach in unserem Haus."

„Hat er das gesagt?", hakte Josefa nach.

„Nicht direkt, aber er sagte, wir sollen damit rechnen, dass er in Zukunft mehr Platz braucht."

„Das kann er doch nicht verlangen." Josefa fragte sich, was es wohl für sie und ihre Tochter bedeuten würde. Sie fühlten sich sehr wohl und geborgen in diesem Haus. Ihr eigenes Haus war bei weitem nicht so wohnlich. In den drei Zimmern ihrer feuchten Behausung fehlte es noch immer an Möbeln und Hausrat und an den Wänden war zum Teil noch immer kein Putz.

Sie bewohnten die alte Kate ihrer Großeltern, die schon zu deren Lebzeiten dem Verfall nahe war. Nach dem Tod der Großeltern ging die Kate in den Besitz von Josefas Vater, dem Töpfer Mändle, über. Dieser überließ sie der schonungslosen Natur, die, bis zur Heirat von Georg und Josefa, ganze Arbeit geleistet hatte. Nach der Heirat von Josefa und Georg überschrieb der Töpfer die Kate und das dazugehörige Land auf das junge Ehepaar. In der ersten Euphorie überblickten die beiden die anstehende Arbeit und die zwangsläufig anfallenden Kosten nicht und sie zogen in die feuchte, marode Kate, deren letzte Bewohner schon lange auf dem Kirchhof lagen. Zunächst wurde von Georg das Dach abgedichtet und ein Teil für die Schmiede hergerichtet. Zu Beginn kamen Freunde und Verwandte und packten mit an. Vater Mändle steuerte spärlich Geld und aufgrund eines angeblichen Rückenleidens nur wenig Arbeitskraft bei. Auch die angebotene Arbeitskraft derer, die nicht in dieses Haus einziehen würden, verebbte bald. So kam es, dass die Tage der Kümmernis sich häuften. Die anfänglichen Gespräche und das liebevolle Miteinander wurden bald von sorgenvollen Unterhaltungen abgelöst.

Der Mensch kann Unheil nur begrenzt ertragen, und so wurde das Paar von Monat zu Monat schweigsamer miteinander. Nur, wenn sich der Schleier der Nacht über die Kate legte und der Mondschein die Muster der schwankenden Bäume durch die Fenster, auf die sonst so kahlen Wände, scheinen ließ, waren die Stunden des Trostes gekommen. Dann gaben sie sich der erfüllenden körperlichen Liebe hin. Die Folgen waren die Hoffnungen, die ein beginnendes Leben im Leib der Mutter ihnen zu geben vermochte.

Viktoria ahnte einen Teil der Gedanken ihrer Schwägerin. „Ihr könnt selbstverständlich noch den Winter über hier wohnen. Im Frühjahr kann Georg doch an der Kate weiterarbeiten. Vielleicht sieht es dann im Sommer oder im Herbst schon ganz anders aus."

„Und im Frühling zieht sie dann mit ihrem Bastard hier ein", stellte Josefa traurig fest.

Viktoria setzte ihren Sohn Theodor auf den Boden und gab ihre Schwägerin mit ausgebreiteten Armen zu verstehen, dass sie jetzt ihre Tochter auf den Arm nehmen möchte. Die kleine Viktoria war gestillt und schlief im Arm ihrer Tante. Zögernd und vorsichtig übergab Josefa das Baby in die Arme der Mutter.

„Josefa, mach dir keine Sorgen. Ich bin froh, dass du da bist."

„Wann soll es so weit sein?", fragte Josefa.

„Was?"

„Die Geburt."

„Ich weiß es nicht genau, aber ich habe schon ein bisschen gerechnet. Es müsste irgendwann im Februar sein."

Kapitel 3

Donnerstag, 17. Februar 1887

Der Wind wehte stark aus nordöstlicher Richtung und wirbelte die Schneeflocken ziellos vor sich her. Wer nicht vor die Türe musste, blieb bei diesem Wetter mit seinen eisigen Temperaturen lieber daheim am warmen Herd. Eine Gestalt hatte sich trotzdem in ihr wärmstes Kleid gehüllt, eine wollene Mütze tief über die Stirn gezogen, einen Schal schützend um Hals und Kinn gewickelt und sich zu Fuß auf den Weg gemacht. Es war die Hebamme Anne. Ihr Pflichtgefühl und die Sorge um Vreni trieben sie bei diesem Wetter aus dem Haus.

Erst gestern hatte sie nach der werdenden Mutter geschaut und festgestellt, dass das Kind seine wohlige warme Umgebung bald verlassen und sich auf den Weg in eine ihm unbekannte Welt machen würde. Die Schwangere klagte über knapper werdende Atemluft, über ein Ziehen des Bauches und über schmerzhafte Kindsbewegungen. Anne beruhigte Vreni und versicherte ihr, dass alles in bester Ordnung war. Sie versprach ihr, am nächsten Tag wiederzukommen.

Anne konnte schon von weitem das Bauernhaus des Johann Salger durch das Schneetreiben hindurch schemenhaft erkennen. In einem der Fenster brannte ein Licht, was durch die mit Eiskristallen behafteten Fenster milchiggelb leuchtete. An der Tür angekommen, hämmerte Anne kräftig dagegen.

Knarrend öffnete sich die Tür, hinter der Bauer Salger erschien.

„Gott sei Dank! Kommen Sie schnell herein. Es geht schon los", sagte der Bauer sichtlich erregt.

Anne trat in den schmalen Vorraum des Hauses. Er war mit Natursteinen gepflastert. Die Wände waren verputzt und mit Bildern verziert, die offensichtlich Familienangehörige aus vorangegangenen Generationen zeigten. Gleich neben der Tür hing ein Wandregal, auf dem ganz oben ein schmutziger Hut thronte.

„Guten Tag, Herr Salger! Darf ich ablegen?", fragte Anne und legte Schal und Mütze auf das Regal, ohne die Antwort des Hausherrn abzuwarten.

„Ja, natürlich. Meine Frau ist schon bei der Vreni." Der Bauer hob ungeduldig die Hände und fing an zu klagen. „Mein Gott, dass sie ausgerechnet hier, in diesem gottesfürchtigen Haus, ihren Bastard zur Welt bringen muss", sagte er und verdrehte seine Augen, bevor er mit seinen Händen eine wegwerfende Bewegung machte. „Sie wissen ja den Weg."

„Wurde schon Wasser abgekocht?", fragte Anne sachlich. Sie beachtete seine Klage nicht.

„Auch das noch. Ich werde welches machen", sagte er mürrisch.

„Und saubere Tücher bitte." Anne war sich nicht sicher, dass dieser unwillig dreinblickende Mann ihren Wünschen Folge leisten würde.

„Das auch noch, als hätte ich irgendetwas mit der ganzen Schweinerei zu tun. Der Vater des Kindes sitzt wahrscheinlich in seinem warmen Kämmerlein und dreht Däumchen, während ich hier herumwiesele und seinem Bastard einen guten Empfang biete. So eine Sauerei!", brüllte der Bauer und verschwand in der Küche.

‚Der Bauer klingt sonst anders, wenn er erzürnt ist. Etwas in seiner Stimme klang unsicher, zwar kaum wahrnehmbar, aber es war da‹, dachte Anne kurz, wandte sich aber sogleich dem eigentlichen Grund ihres Erscheinens zu.

Sie ging durch eine Tür, die zur Knechtstube führte. In dem kahl wirkenden Raum befanden sich ein großer Tisch, um den mehrere Stühle standen, einige Regale mit Geschirr und ein großer Wandschrank, der mit aufgemalten Blumen verziert war. An der längsten Wand waren drei Alkoven eingelassen. Die ersten beiden Alkoven waren geschlossen und raschelnde Geräusche in ihnen ließen für Anne den Schluss zu, dass sich die beiden Knechte in ihnen aufhielten.

Anne klopfte an die Türen der beiden geschlossenen Bettnischen und rief: „Ihr werdet sofort den Anstand besitzen und das Weite suchen."

„Wo sollen wir denn hin?", fragte eine Stimme im Jammerton, die sich durch den Holzverschlag nur dumpf vernehmen ließ.

„Sofort!", rief Anne. Sie wollte ihre wertvolle Zeit nicht mit Diskussionen verstreichen lassen, sondern sich ganz der Gebärenden widmen.

Zeitgleich öffneten sich die Türen der Bettstatt. Die beiden ungepflegten und müde dreinblickenden Knechte, deren Haare zerzaust von den Köpfen abstanden, schlichen aus dem Raum.

„Guten Tag, Frau Salger!", sagte Anne zu Frau Salger, die vor Vrenis Alkoven stand und einen Seufzer der Erleichterung ausstieß.

„Bin ich froh, dass Sie da sind. Die Wehen haben bereits eingesetzt und ich glaube, die Fruchtblase ist auch schon geplatzt", sagte Frau Salger mit einer Miene, die ihre Unzufriedenheit über die Situation erkennen ließ.

„Danke für Ihre Mühe, Frau Salger. Ich denke, ich werde jetzt allein zurechtkommen. Wenn Sie so freundlich wären und mir abgekochtes Wasser und saubere Tücher bringen würden, wäre ich Ihnen sehr dankbar", forderte Anne die Herrin des Hauses freundlich lächelnd auf.

„Ich werde sehen, was sich machen lässt", erwiderte Frau Salger unverbindlich und verließ den Raum.

Anne stellte ihre Tasche auf den Tisch und wendete sich der Gebärenden zu.

„Ich bin da", lächelte Anne Vreni mit einem Augenzwinkern zu, während sie ihre Hand nahm und sich über ihr Gesicht beugte.

„Ich freue mich", antwortete Vreni, die sich gerade von einer der Wehen, die in immer kürzeren Abständen kamen, erholte. „Bis eben hatte ich Angst Sie könnten nicht rechtzeitig kommen. Jetzt wird bestimmt alles gut, das fühle ich. Ich bin so gespannt, was es wohl wird."

Anne blickte in die optimistischen, kugelrunden Augen der Magd. ‚Egal, was es wird, es wird geliebt werden von einer Mutter, die zwar sorgenvoll in die Zukunft blickt, aber den unerschütterlichen Willen hat, das Leben ihres Kindes vor den Gefahren dieser Welt zu schützen‹, dachte Anne.

Die nächste Wehe unterbrach Annes Gedanken und ließ die junge Magd aufstöhnen. Anne schob das vom rinnenden Fruchtwasser klatschnasse

Unterkleid nach oben und untersuchte in der nächsten Wehenpause den Muttermund der Magd.

„Es wird nicht mehr lange dauern", stellte die kundige Hebamme fast.

Die Tür zum Raum öffnete sich leise und ein Mädchen trat schüchtern ein. Es war Adelheid, die mit ihren neun Jahren die älteste der drei Töchter vom Ehepaar Salger war. Unter einem ihrer Arme hatte sie saubere Tücher geklemmt. Zögernd trat sie einige Schritte näher.

„Ich soll diese sauberen Tücher bringen", sagte Adelheid, während ihre jüngere Schwester Ludowika mit einer Schüssel eintrat. „Meine Schwester bringt das heiße Wasser mit", fügte sie mit gesenktem Blick hinzu.

Ein unbehagliches Gefühl beschlich die Hebamme, genährt von der genauen Beobachtungsgabe einer unabhängigen Frau, die die äußerlichen Zeichen der Menschen, während ihrer berufsbedingten Anwesenheit in den Häusern der unterschiedlichsten Familien, genau studiert hatte. ›Diese Kinder sind bedrückt und ängstlich‹, dachte Anne. Die Mundwinkel der beiden Mädchen liefen in feinen Linien in Richtung Kinn, als hätte sich auf ihren Mündern noch nie fröhliches Lächeln gezeigt. Ihre Blicke wirkten leer und nach innen gerichtet, so als würden sie sich gegen die Gefahren des Außenlebens abschotten.

„Legt bitte alles auf dem Tisch ab. Ich danke euch", sagte Anne nachdenklich.

Die Kinder machten einen Knicks und verließen eilig den Raum.

Nun ging alles sehr schnell. Nach kurz hintereinander auftretenden Presswehen erblickte das Neugeborene das Licht der Welt.

„Ein Mädchen!", sagte die junge Mutter voller Freude. „Sie wird Maria heißen und ich werde immer bei ihr sein", fügte Vreni leise hinzu.

Anne freute sich über das stille Glück dieser Mutter. Sie erlebte es selten, dass Kinder so bedingungslos willkommen geheißen wurden, und sah der Mutter dabei zu, wie sie ihr Kind liebkoste. ›Maria wird gut gedeihen, da bin ich mir sicher‹, dachte Anne, während sie die Nachgeburtswehen beobachtete, die die Plazenta auszustoßen vermochten. Sie hatte längst erkannt, dass zwischen einer glücklichen, ausgeglichenen Mutter und dem Gedeihen eines Kindes Zusammenhänge bestanden.

Anne untersuchte Form, Gewicht und Aussehen der soeben ausgeschiedenen Plazenta. Sie war, wie sie schon zuvor vermutet hatte, genauso gesund wie die Mutter und das Kind.

Nun wischte Anne mit einem feuchten Tuch das Blut von der Haut der Mutter und wechselte die befleckten Tücher des Bettes aus. Danach nahm sie den Säugling, untersuchte ihn und wickelte ihn anschließend in sauberes Leinen.

„Damit das Winterkind sich nicht erkältet", sagte Anne sanft und legte Maria zurück auf den Bauch der Mutter. Anschließend gab sie Vreni einen Becher mit kühlem Wasser, die ihn mit großen Schlucken austrank.

„So, liebe Vreni, ich habe meine Arbeit getan und werde jetzt gehen."

„Ich danke Ihnen sehr, Anne", sagte Vreni und schaute die Hebamme erwartungsvoll an.

„Ist noch etwas?"

„Ich weiß, es ist ein Unwetter draußen und eigentlich ...", begann Vreni zögernd.

„Nun rück schon raus damit, was möchtest du mir sagen?", drängte Anne.

„Es ist mir unangenehm, aber ich sehe mich jetzt nicht in der Lage ..."

„Wozu siehst du dich nicht in der Lage? Nun sag schon, Vreni."

„Könnten Sie dem alten Wagner ausrichten, dass ich heute ein Kind bekommen habe?"

Anne war erstaunt und einen kurzen Augenblick sprachlos, was selten bei ihr vorkam. Sie hatte sich natürlich Gedanken gemacht, wer der Vater von Maria wohl sein könnte, aber mit dem Wagner hatte sie nicht gerechnet.

„Ist er der Vater?", fragte Anne mehr zu sich selbst, denn es lag ihr fern, der Magd ein Geständnis zu entlocken. „Entschuldige, es geht mich natürlich nichts an. Selbstverständlich werde ich dir den Gefallen tun und Herrn Wagner die Geburt des Mädchens ausrichten."

„Ich danke Ihnen für alles, was Sie für mich getan haben", sagte Vreni. „Auch dafür, dass ich Ihnen vertrauen kann, möchte ich mich herzlich bedanken."

„Morgen schaue ich nach dir und dem Kind. Servus!"

„Servus, Anne!"

Den Nachmittag nutzte Anne, um weiter an einer Stickarbeit zu arbeiten. Wenn Anne stickte, konnte sie ihre Gedanken sammeln, über vieles nachdenken und Erlebtes vernünftig einordnen. Sie hatte im vergangenen Jahr vom Juden Kindig ein schönes Stück Leinenstoff günstig erstanden und bald darauf begonnen, ihn zur Tischdecke umzunähen und mit Blumenmustern zu besticken. Die Decke sollte ein Geschenk für ihre Mutter werden, zu der sie ein inniges Verhältnis hatte.

Anne bewunderte ihre Mutter sehr. Sie war es auch, die ihr den Weg ermöglicht hatte, ihrer Berufung als Hebamme nachzugehen. Als Jugendliche durfte Anne ihre Mutter begleiten, wenn ihre Anwesenheit bei Geburten erwünscht war. Ihre Mutter hatte über das Dorf Glöttweng hinaus den Ruf eine versierte Geburtshelferin zu sein, erkannte aber auch die begrenzten Möglichkeiten, ohne eine vernünftige Ausbildung. „Solltest du einmal eine Hebamme werden wollen ...", sagte sie ihrer Tochter nach einer für die Mutter tragisch endenden Geburt, „... wirst du diesen Beruf richtig erlernen." Dass ihre Mutter ihr die selbständige Arbeit einer ausgebildeten Hebamme zutraute, erfüllte sie mit Stolz. Sie wusste, wie gerne auch ihre Mutter diese Ausbildung gemacht hätte. Aber ihr Schicksal war ein anderes. Sie verlor ihren Mann, einen selbständigen Tischler, als Anne drei Jahre alt war, an einer Tuberkulose-Infektion. Annes Bruder Martin war zu dieser Zeit schon ein junger Mann, der beim Vater das Tischlerhandwerk erlernt hatte. Die Witwe war froh, dass Martin die „Möbeltischlerei Vogt" übernehmen konnte und so die Zukunft der Familie gesichert hatte.

An diese Zeit hatte Anne keine Erinnerung mehr, da sie damals noch zu klein war. Dennoch lauschte sie gerne den Erzählungen des Bruders, der den Vater bildhaft schildern konnte, ohne ihn mit seinen Worten auf einen heldenhaften Sockel zu heben. Überhaupt hatte der Bruder etwas sehr Sachliches. Anne liebte ihn sehr. Er war verlässlich, gerecht und Neid schien ihm ein Fremdwort zu sein. Martin war sofort einverstanden, als seine Mutter vorschlug, dass Anne eine Ausbildung zur Hebamme an der Berliner Charité machen sollte.

Martin wusste, dass seine Mutter einige Silberkreuzer zurückgelegt hatte. Sie bewahrte sie in einer Truhe unter ihrem Bett auf. Als er jünger war, faszinierten ihn diese kleinen, runden Geldstücke mit dem Konterfei von König Ludwig darauf. Dass er einige Goldmark aus dem Gewinn der Tischlerei für Annes Ausbildung dazulegen würde, war selbstverständlich für ihn.

Anne ermahnte sich, ihre Gedanken nicht zurück in die schöne Zeit ihrer Ausbildung in Berlin schweifen zu lassen. Schließlich galt es für diesen Moment darüber nachzudenken, welche Verbindungen es zwischen Vreni und dem alten Wagner gab und wie sie ihm gleich gegenübertreten sollte.

Sie konnte sich beim besten Willen nicht vorstellen, dass sich Vreni mit dem Alten eingelassen hatte. Aber warum sonst sollte sie ausgerechnet ihm über die Geburt ihres Kindes berichten? Ihm würde Anne das Verlangen nach einer Frau wie Vreni durchaus zutrauen, denn Vreni war nicht nur jung und sah gut aus, sie war zudem intelligent und dies wiederum würde dem alten Wagner auch gefallen, bedachte Anne. Vielleicht hatte der alte Mann einige Ersparnisse, was aber nicht ausreichen dürfte, um die Magd in seine Abhängigkeit zu nötigen. Sosehr sie sich auch bemühte, ihr viel kein schlüssiges Argument ein, warum Vreni dem Werben dieses alten Mannes nachgegeben haben sollte.

Anne legte ihre Stickarbeit beiseite und beschloss den alten Wagner aufzusuchen.

Mit Anne kamen einige vom Wind aufgewirbelte Schneeflocken durch die Tür in den großen Saal des Wirtshauses „Zum Adler" hinein. Das Wirtshaus bekam seinen Namen nicht etwa wegen der Begeisterung seines Besitzers über Bayerns Einverleibung unter die Fittiche des preußischen Adlers. Das durften die Kaisertreuen unter den oftmals weit gereisten Gästen ruhig denken, auch wenn die Mehrheit der Finks derzeit lieber einen unabhängigen bayerischen König als ihr Staatsoberhaupt gesehen hätte. Viele der Dorfbewohner gingen davon aus, dass der Name auf das Symbol des heiligen Apostel Johannes, der hier im Dorf sehr verehrt wurde, anspielte. Auch ihnen ließ der Wirt ihren Glauben und schwieg sich zu seinen ganz eigenen, banalen Gründen der Namensgebung aus. Tatsache war lediglich, dass er die dem Adler nachgesagten Eigenschaften Ausdauer, Kraft und Beständigkeit gerne auf sich bezog und die nachgesagte Freiheit des Adlers auch in seiner selbständigen Arbeit erkannte. Insgeheim war er sehr stolz darauf, „sein eigener Herr" zu sein.

„Guten Abend, Wirt!", sagte Anne, während sie sich den Schnee von den Kleidern klopfte.

„Grüß Gott, Anne!", grüßte Theodor Fink freundlich zurück, denn er freute sich über die Ankunft der vielgeschätzten Hebamme. Ihm war bewusst, dass seine fünf Kinder durch ihre Mithilfe gesund zur Welt gekommen waren. Plötzlich fiel ihm das Gespräch mit seinem Schwiegervater während der Taufe seiner Tochter Viktoria ein und das Lächeln Theodor Finks verebbte hinter seinem unrasierten Bart. Es sollte an diesem Tag auch nicht mehr auf seinem Gesicht erscheinen.

„Ich ahne nichts Gutes", sagte er schließlich.

„Aber nicht doch, ich bringe frohe Kunde", gab Anne sich optimistisch und fragte sich gleichzeitig, warum die Kinnlade des Wirts plötzlich so weit offen stand.

„Nun bin ich aber gespannt", stellte der Wirt fest und gab sich wenig zuversichtlich.

„Oh, Entschuldigung, aber die frohe Kunde wollte ich nicht Ihnen ausrichten."

„Ach so! Frauensache, ich verstehe", sagte er. „Einen Moment, ich hole meine Frau."

„Nein, nein! Ich möchte gerne zum Herrn Wagner."

„Also doch! Nun wird ja wohl der Hund in der Pfanne verrückt", sagte der Wirt einen Tick zu laut, so dass ihn die zumeist männlichen Gäste erstaunt ansahen.

„Kommen Sie bitte mit", sagte der Wirt. Er war jetzt sichtlich bemüht vor den Gästen leiser zu sprechen und deutete zur Tür, die zum Flur führte.

„Hinten rechts", sagte der Wirt und deutete auf die Zimmertür des alten Wagner.

Anne klopfte an.

„Herein!", ertönte eine Stimme hinter der Tür.

Anne öffnete die Tür und trat einen Schritt in den Raum, der auf einen ordentlichen Bewohner schließen ließ. Das Bett unter dem Fenster war frisch gemacht und daneben stand ein Hocker, auf dem eine saubere Schüssel für die Morgenwäsche bereitstand. Auf dem Tisch lag eine frischgebügelte Decke, in dessen Mitte ein Topf mit einem Alpenveilchen stand. Vor einer Wand befand sich etwas, das mit einem weißen Laken abgedeckt wurde. Anne hätte gerne gewusst, was sich darunter verbarg. Das Regal mit den Büchern daneben verriet den Schulmeister als einen belesenen Mann. Werke von Goethe, Schiller und Hölderlin standen neben großen Philosophen wie Sokrates, Descartes und Spinoza.

„Guten Abend, Herr Wagner!", grüßte Anne. „Darf ich eintreten?"

„Danke, den wünsche ich Ihnen auch! Ich freue mich über Ihren Besuch", sagte der Alte ruhig und lächelte.

„Es klingt, als hätten Sie mich erwartet." Sie sah den alten Mann an, der auf einem Stuhl saß und ein aufgeschlagenes Buch in seinen Händen hielt.

„Ich weiß nicht genau, was ich erwartet habe, aber ich will ehrlich sein, denn dass Sie mich aufsuchen, war eine der Möglichkeiten, die ich in Betracht gezogen habe. Auf jeden Fall bin ich vorbereitet auf das, was Sie mir wahrscheinlich erzählen werden", sagte der Alte in nachdenklichem Tonfall.

„Herr Wagner, ich war heute Morgen bei Vreni. Sie wissen wahrscheinlich, wen ich meine – die Magd von Bauer Salger."

„Ich weiß, wer Vreni ist. Wie geht es ihr? Ich hoffe, sie ist wohlauf?"

„Es geht ihr gut. Sie schickt mich zu Ihnen."

„Hat sie endlich das Kind bekommen?"

„Deshalb bin ich hier. Sie hat heute ein gesundes Mädchen zur Welt gebracht. Gleich nach der Geburt bat Vreni mich, es Ihnen mitzuteilen."

„Ein Mädchen", sagte der Alte lächelnd. Er schien plötzlich mit seinen Gedanken weit weg zu sein.

„Ich werde dann wieder gehen. Auf Wiedersehen!", sagte Anne. Sie hatte sich schon zum Gehen abgewendet, als der alte Mann ihr nachrief.

„Frau Vogt!"

Anne reagierte nicht. Sie ahnte, dass sie in etwas hineingezogen werden könnte, womit sie nicht das Geringste zu tun haben wollte.

„Frau Vogt!", rief der Alte ein zweites Mal, worauf Anne sich wieder umdrehte und ihn fragend ansah. „Bitte, könnten Sie noch einen Augenblick bleiben?"

„Ja", sagte Anne, die sich nicht vorstellen konnte, was der alte Mann ihr wohl noch zu sagen hätte.

„Ich möchte Ihnen gerne etwas zeigen", sagte der Alte, stand von seinem Stuhl auf und deutete Anne, sich zum weißen Laken zu begeben, welches offensichtlich zum Verdecken eines Gegenstandes diente.

Der alte Wagner zog das Laken weg und zum Vorschein kam eine wunderschöne Wiege.

„Herr Wagner, Sie sind mir keine Erklärungen schuldig", sagte Anne, während sie staunend auf das Werk vieler Arbeitsstunden blickte.

„Ich habe sie selbst gebaut", sagte er leise, ihren letzten Worten keine Beachtung schenkend.

„Sie ist schön."

„Ist Vreni in der Lage, morgen den Weg mit dem Neugeborenen bis hierher zu gehen?"

„Warum sollte Vreni morgen schon Besuche abstatten?", fragte Anne spontan zurück.

„Vreni soll mir keinen Besuch abstatten. Sie soll hier wohnen."

„Herr Wagner, ich muss jetzt los." Anne wollte nicht in die privaten Angelegenheiten ihrer Mitmenschen hineingezogen werden und sich auch kein Urteil über deren Leben erlauben. ‚Jeder soll nach seiner Fasson selig werden', dachte sie. „Ich weiß nicht, ob es recht ist, was ich hier sehe. Ich gehe davon aus ...", begann Anne.

„Frau Vogt", unterbrach der Alte die Hebamme, während er beschwichtigend seine Hände auf und ab bewegte. „Ich verstehe Ihre Aufregung, denn *wer Recht erkennen will, muss zuvor in richtiger Weise gezweifelt haben*", zitierte der alte Mann einen seiner Lieblingsphilosophen.

Eine kleine Pause entstand, in der Anne zunächst den gehörten Satz analysierte.

„Aristoteles", stellte der Alte fest.

„Das habe ich mir fast gedacht", antwortete Anne grienend und signalisierte wieder ihre Bereitschaft, das Gespräch fortzusetzen, indem sie sich ungefragt auf einen der beiden Stühle setzte.

Der Alte setzte sich dazu.

„Es ist nicht immer alles so, wie es scheint ...", begann der alte Schulmeister zu sprechen, wurde aber von Anne energisch unterbrochen.

„Es steht mir nicht zu, mir ein Urteil zu erlauben. Ich hoffe nur, dass Vreni kein Leid geschieht."

Der Gesichtsausdruck des Alten veränderte sich. Traurig sagte er: „Ich will, dass Vreni und das Kind glücklich werden. Gerade deshalb möchte ich ja, dass die beiden in dieser Kammer wohnen."

Anne schaute ihn zweifelnd an. Ihr lag eine Frage auf den Lippen, die zu stellen ihr jedoch widerstrebte.

„Ich werde alleine eine kleine Kammer unter dem Dach beziehen", sagte der Alte, ahnend, was Anne gerade dachte. „Das soll auch ein kleines Friedensangebot an die Familie meiner Tochter sein, die mit der ganzen Situation nicht einverstanden ist", fügte er noch hinzu.

„Warum erzählen Sie mir das alles?"

„Weil Sie doch morgen zur Nachsorge zu Vreni gehen, oder?"

„Ja", antwortete Anne und verstand nicht, worauf ihr Gegenüber hinauswollte.

„Sie werden mir dann helfen Vreni hierher zu geleiten."

Anne schaute den Alten ungläubig an.

„Das ist natürlich nicht der alleinige Grund", sprach der Alte zögernd. „Wie Sie sich denken können, wird sich so mancher das Mundwerk darüber zerreißen, wenn die Vreni erst einmal hier ist. Ich erhoffe mir, dass wenigstens Sie einen beschwichtigenden Einfluss auf meine Familie und die Menschen in diesem Dorf haben."

„Diesen Einfluss habe ich bestimmt nicht", entgegnete Anne zweifelnd. „Außerdem möchte ich mich in nichts hineinziehen lassen."

„Sie gelten hier im Dorf etwas", stellte der Alte fest.

„Herr Wagner, ich werde jetzt gehen."

„Also, bis morgen bei Salgers", sagte der Alte schnell. „Um zehn?"

„Ich habe Ihnen nichts versprochen", gab Anne zu bedenken.

„Ich weiß."

Am nächsten Tag hatte sich der Wind gelegt und die Sonne strahlte bei eiskalten Temperaturen auf die schneebedeckten Felder, auf denen abertausende Eiskristalle glitzerten. Der alte Wagner stand einige Schritte vom Grundstück der Familie Salger entfernt und wartete unter einer ausladenden Rotbuche auf die Hebamme. Die Augen des Alten brauchten einige Zeit, bis sie sich an das grelle Licht der Wintersonne gewöhnt hatten und er in der Ferne die Umrisse von Anne entdeckte, die sich ihm langsam näherte. ‚Sie ist eine verdammt kluge Frau, die Anne', dachte er. ‚Und eine Schönheit noch dazu.'

Anne hatte einen wohlgeformten Kopf mit einer kleinen Nase, aufmerksame braune Augen und schmale Lippen. Ihre lockige Haarpracht wirkte gewaltig, wenn sie sie offen trug. Meistens hatte Anne sie jedoch zu einem Zopf gebunden. Sie hatte eine schmale, aber doch frauliche Figur, und wenn ihr Kleid im Sommer eng am Körper lag, konnte sich, wer wollte, ihre wohlgeformten kleinen Brüste vorstellen. ‚Wieso war sie eigentlich nicht verheiratet? Sie hatte das Alter zum Heiraten doch schon seit einiger Zeit erreicht', dachte der Alte ein wenig verträumt, als er von Annes Stimme in die Wirklichkeit zurückgeholt wurde.

„Guten Morgen, Herr Wagner!"

„Guten Morgen!" Der alte Wagner freute sich, dass die Hebamme zur rechten Zeit erschienen war. Dieser Gang bereitete ihm Unbehagen und er war froh, ihn nicht alleine beschreiten zu müssen.

„Ich möchte mich nicht lange aufhalten und hoffe, es geht Ihnen genauso, Herr Wagner. Ich bin gekommen, weil ich mich für das Wohl von Mutter und Kind verantwortlich fühle." Anne ging nach der Begrüßung sofort weiter und der Alte folgte ihr auf dem Fuß.

Bald waren sie am Haus des Bauern angekommen, und noch bevor einer der beiden Besucher klopfen konnte, wurde die Tür von Frau Salger geöffnet.

‚Sie hat uns vom Fenster aus beobachtet', dachte Anne.

„Grüß Gott!", sagte die Hausherrin mit deutlicher Abneigung in ihrer Stimme.

„Guten Tag, Frau Salger! Ich möchte Vreni besuchen. Darf ich eintreten?"

„Ja, aber dass der Herr Wagner die Vreni besuchen will, das geht zu weit. Das fehlte mir noch, dass die Leute zu reden anfangen", antwortete Frau Salger, ließ Anne eintreten und schlug dem alten Wagner die Tür vor der Nase zu und schloss ab, ohne ihm weitere Beachtung zu schenken.

‚Es ist doch kein Zufall, dass der Bauer nicht an der Tür erschienen ist', dachte der Alte, nachdem sich die Tür vor ihm geschlossen hatte. Er hoffte, dass es Vrenis Zustand zuließ und sie bald mit Anne herauskommen würde.

Für den Alten begann eine zähflüssig vergehende Zeit zwischen Hoffen und Bangen, ob sich das Warten wohl lohnen würde für ihn. Die Kälte nahm alsbald von ihm Besitz und ließ ihn am ganzen Körper schlottern. Er wollte gerade aufgeben und zurück nach Hause gehen, als sich die Tür plötzlich öffnete.

Zunächst kam Vreni mit dem kleinen, warm eingepackten Säugling auf ihrem Arm heraus, gefolgt von Anne, die in der einen Hand ihre Instrumententasche und in der anderen ein großes Bündel mit Vrenis wenigen Habseligkeiten trug.

„Geht es dir gut?", fragte der Alte besorgt, während seine wenigen, verbliebenen Zähne vor Kälte klapperten.

„Ja", antwortete Vreni knapp.

„Wie heißt die Kleine überhaupt?", fragte der alte Wagner. Ihm fiel eben erst ein, dass er die Hebamme gestern nicht nach dem Namen des Säuglings gefragt hatte.

„Ich sage Ihnen alles später. Ich möchte erst einmal von hier fort."

„Ja, natürlich! Entschuldige bitte", sagte der Alte schnell und schalt sich selbst, dass er in dieser Situation so unsensibel gewesen war. „Anne, geben Sie mir doch bitte das Bündel."

Anne übergab ihm das Bündel und sie machten sich sogleich auf den Weg.

Kapitel 4

10. April 1887, Ostersonntag

Die Kirche war an diesem Morgen gut gefüllt. Pfarrer Gumpeller freute sich nach jedem Jahreswechsel immer besonders auf das Osterfest. War es doch das wichtigste Fest der Christen, die nach dem ersten Frühlingsvollmond die Auferstehung Jesu Christi feiern durften. Es war ihm jedes Jahr ein Herzenswunsch, alle Kinder der Gemeinde, die zwischen Neujahr und dem heutigen Festtag geboren wurden, durch die Taufe in den Bund mit Gott zu führen. Dieses Jahr traf dies nur für ein Kind dieser Gemeinde zu. Er hatte überlegt, ob es unter den unsäglichen Umständen überhaupt sinnvoll war, eine Taufe durchzuführen, ohne die Gemeinde an Sodom und Gomorrha zu erinnern. Maria war ein uneheliches Kind, zudem bekannte sich kein Vater zu ihr. Als Vater vermutete er zwar den alten Wagner, aber beweisen ließ sich dies nicht. Weder Vreni noch der Alte haben in ihren Beichten etwas verlauten lassen. ‚Das war an sich schon Sünde', dachte er, wog der Gerechtigkeit halber seine Gedanken jedoch gegen das geschriebene Wort des Apostels Paulus ab, der an die Römer schrieb, dass vor Gott alle Menschen gleich sind. Zudem war die kleine Maria frei von Sünde und nicht verantwortlich für die Vergehen ihrer Mutter. Der Pfarrer entschied sich dafür, das Kind zu taufen, ohne die der Sünde anheimgefallenen Städte, die durch Gottes Befehl unter einem Regen aus Feuer und Schwefel begraben wurden, zu erwähnen. Er wollte aber die Gemeinde auf seine ganz eigene Art darauf hinweisen, dass die Umstände der Geburt nicht gottgefällig waren.

„Dein Taufspruch, Maria Linder ...", sprach der Pfarrer zum Kinde gewandt, „... werden die Worte des Paulus aus seinem Korintherbrief sein. ‚Ist jemand in Christus, so ist er eine neue Kreatur; das Alte ist vergangen ...'", sagte er mit Blick zum alten Wagner, der als einer der beiden Taufpaten mit am Taufbecken stand, „... siehe Neues ist geworden.'" Vreni schaute lächelnd auf ihre kleine Maria, die von ihrem Bruder Franz gehalten wurde, während Pfarrer Gumpeller das Weihwasser über den Kopf des Täuflings träufelte.

Bald entließ der Geistliche die Taufpaten und die Mutter mit ihrem Kind im Arm auf die Kirchenbank in der ersten Sitzreihe. In den Reihen dahinter entstand gesprächige Unruhe. Der Pfarrer zeigte den Anwesenden mit erhobenen Händen seine Missbilligung, worauf wieder Ruhe eintrat. Die Orgel erklang und die Gemeinde hob zu ihrem Gesang an, um die Auferstehung zu preisen.

> „Gelobt sei Gott im höchsten Thron
> samt seinem eingebornen Sohn
> der für uns hat genug getan
> Halleluja, Halleluja, Halleluja ..."[3]

Auf einem der Plätze in den seitlich stehenden Bankreihen saß Anne, die zum Text leise ihre Lippen bewegte und die gute Sicht auf die Anwesenden mehr genoss als den Blick zur Kanzel. Ihr fiel auf, dass Bauer Salger und seine Familie nicht anwesend waren. ‚Merkwürdig', dachte sie, ‚sie waren sonst immer am Ostersonntag in der Kirche gewesen.' Ihr Blick schweifte zu Vreni, die das Getuschel und Geläster im Vorwege der Taufzeremonie abzustreifen schien, wie die Schlange sich ihrer lästigen Haut entledigte. Vreni streichelte ihr Kind, daneben saß Franz, dem die ganze Situation sichtliches Unbehagen bereitete. ‚Dem alten Wagner daneben scheint die Stimmung der Gemeinde völlig egal zu sein', dachte Anne.

Hinter dem Alten sitzend nahm Anne Viktoria wahr. Offensichtlich fühlte sie sich nicht wohl. Ihr Gesicht war kreidebleich und sie wirkte angespannt. Anne stand auf und schlich zu Viktoria hinüber.

---

[3] Volkstümliches Lied aus dem 17. Jahrhundert

„Geht es dir nicht gut?"

„Mir ist übel. Ich muss hier raus."

„Komm, ich bringe dich heim." Anne stützte Viktoria, der, während sie die Kirche verließen, der Gesang mit seinem ständig wiederkehrenden Halleluja fast den Verstand raubte.

Als sich die Kirchentür hinter ihnen schloss, sog Viktoria die frische Frühlingsluft ein. „Endlich wieder Stille!", stellte sie erleichtert fest.

„Viktoria, du bist schwanger!" Anne konnte ihr Erstaunen darüber kaum verbergen. „Komm, setz dich auf die Bank." Sie zeigte auf eine Bank, die im Halbschatten eines Haselnussstrauches stand, dessen hängende Kätzchen von der Sonne beschienen wurden und goldgelb leuchteten.

„Geht es dir besser?", fragte Anne und setzte sich neben Viktoria. Sie schaute auf die üppig wachsenden männlichen Blütenstände eines Haselzweiges und bemerkte die kleinen zarten, weiblichen Blüten darüber erst auf den zweiten Blick. ‚Wie so vieles in der Natur ...', dachte sie, ‚... hatte auch hier die Natur dem Männlichen eine vorgetäuschte Dominanz zugebilligt.'

„Mir ist zumindest nicht mehr so sehr übel. – Ich weiß, was du denkst. Ich wollte ja kein Kind mehr, das kannst du mir glauben."

Anne wusste, was Männer ihren Frauen abverlangen konnten. Sie suchten häufig ihr Vergnügen und gleichzeitig auch Trost in den Armen ihrer Frauen. Für Anne passten diese beiden gleichzeitig gelebten Bedürfnisse nicht mit ihren Vorstellungen von Beziehung zusammen. Sie wollte diese von ihr gefühlte Diskrepanz nicht leben.

In Berlin hatte sie einen Mann getroffen, für den sie sich unter Umständen hätte öffnen können. Er wirkte sehr selbstsicher, ohne dabei überheblich zu sein, und hatte vieles ohne Umschweife beim Namen genannt, ohne dass er Überlegenheit demonstriert hätte. Dieser Mann konnte ihr zuhören, nahm sie ernst und versprach niemals etwas, was er nicht halten konnte. Sein Aussehen war eher durchschnittlich, aber sein Lächeln empfand Anne wie den hellen Mond einer warmen Sommernacht. Seine Hände waren zartgliedrig und konnten sanft sein. Er hatte Eigenschaften an sich, die ihr bisheriges Bild, welches sie von Männern im Allgemeinen hatte, gehörig ins Wanken brachte. Anne begann ihn zu begehren, als sie erfuhr, dass er eine andere Frau liebte.

‚Vielleicht war er der Grund, warum ich wieder hierher zurückgekehrt bin', dachte Anne, als Viktorias Stimme sie wieder erreichte.

„Ich habe für meine jetzigen Kinder kaum Zeit. Viktoria ist jetzt acht Monate alt und ich habe das Gefühl, sie ist Josefa näher als mir. Ich kann mich ihr nicht so zuwenden, wie ich es mir eigentlich vorstelle, weil die anderen mir ständig am Rockzipfel hängen. Je unerreichbarer mir die kleine Viktoria wird, desto mehr liebe ich sie", stellte Viktoria mit Betrübnis in ihrer Stimme fest.

Anne nahm Viktoria in den Arm. Sie überlegte, ob es sinnvoll wäre, darauf etwas zu entgegnen. Ihr wurde jedoch bewusst, wie wenig sie mit dem, was ihr durch den Kopf ging, ausrichten konnte. So entschloss sie sich, Viktoria einfach nur zuzuhören.

Beide lauschten eine Weile dem Zwitschern der Vögel, die unruhig im Haselstrauch von Ast zu Ast hüpften.

„Ich bin mir nicht sicher, ob es richtig war ...", sagte Viktoria.

„Was meinst du?"

Viktoria zögerte. Ihr Gesichtsausdruck ließ ihren Zweifel erkennen, ob es richtig war, wenn sie das, was sie bedrückte, aussprechen würde. „Damals tat mir Josefa einfach nur leid. Ich wollte doch nur, dass sie wieder Lebensmut bekommt. Konnte ich ahnen, dass sie Viktoria so sehr in ihr Herz schließen würde?"

„Wie geht es dir damit?"

„Schlecht", antwortete Viktoria spontan. Ihr Blick schien den Horizont abzutasten.

Auch Anne blickte, dem Blick der Freundin folgend, in die Ferne. Sie sah die Bäume am Ende der Felder, wo das satte Grün in das kräftige Blau des Himmels überging. Kleine schneeweiße Wölkchen schob ein lauer Wind langsam vor sich her. ‚Es wäre schön, wenn man diese herrliche Aussicht einfangen und ewig in sich tragen könnte', dachte Anne und hörte sich fragen: „Was wirst du jetzt tun?"

„Ich habe einfach Angst, dass es Josefa, wenn ich ihr meine kleine Viktoria jetzt entziehe, wieder schlechter geht. Das Schuldgefühl könnte ich nicht ertragen."

Anne nahm die schwerwiegenden Worte von Viktoria nachdenklich in sich auf. Ihr wurde die Not von Viktoria bewusst. Sie hatte arglos eine enorme

Verantwortung für einen seelisch verletzten Menschen übernommen, ohne vorher die Tragweite der Konsequenzen abzuschätzen. Es waren mehrere Mitglieder der Familie an der Entscheidung, Josefa und ihre Tochter im Wirtshaus aufzunehmen, beteiligt gewesen und der Wirt hatte deren Einzug sogar vorangetrieben. Somit durfte ihrer Meinung nach die Verantwortung für das Dilemma auch nicht allein bei Viktoria liegen. Es war schwierig für Anne ihr einen Rat zu geben.

„Schuld ist ein gewaltiges Wort, das einem den Boden unter den Füßen wegziehen kann", sagte Anne schließlich. „Vor allem, wenn man denkt, allein die Schuld zu haben."

„Nur Georg hatte Zweifel. Wir haben dem jedoch keinerlei Bedeutung beigemessen."

„Viktoria ...", sagte Anne jetzt in eindringlichem Ton, „... es trifft niemanden eine Schuld; auch dich nicht. Mir ist es sehr wichtig, dass du das erkennst." Sie schaute in die leuchtend blauen Augen von Viktoria. „Hast du das verstanden?", fragte Anne fordernd, da sie glaubte, Viktoria mit ihren Worten nicht erreicht zu haben.

„Ja, es ist nur nicht so einfach."

„Ich weiß", sagte Anne und überlegte einen Moment. „Du kannst nicht die Welt retten und dich gleichzeitig um deine Kinder, den Gasthof und eine Schwangerschaft kümmern." Anne dachte an ein Dossier, das sie in der Berliner Hebammenzeitung gelesen hatte. Olga Gebauer schrieb über den Zusammenhang von Stress und dem Versiegen des Milchflusses bei jungen Müttern.

„Ich werde mit Josefa und Georg sprechen", sagte Viktoria mit plötzlicher Entschlossenheit.

„Das ist doch ein Anfang", freute sich Anne. „Ich denke, wenn du mehr an dich denkst, könnte es diesmal mit dem Stillen besser klappen."

„Das wäre schön", sagte Viktoria mit einem hoffnungsvollen Lächeln. „Bei den ersten Kindern ging es ja auch besser."

„Genau", sagte Anne. In stillem Einverständnis erhoben die beiden Frauen sich und Anne begleitete Viktoria nach Hause.

„Josefa wird noch gar nicht mit mir rechnen", sagte Viktoria, als sie mit Anne am Wirtshaus angekommen war. Sie hatte auf dem Weg nach Hause neue Hoffnung geschöpft. Es tat ihr gut, dass sie Anne ihre Sorgen erzählen konnte, und sie war dankbar, dass die Hebamme ihr keine Vorschläge gemacht hatte. Sie musste selbst die Lösung für ihre Probleme finden.

„Passen Josefa und ihre Tochter heute auf die Kinder auf?", fragte Anne lapidar, weil sie auf ein anderes, unverfänglicheres Thema lenken wollte. Mit ihren Gedanken war sie schon bei sich zuhause, worauf sie sich freute. Sie wollte Viktoria nur noch hineinbringen und schnell wieder gehen.

„Ja, genau. Sie haben sich angeboten, weil es mir wichtig war, bei Marias Taufe dabei zu sein." Viktoria dachte an die Taufe und die mahnenden Worte des Pfarrers, die offensichtlich an ihren Vater gerichtet waren. „Wenn mein Vater der Vater der kleinen Maria ist, dann ist sie meine Stiefschwester", sagte Viktoria und sprach damit das für sie bisher Unaussprechliche aus. Nach kurzem Innehalten begann sie prustend zu lachen.

„Zuzutrauen ist ihm das. Aber an den Gedanken, dass du eine so kleine Stiefschwester hast, werde ich mich wohl nie gewöhnen", sagte Anne und stimmte in Viktorias Lachen mit ein.

„Ach ja, mein Vater", freute sich Viktoria. Sie liebte seine Art. Er ließ den Menschen ihre Eigenheiten, kritisierte selten und war stets Optimist. Als Kind hat sie sich oft bei ihm angelehnt. Er war ein guter Zuhörer und ein ebenso guter Geschichtenerzähler. Sie bat ihn schon lange nicht mehr um eine Geschichte, nahm sich aber vor, dies bald wieder einmal zu tun. „Ob er tatsächlich der Vater von Maria ist, weiß ich nicht. Darüber schweigen er und Vreni sich beharrlich aus."

Viktoria schaute Anne nachdenklich an und sprach dann weiter. „Ich bin froh, dass sich allmählich die Gemüter beruhigen. Ich habe den Eindruck, die Leute aus dem Dorf tratschen jetzt nicht mehr ganz so viel. Auch mein Mann scheint sich an den häuslichen Zuwachs gewöhnt zu haben. Ich glaube sogar, dass er Vreni und Maria in sein Herz geschlossen hat. Das würde er allerdings nicht zugeben. Du solltest ihn mal sehen, wenn Vreni mit ihrem Kind auf dem Arm an ihm vorbeigeht. Mit seiner großen Pranke tätschelt er Marias Wange und spricht sie mit lustiger Babysprache an, genau wie er es bei seinen eigenen Kindern gemacht hat."

Anne freute sich über die guten Nachrichten und öffnete die Tür zum Wirtshaus. Sie gab Viktoria den Vortritt und deutete ihr, sich zu setzen. „Ich hole dir zur Stärkung ein Glas Wasser aus der Küche. Du solltest während der Schwangerschaft immer ausreichend trinken", sagte sie und ging in Richtung Tür zum Flur.

Viktoria war es seit Jahren nicht mehr gewöhnt, dass sie umsorgt wurde. Sie erkannte, dass sie es annehmen konnte, und ertappte sich sogar dabei, es zu genießen. „Ich werde etwas ändern", sagte sie leise und blickte auf ihren Bauch, während sie ihn zärtlich streichelte.

Anne betrat den Flur und wollte gerade in die Küche gehen, als sie hinter der angelehnten Tür zum Wohnzimmer Geräusche vernahm, die sie in Beunruhigung versetzten. Sie trat mit leisen Schritten zur Tür und guckte durch den Spalt. Auf dem Boden saß die zehnjährige Josefa, die der kleinen Viktoria ständig die Beine wegzog, während diese versuchte, sich krabbelnd vorwärts zu bewegen. Josefa hatte sichtlich Gefallen an ihrer gemeinen Handlung, obwohl Viktoria wiederholt verzweifelte Laute von sich gab und immer wieder erschöpft auf dem Bauch landete.

Zunächst erschrocken über die Situation, fragte sich Anne, warum ein Kind Derartiges tat und offensichtlich Gefallen daran fand.

Nach reiflicher Überlegung vermutete Anne, dass das Verhalten von Josefa auf deren Eifersucht zurückzuführen war. ‚Es wird nicht einfach für die kleine Josefa sein, wenn sie tagtäglich zusehen muss, wie ihre Mutter ein kleines Kind aus der Verwandtschaft liebevoll umsorgt und stillt. Sie wird sich zurückgesetzt fühlen', dachte Anne. Sie wertete Josefas Verhalten als Ausdruck der Hilflosigkeit, durfte dem Treiben jedoch nicht tatenlos zusehen. Sie räusperte sich laut vernehmbar und wollte gerade in das Wohnzimmer gehen, als hinter ihr plötzlich die ältere Josefa mit Theodor auf dem Arm erschien.

„Grüß Gott, Anne! Was machst du denn hier? Ich dachte, ihr seid alle noch in der Kirche."

Anne schaute sich erschrocken um und sah die ältere Josefa erstaunt an. „Viktoria ging es in der Kirche nicht gut …", sagte sie, wobei sie sich bemühte, sich ihren Schrecken nicht anmerken zu lassen. „… und nun möchte ich ihr ein Glas Wasser holen."

„Die Küche ist dort." Josefa zeigte auf die Tür zur Küche.

„Ich weiß. Ich habe Geräusche aus dem Wohnzimmer gehört und wollte dem nur nachgehen." Anne kam sich wie eine ertappte Schnüfflerin vor, die sich auch noch zu rechtfertigen begann. ‚Peinlich', dachte sie.

„In dem Zimmer ist nur die kleine Josefa und spielt mit ihrer kleinen Cousine", sagte Josefa und ging zu ihrer Tochter ins Wohnzimmer.

Konsterniert blieb Anne im Flur zurück und vernahm Josefas besorgte und die ahnungslos klingende Stimme ihrer Tochter aus dem Wohnzimmer.

„Was hat denn mein kleiner Schatz? Oh, deine Tante kommt gleich zu dir und nimmt dich auf den Arm."

„Mama, ich weiß auch nicht, was sie hat."

„Hier, nehme mal den Theodor."

Eine kurze Zeit verging, in der Josefa den Jungen lautlos an ihre Tochter übergab und man nur das Greinen von Viktoria hören konnte.

„Komm mal her, meine Kleine."

Bald beruhigte sich die kleine Viktoria und Anne spürte die beklemmende Ruhe, die nach den verklungenen Hilferufen des verzweifelten Kindes eintrat.

Kapitel 5

Freitag, 02. Mai 1890

„Gleich sind wir da. Hinter dem Hügel liegt Glöttweng." Meister Oswald zeigte mit seiner Hand über die Rücken der beiden Pferde hinweg. In der Ferne erhob sich ein bewaldeter Hügel. „Das ist der Scheppacher Forst, ein dichter Wald, den wir durchqueren werden. Am Ende des bewaldeten Hügels werden wir unser Ziel schon sehen können", sagte der Meister zu seiner Tochter, die ihn lächelnd anschaute und nickte.

„I, i, i ...", begann Kreszenz zu stottern.

„Ja, ich mag diese Landschaft auch sehr gerne."

Kreszenz war erleichtert, weil ihr Vater wieder einmal erriet, was sie beschäftigte, und ihre Gedanken sogleich mit seinen Worten formulierte. Es gab Tage, an denen sie einen Satz schneller hervorbringen konnte. Heute jedoch konnte sie es nicht, denn Kreszenz dachte an ihre Mutter, die diesen Weg von Augsburg nach Ulm geliebt hatte, als sie noch lebte.

„Deine Mutter und ich befuhren diesen Weg schon, da warst du noch gar nicht geboren", sprach der Vater die Gedanken seiner Tochter aus, als könne er in ihnen lesen. „Sie war eine Schönheit ...", schwärmte er, „... genau wie du, meine Tochter. Du hast ihre Augen. Auch ihre Augen waren so blau und kristallklar wie ein Bergsee in den Alpen."

‚Er hat sie geliebt', dachte die Tochter.

„Wer weiß, wozu es gut ist, dass wir diesen Weg bald nicht mehr befahren müssen", sagte Meister Oswald mehr zu sich selbst. Es schmerzte ihn, dass sich diese schöne Landschaft vor ihm auftat und wahrhaftig blieb, während die Erinnerungen an seine Frau, die er so sehr geliebt hatte, immer mehr verblassten.

Kreszenz legte sanft ihre Hand auf den Arm des Vaters. Sie kannte die Stimmungen ihres Vaters nur zu gut, und wusste auch in diesem Moment, woran er dachte. Deshalb regte sich ihr schlechtes Gewissen wieder und ihre Gedanken schweiften unwillkürlich zurück zu ihrem vierten Geburtstag. Ihr Vater wollte ihren Geburtstag besonders schön für sie machen und ließ Else, die Haushälterin, einen Kuchen mit vier Kerzen backen. Kreszenz sah den Kuchen vor sich, als wäre ihr vierter Geburtstag erst gestern gewesen. Die schneeweiße Torte mit roten Kirschen auf den Sahnehäubchen stand damals verlockend vor ihr. Else lachte sie an und ihr Vater ermutigte sie die Kerzen auszupusten. Kreszenz sah vor ihrem inneren Auge, wie sie tief Luft holte und die Kerzen mit einem Atemzug auspustete. Else und ihr Vater freuten sich und lachten laut, während ihr auffiel, dass die Torte für drei Esser viel zu groß war. Deshalb fragte Kreszenz ihren Vater, warum ihre Mama nicht mitfeiern konnte.

Seine Reaktion wird sie zeitlebens nicht mehr aus ihrem Gedächtnis verbannen können, denn umgehend veränderte sich das fröhliche Gesicht ihres Vaters zu einer steinernen Maske, dessen Mimik das bis dahin unbeschwerte Kind ängstigte. Nachdem der Vater ihr erklärt hatte, dass ihre Mama bei ihrer Geburt gestorben war und deshalb jetzt für immer und ewig im Himmel sein musste, verwandelte sich die bisherige Leichtigkeit ihres Daseins von einer auf die andere Sekunde in gewissenquälende, stille Selbstanklage.

Immer wurde Kreszenz übel, wenn sie rote Kirschen auf einer Torte oder als Dekoration auf einem Dessert sah. Ihr Verstand sagte ihr, dass sie keine Verantwortung für den Tod ihrer Mutter haben konnte. Trotzdem regte sich immer ein Gefühl von Schuld in Kreszenz, wenn sie an ihre Mutter dachte.

„In Augsburg zu leben wird dir und auch mir bestimmt gefallen. Auf den Märkten dort können wir die schönsten Waren erwerben", schwärmte Meister Oswald. Er wusste, wie gerne Kreszenz über einen Markt schlenderte, auf dem Händler die unterschiedlichsten Waren in guter Qualität feilboten. Besonders an den Ständen, deren Händler Stoffe, Hüte und Taschen verkauften, konnte sie kaum vorbeigehen. „Und wir können jeden Tag den Perlachturm mit seinen 70 Metern ansehen. Sankt Ulrich mit seinem Zwiebelturm ist sogar noch höher; über 93 Meter! Die Fuggerei sollten wir uns auch näher ansehen, wenn wir unsere Glasbläserei nach Augsburg verlagert haben", sagte Meister Oswald optimistisch. Er wusste, dass seine Tochter sich mit dem Umzug in eine fremde Umgebung schwertat und wollte ihr Mut machen.

Kreszenz fehlte jetzt die innere Ruhe, sich auf Informationen über Augsburg zu konzentrieren. Ihr schwirrte gerade etwas ganz anderes durch den Kopf. Wenn Kreszenz ihre Gedanken in flüssig gesprochene Worte übertragen könnte, würde sie ihren Vater jetzt fragen, wann sie eigentlich zu stottern begonnen hatte.

„Sieh dort!" Meister Oswald zeigte rechter Hand durch die spärlicher werdenden Bäume. „Das ist schon Landensberg. Wenn wir gleich den Wald hinter uns lassen, stolpern wir sozusagen nach Glöttweng hinein." Er lachte kurz auf, schlug mit den Zügeln auf die Rücken seiner Pferde und schnalzte ihnen zu, worauf sie vom gemächlichen Schritt in einen leichten Trab übergingen.

Genoveva sah den Zweispänner schon von weitem herannahen. Heute sollte sie die Pferde von den Gästen versorgen. Ihr Vater hatte Genoveva an diese Aufgabe herangeführt und sie bewies Geschick im Umgang mit Pferden. Es hatte tagelang keinen Regen gegeben und so wirbelte das Gefährt von Meister Oswald viel Staub auf.

„Ei, wer bist denn du?", fragte Meister Oswald verwundert, als das Mädchen die Zügel, nahe der Trense, in die Hand nahm und dem Leitpferd beruhigend zusprach.

„Ich bin Genoveva." Erst nachdem das Pferd sichtlich Vertrauen zu ihr bekommen hatte, schaute sie zu dem Pärchen auf dem Kutschbock hinauf. „Grüß Gott! Ich bin für das Wohlergehen der Pferde zuständig und werde Ihre beiden gleich abzäumen. Danach bringe ich sie in den Stall und versorge sie dort weiter – sofern Sie damit einverstanden sind."

„Ich danke dir, Genoveva. Wenn deine Arbeit mit den Pferden so gut ist, wie du dich auszudrücken vermagst, wirst du ein Extra von mir erhalten." Meister Oswald vermutete, dass der alte Schulmeister, Alfred Wagner, einen gewissen Einfluss auf seine Enkelkinder hatte und somit auch Genoveva ein gutes Sprachvorbild war.

„Ich werde mein Bestes geben und mein Gehilfe auch." Genoveva deutete schelmisch grinsend zu ihrer Schwester Anna hinüber, die schüchtern aus dem Schatten der offenen Stalltür hervorschaute.

„Und wer ist die junge Dame?", fragte der Meister, während er vom Bock stieg.

„Das ist meine kleine Schwester Anna."

„Kinder, wie die Zeit vergeht. Ihr seid groß geworden übers Jahr. Wie alt seid ihr jetzt?"

„Ich werde dieses Jahr zehn und meine Schwester ist acht Jahre alt", antwortete Genoveva stolz. Sie wollte den Eindruck erwecken, als lägen mindestens zwei Jahre Altersunterschied zwischen ihr und Anna.

„Und deine Schwester, wird sie dieses Jahr noch neun Jahre alt?"

Genoveva fühlte sich ertappt und sah sich gezwungen, den geringen Altersunterschied einzugestehen, da Meister Oswald auf eine Antwort wartete.

„Ja, sie wird noch neun dieses Jahr. Aber Anna ist über ein Jahr jünger als ich."

Kreszenz war mittlerweile auch vom Zweispänner gestiegen und stellte sich zu ihrem Vater. In jeder ihrer Hände hielt sie jeweils eine Reisetasche.

„Also, dann mach deine Sache man gut", sagte der Meister und ging mit seiner Tochter zum Eingang des „Adler". „Ich werde später nach meinen Pferden sehen", rief er, drehte sich um und sah, wie das Mädchen anfing, das erste Pferd auszuspannen. Er war sich unsicher, ob sich seine Pferde wirklich in guter Obhut befanden.

„Ja, grüß Gott! Meister Oswald mit seiner schönen Tochter gibt uns wieder die Ehre", sagte der Wirt sichtlich erfreut über den Besuch.

„Grüß Gott, Herr Fink! Ich freue mich, dass ich mit meiner Tochter wieder zu Gast in Ihrem Hause sein kann", sagte Meister Oswald zufrieden und dachte an das schmackhafte Essen, welches ihm hier serviert werden würde.

Theodor wusste, dass der Meister gerne in seinem Hause einkehrte, und sah sich im Geiste schon vor dem Herd stehen, um dem immer hungrigen Gast ein frisches, großes Steak in der Pfanne zu braten. „Und haben Sie wieder guten Hunger mitgebracht?"

„Wie ein Bär und ich glaube, meine Tochter auch." Er stupste seiner Tochter mit seiner rechten Hand liebevoll gegen ihren Arm, während er seine linke Hand auf seinem Bauch drehte und damit verschmitzt lächelnd seinen Hunger andeutete.

„Sie haben Glück, denn kürzlich wurde hier im Dorf geschlachtet. Wir hatten gestern einen Feiertag und es wurde viel getrunken und gegessen. Ich werde mir zum Abendbrot etwas Leckeres einfallen lassen."

„Wir haben den Maibaum auf dem Dorfplatz gesehen. Er ist sehr hoch und so schön in den schwäbischen Farben mit rot, weiß und gelb verziert. Nur den blauen Vogel konnte ich nicht zuordnen. Was hat es mit ihm auf sich?"

„Das ist der Greif vom Wappen der hiesigen Adelsfamilie von Seida."

„Aha, wieder etwas dazugelernt", sagte Meister Oswald und wurde etwas nachdenklich. Er dachte jetzt an seine Pferde und fragte unumwunden: „Ich habe meine beiden Zossen in die Hände Ihrer Tochter Genoveva gegeben und hoffe, damit recht gehandelt zu haben?"

„Machen Sie sich keine Sorgen, Herr Oswald. Die Genoveva scheint Pferdeblut in ihren Adern zu haben. Sie kann mit den Tieren umgehen, als wäre sie in einem Pferdestall geboren worden und darin aufgewachsen."

„Dann kann ich wohl beruhigt sein."

„Ganz sicher, und das, obwohl sie ein Mädchen ist. Ich bin froh, dass ich mich auf Genoveva verlassen kann. Nebenbei hat sie sogar noch die Anna im Blick", stellte der Wirt anerkennend fest.

„Die beiden habe ich kaum wiedererkannt. Sie sind groß geworden. Was macht denn ...?" Der Meister kam nicht sogleich auf den richtigen Namen.

„Meinen Sie Georg oder Theodor junior?"

„Nein, die meine ich nicht." Der Meister guckte ein wenig angestrengt, weil ihm der Name nicht einfallen wollte. „Wie heißt denn noch gleich das Mädchen?"

„Ich habe noch die Maria und die Franzi, welches *noch* unser Nesthäkchen ist", versuchte der Wirt dem Gast auf die Sprünge zu helfen und betonte das Wort „*noch*" mit Nachdruck, weil seine Frau wieder ein Kind erwartete.

„Nein, die Namen habe ich noch nicht gehört."

„Können Sie wahrscheinlich auch nicht, Meister, denn die beiden sind erst ein und zwei Jahre alt. Und wenn ich mich recht erinnere, sind Sie vor mehr als zwei Jahren zuletzt hier gewesen."

„Stimmt", sprach der Meister nachdenklich. „Es muss nun schon vier Jahre her sein. Es war, erinnere ich mich, als Ihre Tochter getauft wurde."

„Ach Gott, ihr meint die Viktoria", sagte der Wirt und winkte ab. „Sie ist sozusagen unser kleines Sorgenkind."

„Genau, Viktoria! So heißt doch auch Ihre Frau Gemahlin, nicht wahr?"

„Richtig. Sie trägt gerade ihr achtes Kind unter dem Herzen. Diesen Monat soll es so weit sein, wenn nicht, passt ihr Bauch durch keine Tür mehr durch." Der Wirt lachte laut auf, während die kleine Tochter von Vreni den Raum betrat. Noch immer schmunzelnd und mit den Gedanken beim kugelrunden Bauch seiner Frau, nahm der Wirt das Mädchen auf den Arm.

„Na, wen haben wir denn da?", fragte Meister Oswald und schaute das Mädchen an.

Verlegen legte das Kind den Kopf an die Schulter von Theodor Fink.

„Der kleine Sonnenschein ist die Maria", antwortete der Wirt.

„Ist das eine ihrer Töchter, deren Namen mir auch entfallen ist?", fragte Meister Oswald.

„Ach so, nein, das ist die Tochter von Vreni, eine ehemalige Magd des Bauern Salger. Mein lieber Herr Schwiegervater dürfte hier seine Finger oder auch Sonstiges im Spiel gehabt haben", blödelte der Wirt und zeigte mit seinem Finger auf Maria. Bei seinem Gegenüber erregte er ungläubiges Staunen.

Das war die Art des Theodor Fink, den unangenehmen und unabänderlich geltenden Tatsachen nicht ernsthaft zu begegnen, sondern sie in einem nicht nachzuvollziehenden, verspottenden Gespräch anzubringen, um dann sinnlose Irritation bei seinem Gegenüber hervorzurufen. Er dachte an die Worte seiner Frau Viktoria, die ihm des Öfteren vorwarf, damit den Nährboden für weitere Tratscherei im Dorf zu legen und so manchen in seiner zweifelhaften Moral zu bestätigen. Sie sagte, er sollte sich stattdessen ernsthaft für Vreni und ihr Kind einsetzen, denn dass er Vreni mit ihrer lebensbejahenden Art bewunderte und ihre fröhliche Tochter ins Herz geschlossen hatte, blieb auch ihr nicht verborgen.

Meister Oswald wollte lieber nicht in ungeklärten Familienverhältnissen herumstochern und zog es vor, sich zurückzuziehen. „Kreszenz und ich werden uns ein wenig in unseren Kammern ausruhen und anschließend zum Abendbrot frisch machen." Er schaute seine Tochter an, die zustimmend nickte.

Sie gingen zum Tresen und der Wirt händigte den Gästen die Schlüssel aus. Meister Oswald und Kreszenz machten sich sogleich auf den Weg in ihre Kammern.

‚Vielleicht hat meine Frau doch recht', dachte der Wirt, während er sich über sein unrasiertes Kinn strich. Nachdenklich schaute er den beiden Gästen nach – selbst als sie schon längst nicht mehr zu sehen waren, blickte er noch gedankenversunken in dieselbe Richtung.

Nach dem Abendessen gingen Kreszenz und ihr Vater hinaus, um einen Spaziergang zur Schmiede zu machen. Vorher suchten sie jedoch noch den Stall auf, um nach ihren beiden Pferden zu sehen. Offensichtlich verstand die älteste Tochter des Hauses tatsächlich etwas von Pferden. Die beiden Braunen standen nebeneinander in einer der vielen Boxen, die weitere Pferde beherbergten. Der Meister näherte sich seinen Pferden von vorne und strich ihnen jeweils liebevoll über ihre Nasenrücken und klopfte ihnen auf ihre Rücken.

„Trocken gerieben und gestriegelt", stellte er fest, bückte sich und kontrollierte alle Vorderhufe. „Sauber ausgekratzt", sagte er und nahm das Futter in Augenschein. Meister Oswald war auch damit zufrieden. „Der Stall ist kürzlich ausgemistet worden und der Boden frisch eingestreut. Das muss man ihnen lassen, die Finks liefern immer anständige Arbeit ab."

Frohen Mutes und zufrieden über das, was er im Stall gesehen hatte, machte sich der Meister mit seiner Tochter auf den Weg zum Schmied, um ihm sein Anliegen vorzutragen. Schon bald hakte sich seine Tochter bei ihm ein.

Josefa stand vor der Tür der alten Kate und hielt ein kleines Mädchen mit braungelocktem Haarschopf an der Hand. Ihre andere Hand hielt sie an ihre Stirn, um sich gegen die Strahlen der untergehenden Sonne zu schützen. „Wer kommt uns denn da besuchen?", fragte Josefa mehr zu sich selbst.

„Eine Frau und ein Mann", bemerkte das Mädchen.

„Vielleicht Kunden", hoffte Josefa, die unwillkürlich an die ständige Geldnot ihrer Familie dachte.

Die Besucher kamen näher und Josefa nahm das Kind auf den Arm. Sie kamen ihr bekannt vor, aber Josefa konnte die beiden nicht einordnen.

„Grüß Gott! Mein Name ist Johannes Oswald und das ist meine Tochter Kreszenz."

Josefa musterte die Besucher. Sie bemerkte die auffällige Schönheit der jungen Frau. Zunächst fielen ihr die schönen, großen Augen auf. Ihr Blick wanderte zu den braunen Haaren mit dem Mittelscheitel und dem geflochtenen Zopf, der sich wie gemalt von hinten kommend auf die schmale Schulter legte. Die zarte Haut in ihrem Gesicht, das schmale Kinn und der Hals zeigten eine vornehme Blässe. Der Ausschnitt ihres keineswegs aufdringlichen Kleides betonte die vollen Brüste, die auf viele Männer verlockend wirken mussten. In Josefa regte sich ein zartes Gefühl von Neid und Unbehagen, als sie den Gruß des Besuchers erwiderte.

„Grüß Gott! Ich bin Frau Fink, die Gemahlin des Schmieds."

„Sehr erfreut, Frau Fink. Und wer bist du?", fragte Johannes Oswald und lächelte das Kind auf Josefas Arm an. Auch nach den wohlwollenden Augenaufschlägen des Meisters blieb das Mädchen bei ihrem grimmig wirkenden Gesichtsausdruck und ließ sich nicht zu einer Antwort erweichen.

Kreszenz nahm das kleine Händchen des Kindes und streichelte es sanft. Das Mädchen schaute auf die sie streichelnde Hand und schien das Gefühl zu mögen.

„Das ist Viktoria", sagte Josefa und schaute das Kind zärtlich an.

„Viktoria, so heißt doch auch eine Tochter des Wirts", erinnerte sich der Meister und verstummte, weil er sich an die Unterhaltung mit dem Wirt erinnerte. ‚Das war also das vom Wirt benannte Sorgenkind', dachte er. Dem Wirt erwiderte er vorhin mit Bedacht nichts auf diese Äußerung, da es ihm nicht behagte, wenn einem Kind in so jungen Jahren schon ein Stigma anhaftete.

„Sie ist die Tochter des Wirts", sagte Josefa und stellte das Kind forsch zu Boden.

Kreszenz war Josefas abrupter Stimmungswechsel nicht verborgen geblieben. Sie konnte, obgleich der offensichtlichen Schwangerschaft, die eigentlich Grund zur Freude sein sollte, ein von vergangenem Leid gezeichneten Ausdruck im Gesicht dieser Frau erkennen. Kreszenz konnte nichts von der Hoffnungslosigkeit in Josefas Herzen wissen, die sie seit den erneuten Verlusten von zwei Kindern, die kurz nach ihrer Geburt gestorben waren, endgültig von ihr Besitz ergriffen hatte. Selbst wenn sie davon gewusst hätte, hätte sie sich Josefas Schuldgefühle nicht vorstellen können. Niemand konnte dies. Was Kreszenz jedoch spürte, war die eigentümliche Symbiose dieser seelisch zutiefst verletzten Frau und des Kindes vor ihr.

Da Kreszenz ihre Stimme kaum einsetzen konnte, um mit den Menschen zu kommunizieren, begann sie schon früh, die Menschen zu beobachten und Rückschlüsse aus deren Verhalten zu ziehen. Sie ahnte, dass der Ausdruck im Gesicht des Kindes mit dem Leid dieser Frau im Zusammenhang stand.

„Ach so, ich verstehe", sagte Meister Oswald, der das, was seine Tochter erkannte, nicht annähernd ahnte.

„Was kann ich für Sie tun?", fragte Josefa.

„Ich würde gerne geschäftlich mit Ihrem Mann sprechen."

„Er ist in der Schmiede. Ich werde ihn holen, dann können Sie alles in Ruhe mit ihm besprechen", sagte Josefa und ging zur Schmiede.

Kreszenz sah Josefa nach, bis diese hinter dem Eingang zur Schmiede verschwand. Sie hörte Josefas Stimme gegen die Hammerschläge ihres Mannes anschreien. „Besuch für dich!"

Kreszenz wendete ihren Blick dem Mädchen zu. „Du hast hübsche Haare", hörte Kreszenz sich deutlich vernehmbar sprechen.

Ihren Vater verschlug es die Sprache und er guckte ungläubig zu seiner Tochter, während diese sich erschrocken die Hand vor den Mund hielt. Das

Schlagen des Hammers verklang und die plötzlich eintretende Stille wirkte auf den Meister und seine Tochter so, als bliebe die Zeit für einen Moment stehen.

„Grüß Gott!", sagte eine Männerstimme.

Vater und Tochter standen noch immer unter dem Eindruck von Kreszenz kurzzeitigem Sprachvermögen und so drang die Männerstimme zunächst nicht in ihr Bewusstsein. Erst als der näher kommende Mann erneut und etwas lauter grüßte, tauchten beide allmählich in die Gegenwart zurück.

Die Männer reichten sich die Hände und Meister Oswald wirkte noch immer irritiert. „Schönen guten Tag! Oswald ist mein Name."

„Ich bin Georg Fink, der Schmied."

„Wir kommen gerade aus Augsburg", sagte der Meister zögernd. Er hatte sich aus seiner Erstarrung noch nicht vollständig gelöst und es bereitete ihm sichtlich Schwierigkeiten, sein Anliegen vorzubringen.

„Eine schöne Stadt, dort habe ich einige Jahre verbracht", antwortete Georg Fink, während sich bei der Erinnerung an seine Lehrjahre seine Mundwinkel zu einem bubenhaften Lächeln anhoben.

Dieses Lächeln blieb Kreszenz nicht verborgen. Es berührte sie angenehm und sie ließ ihren Blick träumend auf seinem Gesicht verweilen. Mit seinem Lächeln erschienen auch zwei kleine Grübchen auf seinen Wangen. Die Bartstoppeln gaben seinem Gesicht eine angenehme Männlichkeit und seine Haare trug er länger, als es derzeitig üblich war. ‚Ein schöner Mann', schwärmte Kreszenz selbstvergessen, wie sie es selten für einen Mann tat, und schon gar nicht, wenn er verheiratet war. Sie nahm das Gespräch des Vaters wie aus der Ferne wahr und wollte den Mann von seinem Hals abwärts betrachten. ‚Gott, ich kenne mich selbst nicht wieder', dachte Kreszenz und schämte sich ihrer Gedanken plötzlich sehr. Sie spürte, wie ihr Gesicht vor Hitze glühte, und beschloss von ihrem Vorhaben abzulassen, als der Schmied ihr plötzlich seine Hand reichte.

„Guten Tag!" Der Schmied lächelte sie freundlich an.

Kreszenz fühlte sich ertappt und war peinlich berührt. Trotzdem rebellierte etwas in ihr. Sie wollte sich für ihre Gefühle nicht schämen müssen und irgendwie spürte sie, dass sie zu diesem Mann Vertrauen haben konnte. Deshalb musste sie ihm jetzt etwas erwidern, auch wenn ihr das Sprechen schwerfallen würde. Zudem würde dieser Mann vielleicht bald für ihren Vater arbeiten und darum wollte sie, dass er wusste, womit sie sich seit ihrer Kindheit plagte.

„G-g-g-g ...", begann Kreszenz zu sprechen, während sie aus den Augenwinkeln wahrnahm, dass ihr Vater bereits ansetzte, dem Schmied Erklärungen wegen ihrer Sprechweise geben zu wollen. Kreszenz packte den Ärmel ihres Vaters, deutete ihm mit ernstem Blick zu schweigen und fing erneut zu sprechen an.

„G-g-g-gu-u-u-ten T-t-tag!"

„Ich freue mich, Sie kennenzulernen", antwortete Georg Fink, ohne den Anschein zu erwecken, dass ihm Kreszenz Sprachauffälligkeit eine besondere Aufmerksamkeit wert gewesen wäre. Ganz im Gegenteil, sie schien für ihn das Normalste von der Welt zu sein. Er wendete sich wieder dem Meister zu und sagte: „Entschuldigung, wo waren wir stehen geblieben?"

„Wie gesagt ...", sprach Meister Oswald weiter, während er sich in Gedanken fragte, welche Überraschungen dieser Tag noch bereithalten würde, „... wir kommen gerade aus Augsburg. Dort habe ich nach einem Schmied gesucht, der für mich diverse Arbeiten durchführen kann. Vorstellig wurde ich bei meiner Suche zunächst in der Schmiede des Alois Schlickengruber."

„Der ist mir bekannt", freute sich Georg Fink.

„Ich weiß, er hat es mir gesagt."

„Bei ihm habe ich meine Lehrjahre verbracht. Es waren schöne Jahre", erinnerte sich Georg.

„Ja, es müssen gute Jahre gewesen sein. Meister Schlickengruber hat sich seines ehemaligen Schützlings nur wohlwollend erinnert."

„Hat Meister Schlickengruber für Sie gearbeitet?", wollte Georg wissen.

„Leider nein. Augsburg ist eine aufstrebende Stadt. Schlickengrubers Auftragsbücher sind voll und für mein umfangreiches Vorhaben hat er leider keine Kapazitäten mehr."

„Das freut mich!", sagte Georg und bemerkte einen Augenblick zu spät, dass Meister Oswald seine Worte vielleicht falsch verstehen könnte. „Ich meine natürlich für Meister Schlickengruber", fügte er deshalb schnell hinzu.

Georgs Gedanken schweiften ab zu seiner momentanen Durststrecke. Die vorhandenen Aufträge hielten ihn nach wie vor so gerade über Wasser. Wenn er einen Auftrag beendet hatte, musste er stets überlegen, wofür er das eben erwirtschaftete Einkommen sinnvoll ausgeben könnte. Entweder benötigte er das Geld sofort für die Schmiede, da noch wichtige Dinge beschafft werden mussten, oder für die Kate, die immer am Rande der Baufälligkeit stand. An die tägliche Nahrung mochte er gar nicht denken, immer lebte seine Familie von der Hand in den Mund. Geld sparen war unter diesen Umständen nicht möglich. Über all die weiteren Sorgen wollte er sich schon längst nicht mehr mit seiner Frau unterhalten; viel zu groß war seine Pein.

„Meister Schlickengruber machte mir den Vorschlag, bei Ihnen nachzufragen. Ich fragte ihn, wer Sie denn sind und wo ich Sie finden kann. Sie können sich vorstellen, wie erstaunt ich war, als er mir sagte, dass ich Sie hier in Glöttweng finde. Ich kannte zwar den Wirt, wusste jedoch nicht, dass er einen Schmied zum Bruder hat. Mit der Hoffnung, dass Sie meinen Vorschlag annehmen und für mich arbeiten wollen, habe ich mich gleich mit meiner Tochter auf den Weg zu Ihnen gemacht. Und jetzt sind wir hier."

Georg freute sich darüber, dass er von seinem alten Meister gelobt wurde und dieser sich noch immer an ihn erinnerte. Das Wort Hoffnung, welches Johann Oswald auf ihn bezogen hatte, vernahm Georg sehr wohl und es berührte seinen Stolz.

„Sie haben mich neugierig gemacht, Herr Oswald. Welche Arbeit haben Sie zu vergeben?"

„Ich möchte meine Glasbläserei von Ulm nach Augsburg verlegen. Dort habe ich eine bessere Verkehrsanbindung. Die Eisenbahnstrecke zwischen Augsburg und München wurde kürzlich fertiggestellt, was die Lieferung von Materialien und die Verteilung meiner Waren erheblich vereinfacht. Deshalb habe ich kürzlich ein leer stehendes Gebäude in der Nähe des Bahnhofes gekauft. Am und im Gebäude sind Umbauarbeiten notwendig, die zum großen Teil von fachkundigen Handwerkern ausgeführt werden müssen. Unter anderem brauche ich dringend einen Schmied."

„Augsburg ist weit weg von hier", gab Georg Fink zu bedenken.

„Daran habe ich schon gedacht", sagte Meister Oswald. „Ich werde Ihnen eine Unterkunft stellen."

„Wenn das so ist, haben Sie soeben mein Interesse geweckt. Bevor wir jedoch weitersprechen, sollten wir ins Haus gehen." Georg deutete seinem Besuch an, vor ihm durch die Eingangstür zu gehen. Während Meister Oswald

Anstalten machte, in das Haus zu gehen, winkte Kreszenz ab. Sie wollte es sich lieber auf der Bank vor dem Haus bequem machen. Dieser Besuch hatte ihr bisher unerwartet viel abverlangt und sie wollte ihre Verwirrung gedanklich sortieren. Etwas an der kleinen Viktoria hatte ihre Seele stark berührt und ihr flüssig gesprochener Satz, der so federleicht über ihre Lippen gehuscht war, irritierte sie mehr, als dass sie sich darüber freuen konnte. Und dann war da noch dieser verheiratete Mann, der ihr Herz höher schlagen ließ. Kreszenz spürte, dass dieser Tag ihr Leben verändern würde.

Kapitel 6

Samstagvormittag, 03. Mai 1890
Josefa, Georgs Frau, stand vor der Kate und wusch an einem Tisch stehend das Geschirr. Es hatte sich seit dem gestrigen Besuch eine Menge schmutziges Geschirr und Besteck angesammelt, welches sie in eine große Wanne gelegt hatte und in dem mit Seifenflocken versehenen Brunnenwasser einweichen ließ. Heute nahm sie etwas mehr von der Seife, denn sie wollte ihre Hände in das schäumende Wasser tauchen und nebenbei Schaumblasen in den leichten Frühlingswind pusten. Josefa war so optimistisch wie schon lange nicht mehr. Endlich stand die Aussicht auf ein wenig mehr Geld ins Haus. Georg hatte mit dem Glasbläsermeister Oswald per Handschlag einen Vertrag besiegelt. Zwar würde ihr Mann schon am Montag nach Augsburg fahren und dort einige Monate bleiben müssen, aber die Sorgen würden endlich weniger werden. Der Meister versprach Georg einen Vorschuss und, wenn er mit seiner Arbeit zufrieden wäre, mehr Wochenlohn zu zahlen, als Georg sich jemals zu träumen gewagt hätte.

Josefa schaute einer Seifenblase nach, die auf die hellgrüne Krone der höchsten Birke zuflog. Die Sonne blendete Josefa ein wenig und sie konnte nicht mehr erkennen, wie die Blase bei der ersten Berührung mit dem Baum zerplatzte. Als sie den Blick zum Horizont senkte, sah sie die Hebamme mit ihrer großen Tasche auf sie zukommen. Josefa hätte vor lauter Glück fast vergessen, dass sie erneut schwanger war und Anne Vogt ihren Besuch für heute Vormittag angemeldet hatte.

„Guten Tag, Frau Fink!", sagte Anne, der die Veränderung in Josefas Gesicht auffiel.

„Grüß Gott, Anne!", erwiderte Josefa lächelnd den Gruß der Hebamme.

„Ich sehe, es geht Ihnen gut. Das freut mich aufrichtig."

„Mein Mann hat einen großen Arbeitsauftrag in Augsburg angenommen. Wir werden dadurch einige Sorgen weniger haben."

„Dann wird er einige Zeit fort sein müssen", sagte Anne nachdenklich. Sie dachte an Josefas Gemütszustand, der im Allgemeinen nicht der war, den sie heute hatte. Die Anwesenheit ihres Mannes während der Schwangerschaft und nach der Geburt wäre eine riesige Stütze für Josefa gewesen. Sollte es, wie schon zu oft geschehen, vor, während oder nach der Geburt zu Komplikationen kommen, würde sie ihren Mann sehr brauchen. Georg war den Schicksalsschlägen bisher erstaunlich pragmatisch begegnet, erinnerte sich Anne. Sie hatte bei Tragödien häufig beobachtet, dass sich einer der beiden Partner geradezu rational und hoffnungsvoll gab, während der andere Seelenqualen litt und, ohne die Hoffnung spendende Zuversicht des Partners, verloren schien.

Anne sah jedoch auch die Zwickmühle, in der sich die Familie befand, um der materiellen Not zu entgehen. Deshalb entschied sie sich, nichts zu sagen, was Josefa die Zuversicht nehmen würde.

„Ja, aber es ist ja nicht für ewig", gab Josefa zu bedenken.

„Und Sie können sich auf ein Wiedersehen freuen", sagte Anne lächelnd.

„Wenn alles gut geht, dann hoffentlich mit Familienzuwachs", erwiderte Josefa mit einem kaum wahrnehmbaren Anflug von Kummer im Gesicht. „Aber diesmal habe ich ein gutes Gefühl", fügte sie rasch hinzu.

„Ich möchte mein Möglichstes dazutun, damit diesmal alles gut geht und du ein gesundes Kind im Arm halten kannst", erwiderte Anne. Bevor sie weitersprach, ließ sie sich von einem Buchfink ablenken, der zum wiederholten Male sein Nest in der Birke anflog, um seinen Nachwuchs zu füttern. Dem lauten Gezeter konnte Anne entnehmen, dass sich mehrere Jungvögel um die Nahrung stritten. ‚Wie üppig die Natur diese Vogelart immer wieder mit Nachwuchs beschenkt', dachte Anne, während sie versuchte, wieder auf ihren eigentlichen Gedanken zu kommen.

„Ihr Kind wird auf jeden Fall vor Allerheiligen zur Welt kommen", sprach Anne weiter, nachdem ihr wieder eingefallen war, was sie Josefa mitteilen wollte. „Am 22. September bin ich in Berlin. Dort findet der erste Hebammentag in Deutschland statt. Ich werde versuchen mit Olga Gebauer zu sprechen."

„Wer ist Olga Gebauer?", unterbrach Josefa.

„Sie ist eine Lehrerin, die auch den Beruf der Hebamme studiert hat und jetzt an der Berliner Charité arbeitet."

„Was ist Berliner Charité?", unterbrach Josefa erneut.

„Das ist ein sehr großes Hospital, in dem auch wissenschaftliche Forschungen praktiziert werden. Wie ich schon sagte, arbeitet Olga Gebauer dort. Sie hat ein ungeheures Wissen im Bereich der Geburtshilfe und steht im ständigen Austausch mit wissenschaftlich arbeitenden Gynäkologen. Ich möchte ihr von deinen Schwangerschaften und Geburten berichten und natürlich auch von deinen Kindern, die kurz nach der Geburt gestorben sind", sagte Anne schonend leise, während sie in ein Du des Vertrauens überging.

Josefa wurde traurig. „Aber diesmal wird es anders", sagte sie ein wenig trotzig.

Anne nahm Josefas Hand. „Ich möchte diesmal ganz sicher sein", erklärte sie und schaute Josefa an, die ihren Blick senkte. Anne wusste, dass Josefa mit ihren 45 Jahren ein Alter hatte, in dem eine Schwangerschaft und die Geburt, auch ohne vorherige Komplikationen, ein erhöhtes Risiko in sich barg. „Ich möchte, dass dein Kind lebt!"

Eine Weile war es still.

„Ich auch", sagte Josefa. „Du hast recht."

„Wenn du erlaubst, würde ich ihr auch deine Lebenssituation schildern. Manchmal gibt es Umstände und Zusammenhänge, von denen man nicht ahnt, dass sie lebensentscheidend sein können."

„Ja, du kannst ihr alles erzählen." Josefa überlegte einen Augenblick. „Anne, ich danke dir sehr. Ich weiß, es ist nicht selbstverständlich, was du für mich machst."

Anne blieb noch eine Weile bei Josefa. Beide genossen den schönen Vormittag und unterhielten sich über Berlin. Es freute Josefa sehr, etwas über die Reichshauptstadt zu erfahren. Anne tauchte in ihre Erinnerungen ein und fast vergessene Episoden lebten in neuen Bildern in ihr auf. Es erstaunte Anne, wie viel Interesse Josefa an Kultur zeigte, nachdem sie von ihren Theaterbesuchen erzählt hatte. Besonders aufmerksam hörte Josefa zu, als Anne von Heinrich von Kleist und *seinem* „Käthchen von Heilbronn" schwärmte. Josefa gefiel der Umstand, dass Käthchen aus der Beziehung des Kaisers zu der Frau eines Schmieds hervorgegangen war und der Kaiser auf Drängen des Grafen von Strahl die uneheliche Tochter anerkannte. Dadurch stand einem Bund fürs Leben zwischen Käthchen und dem Grafen nichts mehr im Wege.

„Wie schön", schwärmte Josefa. Die Geschichte hob Josefas ohnehin schon gute Stimmung und gab ihr obendrein auch noch Hoffnung.

Als Anne vom Wintergarten Varieté und den auftretenden Clowns erzählte, hielt Josefa sich den Bauch vor lauter Lachen.

Mittag

„Wie geht es dir?", fragte Anne, die schon auf den ersten Blick ahnte, dass es Viktoria nicht besonders gut ging.

Anne war nur kurz zu Hause gewesen und hatte ein wenig gegessen. Während sie ihr Essen einnahm, dachte sie an das schöne Gespräch mit Josefa. Josefa hatte sich ihr gegenüber mit einem derartig lebensbejahenden Verhalten präsentiert, wie sie es zuvor bei dieser sonst bekümmert wirkenden Frau nicht erlebt hatte. Erstmals konnte Anne sich vorstellen, dass Josefa dereinst ein junges Mädchen voller Träume, Ideen und Liebe gewesen sein musste. Gemeinsam konnten sie über viele Dinge sprechen und Anne glaubte, dass sie eine weitere Freundin in diesem Dorf gefunden hatte. Bisher hatte sie Glöttweng als kulturelles Ende der Welt angesehen. Nun bestand die Hoffnung, mit Josefa die Schätze der kulturellen Welt zu teilen. Anne hatte sogar die Möglichkeit in Erwägung gezogen, gemeinsam mit ihr eine Theatervorstellung in Augsburg zu besuchen. Mit dieser zukunftsgläubigen Stimmung hatte Anne sich auf den Weg zu Viktoria gemacht.

„Gucken Sie sich nur meine dicken Beine an", antwortete Viktoria, die Franziska auf dem Arm hielt.

„Wasser", stellte die Hebamme fest.

„Das Kind soll mein letztes sein. Ich mag nicht mehr."

„Sind acht Kinder genug?", fragte Anne mit Ironie in ihrer Stimme.

„Ich glaube, es hätten auch weniger sein können. Aber mein Mann springt noch immer wie ein junges Böcklein, wenn es um *die schönste Sache der Welt* geht." Viktoria versuchte das Gefühl ihrer Beschwerden zu unterdrücken, weil sie die gute Stimmung der Hebamme nicht trüben wollte und der Gesprächsbeginn die Aussicht auf eine lustige Pointe versprach.

„Sind die Kinder gesund?", fragte Anne ehrlich besorgt, jedoch auch vom Thema ablenkend. Sie wusste, dass Viktoria in der Stimmung war, frivole Scherze zu machen. Aber eine für Anne undefinierbare Atmosphäre hier im Hause, gab ihr das Gefühl, dass es angebrachter wäre, wenn sie das Gespräch auf ihr berufliches Anliegen lenken würde.

„Die können ganz schön an einem zerren", antwortete Viktoria und deutete mit einem Blick auf ihr jüngstes Kind. „Wenn ich sie jetzt hinunter setze, rast sie garantiert los und reißt irgendetwas um oder macht unerlaubte Dinge. Auf ein Nein hört das Kind überhaupt nicht. Sie kriegt zwar ordentlich etwas auf die Finger, aber ich habe das Gefühl, es nützt nichts."

„Schwieriges Alter", sagte Anne und dachte nach. Sie nahm eine zuvor nicht gekannte Ungeduld in Viktorias Stimme wahr. In jeder Familie hier im Dorf bekamen die Kinder etwas auf die Finger, dabei blieb es aber sehr oft nicht. Schläge und Prügel waren als Erziehungsmittel an der Tagesordnung. Je mehr Prügel die Kinder bekamen, desto verstockter wirkten diese auf Anne. Sie fragte sich, warum dieser Zusammenhang bei Eltern und auch bei Pädagogen nicht genügend erkannt wurde. In dieser Familie hatte Anne keine extremen Züchtigungen erlebt, weshalb sie auch gerne dem eigentlichen Grund ihres Besuches nachkommen wollte.

„Das kann man wohl sagen", erwiderte Viktoria und verdrehte die Augen leicht nach oben.

„Spürst du Kindsbewegungen?"

„Kaum".

„Es wird ihm wohl zu eng da drinnen", sagte Anne mit beruhigendem Lächeln.

„Ja, mein Bauch scheint bald zu platzen ...", stöhnte Viktoria. „... und jede meiner Bewegungen bedeutet für mich einen Kraftakt."

„Ich würde gerne die Herztöne deines Babys abhören."

„Gut, ich werde mich auf das Sofa legen."

Schwerfällig ging Viktoria um den Stubentisch herum, setzte sich auf das Sofa und gab ein Stöhnen von sich, während sie sich langsam zurücklegte. Viktoria zog ihr Kleid über den Bauch, während Anne ihr Hörrohr aus ihrer Tasche zog. Die Hebamme wärmte das Hörrohr mit ihrer Hand an und kniete sich neben die werdende Mutter. Danach setzte sie das Instrument sanft auf und legte ihr Ohr an.

„Es hört sich gut an", sagte Anne nach einer Weile. „Es wird nicht mehr lange dauern, denke ich."

Viktoria wollte gerade etwas auf Annes Bemerkungen erwidern, als die kleine Viktoria leise in den Raum geschlichen kam.

„Was habe ich dir vorhin gesagt?", schimpfte Viktoria mit ihrem Kind.

„Mama ...", begann die verschreckt wirkende Tochter. „Papa hat gesagt, ich soll dich fragen, wann du kommst. Er sagt, da sind so viele Gäste."

„Habe ich dir nicht gesagt, dass du nicht stören sollst, wenn Frau Vogt bei mir ist?"

„Ja, Mama", sagte das kleine Mädchen mit gesenktem Blick. Einige Haarsträhnen fielen ihr ins Gesicht und gaben die sonst aufmerksamen Augen nicht mehr zu erkennen. Ihre runden Bäckchen waren stark gerötet und lenkten von der jungen Zartheit ihres Kindergesichtes ab. Die schmalen Schultern beugten sich mit zunehmender Dauer des Gesprächs weiter nach vorne.

„Wie siehst du schon wieder aus?", schimpfte die Mutter.

Eine kurze Zeit sprach niemand ein Wort. Anne überlegte, wie qualvoll sich die Angst des Mädchens jetzt steigern musste, während sie so dastand und auf eine schlüssige Antwort wartete, die sie dem Vater mitteilen konnte. Anne fragte sich gerade, welchen Einfluss sie nehmen könnte, um diese leidliche Situation möglichst schnell zu beenden, als die Mutter erneut das Wort ergriff.

„Kann ich mich irgendwann auch ein bisschen über dich freuen?", zischte Viktoria in Annes Gedanken hinein.

Oberflächlich betrachtet schien das Mädchen die Situation still zu ertragen. Aber im Gesichtsausdruck des Mädchens konnte Anne erkennen, dass es sich mühte, einen Gedanken in Worte zu fassen.

„Mama?", fragte die kleine Viktoria.

„Was ist denn noch? Ach so, sage Papa, ich komme gleich."

Das Mädchen blieb noch stehen.

„Ist noch was?", fragte die Mutter ungeduldig.

„Darf ich zu Tante Josefa gehen?"

Viktoria überlegte.

Anne hatte den Eindruck, als ob die Mutter in ihren Gedanken ein Für und Wider überlegte.

„Meinetwegen", antwortete Viktoria. „Sag Papa aber vorher, dass ich gleich komme."

Geschwind lief die Kleine aus dem Zimmer und ihre schnellen Schritte verhallten bald in der Ferne.

Anne erinnerte sich an die Geburt des Mädchens. Viktoria war es so wichtig gewesen, dass ihr Name weitergegeben wurde und sie war so voller Liebe für das Baby. Sie sah genau vor sich, wie Viktoria das Baby liebkost hatte. Heute konnte sie von dieser Zweisamkeit nichts erkennen. Ganz im Gegenteil, das kleine Mädchen flüchtete zu ihrer Tante, weil sie von der Mutter nicht die Zuneigung erhielt, die ein Kind zum Gedeihen gebraucht hätte.

„Sie ist mein anstrengendstes Kind", sagte Viktoria lapidar.

„Ich habe nichts Anstrengendes an dem Kind bemerkt." Anne war sehr verwundert über die Einschätzung ihrer Freundin.

„Du weißt nicht, wie sie sein kann."

„Viktoria ist erst vier", gab Anne zu bedenken.

„Du meinst, das schwierigste Alter kommt erst noch?"

„Nein, das meine ich nicht."

„Was meinst du denn?"

Anne dachte nach. Sie sträubte sich dagegen, Viktoria zu sagen, dass sie als Mutter für das Verhältnis zu ihrer Tochter verantwortlich war und nicht umgekehrt; dass ihr Kind noch zu klein war, um die Vorgänge des Miteinanders überhaupt überblicken zu können, geschweige denn in der Lage wäre, wegweisende Rückschlüsse zu ziehen; dass sie es sein müsste, die die Signale des Kindes entschlüsseln können sollte, um ein vertrauensvolles Miteinander mit ihrem Kind zu haben.

Sie erinnerte sich an das Gespräch mit Viktoria am Ostersonntag vor drei Jahren. Viktoria wollte damals nicht, dass ihr Kind sich immer mehr von ihr entfremdet, weil es sich so sehr an Josefa gewöhnt hatte.

„Nun sag schon!", drängte Viktoria.

„Lass dein Kind einfach spüren, dass es von dir geliebt wird."

Abend

Vreni saß am Tisch und hielt den Stopfpilz in der einen und die Nadel in der anderen Hand. Ihre rechte Hand hob und senkte sich emsig und verkürzte allmählich den Faden. Plötzlich wurde die Ruhe vom Klopfen an der Tür unterbrochen.

„Komm ruhig herein", rief Vreni. Sie konnte am Rhythmus und an der Lautstärke des Klopfens erkennen, dass der alte Wagner vor der Tür stand. Die Tür öffnete sich langsam und der Kopf des Alten schob sich durch den Spalt. „Ich hoffe, ich störe dich nicht?"

„Nein, nein, komm rein und setz dich." Vreni deutete ihm, sich auf den zweiten Stuhl zu setzen.

„War die Woche anstrengend?", wollte der Alte wissen.

„Eigentlich wie immer", seufzte Vreni. Seit zwei Jahren ging Vreni jeden Tag, von Montag bis Freitag, bei Wind und Wetter nach Burgau. In dem sieben Kilometer entfernten Ort ging sie bei Isaak Jaromir, einem Schneidermeister, in die Lehre.

„Wie geht es dem Isaak?", fragte der Alte. Er nannte den Schneider immer bei seinem Vornamen, obwohl es für Vreni selbstverständlich war, ihren Lehrherrn mit ‚Herrn Schneidermeister' oder ‚Meister Jaromir' anzusprechen.

„Ihm macht die Gicht zu schaffen. Der Meister möchte sich nichts anmerken lassen, aber er macht immer häufiger eine Pause und massiert seine Hände", antwortete Vreni.

„Hoffentlich hält er noch ein bisschen durch."

Darüber hatte sich Vreni auch schon Gedanken gemacht. Der Schneidermeister hatte seit dem Tod seiner Frau keine Verwandten mehr. Die Ehe der Jaromirs war kinderlos geblieben, obwohl sie sich so sehr ein Kind gewünscht hatten.

„Ich habe mit dem Meister schon darüber gesprochen", antwortete Vreni besorgt. „Er hat gesagt, ich solle mir über die Zukunft keine Gedanken machen. Anschließend hat er sich lobend über mich geäußert, darüber habe ich mich gefreut."

„Das hört sich ja fast so an, als würde deine Zukunft in Burgau liegen", sagte der Alte lächelnd. Er freute sich, weil sein Freund Isaak sich damals zunächst gesträubt hatte, einen weiblichen Lehrling einzustellen. „Siehst du!", sprach der alte Wagner laut und fügte gedanklich hinzu: ‚... habe ich wohl doch ein gutes Werk getan'.

„Ich will mir nicht zu viel erhoffen, denn ich bin schon über das, was er bisher für mich getan hat, sehr dankbar. Er ist so ein lieber Mensch." Vreni überlegte kurz. „Am Anfang war er sehr argwöhnisch, weil ich oft mein uneheliches Kind mitbringen musste. Ich glaube, er hatte schlimme Befürchtungen, was die Kunden angeht. Nachdem sich dies nicht bestätigt hat, wurde er immer netter zu mir. Zuweilen ist er sogar sehr nachsichtig mit mir."

„Der Isaak war nicht immer so. Er hat sich seit dem Tod seiner Frau verändert und ist weicher geworden."

„Das merke ich an seinem Umgang mit den Kunden. Ich muss immer mehr Acht geben, dass er sich von den Kunden nicht übervorteilen lässt. Dann sagt er mit einem sanften, dankbaren Lächeln: ‚Wenn ich dich nicht hätte.'"

„Ja, er hat doch auch großes Glück mit dir", sagte der Alte nachdenklich.

„Nein", versicherte Vreni ernst. „Ich habe Glück mit dir und dem Schneidermeister. Ich wüsste nicht, wo ich ohne meine beiden alten Herren heute stehen würde." Vrenis Stimme verriet ehrliche Dankbarkeit.

„Das Glück ist mit den Tüchtigen", winkte der alte Wagner ab.

„Stell dein Licht nicht unter den Scheffel", entgegnete Vreni fröhlich.

„Ich bin auch nur ein armer Sünder vor dem Herrn", schwächte der Alte ab und dachte vergnügt an die bevorstehende Nacht.

Kurz nach Sonnenuntergang

„Josefa", flüsterte Georg leise. Auf keinen Fall wollte er seine Frau wecken, falls diese bereits tief und fest schlafen sollte. Er lag schon seit geraumer Zeit mit geschlossenen Augen wach im Bett und fand keinen Schlaf. Georgs Gedanken kreisten um die ungewisse Zukunft. Gewiss freute er sich über seine neue Arbeit, trotzdem fühlte er sich ein wenig unwohl, weil er auf keinen Fall versagen durfte; es hing sehr viel davon ab.

„Ja." Josefa freute sich so sehr über die neuen Aussichten, dass sie vor lauter Aufregung noch hellwach war.

„Bist du wach?"

„Sonst würde ich wohl nicht antworten." Josefa lächelte in die Dunkelheit hinein.

„Ich habe es dir schon Ewigkeiten nicht gesagt."

„Was?"

„Na ja, dass ich dich lieb habe."

Josefa drehte sich zu ihrem Mann. „Ich weiß."

„Woher weißt du es so genau?"

Sie nahm seine Hand und führte sie zu ihrem Bauch. „Deshalb."

„Freust du dich?"

„Ja, sehr."

„Hast du Angst?"

„Nein, mein lieber Mann", sagt Josefa mit viel Zärtlichkeit in der Stimme. Sie wusste, dass ihn sein Gewissen plagte, weil er fortgehen musste.

„Ich mag dich nicht allein lassen."

„Ich weiß, aber du musst."

„Soll ich bleiben?" Georg wusste, dass er keine Wahl hatte, und bereute seine Frage, noch ehe die letzte Silbe verklungen war.

„Sei nicht albern", sagte Josefa und drückte ihren Mann an sich. Sie war ihm oft eine gute Trösterin.

„Ich mache mir Sorgen", gab Georg leise zu, obwohl er doch stark bleiben wollte.

„Brauchst du nicht. Es ist noch lange hin bis zur Geburt. Und vorher fährt Anne nach Berlin, um sich mit einer Frau zu treffen, die sehr viel Wissen von Schwangerschaften und Geburten haben soll."

„Welche Frau?"

„Eine Olga sowieso. Ihr Name will mir jetzt nicht einfallen."

„Ist Anne rechtzeitig wieder hier?" Die Vorstellung, dass er nicht zu Hause sein konnte, wenn das Baby kam, war schon schlimm genug für ihn. Aber wenn auch die Hebamme nicht da sein sollte, dann würde er sich etwas überlegen müssen.

„Anne fährt Mitte September nach Berlin und wird auf jeden Fall im Oktober zurück sein."

„Das beruhigt mich ein wenig."

„Du sollst nicht nur ein wenig beruhigt sein, sondern ganz."

Eine kurze Zeit der Stille begann, in der Georg nachdachte.

„Josefa, du bist so anders in letzter Zeit. Geht es dir wirklich so gut oder machst du mir etwas vor?", fragte Georg zögernd. Er stellte diese Frage, obwohl er die Befürchtung hatte, etwas Falsches zu sagen, so dass Josefa wieder in die bedrückte Stimmung der letzten Jahre zurückfallen könnte. Erst jetzt wurde ihm bewusst, wie sehr ihm die Jahre ihrer Seelenqual zugesetzt hatten.

„Ich glaube, jetzt wird alles gut. Der Frühling hatte mir schon ein Gefühl der Hoffnung gegeben, gestern dann die gute Nachricht über deine neue Arbeit in Augsburg und heute Morgen kam Anne zu mir. Sie hat mir zusätzlichen Mut gemacht. Wir haben uns viel unterhalten, auch über Berlin. Es war schön, ihr zuzuhören. So eine große Stadt möchte ich auch mal kennenlernen."

Georg gab Josefa einen Kuss auf die Stirn und legte sich auf seinen Rücken.

„Bitte versprich mir, dass du auf unsere Tochter besonders achtest, wenn ich weg bin."

„Wie meinst du das?"

„Unsere Josefa ist oft bei mir, wenn Viktoria bei uns ist." Georg war froh über den guten Gemütszustand seiner Frau und wollte diesen, so kurz vor dem Aufbruch nach Augsburg, nicht trüben. Deshalb würde er auch nicht sagen, dass ihm die derzeitige Kälte seiner Frau, gegenüber ihrer gemeinsamen Tochter, aufgefallen war. Er hoffte, seine Frau würde ohne viele Worte verstehen, dass sie nun seinen Part übernehmen musste, damit ihre Tochter nicht unglücklich werden würde.

„Als ich heute das Licht des Tages genoss und eine seltsam anmutende innere Ruhe fand, begriff ich plötzlich, warum ich mich unserer Tochter nie annähern konnte."

Georg war erschrocken über die offenen und zugleich tiefgreifenden Worte seiner Frau und fragte gespannt: „Warum?"

„Ich hatte Angst, unsere Tochter zu verlieren, wenn ich sie zu sehr ins Herz schließen würde", sagte Josefa und weinte stille Tränen. „Aber ich werde mich ihr öffnen, weil ich sie *doch* liebe."

Sonntag, 04. Mai, kurz nach Mitternacht

„Da bist du ja endlich!", flüsterte eine männliche Stimme. Seine Konturen wurden durch das sanfte Licht des Mondes sichtbar.

„Ich konnte nicht eher. Der Kerl wollte einfach nicht ruhig schlafen. Mir war, als würde er etwas ahnen", antwortete eine Frauenstimme. Vorsichtig verschloss sie die Holztür, damit das Knarren der Scharniere möglichst leise blieb. Nun war es finster um sie herum.

„Nicht so schnell", quietschte die Stimme der Frau vergnügt. „Du weißt, ich will deinen langen Prügel im Licht erwachen sehen."

„Warte, ich muss die Streichhölzer suchen", sagte er ungeduldig und doch auch vergnügt.

Ein leises Rascheln von Stoff war zu hören. Bald darauf war das Rasseln von Streichhölzern in einer Schachtel zu vernehmen. „Aha, ich hab sie", flüsterte der Mann erleichtert.

„Oho, ich fühle da etwas, es fühlt sich an wie ein schlaffer Fahrradschlauch. Wollen wir mal sehen, ob wir den wieder zum Leben erwecken können."

Das Zünden des Streichholzes nahm die Frau mit lüsterner Vorfreude zur Kenntnis. Es verhieß ihr das im Licht erstrahlende männliche Glied. „Aha, da haben wir ihn ja", sagte die Frau erfreut auflachend.

Der Mann hielt das Streichholz an den Docht der Petroleumlampe. Schnell erhellte sich der hohe Raum mit seinen imposanten Deckenbalken, der vornehmlich zur Lagerung von Heu diente.

„Wen haben wir denn da?" Die zornige Stimme gehörte Bauer Salger. Er schaute durch ein geöffnetes Fenster und blickte auf das lüsterne Treiben in seinem Stall.

Vor dem Morgengrauen

„Theodor", flüsterte Viktoria, während sie ihrem schnarchenden Mann auf die Schulter klopfte. „Wach auf!" Sie schüttelte kräftiger.

„Was ist denn?", fragte der Wirt müde und grub seinen Kopf tiefer in sein Kissen hinein. Er wankte zwischen Traum und Wirklichkeit und hoffte dem Schicksal des Aufwachens noch entrinnen zu können. Diese Hoffnung wurde jedoch durch ein kräftiges Ziehen am Ohr jäh zerstört.

„Au! Was soll denn das?" Der zunehmende Ärger vertrieb den sanften Schlaf abrupt. „Bist du verrückt oder was?"

„Sei leise", sagte Viktoria mit gedämpfter Stimme, aber energisch genug, um ihren Mann in Obacht zu versetzen. „Ich glaube, jemand will bei uns einsteigen."

„Wie kommst du denn darauf?"

„Horch!"

Die nächtliche Stille wurde von einem bedrohlichen, leisen Rascheln gestört.

„Jetzt höre ich es auch. Es kommt von der Haustür." Während der Wirt sich auf seine Ellenbogen stützte, versuchte er die nächtlichen Geräusche einzuordnen. „Vielleicht ist es Meister Oswald, der Wasser lassen muss", argwöhnte er und versuchte damit, sich und seine Frau zu beruhigen. „In seinem Alter haben viele Menschen eine schwache Blase."

„Rede doch keinen Unsinn. Erstens hat er den Nachttopf und zweitens würde er, wenn überhaupt, hinten raus gehen", flüsterte Viktoria.

„Ich werde nachsehen." Der Wirt stand auf, schlüpfte mit seinen nackten Füßen in die Pantoffeln und schlich leise in Richtung Zimmertür.

Viktoria beobachtete ihren Mann. Sein weißes Nachthemd reflektierte das helle Mondlicht. Ihr Herz schlug rasend. „Theo", flüsterte sie. So nannte sie ihn sehr selten, beispielsweise wenn sie sich sehr verbunden mit ihm fühlte oder ihn, wie in dieser Situation, in großer Gefahr wähnte.

Theodor drehte sich um und Viktoria konnte im Mondschein seine Anspannung im Gesicht erkennen. „Pass auf, dass dir nichts passiert", flüsterte sie besorgt.

Er nickte ihr zu und ging durch die offen stehende Zimmertür. Es war für ihn ein seltener Augenblick, in dem er ihre Liebe deutlich spürte, eine Liebe, die ihn durch ihre ängstlich klingenden Worte mit unsichtbaren Schwingungen erreichte, eine Liebe, die in ihm ein wohliges Gefühl von Wärme aufkommen ließ. Dieses Gefühl währte jedoch nur kurz, weil es in seinem Bewusstsein alsbald wieder von den beunruhigenden Geräuschen überlagert wurde. Dennoch war diese Liebe nachhaltig, denn sie war für ihn eine Art Antriebsfeder, die es ihm ermöglichte, für seine Frau alles zu geben.

Die Zeit der Ungewissheit schien für Viktoria nicht enden zu wollen. Zu ihrem erhöhten Herzschlag gesellte sich ein starkes Zittern. Endlich vernahm sie die Stimme ihres Mannes.

„Viktoria, komm schnell her!"

Seiner Stimme konnte Viktoria entnehmen, dass keine Gefahr bestand, jedoch etwas Unangenehmes passiert sein musste. Sie sprang aus dem Bett und lief barfüßig über den Holzfußboden zu ihrem Mann.

Die Haustür stand offen und es bedurfte für Viktoria nur des Mondlichts, um zu erkennen, dass sich ihr Mann über eine in der Türschwelle liegende Gestalt beugte, dessen Kopf er in seinem Ellenbogen hielt.

„Vater! Das ist doch mein Vater", stellte Viktoria entsetzt fest. „Was ist mit dir?"

„Er antwortet nicht. Komm, bringen wir ihn rein."

„Wie denn?", fragte Viktoria hilflos.

„Weiß ich auch nicht." Der Wirt überlegte kurz. „Er ist so dünn, den werde ich allein ins Haus tragen."

„Wie soll das denn gehen?"

Der Wirt ging auf die Frage seiner Frau nicht ein. Er schob seine Arme unter den Rücken und die Kniekehlen des Alten, hob den drahtigen Körper hoch und trug ihn wie ein Kind ins Haus. Viktoria schloss die Tür und ging anschließend voraus.

„Wohin mit ihm?" Erst jetzt fiel dem Wirt ein, dass der Alte sein Zimmer oben hatte. Er schaute seine Frau an, die mit ihrem Zeigefinger Richtung Zimmerdecke zeigte. „Nein!", sagte der Wirt erschrocken. „Ich werde Vater nicht die schmale Treppe hochschleppen."

„Legen wir ihn in die Stube", bestimmte Viktoria, denn Eile war geboten.

Der Wirt nickte und dachte gleichzeitig an das gute Möbelstück, auf welches er seinen Schwiegervater gleich niederzulegen gedachte. „Bevor ich ihn hinlege, musst du aber noch eine Decke auf dem Sofa ausbreiten."

Sie durchquerten den Flur und gingen in ihre Stube. Viktoria zündete eilig eine Kerze an, holte eine Decke aus der Truhe und breitete sie auf dem Sofa aus. Vorsichtig legte der Wirt seinen Schwiegervater ab.

Beide starrten auf den reglos daliegenden alten Mann.

„Was ist denn bloß passiert?", fragte Viktoria und begann zu weinen.

„Prügel hat er bezogen. Ist bewusstlos. Wenn er aufwacht, wird er uns schon berichten, was los war", antwortete der Wirt lapidar. „Oder auch nicht." Er kannte seinen Schwiegervater gut und nahm nicht an, dass er die ganze

Wahrheit erfahren würde. Das Wichtigste für ihn war, dass der Alte nicht lebensbedrohlich verletzt war, und wenn er seinem Gefühl trauen durfte, war dies nicht der Fall.

„Warum sollte jemand einem alten Mann solche Prügel antun?", fragte die Tochter schluchzend und schüttelte vor lauter Unverständnis ihren Kopf.

„Frag dich doch mal, wo dein Vater wohl um diese Zeit herkommt." Der Wirt dachte an den Ruf seines Schwiegervaters. Im Dorf sagte man dem alten Schulmeister nach, dass er jedem Rock nachschauen und sich ihm bietende amouröse Gelegenheiten beim Schopfe packen würde.

„Mein armer Vater." Viktoria weinte nun heftiger.

„Nun hör auf zu heulen." Theodor wurde ärgerlich. „Wenn er für das, was ich annehme, Prügel bezogen hat, dann ist er selbst schuld."

„Wie kannst du jetzt so sprechen. Ganz egal was passiert ist, wir brauchen dringend einen Arzt." Aufkommender Zorn vertrieb in Viktoria das erste lähmende Entsetzen. „Ich hole eine Schüssel mit Wasser, um ihm das Blut abzuwischen und anschließend werde ich mir einen Überblick über seine Verletzungen verschaffen." Sie deutete auf ihren Vater. „Und du machst dich bitte auf den Weg nach Landensberg und holst Doktor Willrich."

„Jetzt sofort?", fragte der Wirt irritiert. Langsam meldete sich das schlechte Gewissen in ihm, denn bisher hatte er nicht einen Gedanken an einen Arzt verschwendet.

„Ja, jetzt sofort."

Morgengrauen

„Wie geht es ihm?" Vreni stand der Schreck noch im Gesicht geschrieben. Sie war aufgewacht und wollte gerade nach dem Rechten sehen, als der Arzt eintraf und Viktoria ihm erklärte, dass ihr Vater in der Stube lag und erst seit kurzem wieder ansprechbar war.

„Ich mache mir große Sorgen, aber wenigstens ist er wieder bei Bewusstsein. Wenn der Doktor ihn untersucht hat, werden wir mehr wissen", antwortete Viktoria mit besorgter Miene und deutete mit ihrem Blick zur Stubentür. Sie war froh, dass Vreni einfühlend genug war und nicht nach dem Warum fragte.

„Ich werde in der Küche helfen und mich um die Kleinen kümmern, wenn sie aufwachen."

„Ich danke dir, Vreni."

„Ist doch selbstverständlich. Später werde ich dann mit den Großen zur Kirche gehen."

„Daran habe ich noch gar nicht gedacht. Heute ist ja Sonntag." Viktoria fasste sich an die Stirn und richtete ihren Blick nach oben. „Es wäre mir lieb, wenn möglichst niemand mitbekommt, was passiert ist. Ich möchte möglichst keinen Nährboden für weiteren Klatsch im Dorf geben."

Vreni wusste, dass Viktoria auf das Getratsche etlicher Leute ansprach, die noch immer ihre Mutmaßungen über sie, ihr Kind und den alten Wagner anstellten. Sie wusste aber auch, dass Viktoria mit der Entscheidung ihres Vaters, ihr und ihrem Kind Obdach in diesem Hause zu geben, mittlerweile einverstanden war. „Du kannst dich auf mich verlassen."

„Ich weiß."

„Viktoria?" Vreni hatte Mühe, ihre Gedanken in Worte zu fassen. Sie blickte Viktoria unsicher an.

Als Viktoria diese Verunsicherung bemerkte, ermutigte sie Vreni, mit aufmunterndem Blick, ihr Anliegen auszusprechen.

„Ich habe deinem Vater einiges zu verdanken und ich hoffe nichts sehnlicher, als dass es ihm bald wieder gut geht."

Viktoria nahm Vrenis Hand. „Wenn es etwas Neues gibt, werde ich es dir gleich sagen."

„Danke!", sagte die ehemalige Magd und ging in die Küche.

Viktoria blieb in der Nähe der Tür, die zur Stube führte und ging unruhig hin und her. Irgendwann öffnete sich diese und der Doktor kam zum Vorschein.

„Sie können jetzt hereinkommen", sagte der Arzt, während er mit einer Hand die Türklinke anfasste und mit seiner anderen in den Raum zeigte.

Nach einem kurzen, prüfenden Blick in die Augen des Arztes ging Viktoria an ihm vorbei.

Doktor Willrich hatte einen hoch anliegenden Haaransatz, hinter dem sich graue Haare kräuselten. In den tiefen Falten und Furchen seines Gesichts waren mit den Jahren die Spuren eines bewegten Lebens sichtbar geworden. Im deutsch-französischen Krieg diente er als Lazarettarzt im Königlich Bayerischen Armee-Korps und wurde für seinen Einsatz an den Schwerstverwundeten, sogar in bedrohlichster Lage für das eigene Leben, mit dem Eisernen Kreuz ausgezeichnet. Dagegen war seiner Meinung nach alles, was er in seiner jetzigen Aufgabe als Landarzt behandelte, reiner „Hühnerkram". Der Doktor trug einen braunen Anzug. Aus der Brusttasche seiner Anzugjacke hing das Kettchen seines Monokels. Seine Schuhe wirkten nach dem nächtlichen Ritt ungeputzt.

„Kein Grund zur Sorge", teilte der Doktor sogleich mit. „Im Grunde alles Hühnerkram."

„Was hat mein Vater, Herr Doktor?", fragte Viktoria besorgt, während sie ihren Vater prüfend musterte. Er sah bleich aus und guckte seine Tochter aus müden, rotgeränderten Augen an.

„Mach dir man keine Sorgen", sagte der Alte mit müder Stimme, bevor der Arzt auf die gestellte Frage eingehen konnte.

„Alles halb so schlimm", gab der Arzt sich optimistisch, während Viktoria vor Kummer hätte schreien mögen.

„Aber was hat er denn nun?"

„Also, Frau Fink, ihre Erstversorgung war, ihren Möglichkeiten entsprechend, sehr gut", schwatzte der Arzt gedehnt. „Die Schürfwunden am Kopf sind nicht der Rede wert und das rechte Handgelenk ihres Vaters ist verstaucht. Er hat mehrere Hämatome, die er sich von einem Sturz oder Ähnlichem zugezogen haben dürfte. Unerfreulicherweise schweigt der Patient zur Ursache beharrlich."

Doktor Willrich sah den alten Wagner schmunzelnd an.

„Nun zum etwas unangenehmen Teil der ganzen Misere", sprach der Arzt weiter und legte eine Sprachpause ein, die an Viktorias Geduld zerrte. „Die Platzwunde an seiner Stirn muss umgehend genäht werden", führte der Arzt weiter aus und deutete mit dem Zeigefinger auf den Kopf des Alten, um anschließend mit selbigem Finger in Richtung des rechten Beines zu zeigen.

„Das Bein bereitet mir jedoch am meisten Sorge", sagte der Arzt und kratzte sich nachdenklich an der Stirn.

„Was ist denn mit dem Bein?", fragte Viktoria. „Als er zu sich kam, klagte er über heftige Schmerzen", erinnerte sie sich.

„Die starken Schmerzen, die ihr Vater gehabt haben dürfte, als er sich vom Unglücksort hierher geschleppt hat, führten wahrscheinlich zur Besinnungslosigkeit", schlussfolgerte der Arzt.

„Was ist denn nun mit dem Bein?"

„Im Krieg, da war Derartiges an der Tagesordnung."

„Was?" Viktoria unterdrückte mühevoll ihre Ungeduld gegenüber dem Arzt.

„Es ist gebrochen."

„Himmel, Arm und Wolkenbruch!", entfuhr es Viktoria, die vor Schreck ihre Hand an ihren Mund legte. „Entschuldigung."

„Halb so schlimm", sagte der Arzt.

Viktoria dachte, dass er ihren Ausruf meinte.

„Es ist ja kein offener Bruch", versuchte der Arzt Viktoria zu beruhigen. „Somit ist das alles nur Hühnerkram."

„Was bedeutet ‚halb so schlimm'?"

„Das bedeutet: Bei einem offenen Bruch wären die Heilungsaussichten sehr schlecht. So können wir jedoch davon ausgehen, dass wir das Bein ihres Vaters richten können und er bald wieder auf den Beinen ist – im wahrsten Sinne des Wortes", antwortete Doktor Willrich und grinste als Einziger über sein Wortspiel.

„Wenn alles gut geht, wird er später nur humpeln."

„Wie bitte?", rief Viktoria erschrocken aus.

„Richten, schienen und längere Zeit liegen", klärte der Doktor nüchtern auf.

„Ich denke, das Richten muss doch irrsinnige Schmerzen verursachen." Viktoria schwirrte der Kopf. Sie fragte sich, wie es jetzt weitergehen würde. „Machen Sie das mit dem Bein hier?"

„Ich kann es machen. Im Krieg habe ich solche Kinkerlitzchen ohnehin meistens ohne Narkose gemacht, weil uns das Chloroform ausgegangen war." Doktor Willrich war erneut in Versuchung, in vergangene Zeiten abzuschweifen.

„Das kommt nicht in Frage! Von wegen ohne Narkose", unterbrach Viktoria den Doktor empört.

„Dann müssen Sie Ihren Vater nach Augsburg in die Hessing-Klinik schaffen."

„Wir haben Pferd und Wagen."

„Nun gut, wie Sie wollen." Der Arzt schien enttäuscht darüber zu sein, nicht selbst Hand anlegen zu dürfen. „Die Platzwunde muss ich aber gleich nähen, da wird Ihr Vater nicht darum herumkommen. Danach werde ich das Bein für den Transport fixieren. Alles Weitere liegt dann in Ihrer Hand."

„Nun gut. Irgendwie werden wir es schon schaffen", gab sich Viktoria optimistisch.

„Wenn ich wieder in Landensberg bin, muss ich den Wachtmeister informieren", sagte Doktor Willrich.

Viktoria schaute den Doktor fragend an.

„Ihr Herr Vater schweigt sich über die Ursache aus und ich kann nicht ausschließen, dass seine Verletzungen auf eine Straftat zurückzuführen sind." Nun schaute Viktoria auf ihren Vater, der sich auch jetzt nicht gewillt zeigte, etwas dazu zu sagen.

Vormittag

Polizeioberinspektor Heinrich Unterbäumer legte viel Wert auf seine akkurate Erscheinung. Er trug einen gezwirbelten Schnurrbart, während seine Wangen stets frisch rasiert waren. Die Haare hatte er mit Pomade zu einem Seitenscheitel gekämmt, was jedoch nur ansatzweise unter seiner Pickelhaube zu erkennen war. Seine Uniform saß wie maßgeschneidert und die Knöpfe an ihr wirkten poliert. Auch an diesem Tag hatte er seine Dienststiefel geputzt und auf Hochglanz gebracht. Dies gehörte zu seinem sonntäglichen Ritual, welches er gleich nach dem Frühstück zelebrierte. Dabei zog er die Wichsbürste in langen schnellen Zügen über das schwarze Leder, blies zwischendurch einige schnell aufeinanderfolgende Atemstöße auf den Stiefel und unterzog ihn anschließend einer kritischen Sichtprüfung. Wenn dieser Vorgang mehrmals von ihm wiederholt wurde, hauchte er sein ritualisiertes „Der ist ja wieder wie neu!" über die Lippen. Doch erst, wenn das Stiefelpaar glänzend vor ihm auf dem Fußboden stand und seine Frau mit einem bejahenden Nicken neben ihm erschien – er wollte auch nach all den Jahren nicht wissen, wie sie es fertigbrachte, zum richtigen Zeitpunkt neben ihm zu stehen –, war er mit seinem Werk vollends zufrieden.

„Grüß Gott!", rief Polizeioberinspektor Heinrich Unterbäumer in zackigem Tonfall. „Ich hoffe, ich komme noch rechtzeitig. Ist der Verletzte noch im Hause?"

„Grüß Gott, Herr Wachtmeister!", erwiderte Viktoria. Sie dachte daran, wie gut es war, dass die Dorfbewohner gerade jetzt, als der Polizist erschien, in der Kirche waren.

„Polizeioberinspektor, wenn ich bitten darf." Unterbäumer räusperte sich.

„Oh, entschuldigen Sie bitte." Es war Viktoria unangenehm, da ihr die militärischen und polizeilichen Ränge des Landes nicht geläufig waren. „Ich werde mir Mühe geben, es mir zu merken. Mein Vater liegt in der Stube. Mein Mann spannt gerade die Pferde vor den Wagen, denn wir wollen meinen Vater gleich nach Augsburg bringen."

„Eins nach dem anderen, liebe Frau Fink. Ihren Mann habe ich bereits im Vorbeigehen gesehen, aber heute bin ich nicht auf ein gewöhnliches Schwätzchen zu Ihnen gekommen. Heute bin ich dienstlich hier!" Den letzten Satz sprach der Hüter des Gesetzes besonders förmlich aus und fügte befehlerisch hinzu: „Bringen Sie mich zu Ihrem Herrn Vater."

„Kommen Sie bitte, ich gehe vor." Viktoria ging voran und verließ mit dem Polizisten die Gaststube. Ihr kam der Gedanke, dass Heinrich Unterbäumer sonst nur in Zivil im ‚Adler' erschien, um mit zwei weiteren Herren Skat zu spielen. In dieser kleinen Runde zeigte er sich immer von seiner geselligen Seite. Auch wenn er verhältnismäßig viel Alkohol trank, war ihm ein erhöhter Alkoholpegel niemals anzumerken. Er war ein angenehmer Gast, der gerne lachte und andere Gäste mit seiner heiteren Stimmung durchaus mitziehen konnte. ‚So ganz anders als jetzt', dachte Viktoria, während sie an die Wohnzimmertür klopfte.

Hinter der Tür war kein Laut zu vernehmen.

„Ich danke Ihnen", sagte der Polizist zu Viktoria, deutete ihr, dass er nun alleine zurechtkommen würde, und stieß die Zimmertür auf.

„Grüß Gott, Herr Wagner!"

„Herr Wachtmeister!" Der alte Wagner war erstaunt, den Amtsträger schon so zeitig sehen zu müssen. Er hatte sogar gehofft, dass ihm diese Begegnung für heute erspart bleiben würde. „Sie sind schon da?"

„Wenn hier in meinem Revier etwas krumm läuft, kenne ich kein Privatleben. Und dass hier etwas krumm gelaufen ist, riecht meine Spürnase. Also keine Unwahrheiten auf meine Fragen, wenn ich zunächst einmal höflichst bitten darf." Mit seinen Redewendungen schüchterte der Polizist viele Leute ein, denn die Mehrzahl der Menschen, die er verhörte, waren im Grunde ehrbare Bürger, die nicht mit dem Gesetz in Konflikt geraten und jeden Verdacht gegen sie so schnell wie möglich bereinigt haben wollten. Den alten Wagner zählte Unterbäumer zu den Ehrbaren, und er meinte schon jetzt, einen Anflug von

Unsicherheit im Gesicht seines Gegenübers erkannt zu haben, obwohl dieser den Ruf eines störrischen, selbstbewussten Menschen hatte.

Es entstand eine kleine Pause, in der sich die Männer zu taxieren schienen.

„Im weiteren Gespräch bin ich für Sie Polizeioberinspektor Unterbäumer", stellte die Amtsperson fest, nahm die Pickelhaube ab, klemmte sie unter den linken Arm und schob die rechte Hand in die Uniformjacke, so dass nur noch der Daumen hervorlugte.

‚Auch so ein Möchtegern-Napoleon in Polizeiuniform', dachte der alte Wagner.

„Wann sind Sie letzte Nacht aus dem Haus gegangen?", begann Unterbäumer seine Befragung.

„Das muss so gegen 23 Uhr gewesen sein."

„Mit welchem Ziel?"

„Kann ich mir Ihrer Verschwiegenheit sicher sein, wenn ich darauf antworte?"

„Solange diese Sache nicht vor Gericht verhandelt wird, dann ja. Wenn diese Angelegenheit jedoch irgendwann einmal vor Gericht verhandelt wird, werden Sie diese Frage ohnehin beantworten müssen."

Der alte Wagner überlegte einen Augenblick. „Ich habe mich auf den Weg zu Frau Vogt gemacht."

„Die Hebamme Anne Vogt?", fragte Unterbäumer verwundert.

„Nein, die Witwe Vogt meine ich."

„Aha." Nun wurde die Sache interessant für den Inspektor. ‚Der Vogel fängt an zu singen', dachte er und holte einen Notizblock aus einer Innentasche seiner Uniformjacke. „Welchen Zweck hatte Ihr Besuch bei der Witwe Vogt?"

„Wir sind zwar in einem fortgeschrittenen Alter, haben aber doch auch unsere Bedürfnisse. Damit wir keinen Anstoß erregen, treffen wir uns heimlich."

Es gehörte zu den Gepflogenheiten des Inspektors, dass er die persönlichen Gefühle von Zeugen oder Verdächtigen ignorierte, wenn diese nicht zur Klärung eines Falles beitrugen. „Wie lange hat Ihr Besuch bei der Witwe gedauert?", fragte er deshalb unbeeindruckt weiter.

„Das muss kurz nach Mitternacht gewesen sein."

„Also nach etwa einer Stunde. Ist das der übliche Zeitrahmen für Ihre Besuche bei der Witwe Vogt?"

„Nein, sonst sind wir bis in den frühen Morgen zusammen."

„Warum nicht letzte Nacht?"

„Nun ja, wie soll ich es am besten ausdrücken? Frau Vogt war letzte Nacht nicht in der gewohnten Stimmung. Da zog ich es vor, bald wieder zu gehen."

Wozu die Witwe nicht in der Stimmung war, wollte der Inspektor lieber nicht wissen. Wahrscheinlich würde sein Gegenüber darauf auch nicht antworten. Es war ihm wichtig, den alten Schulmeister bei Laune zu halten, um möglichst viel von ihm zu erfahren. Unterbäumer hoffte, dass es in dieser harmlos anmutenden Geschichte eine Verbindung zu den Viehdiebstählen der letzten Jahre geben könnte. Weil seine Vorgesetzten in dieser Angelegenheit endlich Ergebnisse forderten, stand der Polizist unter erheblichem Druck und wollte nichts übersehen oder unversucht lassen.

„Sie haben sich also von der Witwe Vogt verabschiedet. Was war nun Ihr Ziel?"

„Ich wollte nach Hause." Der alte Wagner spürte, dass dies wahrscheinlich seine letzte unbefangene Antwort sein würde.

„Auf dem Weg nach Hause hatten Sie dann eine unerwartete Begegnung. Ist es so?"

„Das kann man wohl sagen." Der Alte dachte an die erste seiner beiden unerwarteten Begegnungen der letzten Nacht. Wie immer ging er nicht den direkten Weg entlang der Hauptstraße, wenn er von der Witwe kam, sondern nahm einen Umweg über einen Trampelpfad. Der Pfad verlief parallel zur Höllgasse und verband die Schmiede am Ende der Gasse im Südwesten mit dem Gasthof an der Hauptstraße im Norden. Diesen Weg war er schon viele Male ohne besondere Vorkommnisse gegangen. Er kannte die Geräusche der Nacht und beachtete das Rascheln im Unterholz oder den Wind in den Bäumen kaum noch. Das Knacken eines Holzstückes ließ ihn in der letzten Nacht aber doch aufschrecken, schnell verkroch er sich in das Dickicht am Rand des Pfades, um abzuwarten. Es dauerte nicht lange, da entdeckte er den Bruder seines Schwiegersohnes im fahlen Licht des Mondes. Georg trug ein Bündel auf dem Rücken und schaute sich nach allen Seiten um, bevor er wieder in der Dunkelheit verschwand.

Davon wollte der alte Wagner dem Staatsdiener lieber nichts erzählen. Er erzählte ihm von seiner zweiten, unerwarteten Begegnung.

„Ich ging gerade den Pfad parallel zur Höllgasse. Es waren nur noch wenige hundert Schritte, bis ich mein Ziel erreicht hätte, da kam plötzlich der Doktor Willrich rückwärts aus dem Dickicht, blieb genau vor mir stehen und drehte sich in meine Richtung. Mir fuhr der Schreck in die Magengegend, den ich allerdings auch im Gesicht des Doktors erkennen konnte. Zudem schien er fürchterliche Angst zu haben. Wir starrten uns Augenblicke an. Er war außer Atem." Erst jetzt, wo der Schulmeister sich an den Gesichtsausdruck des Doktors erinnerte, begriff er, dass Doktor Willrich offensichtlich verfolgt wurde.

„Wie ging es weiter?"

„Der Doktor und ich sagten kein Wort zueinander. Ich war zu erschrocken und deshalb sprachlos. Der Doktor schob mich unvermittelt beiseite und rannte den Pfad entlang, in die Richtung, aus der ich zuvor gekommen war. Ich schaute ihm noch nach, bis er hinter der nächsten Biegung verschwunden war."

In diesem Moment wurde dem alten Wagner bewusst, dass er wahrscheinlich das Opfer einer Verwechslung geworden war und der Überfall eigentlich dem Doktor gegolten hatte.

Der Inspektor wurde jetzt, da es für ihn spannend wurde, ungeduldig. Er war sich sicher, dass der alte Wagner gleich den Täter nennen würde. „Was ist dann passiert, Herr Wagner?"

„Dann ging alles sehr schnell. Ich hörte hinter mir einen weiteren Mann, drehte mich um und bekam augenblicklich einen harten Schlag in mein Gesicht. Der Schlag brachte mich sofort zu Boden und raubte mir fast die Sinne, so benommen war ich."

„Wer war dieser Mann?"

„Ich weiß es nicht. Ich konnte für einen Moment nichts mehr sehen."

„Woher wissen Sie, dass es ein Mann war?"

„Seine Stimme war männlich."

„Sie haben seine Stimme gehört?"

„Ja."

„Kennen Sie die Stimme? Können Sie sie zuordnen?" Der Inspektor wurde ungeduldig.

„Sie kommt mir im Nachhinein bekannt vor, aber mir will nicht einfallen, zu wem sie gehört." Der alte Wagner machte ein angestrengtes Gesicht.

Der Inspektor hätte jetzt gerne den Namen genannt bekommen. Aber er dachte an Doktor Willrich, dem er anschließend noch einen Besuch abstatten würde. Von ihm, da war er sich fast sicher, würde er den Namen erfahren. Zunächst wollte er aber dieses Verhör zu Ende bringen.

„Woher haben Sie Ihre weiteren Verletzungen?", fragte der Polizist. „Bisher sprachen Sie nur von einem Schlag auf den Kopf."

„Anschließend trat der Mann auf mich ein und hat mich wahrscheinlich mit einem Knüppel oder Ähnlichem geschlagen."

„Sie sprachen von seiner Stimme. Was hat er gesagt?"

„Abrupt hörte er auf zu schlagen und sagte: ‚Ach du Scheiße.'"

„Und dann?"

„Lief der Kerl weg."

„Wie sind Sie nach Hause gekommen?"

„Ich bin mehr oder weniger bis hierher zum Wirtshaus gekrochen und vor der Haustür muss ich dann zusammengebrochen sein; jedenfalls setzt mein Erinnerungsvermögen von da an aus."

„Wer hat Sie gefunden?"

„Mein Schwiegersohn. Er und meine Tochter haben mich ins Haus getragen und dann den Doktor informiert."

Der Polizist überlegte eine Weile und kam zu dem Schluss, dass hier nichts von Belang mehr zu erfahren sein würde. „Gut, ich habe keine Fragen mehr. Wenn Ihnen noch etwas von Bedeutung einfällt, lassen Sie es mich wissen. Bleibt mir nur noch, Ihnen alles Gute zu wünschen."

„Danke."

„Auf Wiedersehen!", sagte der Polizist, tippte zum Gruß an seine Stirn und setzte sich die Pickelhaube auf, bevor er den Raum verließ.

Mittag

„Diesmal also ein Lamm." Inspektor Unterbäumer war gerade auf das Polizeirevier zurückgekehrt, als Bauer Kroitsch zur Tür hereinkam, um Anzeige gegen Unbekannt zu erstatten. Eigentlich hätte Wachtmeister Diepenbusch Dienst haben sollen, er lag jedoch mit einer fiebrigen Erkältung im Bett.

„Jedes Frühjahr dasselbe. Immer wenn man am wenigsten damit rechnet, kommt des Nachts ein Dieb, entwendet ein Lamm aus dem Stall und entkommt unerkannt. So ein Dreck." Bauer Kroitsch wurde vor Wut rot im Gesicht. „Wenn ich den in die Hände kriege." Er machte mit beiden Händen Bewegungen, als würde er einer Gans den Hals umdrehen. Das Gebaren passte gar nicht zu diesem ansonsten ängstlich wirkenden Mann, dessen Beine beim Sitzen in ständiger Bewegung waren. Seine Lippen zitterten beim Sprechen ein wenig, während sich auf seiner Stirn Falten der Anstrengung bildeten. An seiner verzerrt wirkenden Gesichtsmuskulatur konnte man erkennen, dass er krampfhaft versuchte, seine Unsicherheit zu verbergen.

„Das überlassen Sie dann bitte der Staatsgewalt", ordnete der Inspektor an. „Wann haben Sie den Diebstahl bemerkt?"

„Heute Morgen." Der Bauer überlegte. „Zunächst habe ich nichts bemerkt. Nur das Verhalten des Hundes kam mir etwas merkwürdig vor. Er ging so geduckt, als hätte er etwas ausgefressen. Wissen Sie, Herr Wachtmeister, mein Hund ist ein sehr kluger …"

„Polizeioberinspektor, wenn ich bitten darf! Und kommen Sie gefälligst zur Sache", sagte Unterbäumer streng. Er kannte den Bauern gut. Wenn dieser über seine einzelnen Tiere zu sprechen begann, bestand die Gefahr, dass er abschweifen würde. Dafür hatte er weder die Zeit noch das Interesse.

„Ich ging also in den Stall zu den Schafen, um nach dem Rechten zu sehen. Die Olga war mir zu unruhig. Deshalb schaute …"

„Wer ist Olga, verdammt noch mal?"

„Das Mutterschaf vom gestohlenen Lamm", sagte der Bauer verwundert, als müsse der Polizist davon Kenntnis haben.

„Herr Kroitsch! Wollen Sie mich verar…? Zur Sache jetzt!", sagte der Polizist energisch. „Heute Morgen haben Sie den Verlust eines Ihrer Lämmer festgestellt. Sie sind sich sicher, dass das Schaf Ihnen nicht ausgebüxt ist?"

„Ganz sicher. Der Pferch war geschlossen gewesen, davon habe ich mich noch am Abend überzeugt. Kein Lamm der Welt kann die hohe Einfriedung überwinden", verteidigte sich Kroitsch.

„Hat der Täter Spuren hinterlassen?"

„Das geknackte Schloss …", der Bauer legte das Corpus Delicti auf den Tisch. „… und einige Fußabdrücke auf dem Boden."

„Ich werde später vorbeikommen und die Abdrücke begutachten. Sorgen Sie dafür, dass sie niemand verwischt."

„Ja, ich hoffe, dass sie noch da sind."

„Dann aber im Stechschritt nach Hause. Sorgen Sie dafür, dass keiner am Tatort herumtrampelt."

„Jawohl, Herr Ober …, äh, wie war das noch?"

„Nun aber raus!"

Nach dem Mittagessen

Heinrich Unterbäumer war satt. Seine Frau hatte sein Leibgericht, Sauerbraten mit Spätzle, gemacht. Dazu hatte sie ein eingemachtes Glas mit selbstgemachtem Apfelkompott geöffnet, aus dem er sich einige randvolle Löffel gestattete. Es war Sonntag und da wurde sich etwas gegönnt. Er hätte gerne seinen gewohnten Mittagsschlaf gehalten, wogegen sich jedoch sein Pflichtbewusstsein sträubte. Stattdessen hatte er sich auf den Weg zu Doktor Willrich gemacht. Es waren nur noch wenige Meter bis zur Haustür, als er Bewegungen an einer der Gardinen wahrnahm. Der Polizeioberinspektor war sich sicher, dass er bereits gesehen wurde, jedoch öffnete niemand vorzeitig die Haustür. So betätigte er den liebevoll gestalteten Türklopfer in Form eines Reflexhämmerchens, wie ihn Ärzte bei ihrer Arbeit manchmal benutzen. Unterbäumer mochte derart Gestaltetes und vermutete, dass dies eine Arbeit des ortsansässigen Schmieds, Georg Fink, war.

Die Tür öffnete sich und der Arzt bekundete seine Verwunderung über den Besuch des Polizisten. „Herr Inspektor Unterbäumer, Sie sehen mich überrascht."

„Darf ich hereinkommen?" Dem Polizisten entging nicht, dass der Arzt ihm keinen Gruß entgegengebracht hatte. Er deutete Derartiges als Indiz dafür, dass sein Gegenüber ihn nur allzu gern schleunigst wieder loswerden wollte.

„Aber gerne", log der Arzt. Er überspielte sein Unbehagen. Unter allen Umständen wollte er vermeiden, dass seine Frau etwas von seinen nächtlichen Abenteuern erfahren würde. Deshalb hoffte der Doktor, dass es dem Polizisten bei seinem Besuch nicht um die vergangene Nacht ging oder er es zumindest nicht im Beisein seiner Frau aussprechen würde. „Sicherlich geht es um meinen Krankenbesuch heute Morgen bei Herrn Wagner." Der Arzt schaute seine misstrauisch dreinblickende Gemahlin an, die sich soeben neben ihn gestellt hatte.

„Auch das ist ein Grund meines Besuches", sagte Unterbäumer, ohne sich zum Komplizen eines Mannes machen zu wollen, der anscheinend etwas vor seiner Frau zu verbergen hatte.

„Dann sollten wir in mein Arbeitszimmer gehen", sagte der Arzt überfreundlich zum Polizisten und wendete sich seiner Frau zu. „Du entschuldigst uns."

Im Arbeitszimmer nahm Unterbäumer seine Pickelhaube ab und setzte sich auf den angebotenen Stuhl.

„Herr Doktor, ich will ohne Umschweife zur Sache kommen. Letzte Nacht hatten Sie eine Begegnung mit Herrn Wagner. Ist das richtig?"

„Jawohl, das ist richtig ...", sagte Doktor Willrich mit sichtlicher Verwunderung im Blick. Ihm wurde langsam bewusst, dass der Polizist dies vom alten Wagner zu wissen bekommen haben musste. Was ihm nicht klar wurde, war, was diese nächtliche Begegnung mit den Verletzungen des alten Wagner zu tun hatte. „... aber da war er noch ganz gesund."

„Das ist mir bekannt. Ich möchte von Ihnen wissen, von wo Sie kamen", bohrte Unterbäumer.

„Warum wollen Sie das wissen? Ich werde doch wohl für keine Straftat verdächtigt, oder?"

„Noch nicht. Wenn Sie jedoch nicht auf meine Frage antworten wollen, gehe ich davon aus, dass Sie etwas zu verbergen haben, was mit der Straftat in der letzten Nacht in Verbindung steht."

Der Arzt überlegte und erhob sich. Er ging zur Tür, öffnete sie vorsichtig einen Spalt, lugte hindurch und schloss sie wieder. „Meine Frau, sie braucht nicht zu wissen, wo ich letzte Nacht gewesen bin. Sie denkt, ich war bei einem Patienten."

„Wenn Sie bei keinem Patienten waren, wo waren Sie dann?"

„Ich sage es nur ungern, aber ich war bei einer Frau."

„Es gibt viele Frauen", stellte der Polizist fest und dachte an den alten Wagner, der in der letzten Nacht auch einer Frau einen Besuch abgestattet hatte. „Waren Sie vielleicht bei einer Witwe?" Der Polizist amüsierte sich innerlich, ließ sich jedoch nichts anmerken.

„Nein! Wie kommen Sie denn darauf?" Der Arzt war sichtlich irritiert.

Heinrich Unterbäumer ging nach Reaktion des Arztes davon aus, dass dieser letzte Nacht keine Begegnung mit der Witwe Vogt gehabt hatte. Der Arzt war dafür zu ehrlich verwundert gewesen über seine letzte Frage. ‚Also wird die Begegnung zwischen Wagner und Willrich tatsächlich ein Zufall gewesen sein', vermutete er stillschweigend.

„Solange ich im Dienst bin, stelle ich die Fragen", bestimmte Unterbäumer energisch, um seine nächste Frage wieder in sanfterem Tonfall zu stellen. „Von welcher Dame kamen Sie denn, Herr Doktor?" Der Polizist konnte nicht widerstehen das Wort *Dame* gedehnt und mit einem Anflug von Amüsiertheit auszusprechen.

„Also, es ist mir sehr unangenehm."

„Heimliche Aktivitäten in der Nacht sollten doch eigentlich nur eine angenehme Seite haben, ansonsten lohnt sich doch der ganze Aufwand nicht. Ist es nicht so?"

„Ja, das sehe ich auch so, aber nur, wenn auch der Ausgang erfreulich ist."

„Ihr Ausflug hatte also kein erfreuliches Ende?"

„Leider, leider." Die Stirn des Arztes legte sich in tiefe Falten und es klang sorgenvolles Bedauern aus seiner Stimme.

„Also, von wo kamen Sie?"

„Ich war im Stall vom Bauern Salger."

„Allein?"

„Eben nicht! Ich traf mich dort mit Frau Salger."

Heinrich Unterbäumer ließ sich sein Erstaunen nicht anmerken. Er kannte die Salgers als Verfechter ihrer fragwürdigen Moralvorstellungen. Insbesondere die Bäuerin hatte sich über einige Dorfbewohner bei ihm wegen unsittlichen und anderen fehlbaren Verhaltensweisen beschwert und war in einigen Fällen nicht vor einer Anzeige zurückgeschreckt. Hinterher stellte sich jedoch immer heraus, dass die Vorwürfe haltlos oder übertrieben von ihr dargestellt waren. Niemals kam es deswegen zu einer strafrechtlichen Verfolgung. Gleichwohl war dem Polizisten insbesondere der Bauer unsympathisch, weil er meinte, in ihm einen durchtriebenen und nicht zu durchschauenden Charakter erkannt zu haben. Die Bäuerin glaubte er immer schnell durchschauen zu können. Für die Kinder empfand er bei diesen Eltern nur Mitleid.

„Ich möchte nicht wissen, was der Zweck ihrer Zusammenkunft mit Frau Salger war – ich kann es mir ohnehin denken. Was mich interessiert ist das unerfreuliche Ende Ihrer ..." Unterbäumer räusperte sich. „Wie soll ich es ausdrücken? Liaison?"

„Liebschaft trifft es eher. Aber damit dürfte jetzt Schluss sein."

„Warum?"

„Wir wurden entdeckt."

„Vom Bauern Salger selbst?"

„Genau."

„Was ist passiert, nachdem Herr Salger Sie entdeckt hat?"

„Ich knöpfte schnell ..." Der Doktor bemerkte seinen Anflug von Offenheit und stockte einen Augenblick. „Aber das tut ja nichts zur Sache. Ich rannte so schnell ich konnte aus dem Stall."

Der Polizist hätte ihn nur zu gerne auf seine Feigheit und die allein zurückgelassene Frau hingewiesen. Dies verbot er sich, auch wenn es ihm nicht leicht fiel. Er hatte gelernt, die menschlichen Abgründe, mit denen er immer wieder konfrontiert wurde, vor jenen Menschen nicht zu bewerten, mit denen er beruflich zu tun hatte. Zum einen sind die meisten Menschen unbelehrbar und werden nicht gerne auf ihre Schwächen aufmerksam gemacht, und zum anderen, was für ihn wesentlich fataler wäre, konnte dies die Menschen weniger auskunftsfreudig machen. „Wo war der Bauer zu diesem Zeitpunkt?", fragte er deswegen weiter, um Neutralität bemüht.

„Er stand draußen vor dem Fenster, durch welches er uns zuvor beobachtet hatte."

„Sie liefen also weg. Wie hat der Bauer darauf reagiert?"

„Er ist mir nach." Bei der Vorstellung daran wirkte der Arzt entsetzt.

„Hat er Sie eingeholt?"

„Nein, ich habe ihn irgendwann abgeschüttelt", erwiderte Doktor Willrich erleichtert.

„Nachdem Sie Herrn Wagner begegnet sind?"

„Ja."

„Sind Sie sich im Klaren darüber, dass der alte Wagner für Sie die Prügel bezogen hat?"

„Der Wagner? Der hat doch dem Salger nichts getan." Erst nachdem der Arzt zu Ende gesprochen hatte, wurde ihm die ganze Tragweite bewusst.

Gleich nachdem Inspektor Unterbäumer das Haus der Willrichs verlassen hatte, machte er sich direkt auf den Weg zum Bauernhaus der Salgers. Er ärgerte sich heftig, weil er keinen Anhaltspunkt dafür bekommen hatte, dass diese Sache etwas mit den Viehdiebstählen zu tun hatte. Stattdessen musste er jetzt aufklären, wie der alte Wagner zu seinem körperlichen Schaden gekommen war. „Diese geilen Böcke", schimpfte der Inspektor, während er in einiger Entfernung Johann Salger ausmachen konnte.

Der Bauer grub mit einem Spaten ockerfarbene Erde aus einem tiefen Loch. Die bereitstehenden Hölzer ließen den Polizisten darauf schließen, dass Johann Salger einen Zaun aufstellen wollte. Unterbäumer konnte die beobachtenden Seitenblicke des Bauern erkennen, während dieser beflissen weiterarbeitete, als würde er somit eine Konfrontation mit dem Hüter des Gesetzes vermeiden können. Seine Tochter Adelheid stand offensichtlich bereit, um dem Bauern zur Hand zu gehen. Auch sie beobachtete das Herannahen des Polizisten.

„Grüß Gott, Herr Salger!", sagte Heinrich Unterbäumer ernst. „Grüß dich, Adelheid!"

„Grüß Gott!", erwiderte Adelheid den Gruß des Polizisten mit leiser Stimme.

„Grüß Gott! Heute, auf einem Sonntag und dazu noch in Uniform, Herr Polizeioberinspektor?" Der Bauer tat verwundert und schaufelte weiter, als würde ihn der Besuch des Polizisten nichts angehen.

„Daraus können Sie schließen, dass ich amtlich mit Ihnen spreche. Und dies wiederum bedeutet, dass ich die Fragen stelle, Herr Salger."

Adelheids hämisch wirkendes Grinsen ließ den Polizeioberinspektor annehmen, dass das Mädchen selbst kein schlechtes Gewissen hatte, während sie ihrem Vater den sich anbahnenden Konflikt mit dem Gesetz gönnte.

„Mach dich anders nützlich, Adelheid", sagte der Bauer schroff. „Geh Butter stampfen!"

„Ja, Vater." Auf dem Gesicht des Kindes erschien wieder die gewohnte Traurigkeit. Schnell ging sie hinüber zum Haus.

„Also, Herr Inspektor, womit kann ich Ihnen behilflich sein?" Dem Tonfall des Bauern war deutlich zu entnehmen, dass dieser nicht an einer Kooperation mit dem Polizisten interessiert war.

„Wo waren Sie in der letzten Nacht zwischen Mitternacht und ein Uhr?"

„Da, wo alle ehrbaren Bürger des Nachts hingehören."

Kaum war die Tochter bei dem vor dem Haus stehenden Butterstampfer angekommen, trat Frau Salger aus der Tür. Sie wischte sich die Hände an ihrer Schürze ab, während sie mit der Tochter redete. Als sie sah, dass sich ihr Mann mit dem Polizisten unterhielt, ging sie in deren Richtung.

„Und wo gehören ehrbare Bürger um diese Zeit hin?" Der Polizeioberinspektor wiederholte seine Frage, da er bisher keine Antwort erhalten hatte.

„Grüß Gott, Herr Polizeioberinspektor!", sagte die Bäuerin, die sich zu den Männern stellte und demonstrativ ihre Arme in die Hüften gestemmt hatte.

Der Bauer drehte sich zu seiner Frau und schaute sie abweisend an. Ihr Gesicht zierte ein blaugrünes Veilchen unter dem Auge. Die Bäuerin wirkte zornig, so als stünde sie noch mitten in einem Kampf, der trotz der deutlichen Blessuren noch nicht entschieden war.

„Grüß Gott, Frau Salger!", erwiderte er den Gruß und dachte sich seinen Teil, ohne vorschnelle Rückschlüsse ziehen zu wollen. Er wandte sich erneut an den Bauern.

„Also, Herr Salger, wo waren Sie um Mitternacht?"

Der Bauer schaute seine Frau noch immer an. Sie blickte aus zornigen, schmaler werdenden Augen zurück. Diesen Blick vor Augen, wurde der Bauer deutlich unsicherer.

„Erst vor, danach in meinem Stall", sagte der Bauer wahrheitsgemäß.

„Warum mitten in der Nacht?", wollte der Polizist wissen.

„Meine Frau lag nicht in ihrem Bett." Der Bauer antwortete leise, so leise wie gehörnte Ehemänner gewöhnlich werden können, wenn sie von den amourösen Abenteuern ihrer Frauen erzählen müssen. „Da habe ich nachsehen wollen, wo sie hin ist."

„Und da vermuten Sie Ihre Frau im Stall?"

„Ich vermutete schon länger, dass sich meine Frau dort mit jemandem heimlich trifft."

„Sie sagten, dass Sie zunächst vor dem Stall gewesen waren."

„Ich habe durch das Stallfenster geguckt."

„Was haben Sie im Stall gesehen?"

„Zunächst nichts, es war ja dunkel. Ich habe nur die Stimmen meiner Frau und die eines Mannes gehört." An die lüsternen Sätze seiner Frau wollte er sich an dieser Stelle lieber nicht erinnern. „Dann ging plötzlich ein Streichholz an und ich konnte die beiden erkennen."

„Wen haben Sie erkannt?"

„Meine Frau und Doktor Willrich."

„Was geschah dann?"

„Ich wurde zornig, nachdem ich erkannt hatte, dass meine Frau ausgerechnet …" Der Bauer brach seinen Satz ab. „Jedenfalls bin ich hinter dem Scheißkerl hergelaufen."

„Mäßigen Sie sich, Herr Salger", forderte Unterbäumer sein Gegenüber auf.

„Haben Sie ihn zu fassen bekommen?"

„Leider nein, er hatte es sehr eilig wegzukommen." Johann Salger war anzusehen, dass er sich über die Schnelligkeit des Arztes ärgerte.

„Den Doktor haben Sie nicht zu fassen bekommen", bestätigte der Inspektor. „Wen haben Sie stattdessen zu fassen bekommen?"

Der gewiefte Bauer bemerkte das Quäntchen Unsicherheit in der Stimme des Beamten und versuchte, sich mit der Unwahrheit aus der Affäre zu ziehen.

„Niemanden", log er und tat erstaunt.

„Sie sind also niemandem sonst begegnet, als Sie den Doktor verfolgten?" Der Inspektor wusste, dass der Bauer log, und deshalb fiel es ihm schwer, seinen Zorn zu unterdrücken.

„Niemanden", gab der Bauer nochmals zur Antwort. Er wurde wieder etwas selbstsicherer, weil er meinte, eine Unsicherheit in der Mimik des Polizisten erkannt zu haben. Johann Salger ahnte, dass der alte Wagner ihn nicht erkannt hatte.

Dem Polizisten entging der Stimmungswechsel des Bauern nicht. Er zog es nun vor, die Bäuerin in seine Befragung einzubeziehen, bevor sie sich von der wiedergewonnenen Selbstsicherheit ihres Mannes beeindrucken lassen würde. Zu seinem Bedauern hatte der Polizist schon häufig erlebt, dass eine misshandelte Ehefrau ihren Mann aus Angst vor weiteren Repressalien in Schutz nahm.

„Frau Salger, ich sehe die zornigen Blicke, die Sie auf Ihren Mann richten. Warum sind Sie so böse auf ihn?" Heinrich Unterbäumer studierte das Gesicht von Frau Salger, die nicht sofort antwortete. Ihre Mimik drückte Unentschlossenheit aus. Sie schien sich zu fragen, ob sie das, was sie zu sagen gedachte, hinterher nicht doch bereuen würde. ‚Nun zier dich nicht! Raus mit der Wahrheit! Nun komm schon', beschwor er sie in Gedanken und merkte eine aufkommende Erleichterung, als sie zu sprechen begann.

„Weil er mich geschlagen hat, wie Sie deutlich sehen können."

„Wenn du blöde Kuh mich mit einem fremden Kerl betrügst", sagte der Bauer mit Zornesröte im Gesicht.

„Er ist mir nicht fremd", schrie die Bäuerin so laut, dass sogar die in einiger Entfernung arbeitende Adelheid ihren Kopf hob und herüberschaute.

„Ach, nicht fremd? Du triffst dich wohl schon länger mit ihm oder was?"

„Na und, bei uns passiert es wenigstens freiwillig, was man von dir und deinen Taten bezüglich Frauen nicht immer sagen kann."

Schlagartig wurde es still.

Der Inspektor hatte die Worte der Bäuerin kurz überdacht und hoffte mehr von ihr zu erfahren. „Wie haben Sie das gemeint, Frau Salger?", hakte er deshalb energisch fordernd nach.

„Ach nichts, es ist mir nur so herausgerutscht. Dazu möchte ich jetzt nichts mehr sagen."

„Nun gut, wie Sie meinen", sagte der Inspektor, ließ sich nichts von seiner Enttäuschung anmerken und schrieb noch einige Notizen auf seinen Schreibblock.

„Diese Angelegenheit wird meiner Meinung nach vor Gericht verhandelt werden müssen. Wenn Sie noch Aussagen machen wollen, können Sie mich aufsuchen", sagte der Polizeioberinspektor. Insgesamt war er mit seiner Befragung zufrieden, auch wenn er dem Bauern kein Geständnis entlocken konnte. Er schaute die Bäuerin eindringlich an und verabschiedete sich mit einem knappen Gruß, der nur von ihr erwidert wurde.

Nun freute sich der Beamte auf ein gemeinsames Kaffeetrinken mit seiner Frau – zuvor hatte er jedoch noch etwas zu erledigen.

Später Nachmittag

„Bist du fertig?" Georg hatte gerade das letzte Fässchen mit gesalzenem Fleisch geschlossen.

„Ja, ich brauche nur noch diese beiden Weckgläser verschließen." Josefa hatte die noch warme Wurst in Gläser gefüllt und war gerade dabei, diese zu verschließen.

„Denke daran, die Fleischstücke regelmäßig zu wenden. Wenn du sie irgendwann zum Trocknen aufhängst, musst du auf eine ausreichende Belüftung achten. Das Fell habe ich bereits mit Alaun eingerieben." Je näher seine Abreise rückte, desto mehr bekümmerte Georg, ob die Versorgung mit Lebensmitteln für seine Frau und Tochter ausreichen würde.

„Ich kenne mich damit aus. Mache dir keine Sorgen, ich komme klar." Josefa dachte zurück an heute Morgen. Nach dem Erwachen hatte sie sich gewundert, weil Georg nicht in seinem Bett lag. Nachdem sie aufgestanden und in die Küche gegangen war, sah sie Georg, wie er mit Beil und Messer ein Tier zerlegte. Zur weiteren Verarbeitung lagen bereits mehrere prächtige Fleischstücke auf dem Küchentisch bereit. Zunächst war Josefa entsetzt, denn sie hätte es nicht verwinden können, wenn ihr Mann gerade jetzt, wo alles sich zum Guten wendete, bei einem seiner Beutezüge erwischt worden wäre. Als sie ihm dies sagte, nahm er sie in seine Arme und versprach ihr, dass damit ab jetzt für immer Schluss sein würde.

„Wann bist du letzte Nacht überhaupt losgegangen?" Josefa schob Georg plötzlich von sich weg, weil sie über sich selbst erschrocken war. Den ganzen Tag hatte sie nicht einen Gedanken daran verschwendet, ob Georg letzte Nacht überhaupt geschlafen hatte.

„Kurz nachdem du selig eingeschlafen bist, habe ich mich auf den Weg gemacht", schmunzelte Georg wie ein ertappter Lausbub.

„Du hättest wenigstens ein bisschen schlafen sollen", sagte Josefa mit gespieltem Vorwurf in ihrer Stimme.

„Ich bin jetzt beruhigter. Ihr habt nun genügend zu essen, bis ich wieder Geld bekomme."

„Georg?"

„Was ist denn?"

„Versprichst du mir etwas?"

„Alles, was machbar für mich ist." Er lächelte ihr liebevoll zu.

„Wenn wir irgendwann zu Geld kommen, möchte ich, dass wir die Diebstähle wiedergutmachen."

„Soll ich dem Kroitsch die Lämmer etwa wieder in den Stall bringen?" Indem er mit seiner Hand kreisend über seinen Bauch rieb, deutete Georg an, wo ein Teil der Beute geblieben war.

„Das nicht, aber den Gegenwert in Reichsmark. Versprich es mir."

„Er ist doch kein armer Mann", gab Georg zu bedenken. Er wusste zum einen sehr genau, dass dies keine Ausrede dafür sein durfte, Bauer Kroitsch erneut bestohlen zu haben. Zum anderen, das wusste er insgeheim auch sehr genau, war er nicht in der Lage einzugestehen, was einzugestehen richtig und ehrlich gewesen wäre: Er war ein gewöhnlicher Dieb!

„Ich möchte es aber."

„Dem tut es doch nicht wirklich weh, wenn mal ein Lämmchen futsch ist. Seine Lämmer kommen doch von ganz allein auf die Welt, ohne dass er etwas Großartiges dafür tun muss."

„Du weißt, dass dem nicht so ist, Bauer Kroitsch ist ein fleißiger Mann. Genau wie du!"

„Er wird seinen Verlust bald verwunden haben", probierte Georg einen letzten zaghaften Versuch und wusste bereits, dass er seiner Frau bald nachgeben würde. Er sah ein, dass sie recht hatte, und dass sie ihn einen fleißigen Menschen nannte, ließ seinen Widerstand zusätzlich schwinden.

„Trotzdem, ich möchte für uns, dass wir irgendwann als anständige Menschen von dieser Erde gehen und der Herrgott uns unsere Sünden verzeiht."

Die beiden schauten sich stumm an.

„Du hast recht. Ich verspreche es dir", sagte Georg und drückte seine Frau an sich. „Du wirst aber noch ein Weilchen auf dieser Erde bleiben ...", drohte Georg mit erhobener Hand. „... ansonsten kannst du etwas erleben."

Sie lachten, küssten sich lange und schauten sich anschließend liebevoll an. Josefa hätte diesen Moment gerne eingefroren.

„Komm, wir haben noch einiges zu tun", unterbrach Georg den glücklichen Moment.

Abend

Meister Oswald war mit sich zufrieden, denn der Weg nach Glöttweng war nicht umsonst gewesen. Er hatte das Gefühl, mit dem Schmied einen guten Mann für die anstehenden Arbeiten gefunden zu haben. Seiner Menschenkenntnis nach zu urteilen, würde der Schmied über seine berufliche Qualifikation hinaus, auch das Geschick für andere Aufgaben haben.

Zu seinem Erstaunen hatte seine Tochter, die bisher nicht das geringste Interesse für die Einstellung von Arbeitskräften hatte, sich mit der Einstellung des Schmieds nicht nur einverstanden erklärt, sondern war darüber hinaus sogar sichtlich erfreut.

Der Meister genoss die Abendsonne vor dem Wirtshaus bei einem Glas Bier. Es schien ihm, als würde nichts mehr passieren können, was diesen Abend trüben könnte. Nachdem er einen kräftigen Schluck Bier zu sich genommen hatte, stellte er das Glas auf dem Tisch vor sich ab und bestaunte die darauf liegende blaue Tischdecke. Er schätzte derartige Decken. Sie wurden mit einem aufwendigen Blaudruckverfahren hergestellt. Von Jeremias Neuhof, einem Blaufärber aus Augsburg, wusste er, dass dafür hochwertiges Indigo aus Kalkutta verwendet wurde. Das Indigo kam über England und Holland in das Deutsche Reich.

Seine Gedanken waren noch bei der Verarbeitung des schönen Stoffes, als Meister Oswald aus den Augenwinkeln den Blick seiner neben ihm sitzenden Tochter wahrnahm. Er spürte, dass Kreszenz ihm etwas mitteilen wollte, wendete sich ihr direkt zu und forderte sie mit einem Augenzwinkern zum Sprechen auf.

„V-v-va-a-ter", begann Kreszenz stotternd.

Meister Oswald dachte an die zurückliegende Szene, als seine Tochter ihm mit energischen Blicken verboten hatte, sie zu unterbrechen. Deshalb zog er es vor, es diesmal mit Abwarten zu versuchen.

„I-i ich ha-hab e-e-et w-w-wa-as e-e-er k-ka an-t." Kreszenz nahm ihren Stift und schrieb etwas in ihr Notizbüchlein, anschließend zeigte sie es ihrem Vater.

Er las leise vor: *„Du erinnerst dich sicher an unsere Begegnung mit der kleinen Viktoria bei dem Schmied. Ich habe sie beobachtet. Sie guckt sehr traurig. Ist dir das auch aufgefallen?"*

„Ja, das ist mir aufgefallen. Ich hatte noch gedacht, der Kleinen ist bestimmt eine Laus über die Leber gelaufen", erinnerte sich Meister Oswald. Im Nachhinein musste er über das Kind schmunzeln.

Kreszenz zog das Notizbuch zurück, schrieb wieder etwas hinein und schob es erneut zum Vater.

„*Sie leidet, genau wie ich gelitten habe*", las der Vater vor. Plötzlich erstarb das Schmunzeln in seinem Gesicht. „Du hast gelitten? Worunter denn?", fragte er fast empört. „Ich habe dir doch alle Liebe dieser Welt gegeben", fügte er hinzu, während Kreszenz das Buch zu sich zog und erneut schrieb.

„*Liebe ja, dafür danke ich dir. Aber ich hatte nie das Gefühl frei zu sein, frei von Schuld und Verantwortung.*"

„Kind, ich habe doch immer die Verantwortung von dir ferngehalten. – Von welcher Schuld sprichst du überhaupt?"

Es quälte Kreszenz mit anzusehen, wie aus dem entspannten, stets um sie bemühten Vater langsam, aber sicher ein tief betroffener Mann wurde. Sie fühlte jedoch, dass sie nicht länger warten konnte, dass sie ihre Erkenntnisse in diesem Moment, zu dieser Stunde, ihrem Vater preisgeben musste. Sie spürte, wenn sie es jetzt nicht erwähnen würde, sie es vielleicht niemals wieder hervorbringen könnte. Deshalb nahm sie den Stift erneut auf und schrieb.

„*Seit meinem vierten Geburtstag denke ich am Tod meiner Mutter schuld zu sein. Das ist auch der Tag, an dem mein Stottern begann. Der Gedanke meiner Schuld quält mich bis heute. Du sprichst so gerne von ihr, während ich lieber nicht allzu viel hören möchte. Sie muss so wunderschön und klug gewesen sein und ich ...*" An dieser Stelle hörte sie zunächst mit dem Schreiben auf.

Kreszenz Lippen vibrierten. Sie wollte nicht weinen. Der Vater schaute seine Tochter hilflos an, während er allmählich zu verstehen begann. Er setzte sich näher an Kreszenz heran und legte seine Hand auf die ihre. Sie war froh, dass er sie nicht umarmte. Hier in der Öffentlichkeit wäre es ihr unangenehm gewesen.

Für einige Zeit fiel kein Wort zwischen Vater und Tochter, wofür Kreszenz dankbar war.

„Das habe ich nicht gewusst, Kreszenz. Es tut mir so unendlich leid", sprach der Vater leise. Er brauchte einige Zeit zum Nachdenken und versuchte, sich an den lange zurückliegenden Geburtstag zu erinnern. Längst vergessen geglaubte Bilder stiegen vor seinem inneren Auge auf.

„Ich verstehe nicht, was das mit der kleinen Viktoria zu tun hat."

Kreszenz wischte sich mit den Ärmeln über ihre feuchten Augen und nahm erneut den Stift zur Hand. Als sie zu Ende geschrieben hatte, reichte sie ihrem Vater das Büchlein.

„*Viktoria leidet, weil Josefa ihre Kinder verloren hat. Sie fühlt sich unbewusst für Josefas Leid verantwortlich; das kann ich fühlen. Wenn ihr niemand die Verantwortung abnimmt, wird dies nicht ohne Folgen bleiben; auch das kann ich fühlen.*"

„Meinst du, Viktoria würde auch zu stottern anfangen?" Der Vater wartete die geschriebene Antwort ab.

„*Das glaube ich nicht. Ich habe nicht die geringste Vorstellung davon, was die Folgen sein werden.*"

Kapitel 7

Montag, 29. September 1890, früher Morgen

Viktoria war seit dem letzten Monat vier Jahre alt. Wenn ihre Eltern danach gefragt worden wären, hätten sie ihre Tochter vermutlich als schwieriges Sorgenkind beschrieben, welches sich allzu oft störrisch verhielt. Demgegenüber standen die gelegentlich geistesabwesenden Phasen des Kindes für die Eltern in einem unerklärbaren Widerspruch. Dass dem Verhalten ihres Kindes eine erlernte Strategie zugrunde lag, mit der es das eigene Überleben sicherte, ahnten die Eltern nicht.

Wenn Viktoria ihre Umwelt hin und wieder ausblendete, stieg in ihr das wohlige Gefühl eines inneren Vakuums auf, ein Vakuum, das weder wertete, noch anfeindete, es war überschaubar. Klanglich war in ihm nur ein leise vibrierendes, wohliges Summen fühlbar, während die visuell wahrnehmbare Welt sich um sie herum geheimnisvoll verschwommen darbot. In diesen geistesabwesenden Momenten spürte Viktoria einen inneren Frieden und ihr kam es so vor, als bräuchte sie ihre Hände nur ein wenig auszustrecken, um sie in ein Meer von Farben eintauchen zu können. Nachdem Viktoria aus diesem Zustand in die Gegenwart zurückgekehrt war, fragte sie sich, warum sie ihre Hände niemals ausgestreckt hatte.

Von alldem wussten Theodor und Viktoria Fink nichts. Beide erkannten nicht, dass die gemeinsame Tochter ihre Ängste und Gefühle nicht in Worte fassen konnte.

Niemand ahnte, welche Qualen der heutige Tag in Viktoria verursachen würde, ein Tag, der für das Mädchen bedrohlich und vertraut zugleich erschien. Niemand ahnte, dass gerade dieses kleine Geschöpf an einem solchem Tag besondere Fürsorge gebraucht hätte, an einem Tag, an dem die Eltern Dinge aussprachen, die in einer Kinderseele keine Übersetzung finden würde.

Die Eltern sprachen wieder einmal über den Verlust eines geschätzten Menschen, ohne sich Gedanken über die Anwesenheit eines feinfühligen und sensiblen jungen Menschen gemacht zu haben. Die Feinfühligkeit der kleinen Viktoria war nicht sichtbar. Sie sollte für die Blicke ihrer Mitmenschen verhüllt bleiben, wie die Perle in einer unscheinbaren Schmuckdose. Jemand könnte der Besitzer dieses Schlüssels sein, aber dazu müsste er Kenntnis von der Perle haben und folglich die Schmuckdose sein Liebstes nennen. Viktoria war, ohne es zu wissen, bereits auf der Suche nach dem Besitzer des Schlüssels, welcher das Verborgene sichtbar werden lassen konnte.

Viktoria begriff nur ganz allmählich, dass heute etwas Entsetzliches geschehen war. Die vertrauten Stimmen ihrer Eltern klangen zu ihr hinüber, sie verrieten Trauer und Verlust.

„So ein Ende. Das hat Josefa wahrlich nicht verdient", sagte Viktoria mit bewegter Stimme. Sie wiegte ihr achtes Kind auf dem Arm. Josef war dieses Jahr im Mai zur Welt gekommen.

„Sie war so voller Hoffnung gewesen in den letzten Wochen. Mit dem Kind ist es ja nun wieder nichts geworden." Den Wirt schien der Tod seiner Schwägerin nicht sonderlich zu erschüttern. Es war nicht ungewöhnlich, dass Menschen in Josefas Alter starben, weshalb er bereit war, ihren Tod schicksalsergeben hinzunehmen. Für ihn war jedoch die Tatsache unfassbar, dass ein ungeborenes Kind das Schicksal der Mutter teilen musste und sich zwangsweise in die barmherzigen Hände Gottes begeben musste. „Das arme Kind wird das Sonnenlicht niemals sehen können."

Den letzten ausgesprochenen Satz des Vaters vernahm die kleine Viktoria sehr deutlich und überließ ihn ihrer kindlichen Phantasie. Sie wusste, dass ihre Tante ein Kind erwartet hatte, und stellte sich vor, wie das kleine Wesen in der toten Josefa lag. In ihrer Vorstellung war das Ungeborene noch lebendig. Sie dachte, dass es sich dunkel und sehr beengt im Mutterleib anfühlen musste. Bei der Vorstellung überkam Viktoria ein Gefühl der Platzangst und sie überzeugte sich durch heftige Armbewegungen davon, dass es ihr nicht so wie dem Ungeborenen erging. Danach lauschte das Mädchen wieder dem Gespräch seiner Eltern.

„Jemand muss zu Georg nach Augsburg fahren. Er muss unbedingt kommen – schon wegen seiner Tochter", sagte Viktoria zu ihrem Mann.

„Ich hoffe, dass Joseph nach Augsburg fährt, ansonsten muss ich es machen. Ich lasse gleich nach ihm schicken. Dann werden wir alles mit ihm besprechen", sagte Theodor und sah viele Unannehmlichkeiten auf sich zukommen.

„Georg wird sich um die Beerdigung kümmern wollen", sagte Viktoria, als hätte sie den Gedanken ihres Mannes erraten.

„Müssen!", stellte Theodor klar.

„Nun wird die liebe Josefa bald auf dem Kirchhof bei ihren toten Kindern liegen", sinnierte Viktoria traurig.

Die Phantasie des Mädchens fing auch diesen nachdenklichen Satz der Mutter auf. Viktoria sah den Glöttwenger Friedhof mit all seinen Gräbern vor sich. Sie kannte den Friedhof, denn sie war häufig dabei, wenn ihre Eltern die Ruhestätten etlicher Hinterbliebener besuchten und pflegten. Ihr Vater sprach dann immer wieder vom Totenacker, der bestellt sein will, weil die Toten sonst zu schimpfen anfangen würden. Wegen dieser und anderer Geschichten hatte es Viktoria so sehr gegruselt, dass sie es tunlichst vermied, sich auf eines der Gräber zu stellen. Die Vorstellung, dass unter ihr ein Mensch in einem Sarg lag, war für Viktoria unerträglich und sie konnte es nicht fassen, mit welcher Selbstverständlichkeit ihre Eltern den ‚Totenacker' jäteten und harkten.

Viktoria stellte sich vor, wie ihre Tante tief in der beengenden Erde lag, umgeben von ihren toten Kindern. Dass dort unten Gewürm, Mäuse und allerlei anderes Getier lebten, wusste sie von den Beschreibungen ihres Vaters. Plötzlich tauchte das Gewimmel bildhaft in ihren Gedanken auf und ihr wurde unbehaglich zumute. Ängstlich hörte Viktoria den Eltern weiter zu und war darauf bedacht, irgendetwas Tröstliches oder Entlastendes zu erfahren, etwas, dass ihr das Gefühl von Enge nehmen und die Freiheit zurückgeben würde.

Später Vormittag

Theodor hatte es geahnt, dass er nach Augsburg fahren würde, um Georg die schlechte Nachricht vom Tode seiner Frau zu überbringen. Ausgerechnet heute war Joseph am frühen Morgen nach Burgau gefahren und war somit unerreichbar.

Georg war gerade dabei, einen geschmiedeten Rahmen in einer Mauereinfassung anzubringen, als er eine vertraut klingende Stimme hinter sich wahrnahm. Als er sich umdrehte, sah er seinen Bruder und freute sich einen Wimpernschlag lang über einen vertrauten Menschen, der ein Stück Heimat für ihn bedeutete. Im nächsten Moment jedoch begriff er, dass der Gesichtsausdruck seines Bruders nichts Gutes ankündigte.

„Josefa?", fragte Georg, als könne er seine schlimmste Befürchtung noch abwenden.

Theodor nickte.

„Wann?" Georg musste sich auf einen neben ihm stehenden Bock setzen. Er hatte das Gefühl, dass ihm seine Beine den Dienst versagten.

„Letzte Nacht", antwortete Theodor leise.

„Und das Kind?" Georg wagte kaum zu hoffen, dass für ihn der Trost eines gemeinsamen Kindes bleiben könnte.

Theodor schüttelte seinen Kopf und verneinte die Hoffnung des Bruders mit leiser Stimme.

Georg hielt sich seine Hände vor das Gesicht. In der beinahe fertiggestellten Glasbläserhalle, in der eben noch das geschäftige Treiben vieler Handwerker zu vernehmen war, wurde es still. Georg wurde das Ziel vieler Blicke, als er seine Hände langsam vom Gesicht nahm.

„Meine Frau ist tot", sagte er mit einem Tonfall in der Stimme, der seine Fassungslosigkeit deutlich werden ließ.

Nach kurzer Zeit anteilnehmender Stille trat ein Mann in heller Arbeitskleidung hervor. Offensichtlich war er der leitende Polier dieser Baustelle.

„Georg ...", begann der Mann mit rauer Stimme zu sprechen. „... du hast hier gute Arbeit geleistet und dich der Arbeit voll und ganz hingegeben. Jetzt, in deiner schwersten Stunde, stehen wir dir bei. Pack dein Bündel und nehme Abschied von deiner Frau. Wenn die Zeit gekommen ist, kommst du wieder." Er legte seine Hand auf die Schulter des Schmieds.

Georg stand auf und ließ sich von seinem Bruder aus der Halle führen, während ihm einige seiner Kollegen auf den Rücken klopften; eine Geste die ihre Ratlosigkeit deutlich werden ließ.

Später Nachmittag

Georg trat in das Wohnzimmer seiner Kate. In der Mitte stand ein Tisch, auf dem das Unterteil des Sarges stand. Zwischen Tisch und Sarg lag eine weiße Tischdecke, die fast bis zum Fußboden reichte. Hinter dem Tisch standen Georgs Tochter Josefa, seine Schwägerinnen Viktoria und Theresa und sein Bruder Joseph, der gerade aus Burgau zurückgekehrt war. In diesem Moment wurde es Georg in aller Deutlichkeit bewusst, denn die Blicke sagten es ihm: Du bist Witwer. Er nickte seinen nächsten Verwandten kurz zu. Langsam, als könne er das Unglück noch abwenden, wenn er nicht zu schnell gehen würde, näherte er sich dem Sarg und schaute hinein. Dort lag sie, seine Frau Josefa, gebettet auf einem weißen Kissen. In ihren gefalteten Händen hielt sie die bunten Blümchen, so als hätte sie diese gerade selbst auf einer Wiese gepflückt. Ihr Gesicht wirkte friedlich. Georg war, als könne er ihren vertrauten Atem spüren. Vorsichtig beugte er sich zu ihr hinunter und küsste ihre Stirn. Dann richtete er sich unvermittelt auf und schaute seine Tochter an. Er sah Tränen aus ihren verweinten Augen kullern. Mit ausgebreiteten Armen ging er auf seine Tochter Josefa zu und umarmte sie sanft.

„Mein armes Mädchen", sprach Georg und ließ sie nach längerer Umarmung wieder los, um erneut auf seine Frau zu gucken. Nun näherten sich seine Verwandten, die ihm nacheinander ihr Beileid bekundeten. Er hörte ihre Stimmen, jedoch nicht, was sie sagten. Ihm war auf einmal, als drehte sich die Welt in Form eines saugenden Trichters um ihn herum, der ihm in seiner unendlichen Gnade, bald die Sinne rauben würde.

Erst als sich der Sarg langsam zu bewegen begann, löste sich Georg vom Gefühl der Abwesenheit und kehrte wieder in die Geschehnisse seiner Umgebung zurück. Ungläubig und seines Reaktionsvermögens beraubt, starrte er auf den Sarg, dessen Kopfende sich ihm langsam näherte. Joseph bemerkte als Erster, dass sich etwas unter dem Tisch befinden musste, was den Sarg mitsamt Decke vom Tisch zu ziehen drohte. Geistesgegenwärtig beugte er sich über den Sarg und hielt die Sargränder mit seinen großen Händen, die sich wie

Schraubzwingen in das Holz zu krallen schienen, fest. Sein Gesicht kam dem der toten Josefa bedrohlich nahe und es hatte den Anschein, als würde er den Leichnam küssen wollen, während die erschrockenen, hellen Schreie der Frauen im Raum widerhallten. Plötzlich hob sich ein Teil der Tischdecke vom Fußboden und die kleine Viktoria spähte mit ihrem Kopf hervor.

„Dieses Biest!", schrie Theodor zornig, während er seine Tochter anstarrte.

Um der drohenden Gefahr zu entgehen, lief Viktoria auf Händen und Füßen zwischen den Beinen der Erwachsenen hindurch und zur Tür hinaus. Der Vater lief hinterher und holte sein Kind schnell ein.

Viktoria wusste nicht, wofür sie geschlagen wurde. Jeder Schlag mit der Weidenrute hinterließ rote Striemen auf der Haut, die in späteren Jahren als unverheilte Brandmale auf ihrer Seele lagen und eine Widerspenstigkeit in ihrem Charakter zurückließen, die als besonderes Wesensmerkmal eines unangepassten Menschen gewertet werden sollten.

Abends

Georg saß mit seiner Tochter auf einer Bank vor der Kate. Er konnte es sich nicht verzeihen, dass er in der schwersten Stunde, die seine Frau gehabt hatte, nicht bei ihr gewesen war.

„Magst du mir erzählen, was passiert ist?" Er wünschte sich, etwas über die Umstände ihres Todes zu erfahren. Sollte seine Tochter jedoch nicht darüber sprechen können, würde er es akzeptieren.

„Mama war noch vor einigen Tagen ganz gesund. Sie war zu Scherzen aufgelegt, nahm mich oft in den Arm oder streichelte über mein Haar. Sie sagte mir, wie froh sie darüber war, dass du regelmäßig Geld geschickt hattest und die Sorgen endlich weniger geworden waren.

Als Anne, die Hebamme, vorige Woche nach Mama geschaut hatte, war alles noch bestens. Anne hatte sich verabschiedet und war bald darauf nach Berlin gefahren. Irgendwann, es muss so um den Mittwoch oder Donnerstag gewesen sein, klagte Mama über Unwohlsein. Wir haben uns aber nichts Schlimmes dabei gedacht. Am Freitag bekam sie Fieber, welches sehr schnell anstieg. Abends holte Onkel Theodor dann den Arzt."

„Doktor Willrich?", wollte Georg wissen.

„Ja, er untersuchte Mama."

„Was hatte er gesagt?"

„Er sagte, es sei nur irgendein Infekt und das Fieber würde bald vorübergehen."

„Hat er Mama etwas verordnet?"

„Tabletten. Das Röhrchen dazu liegt dort auf der Kommode."

Georg nahm das Röhrchen und las die Aufschrift. „Salicin", bemerkte er nachdenklich. Er kannte die Weidenrinde und wusste, dass es ein fiebersenkendes Mittel war.

„Der Arzt hatte gesagt, dass ich Mama Wadenwickel machen soll, was ich dann auch gemacht habe", sprach Josefa weiter. „Samstag war der letzte Tag, an dem Mama noch deutlich sprechen konnte", berichtete sie nachdenklich.

„Was hatte sie gesagt?"

„Morgens wollte Mama mir Mut machen und sagte mir immer wieder, dass alles gut wird. Abends trübte sich ihre Stimmung und ich bekam Angst."

„War denn niemand da, der dir geholfen hatte?", wollte Georg wissen.

„Am Samstag war tagsüber niemand da. Am Nachmittag sprach Mama das letzte Mal mit mir. Sie war völlig entkräftet, legte ihre Hand auf die meine und sagte mit letzter Kraft zu mir: ‚Ich habe dich sehr, sehr lieb, meine Tochter.'"

Josefa konnte ihre Tränen nicht mehr zurückhalten.

Georg fragte sich gerade, ob er seiner Tochter mit dem Gespräch zu viel abverlangte, als Josefa stockend weitersprach. „Mamas letzte Worte galten dir."

„Mir?", fragte Georg leise. Bei dem Gedanken daran fühlte er eine tiefe Verbundenheit mit seiner Frau. Dass sie in ihren letzten Stunden an ihn gedacht hatte, tröstete ihn einen kurzen Moment, im nächsten rückte jedoch sein schlechtes Gewissen erneut in den Vordergrund.

„Sie trug mir auf, dir zu sagen, dass du jeden Tag deines Lebens so leben sollst, als wäre es der letzte deines Lebens. Dann sagte sie noch, dass du ihr immer ein guter Mann gewesen bist." Josefa schaute ihren Vater an, während sie sprach. Dass ihre Mutter sie gebeten hatte, dem Vater zukünftige Fehler zu verzeihen, weil er aufgrund seines Geschlechts vielleicht nicht vorausschauend genug denken würde, das erwähnte Josefa nicht.

Georg senkte den Blick zu Boden. Er wollte nicht den Anschein erwecken, dass er seinen Schicksalsschlag für stärker hielt als den ihren. Trotzdem fand er keine Worte, es ihr zu verdeutlichen. Zweifel stiegen in ihm auf, ob er jemals ein guter Vater sein würde, weil es ihm nicht gelang, seine Bedürfnisse gegenüber denen seiner Tochter zurückzustellen, obwohl er es doch gerne gewollt hätte.

Der Vater nahm die Tochter in seine Arme.

„Dann schlief Mama ein und wachte nicht mehr auf. Ich hatte solche Angst."

Kapitel 8

Freitag, 03. Oktober 1890

Im Günzburger Amtsgericht wurde in der Sache Königreich Bayern gegen Johann Salger zunächst der Polizeioberinspektor Heinrich Unterbäumer als Zeuge vernommen. Der Polizist brauchte nicht vereidigt zu werden und somit konnte der Richter, gleich nachdem er die Anklage verlesen hatte, das Wort an den Staatsanwalt geben.

„Herr Polizeioberinspektor Unterbäumer, der Angeklagte Johann Salger leugnet, den pensionierten Schulmeister, Alfred Wagner, körperlich schwer misshandelt zu haben. Sie haben den Angeklagten zu der Sache am Nachmittag nach der Tatnacht vernommen. Ist das richtig?"

„Das ist richtig, Herr Staatsanwalt."

„Sie brauchen jetzt nicht die leidlichen Vorkommnisse im Hühnerstall zu beschreiben", sagte der Staatsanwalt. Er wirkte nicht nur wegen seiner schwarzen Robe respekteinflößend. Es war vielmehr die enorme Körpergröße, der lang wirkende Hals mit dem kugelrunden Kopf darauf und dazu die donnerhallende Stimme, welche durch die wulstigen Lippen des Mannes entwich. Selbst der sonst so abgeklärte Unterbäumer blieb von der Erscheinung des Staatsanwalts nicht unbeeindruckt und strich sich während der Befragung ständig mit seinen Fingern übers Kinn. „Vielmehr möchte ich wissen, was der Angeklagte über die Verfolgung des Schulmeisters erzählt hat."

„Der Herr Salger gab zu, dass er dem Schulmeister nachgelaufen ist, nachdem dieser flüchtete. Als ich ihn fragte, ob er den Schulmeister eingeholt hatte, verneinte Herr Salger dies. Ich hatte den Eindruck, dass Herr Salger bis dato davon ausging, dass der Täter unerkannt geblieben war."

„Was haben Sie getan, um den Fall doch noch aufzuklären?", fragte der Staatsanwalt und schaute mit einem Seitenblick zur Anklagebank, wo Johann Salger saß und gespannt zuhörte.

„Ich habe mich auf den Weg gemacht, um nachzusehen, ob am Tatort Spuren zu sehen waren." Der Polizist grinste. Er hatte noch am Abend des 4. Mai Abdrücke von Bauer Salgers Stiefeln genommen und ihm dies als reine Routinearbeit im Zusammenhang mit den Viehdiebstählen begründet. Abwinkend hatte der Polizist dem Bauern damals zu verstehen gegeben, dass er ihn in diesem Fall nicht als Hauptverdächtigen ansah.

„Aber, ich habe die Stiefel ...", sprach der erstaunte Bauer dazwischen. Langsam hatte er die böse Ahnung, dass der Polizist Beweise hatte, die ihn als Täter entlarven könnten.

Auf den Zuschauerrängen trat gespannte Ruhe ein.

„Ruhe!", brüllte der Richter zur Anklagebank hinüber und schaute Johann Salger zornig an. „Warten Sie gefälligst, bis Ihnen das Wort erteilt wird." Danach deutete er dem Staatsanwalt fortzufahren.

„Und, Herr Inspektor, was ergaben Ihre Bemühungen?", fragte der Staatsanwalt den Polizisten genüsslich gedehnt. Er war überzeugt davon, dass er es bei dem Angeklagten mit einem zur Gewalt neigenden Menschen zu tun hatte. Der Unruhe stiftende Ausruf des Bauern spielte ihm die Trümpfe in die Hand.

„Die Stiefelabdrücke vom Tatort stimmten eindeutig mit denen von Herrn Wagner, Herrn Doktor Willrich und denen von Herrn Salger überein. Eine vierte Spur, die ich am Tatort festgestellt habe, konnte ich leider nicht zuordnen."

„Die drei Spuren der Herren befanden sich also am Tatort. Was ließ Sie annehmen, dass der Angeklagte der Täter ist?"

„Es hatte am Abend zuvor einen leichten Regenschauer gegeben, sodass man die Spuren deutlich erkennen konnte. Das Profil des Herrn Doktor Willrich zeigte mir, dass er aus Richtung Norden gekommen sein musste und die Richtung, nach der Begegnung mit dem Schulmeister, beibehielt. Der Schulmeister kam aus südlicher Richtung. Der Herr Salger kam genau wie der Doktor aus dem Norden. Er hinterließ am Tatort eine derartige Menge von seinen Schuhabdrücken, dass eindeutig davon auszugehen ist, dass er am Übergriff beteiligt war."

„In welche Richtung ging der Angeklagte nach der schweren Körperverletzung?", fragte der Staatsanwalt weiter. Es war ihm durchaus bewusst, dass seine Wortwahl eine Vorverurteilung des Angeklagten beinhaltete, die den Großteil der Anwesenden beeinflussen würde; er rechnete nicht mit einer Sanktion des Richters und sollte recht behaltend.

„Wieder zurück in die Richtung, aus der er gekommen war."

„Soweit hierzu", sagte der Staatsanwalt. „Ihre Ermittlungen in diesem Fall brachten Sie auch in einer anderen Strafsache weiter. Ist das richtig?"

„Ja, das ist richtig. In Landensberg und Günzburg gab es eine Reihe von Viehdiebstählen, in diesem Sachverhalt habe ich, bereits vor dem Fall der schweren Körperverletzung an Herrn Wagner, Spuren an den Tatorten sichergestellt."

„Was haben Sie festgestellt?", wollte der Staatsanwalt wissen. In seiner Mimik wurde die Freude darüber sichtbar, dass der Polizist offensichtlich sehr gute Vorarbeit zur Aufklärung des Sachverhalts geleistet hatte.

„Die Stiefelabdrücke des Angeklagten fanden sich an mehreren von mir gesicherten Tatorten, wo in der Nacht zuvor Vieh gestohlen worden war", antwortete Unterbäumer, sichtlich zufrieden mit sich und seiner Arbeit.

Ein heftiges Raunen erhob sich im Gerichtssaal, in dem sich viele Bürger aus Landensberg und Glöttweng eingefunden hatten. Nach den Aussagen des Polizisten konnten diese ihre Emotionen nicht mehr unterdrücken und ereiferten sich so sehr, dass sie sich sogar gegenseitig ins Wort fielen. Bald darauf schlug der Richter kräftig mit seinem Hammer auf den Holzblock, worauf allmählich wieder Ruhe einkehrte.

„Ich muss doch sehr bitten! Halten Sie die gebotene Ruhe ein, sonst lasse ich den Saal räumen!", sagte der Richter energisch und bedeutete dem Staatsanwalt erneut fortzufahren.

„War der Tatverdächtige ...", begann der Staatsanwalt und zeigte auf Bauer Salger, „... zuvor bei den Bauern, denen das Vieh gestohlen wurde, zu Besuch?"

„Ich habe alle Geschädigten gefragt, ob sie kurz vor den Taten Besuch vom Angeklagten bekommen haben. Keiner gab an, dass der Angeklagte zu Besuch bei ihnen gewesen wäre."

„Das dürfte in dieser Angelegenheit wohl genügen. Zunächst keine weiteren Fragen." Der Staatsanwalt wirkte zufrieden.

Der Verteidiger von Bauer Salger erhob sich schwerfällig. Es war ihm deutlich anzumerken, dass er nunmehr wenige Möglichkeiten für seinen Mandanten sah, einen positiven Ausgang der Verhandlung herbeizuführen. Nach der Befragung des Polizisten durch den Staatsanwalt war die Beweislage für ihn niederschmetternd und der Leumund des Bauern mehr als fragwürdig.

„Herr Inspektor ...", begann der Verteidiger gedehnt zu sprechen. Seine Stimme konnte gerade noch ein Mindestmaß an Interesse an diesem Fall vermitteln. „... was ist mit der vierten Spur, von der Sie sprachen?"

„Die Spur konnte ich einige Schritte nördlich des Tatorts, an dem Herr Wagner zu Schaden gekommen war, feststellen. Die Person, zu der die Spur gehörte, kam aus westlicher Richtung, kreuzte den Weg und muss in nördlicher Richtung weiter gegangen sein."

„Stimmt diese Spur mit einem der Abdrücke überein, die sie an einem der Tatorte gemacht haben, wo zuvor Vieh gestohlen wurde?", fragte der Verteidiger weiter.

„Ja, zu der bei Bauer Kroitsch. Bei ihm wurde in der Nacht vom dritten auf den vierten Mai ein Lamm gestohlen."

Der Anwalt ließ sich von seiner inneren Erregung nichts anmerken. Er hatte nicht zu hoffen gewagt, dass seine Frage ein wenig Entlastung für seinen Mandanten bringen könnte.

„Kann ich davon ausgehen, dass es mindestens zwei Viehdiebe gibt?", fragte Johann Salgers Verteidiger.

„Ich gehe davon aus, dass der Unbekannte nur im Frühjahr aktiv ist, um Lämmer zu stehlen", sagte Unterbäumer ruhig. Er war darauf bedacht, dass nicht allzu sehr von Bauer Salger auf den unbekannten Täter abgelenkt wurde.

„Mich interessiert, welcher Personenkreis für Sie im Zusammenhang mit den Viehdiebstählen verdächtig war."

Da der Anwalt keine Frage gestellt hatte, antwortete Unterbäumer nicht und für eine kurze Zeit war es still im Gerichtssaal.

„Was ich von Ihnen wissen möchte ist Folgendes: Von welchen Personen haben Sie Stiefel- oder Schuhabdrücke genommen?", hakte der Anwalt nach.

„Ich habe mir Gedanken gemacht, bei wem eine Schlachtung am wenigsten auffallen würde. Dazu zählten für mich zunächst Bauern, auch wenn sie zum Teil selbst betroffen waren. Deshalb bin ich zum Schuster Leihpold gegangen. Er stellt für die meisten Bewohner Glöttwengs und Umgebung die Schuhe her. Er konnte mir genaue Angaben machen bezüglich Schuhgröße, Material, Absätze, Profil der Sohlen und dergleichen mehr."

„Könnte es sein, dass der gleiche Schuhabdruck, den Sie von Herrn Salger haben, auch zu einem anderen passen könnte?", fragte der Verteidiger. Seine Stimme klang wenig hoffnungsvoll, dass er noch etwas Entlastendes für seinen Mandanten erfahren könnte.

„Das habe ich den Schuster auch gefragt. Aber Herr Salger ist der einzige Kunde bei ihm, der einen derart großen Fuß hat."

„Es wird auch außerhalb Glöttwengs Menschen geben, die auf großen Füßen stehen", gab der Verteidiger zu bedenken und schaute in die Runde, ob sein schmaler Wortwitz für Erheiterung gesorgt hatte. Da dies nicht der Fall zu sein schien, richtete er seinen Blick wieder auf den Polizisten, in dessen Miene keine Gefühlsregung zu erkennen war.

„Der Abdruck ist auch insofern eindeutig ...", sprach Unterbäumer sichtlich gelassen weiter„... weil der Schuster, in allen von ihm gefertigten Schuhe, die Initialen ihrer Besitzer in die Absätze prägt. Dieses Merkmal ließ sich auch am Tatort sicherstellen. J-E-S steht für Johann Ewald Salger und für sonst niemanden in der Umgebung. – Damit dürfte der Fall eindeutig sein."

„Ich beantrage den letzten Satz des Herrn Polizeioberinspektors aus dem Protokoll zu streichen", sagte der Verteidiger wie nebenbei.

„Stattgegeben!", sagte der Richter und ermahnte den Polizisten. „Wie der Fall liegt, überlassen Sie bitte dem Gericht."

„Keine weiteren Fragen", sagte der Verteidiger unzufrieden.

Da keine weiteren Fragen mehr an den Polizisten gestellt wurden, entließ ihn der Richter und bat ihn, sich weiterhin zur Verfügung zu halten. Anschließend forderte er den pensionierten Schulmeister Alfred Wagner auf, sich in den Zeugenstand zu begeben. Dieser erhob sich mühevoll von seinem Platz, klemmte sich eine Krücke unter den Arm und ging humpelnd auf den Platz zu, wo die Zeugen stehend vereidigt und anschließend sitzend vernommen wurden. Dass Alfred Wagners Schritte kraftzehrend und schmerzvoll sein mussten, dies blieb niemandem im Saal verborgen.

„Der Zeuge Wagner darf sich ausnahmsweise gleich setzen und wird dann vereidigt", sagte der Richter mit einer Stimme, die sein Mitleid bekundete.

Johann Salger schämte sich und senkte seinen Blick kurz zu Boden. Er entschied sich jedoch, wider besseren Wissens, dafür, sich seine Scham nicht anmerken zu lassen, erhob seinen Kopf und blickte hasserfüllt zum alten Wagner hinüber. Dass ihn der Richter in diesem Moment beobachtete, quittierte er mit einer wegwerfenden Handbewegung.

Der alte Wagner setzte sich langsam, während der Gerichtsdiener den Stuhl festhielt und ihn in die richtige Position rückte. Alle konnten deutlich erkennen, dass der Zeuge viele alltägliche Handgriffe und Bewegungen neu erlernen musste.

Nachdem der Alte auf die Bibel geschworen hatte, die Wahrheit und nichts als die reine Wahrheit zu sagen, und er über die Folgen der Zuwiderhandlung aufgeklärt worden war, richtete der Richter die erste Frage an ihn.

„Herr Wagner, wie geht es Ihnen?"

„Sie sehen ja selbst, Herr Richter." Der alte Wagner klopfte auf sein lädiertes Bein. „Ich bin seit dem Überfall in der Nacht im Mai ein Krüppel. Die Ärzte sagen, dass ich nie wieder normal gehen werde, auch mit den Schmerzen werde ich leben müssen. Zudem ist mir ein enormer materieller Schaden durch die Krankenhaus- sowie die Arztkosten entstanden."

Der Richter drückte dem Geschädigten sein aufrichtiges Bedauern über dessen Behinderung aus und gab anschließend das Wort an den Staatsanwalt weiter.

„Herr Wagner, wie ich den Polizeiprotokollen entnehmen kann, kamen Sie von einem Besuch bei einer mit ihnen befreundeten Witwe und waren auf dem Weg nach Hause gewesen, als der Überfall auf Sie verübt wurde. Konnten Sie erkennen, um wen es sich bei dem Täter gehandelt hatte?"

„Nein, alles ging so schnell. Ich wurde unvermittelt zu Boden gestoßen, dann lief mir das Blut aus einer Platzwunde von der Stirn direkt in meine Augen. Vielleicht hätte ich ihn sonst erkennen können, es war ja eine helle Mondnacht. So kam mir zunächst nur seine Stimme bekannt vor, die ich dem Herrn Salger aber erst später, nachdem er als Angeklagter feststand, zuordnen konnte."

„Ich möchte Ihnen nun ein paar Fragen, den Angeklagten betreffend, stellen, die im Zusammenhang mit weiteren polizeilichen Ermittlungen stehen." Der Staatsanwalt überlegte einen Augenblick. „Sie haben die ehemalige Magd des Bauern Salger mit Ihrem Kind bei sich aufgenommen. Ist das richtig?"

„Das stimmt." Dem Alten fuhr der Schreck in die Magengegend. Er hatte Vreni versprochen, mit niemandem über diese Angelegenheit zu sprechen. Nun war er im Gericht, stand unter Eid und sah sich unerwartet mit einem Thema konfrontiert, zu dem er bisher sein gegebenes Versprechen gehalten hatte.

„Warum haben ausgerechnet Sie Vreni Linder bei sich aufgenommen? Sind Sie der Vater des Kindes?"

„Ich hätte es nicht über das Herz gebracht, Frau Linder beim Bauern Salger zu lassen nach dem, was geschehen war." Der Alte war darauf bedacht, seine Aussagen so unverfänglich wie möglich zu halten.

„Würden Sie sich bezüglich meiner ersten Frage bitte genauer ausdrücken und beantworten Sie meine zweite Frage vorher bitte mit einem klaren *Ja* oder einem klaren *Nein*", forderte der Staatsanwalt den Zeugen energisch auf.

Unter den Zuschauern befanden sich viele Glöttwenger Bürger. Sie warteten gespannt auf die Antwort von Alfred Wagner. Die Mehrheit von ihnen ging davon aus, dass der Alte der Vater des Kindes war, doch jetzt, unter Eid stehend, musste er sich endlich öffentlich dazu bekennen.

Im Saal wurde es still. Viele Glöttwenger Augenpaare gafften den betagten Bewohner ihrer Dorfgemeinschaft mit unverhohlener voyeuristischer Gespanntheit an. Es kam den Voyeuren vor, als würden aus Sekunden Minuten werden und aus der vergangenen Minute eine Stunde.

„Herr Wagner, antworten Sie gefälligst auf die Frage vom Staatsanwalt", befahl der Richter.

„Nein", sagte der Zeuge nach einiger Zeit leise.

„Würden Sie bitte in angemessener Lautstärke sprechen", forderte der Staatsanwalt ihn auf.

„Nein, ich bin nicht der Vater", sagte der alte Wagner plötzlich lauter und in gereiztem Tonfall.

Erneut wurde es in den Zuschauerrängen unruhig.

„Ruhe!", schrie der Richter und schlug mit seinem Hammer kraftvoll auf den Holzblock. Es wurde sofort leise, so dass die Vernehmung weiterging.

„Warum hätten Sie es nicht übers Herz gebracht, Frau Linder in der Obhut ihres damaligen Brotgebers zu lassen?", fragte der Staatsanwalt.

„Der Bauer war nicht gut zu ihr."

„Werden Sie bitte konkret!"

„Der Bauer hatte der Frau Linder Gewalt angetan."

Der Alte spürte, wie die geschickt gestellten Fragen des Staatsanwalts ihn immer unsicherer werden ließen. Ganz allmählich wurde ihm bewusst, dass er im weiteren Verlauf des Verhörs die Wahrheit benennen würde, zumal er unter Eid stand und eine Lüge vor einem *Königlich Bayrischen Gericht* für ihn nicht in Frage kam.

„Welcher Art von Gewalt?", fragte der Staatsanwalt energisch.

„Das möchte ich vor den Anwesenden lieber nicht sagen."

„Dies ist eine öffentliche Sitzung", mischte sich der Richter ein.

„Ich habe es der Frau Linder, bei allem, was mir heilig ist, versprochen", sagte der alte Wagner flehend.

Der Staatsanwalt schmunzelte in sich hinein. Aus langjähriger Berufserfahrung wusste er sehr genau, dass dies der Zeitpunkt war, in dem der Befragte nur noch einen letzten kläglichen Versuch unternehmen würde, um die Wahrheit nicht aussprechen zu müssen.

„Das Interesse des Staates in dieser Angelegenheit ist höher zu bewerten, als das einer ehemaligen Magd. Also beantworten Sie die Frage des Staatsanwalts", sagte der Richter ernst.

„Ich kam eines Tages auf den Hof des Bauern Salger ...", begann Alfred Wagner zögernd, „... um dort, wie so oft, zu helfen. Vorweg muss ich vielleicht sagen: Ich ging dorthin, weil mir die Vreni gefiel, das gebe ich ehrlich zu. Aber irgendwann habe ich eingesehen, dass mein Werben närrisch gewesen ist. Ich musste mir eingestehen, dass ich langsam, aber sicher alt werde."

Der Staatsanwalt nickte Alfred Wagner in einer Weise zu, die seine distanzierte Verbundenheit ausdrücken sollte. Insgeheim freute er sich darüber, dass er Zeugen, Angeklagte und gelegentlich auch den Richter mit seinem rhetorischen Geschick für sich einnehmen konnte.

Der Alte überlegte einen Augenblick.

„Und trotzdem gab es etwas ...", sagte Alfred Wagner jetzt mit fester Stimme. Er hatte akzeptiert, dass es nun kein Zurück mehr für ihn gab, und spürte das gute Gefühl in sich, dass seine Aussage ihm endlich Erleichterung verschaffen würde. „... was mir an Vreni, über ihre körperliche Erscheinung hinaus, gefiel. Sie war nicht wie andere Mägde. Mir fiel auf, dass sie nicht nur schön, sondern auch intelligent ist. Wir unterhielten uns während der Arbeit und hatten beeindruckende Gespräche, die ich bis dahin sehr vermisst habe – aber dies nur nebenbei. Wie gesagt, kam ich eines Tages auf den Hof des Bauern Salger. Es war so merkwürdig ruhig und ich konnte keine Menschenseele entdecken. Darum rief ich nach Vreni Linder. Aber es kam keine Antwort. Ich ging am Haus vorbei zur Wiese, weil ich dachte, sie wären alle beim Heumachen. Von weitem sah ich, dass sich etwas neben einem Haufen Heu bewegte. Als ich näher herankam, konnte ich den Bauern Johann Salger erkennen, wie er sich erhob und seine Kleidung in Ordnung brachte. Er ging auf mich zu und sagte im Vorbeigehen: ‚Jetzt kannst du sie haben! Bist doch auch scharf auf das kleine Biest.'" Der alte Wagner schluckte und sah mit leerem Blick zu Boden. Er war sichtlich bewegt und in Gedanken mit dieser traurigen Szene beschäftigt.

„Was geschah weiter?", wollte der Staatsanwalt wissen und holte Alfred Wagner mit seiner Frage, aus seinen Erinnerungen, wieder in die Gegenwart zurück.

„Ich ging mit meinen schlimmsten Vorahnungen weiter, bis ich an den Schauplatz der soeben stattgefundenen Gewalt kam." Alfred Wagner wirkte von einem Moment auf den anderen um Jahre älter. Ihm schien der Anblick, der sich ihm damals bot, immer noch sehr nahe zu gehen. Zögernd sprach er weiter. „Vreni lag dort wimmernd und mit zerrissener Kleidung. Aus Wunden an Lippen, Stirn, Armen und Beinen blutete es. Ihr Gesicht schwoll an mehreren Stellen an. Es war offensichtlich, dass der Bauer sie mit Gewalt zum Verkehr gezwungen hatte."

Die Blicke aller Anwesenden richteten sich in stillem Entsetzen auf den Angeklagten. Johann Salger wendete seinen Blick ab und sah stumm ins Leere. Er schämte sich offensichtlich, was für manche Zuschauer einem Schuldeingeständnis gleichkam. Aus ihren leisen Gesprächen war immer wieder das Wort ‚Frauenschänder' zu entnehmen.

„Warum haben Sie diese Gewalttat nicht zur Anzeige gebracht?", fragte der Staatsanwalt vorwurfsvoll.

„Ich trug Frau Linder zunächst zum Haus, aus dessen Tür gerade die Bäuerin kam. Es schien mir so, als hätten Frau Salger und ihre Kinder sich verborgen gehalten und alles aus der Entfernung mitbekommen; jedenfalls kann ich es mir nicht anders erklären, dass ich keinen Menschen antraf, als ich den Platz vor dem Hof betrat und niemand auf meine Rufe reagierte. Als ich ins Haus trat, begegneten mir die Kinder des Bauern; sie wirkten sehr verschreckt auf mich. Nachdem ich Vreni auf ihr Bett gelegt hatte, versorgte ich ihre Wunden."

Alfred Wagner atmete tief durch. Er war erleichtert, weil er die Schilderung der Ereignisse, die ihn sehr belasteten, endlich hinter sich gebracht hatte.

„Nun zu Ihrer eigentlichen Frage", sprach der alte Wagner weiter. „Ich schlug Frau Linder vor, die Tat des Bauern Salger anzuzeigen. Frau Linder wollte dies jedoch nicht."

„Hat Frau Linder dies begründet?" Die Stimme des Staatsanwalts wurde leiser und weniger fordernd als zuvor. Es war erstmals so etwas wie Anteilnahme in ihr zu hören.

„Frau Linder dachte an die Schwierigkeiten danach. Sie sagte, dass sie sich sehr schäme, und gab mir zu bedenken, was die Leute im Dorf darüber erzählen würden. Ihre schlimmste Befürchtung war, dass man ihr eine Mitschuld an ihrem Schicksal geben würde. Ich befand, dass es für eine Frau in ihrer Lage und unter der Berücksichtigung der heutigen Verhältnisse nicht unbegründet war, sagte ihr aber, dass ich dem Bauern Salger zumindest die Leviten lesen werde. Meine Hoffnung war, dass er sie dann kein zweites Mal anrühren würde."

„Fand dieses Gespräch statt?", wollte der Staatsanwalt wissen.

„Ja. Ich drohte ihm, dass er kein zweites Mal damit durchkommen würde, weil ich dies ansonsten zur Anzeige bringen würde. Daraufhin beschimpfte Johann Salger mich und unterstellte mir, dass ich kein Kostverächter sei und mindestens genauso scharf auf das junge Ding wäre wie er selbst. – Erst nach langem Hin und Her begriff er, dass ich mich nicht von ihm einschüchtern lassen würde. Ich beharrte auf ein Versprechen von ihm, dass er sich nicht noch einmal an ihr vergehen würde. Nach einiger Überlegung lenkte er ein und versprach, Vreni künftig in Ruhe zu lassen – jedoch nur unter der Bedingung, dass ich seinen Hof in Zukunft nicht mehr betreten würde."

„Wann haben Sie beschlossen, Frau Linder bei sich aufzunehmen?"

„Frau Linder und ich machten einen Treffpunkt aus, an dem wir uns regelmäßig sahen. So konnte ich sicher sein, dass mir ein erneuter Übergriff nicht verborgen bleiben würde. Eines Tages teilte sie mir ihre Schwangerschaft mit. Frau Linder war verzweifelt und ich fühlte mich irgendwie verantwortlich für sie. Deshalb habe ich ihr den Vorschlag gemacht, nach der Entbindung zu mir zu kommen. Bis dahin wollte ich meine Familie einigermaßen darauf vorbereiten."

„Sind die Menschen in Ihrer Umgebung nicht davon ausgegangen, dass es sich bei Frau Linders Kind auch um Ihr Kind handeln könnte?", wollte der Richter wissen.

„So oder so, die Menschen würden immer reden. Mir kam es darauf an, einen guten Menschen wie Vreni Linder nicht fallen zu lassen."

Kapitel 9

Donnerstag, 09. Oktober 1890 in Burgau
Der Schneider Jaromir Neuhof hatte sein Geschäft in Burgau. Es befand sich in der Mühlstraße und hatte ein mit schönen Stoffen dekoriertes Schaufenster. Die weiße Farbe blätterte an einigen Stellen von der Eingangstür und vom Fensterrahmen ab und ließ die Passanten erkennen, dass der Inhaber in die Jahre gekommen war. Viele waren seit eh und je Kunden des Schneiders und hätten sich ein Straßenbild ohne diesen Laden nicht vorstellen mögen. Sie lobten die Arbeit des Schneiders und waren mit der Qualität seiner Stoffe sehr zufrieden.

Oftmals blieben die Menschen vor dem Laden stehen und unterhielten sich, bevor sie hineingingen oder einfach weitergingen. Wahrscheinlich trug der herrliche Blick auf den Fluss dazu bei, dass die Leute hin und wieder die Zeit vergaßen. Die Mindel führte ihr Wasser an dieser Stelle in einem Bogen durch die Altstadt und wurde von prächtigen, schattenspendenden Linden gesäumt. Unter den Bäumen luden Bänke zum Verweilen ein. Man kannte sich untereinander in diesem Stadtteil und freute sich über die Vertrautheit, die damit einherging.

Wenn Kunden das Geschäft betraten, kündigte eine Türglocke ihren Besuch an. Es war ein kleiner, schmaler Laden, dessen Wände rechts und links mit Regalen versehen waren, in deren Fächern Stoffballen, Garne, Wollknäuel und derlei mehr lagerten. Auf einem großen Buchentisch im hinteren Teil des Raumes standen zwei Nähmaschinen, die viele Jahre von Meister Neuhof und seiner Frau bedient worden waren. An der Nähmaschine von der verstorbenen Frau Neuhof arbeitete nun Vreni, deren Lehrzeit sich dem Ende neigte.

Als sich die Ladentür öffnete und das Glöckchen dazu schellte, hob Vreni ihren Kopf, um den Blick auf den Eintretenden zu richten. Meister Neuhof war sehr in seine Arbeit vertieft. Vielleicht hörte er das Glöckchen auch nicht mehr, denn sein ehemals gutes Gehör wurde zunehmend schlechter. Aber das würde er sich vor den Kunden und auch vor Vreni, der er allerdings nichts vormachen konnte, nicht eingestehen. Erst als Vreni aufgestanden war, richtete sich der Meister aus seiner über den Tisch gebeugten Haltung auf.

„Herr Wagner!", freute sich Vreni aufrichtig.

„Du sollst doch Alfred zu mir sagen", lächelte der alte Wagner, der langsam näher kam.

„Verzeih, aber es fällt mir noch ein wenig schwer", antwortete Vreni lächelnd, während sie die Eingangstür schloss.

„Alfred, welch eine Freude." Jaromir Neuhof nahm seinem gehbehinderten Freund den Hut und den Mantel ab. „Komm nach hinten durch", lud der Schneidermeister seinen Freund ein und deutete auf die Tür neben seiner Nähmaschine.

Alfred Wagner und Jaromir Neuhof setzten sich in die Küche hinter der Werkstatt. Die Stühle waren mit aufgepolsterten Kissen bezogen, deren geblümter Stoff auch für die Übergardinen Verwendung gefunden hatte. Die Küche war gemütlich eingerichtet. Wer sie betrat, konnte auf den ersten Blick erkennen, dass der Schneider sein privates Leben tagsüber hier verbrachte. Durch den Zugang zum Garten im Hinterhof strahlte an diesem Tag das wärmende Sonnenlicht.

„Jaromir, ich stelle immer wieder fest, wie schön du es hier hast."

„Seit Vreni bei mir arbeitet, grünen und blühen wieder Pflanzen in den Räumen. Ich habe kein Händchen für Pflanzen, mag sie aber gerne um mich haben." Der Schneidermeister überlegte einen Augenblick und sprach nachdenklich weiter. „Es ist ein Segen für mich, dass Vreni da ist."

„Wo steckt sie überhaupt?", fragte der alte Wagner. „Ich bin doch hauptsächlich wegen ihr hergekommen", fügte er scherzhaft hinzu.

„Nehm sie mir nicht wieder mit nach Glöttweng", schmunzelte Jaromir und drohte scherzhaft mit erhobenem Zeigefinger.

„Nein, nein", winkte der alte Wagner ab. „Ich gönne dir auf deine alten Tage die Abwechslung, die eine Mutter mit einem quirligen Kind mit sich bringt." Er schaute sich im Raum um. Alles war so sauber und ordentlich wie zu jener Zeit, als die Frau des Meisters noch gelebt hat. Nach ihrem Tod ließ sich Jaromir Neuhof gehen, verrichtete nur die nötigste Arbeit im Haushalt und wirkte ein wenig ungepflegt. Davon war nun nichts mehr zu spüren.

„Maria ist zwar quirlig, aber sie hört auf ihre Mutter. Ich picke mir sowieso nur die Rosinen heraus. Zum Beispiel genieße ich es, wenn die Kleine bei mir auf dem Schoß sitzt und mich anlächelt. Sie nennt mich *Opa*, stell dir das einmal vor."

Der alte Wagner freute sich für seinen Freund, der wieder fröhlich am Leben teilnahm. Er fragte sich gerade, wie es nach Vrenis Ausbildung für sie weitergehen sollte, als Jaromir, der die Gedanken seines Freundes zu erraten schien, weitersprach.

„Ich habe ihr alles vererbt."

Eine Gedankenpause entstand, in der Jaromir seinem Freund die Zeit ließ, über die neue Nachricht nachzudenken.

„Das ist gut so", sagte Alfred Wagner, den die Entscheidung des alten Schneidermeisters nicht sehr überraschte. Er kannte seinen Freund schon lange genug, um zu wissen, dass dieser in vielen Situationen pragmatisch entschied. ‚Bestimmt ist es für den alten Zausel beruhigend, wenn er sein Geschäft in guten Händen weiß, wenn er einmal nicht mehr ist', dachte der alte Wagner und zwinkerte seinem Freund wohlwollend zu.

„Alles notariell festgelegt", sagte Jaromir Neuhof zufrieden.

„Gut gemacht, alter Zausel."

„Wir sind alt, Alfred, haben ein schönes Stück des Lebens hinter uns. Wir hatten beide Glück gehabt mit unseren Frauen und unserer Arbeit. Guck dir an, wie andere schuften müssen für ihr bisschen Geld. Das Einzige, was Marga und ich nie hatten, waren eigene Kinder. – Es war uns einfach nicht vergönnt", stellte der Schneider mit wehmütigem Blick fest, bevor auf seinem Gesicht wieder ein Lächeln erschien. „Marga hätte auch viel Spaß an Vreni und Maria gehabt. Die Vreni ist so fleißig und macht mir Freude, wie ich es mir von einer eigenen Tochter gewünscht hätte – und Maria natürlich auch."

„Ja, unsere Frauen. Von meiner konnte ich nie genug kriegen", lächelte Alfred. „Sie war überall so herrlich üppig." Er zeichnete mit seinen Händen die großen Brüste und Kurven einer Frau in die Luft.

„Du warst schon immer ein Bock, Alfred", sprach Jaromir und lachte laut auf.

„Es regt sich bei der Vorstellung an sie noch immer mein großer Freund in der Hose."

Jaromir lachte noch lauter. Er mochte den zuweilen derben Humor seines Freundes. „Übertreibe man nicht zu sehr. So groß ist dein Freund nun auch wieder nicht."

„Du kennst ihn ja auch nur, wenn er sich eingeigelt und in seinen Unterschlupf zurückgezogen hat."

Beide klopften ihre alten, von Adern durchzogenen Hände auf die Oberschenkel und brüllten vor Lachen.

Während sich das Lachen der beiden Alten langsam legte, betrat Vreni die Küche und freute sich über die augenscheinlich gute Stimmung im Raum. „Ihr scheint euch ja zu amüsieren."

„Wir sprachen gerade von alten Zeiten." Der Schneidermeister war darauf bedacht, nichts von ihrem eben geführten Gespräch anklingen zu lassen. Er respektierte Vreni als Frau und Mutter und verbot sich jede Anzüglichkeit in ihrem Beisein.

„Ich werde uns einen Tee machen", sagte Vreni, während sie aus dem Fenster zum Innenhof schaute, wo ihre Tochter spielte. „Ein wenig Gebäck haben wir auch noch da."

Während Vreni einen Kessel mit Wasser auf den Ofen stellte, begann der alte Wagner zu sprechen. „Ich habe vor Gericht als Zeuge gegen den Salger aussagen müssen", begann er ein wenig verlegen. Es war ihm unangenehm, darüber zu sprechen. Er schaute den Freund mit einem Seitenblick an.

„Du kannst ruhig sprechen. Ich habe Herrn Jaromir alles gesagt", sprach Vreni und gab sich selbstbewusst, obwohl ihr noch immer die Knie weich wurden, wenn sie an ihre Zeit bei Bauer Salger erinnert wurde.

„Also, was mir ein wenig Kopfzerbrechen bereitet, ist der Umstand, dass ich vor Gericht die Wahrheit sagen musste, ohne etwas auszulassen."

„Ich weiß. Ich konnte es dir bisher nicht sagen." Vreni zögerte einen Moment. Es war schwerer darüber zu sprechen, als sie sich noch vor Sekunden einzustehen bereit war. „Inspektor Unterbäumer war hier und fragte mich über den Salger aus, weil ich dort als Magd gearbeitet hatte."

Vreni schaute zur Decke und verkniff sich die Tränen, die sie am liebsten geweint hätte, Tränen, die sie nur weinen wollte, wenn sie allein war. „Weißt du ...", begann sie erneut, „... ich konnte bisher einfach mit niemanden über das Gespräch mit dem Inspektor sprechen; auch nicht mit dir, Alfred. Es tut mir leid."

„Aber dafür brauchst du dich doch nicht entschuldigen. Ich verstehe dich." Der alte Wagner stand vom Stuhl auf und berührte sanft ihren Arm.

Vreni atmete tief durch. Es fiel ihr auch heute schwer, die richtigen Worte zu finden. Sie entschloss sich, nur so kurz wie möglich von dem Gespräch mit dem Polizisten zu berichten.

„Er fragte mich irgendwann ganz direkt, ob der Salger mir ein Leid angetan hätte. Er sagte, dass ich eventuell nicht vor Gericht als Zeugin aufzutreten bräuchte, wenn ich ihm alles erzählen würde. Nach seinem Verhör wusste der Inspektor, dass du mich in der schrecklichsten Stunde meines Lebens gefunden hattest, und meinte, du bist als Zeuge glaubwürdig genug. Er versprach mir zum Schluss, mit der Staatsanwaltschaft zu sprechen, so dass ich als Zeugin nicht erscheinen musste."

„Dieser Unterbäumer ist doch ein schlauer Fuchs. Der lässt mich doch die ganze Zeit in dem Glauben, dass er nichts von diesem unleidlichen Tag vor fast fünf Jahren gewusst hatte. Und dann schätzt der Kerl mich auch noch genauso ein, wie ich mich vor Gericht tatsächlich verhalten habe – ich habe gesungen wie ein Vogel." Alfred Wagner schüttelte seinen Kopf.

„Das hat der Inspektor gut gemacht", mischte sich der Schneidermeister ein.

„Ja, er hat Vreni vor einer peinlichen Befragung vor Gericht bewahrt", stellte der alte Wagner fest.

„Aber leider nicht davor, dass jetzt jeder Bescheid weiß." Vreni wirkte traurig.

„Hat Johann Salger nun seine gerechte Strafe bekommen?", fragte Meister Jaromir erwartungsfroh.

„Das hat er!", freute sich Alfred Wagner. „Zuchthaus! Und das nicht zu knapp."

„Das ist doch ein wenig Grund, sich zu freuen, oder, Vreni?" Meister Jaromir schaute seinen Schützling aufmunternd an.

„Eigentlich schon", sagte Vreni, die an ihr uneheliches Kind dachte. Sie malte sich aus, wie Nachbarskinder Maria ärgern würden, weil sie ohne Vater aufwuchs. Was würde sein, wenn Maria irgendwann die Wahrheit von ihr wissen möchte? Zudem machte Vreni sich Gedanken um die Zukunft. Der Schneidermeister würde nicht ewig leben und sie fragte sich, wie es dann weitergehen würde für sie und Maria.

„Außerdem haben wir einen guten Grund zu feiern." Meister Jaromir schaute Vreni weiterhin aufmunternd an. Er war in großer Vorfreude, weil er ihr gleich die gute Nachricht sagen würde.

„Feiern? Ich verstehe nicht ..." Vreni war ahnungslos.

„Der Herr Brandauer kommt heute noch vorbei."

„Brandauer? Der Name sagt mir nichts."

„Notar Brandauer."

„Wollen Sie etwa verkaufen?" Vreni fuhr der Schreck in ihre Glieder. Ihre schlimmsten Befürchtungen schienen sich zu bewahrheiten. Gerade war alles so schön. Sie war mit ihrer Tochter hier eingezogen und begann gerade erst zu erleben, was Glück bedeutet. Und nun sollte das alles nicht mehr wahr sein. Sollte das Glück wieder verrinnen, wie kostbarer Wein, der aus einer umgestoßenen Flasche ausläuft und langsam im Sand versickert?

„Aber nicht doch. Ein alter Baum wie ich, der lässt sich nicht einfach so verpflanzen", sagte Jaromir Neuhof.

„Aber ...?" Vreni brach die Frage, die sie zu stellen gedachte, ab. Sie dachte, dass es ihr nicht zustand, nach dem Grund des Besuches von Notar Brandauer zu fragen.

„Du brauchst nur eine Unterschrift zu leisten." Jaromir schmunzelte. Ihm gefiel es, Vreni ein wenig auf die Folter zu spannen.

„Was? Wofür?"

„Dies ...", der alte Schneidermeister deutete mit geöffneter Hand einen Halbkreis in den Raum, „... wird bald alles dir gehören."

Kapitel 10

Freitag, 10. Oktober 1890
Der alte Wagner genoss das sanfte Schaukeln der Kutsche. Es versetzte ihn in einen wohligen, schläfrigen Zustand, während die bewaldete Landschaft an ihm vorbei zu fliegen schien. Er war, nach dem Besuch bei seinem langjährigen Freund, mit sich und der Welt zufrieden. Die Gespräche mit Jaromir wurden ihm mit zunehmendem Alter immer wichtiger. Sie waren für ihn ein Bindeglied in die Vergangenheit und zugleich waren sie auch Inspiration zur Entfaltung des einander ähnelnden Humors. Was ihm nicht minder wichtig war, war die Tatsache, dass beide ein offenes Ohr für die Probleme des Alters hatten und gemeinsam an deren Bewältigung interessiert waren, ohne in mitleiderhaschendes Gejammer zu verfallen. Wenn sie unterschiedlicher Meinung waren, was nicht selten vorkam, respektierten sie den Standpunkt des anderen und beharrten nicht auf ihre Sicht der Dinge. Worin sie sich unverbrüchlich einig waren, war ihre Zuneigung zu Vreni und ihrem Kind. Am heutigen Tag konnten sich die beiden alten Männer gemeinsam an Vrenis Dankbarkeit und Glückseligkeit erfreuen, nachdem sie ihre Unterschrift auf die Urkunde des Notars gesetzt hatte. Vreni hielt noch Augenblicke später den kostbaren Füllfederhalter des Notars zwischen ihren verkrampften Fingern und es war ihr anzumerken, dass sie noch nicht vollends realisiert hatte, nun die Besitzerin einer eigenen Schneiderei zu sein.

Der alte Wagner freute sich auf sein Zuhause. Seit einigen Tagen wohnte er wieder in seinem Zimmer, welches er vier Jahre an Vreni abgegeben hatte. Alfred Wagner dachte beglückt an seine Tochter Viktoria, die Enkelkinder und den Herbst, der in diesem Jahr sehr milde begann.

Er beschloss jetzt, da der Krankenhausaufenthalt, der Gerichtsprozess und sein Genesungsprozess zufriedenstellend verlaufen waren, sich mehr um die kleine Viktoria zu kümmern. Er war über die Entwicklung des Mädchens besorgt. Viktoria war nicht fröhlich und unbeschwert, wie es sich nach seinen Vorstellungen für ein Kind ihres Alters gehörte. Sie zog sich immer mehr zurück, kommunizierte wenig – Viktoria erinnerte ihn an eine Schnecke in ihrem schützenden Haus.

Ihm war nicht verborgen geblieben, dass seine Tochter und sein Schwiegersohn sich nicht ausreichend um die Nöte ihres fünften Kindes kümmerten. Zwar waren beide Elternteile mit der Arbeit in ihrem Betrieb derartig eingebunden, dass die Bedürfnisse aller Kinder nicht annähernd gestillt wurden, jedoch reagierte keines darauf so auffällig wie die Kleine. Der alte Schulmeister nahm sich vor, seine Enkeltochter aus ihrem „Schneckenhaus" herauszuholen, damit sie eine Teilhabe am Familienleben bekommen würde, die ihr bisher nicht gewährt wurde. Ihm war bewusst, dass die Eltern des Kindes die Tragweite ihres Unterlassens nicht erkannten; auch dann nicht, wenn er seine Beobachtungen ansprechen würde. Die Lebenswelt ihres eigenen Kindes erschloss sich den Eltern nicht mehr.

Als der alte Wagner und seine Frau sich dafür entschieden hatten, eigene Kinder zu bekommen, geschah dies in dem Bewusstsein, dass diese nur dann glücklich und zufrieden aufwachsen würden, wenn sie als Eltern ausreichend Zeit für Fürsorge hatten. Aus diesem Grund entschlossen sie sich, nach ihren zwei Kindern, Karl und Viktoria, keines mehr zu bekommen. Später, als seine Tochter längst erwachsen war, sprach der alte Wagner zu ihr über seine Auffassung und beide waren sich einig darüber, dass dies der richtige Ansatz war, damit weder die Eltern noch die Kinder überfordert sein würden. Nach diesem Gespräch freute sich der alte Schulmeister darüber, dass er in seiner Tochter eine Gleichgesinnte hatte, denn auch sie betrachtete Kinder als das Wertvollste, was ihnen das Schicksal bringen konnte. Sie waren das Größte, wofür es sich zu leben lohnte, denn wenn wir bereit waren, ihnen Liebe, Geborgenheit und wohlwollende Führung zu geben, würden sie es uns in der Zukunft mit unvergleichlicher Treue danken.

‚Wie man es in den Himmel wirft, so kommt es wieder zurück', sinnierte der Alte schlaftrunken. Er war bereit, sich einem wohligen Halbschlaf hinzugeben, der ihm noch die Möglichkeit ließ, seine Gedanken zu lenken. Langsam glitt sein Kopf zur Seite und wurde sacht von der gepolsterten Wandverkleidung aufgenommen, während er sich an längst vergangene Zeiten erinnerte.

Er liebte seine beiden Kinder sehr und es erfüllte ihn mit Wärme, wenn er an die Abende ihrer Kindheit zurückdachte, an denen er ihnen spannende, selbstausgedachte Geschichten oder Märchen erzählt hatte. Als wäre es erst gestern gewesen, sah Alfred Wagner die staunenden Augen seiner Tochter vor sich, sah ihren Kopf, wie er langsam zwischen den Schultern zu versinken schien, weil sie es vor Spannung kaum noch aushielt. Auch seinen Sohn, der die Decke bis zum Kinn gezogen hatte und bereit war, sie über den Kopf zu ziehen, wenn das kleinste, das siebente Geißlein vom Wolf im Uhrenkasten entdeckt werden würde, sah er vor sich. Nachdem er das Märchen zu Ende erzählt hatte, schlug Karl die Bettdecke zurück und rief: „Noch mal! Noch mal! Noch mal!" – Du weißt doch, dass ich immer nur eine spannende Geschichte erzähle." – „Bitte! Ausnahmsweise!" – „Gut, aber nur eine harmlose Mär." – „Au ja!" Der Dank seines Sorgens waren friedlich schlafende Kinder und ein harmonischer Feierabend mit seiner Frau.

Seine Geschichten hatten immer einen guten Ausgang. Das war ihm und seiner Frau wichtig. Er erinnerte sich an seine zufrieden lächelnde Frau, wie sie im gedämpften Licht im Türrahmen stand, während er die Geschichten erzählte. Sie warfen einander oft kurze Blicke zu, die von Verbundenheit und Liebe zeugten.

Es durchzog ihn wieder einmal ein trauriges Gefühl von Einsamkeit, wenn er an seine Frau dachte. Der alte Wagner versuchte dieser Einsamkeit mit „Frauengeschichten", wie er sie selbst nannte, zu entfliehen. Es gelang ihm jedoch nicht. In einsamen Stunden hielt er Zwiesprache mit seiner Frau und bat sie, nicht schlecht von ihm zu denken und ihm sein sündiges Verhalten zu verzeihen.

„Wenn du bei mir hier unten geblieben wärst, müsste ich mich nicht mit anderen Frauen begnügen", hörte er sich selbst leise sprechen. „Du fehlst mir doch so sehr."

Niemand wusste von seiner Trauer und Einsamkeit, die von Zeit zu Zeit über ihn kam – außer seinem Freund Jaromir, dem er dieses und vieles mehr anvertrauen konnte.

„Hey, Sie sind an Ihrem Ziel." Der Sitznachbar des Alten stieß ihn gegen den Arm.

„Wie? Schon da?", fragte Alfred Wagner verwirrt. Erst als ihm gewahr wurde, dass er im schläfrigen Dämmerzustand laut gesprochen hatte, kehrte er abrupt in die Gegenwart zurück.

„Sie wollten doch in Glöttweng aussteigen!"

„Ja, richtig! Entschuldigung, aber ich bin ein wenig eingenickt."

Der alte Wagner wunderte sich, dass niemand zu seiner Begrüßung erschienen war.

Als die davonfahrende Kutsche kaum noch zu sehen war und der aufgewirbelte Staub sich gelegt hatte, bückte er sich mühsam nach seiner Reisetasche. Der Alte hob das schwere Gepäckstück mit einem leisen Stöhnen vom Boden auf, ging langsam hinkend um das Haus herum und betrat es durch die Hintertür. Er nahm eine gespenstische Ruhe wahr und konnte das Unheil, welches in diesem Haus geschehen war, deutlich spüren. Als er an der Küche vorbeiging, konnte der Alte zwar geschäftiges Treiben wahrnehmen, es hörte sich jedoch anders an als sonst – sehr auf Ruhe bedacht und auf bedrohliche Weise gedämpft. Durch den Türspalt konnte er Traudel erkennen, die sonst bei Joseph in der Gastwirtschaft arbeitete und nur herüberkam, wenn im ‚Adler' viel zu tun war. Der Alte horchte. Es hörte sich nicht so an, als wären viele Gäste in der Wirtsstube.

Die Tür zum Wohnzimmer war geschlossen. Langsam trat Alfred Wagner näher, horchte und nahm erst ganz allmählich etwas wahr, das sich wie Schluchzen anhörte. Da er die leise Stimme seines Schwagers hörte, durfte er mit ziemlicher Gewissheit annehmen, dass es seine Tochter war, die da weinte. Begleitet von einer bösen Ahnung lief es ihm eiskalt über den Rücken.

Vorsichtig klopfte der alte Wagner an die Tür.

Keine Antwort.

Leise öffnete er die Tür und sah seine Tochter auf einem Stuhl sitzen. In ihren Händen hielt sie ein weißes Taschentuch, mit dem sie unablässig fließende Tränen von ihren Wangen wischte. Neben ihr stand Theodor. Sein Blick und die gebeugte Haltung drückten große Hilflosigkeit aus.

Nun wurden dem Alten seine Vorahnungen zur Gewissheit und er rechnete mit dem Schlimmsten. Er ging auf seine Tochter zu, setzte sich auf den freien Stuhl neben ihr und legte sanft seinen Arm um ihre Schultern. Viktoria hob ihren Kopf und schaute ihren Vater an. Ihre verweinten Augen waren stark gerötet und ihr Blick war leer und ausdruckslos.

„Papa", sagte sie nur und lehnte sich an die Schulter des Vaters.

„Meine liebe Tochter." Der Alte gab ihr einen flüchtigen Kuss auf das Haar. Er nahm den Geruch seiner Tochter wahr, der ihm erneut Begebenheiten aus glücklichen Kindertagen in Erinnerung rief. ‚Wie absonderlich das ist …‘, dachte der Alte und schämte sich fast dafür, als ihm das Kinderlachen seiner Tochter aus längst vergangenen Tagen in sein Ohr drang. ‚… und wieso gerade jetzt?‘ Bilder erinnerten ihn an glückliche Zeiten, er sah, wie *sein* Mädchen über eine Wiese mit bunten Blumen lief, die Hände ausgebreitet, als wäre es in der Lage, all das Glück dieser Erde einzufangen. Sekundenlang war ihm zumute, als könne er mit den Bildern und Nachklängen der Vergangenheit die dramatische Szenerie der Gegenwart ungeschehen machen.

„Franziska! Sie ist tot. – Und ich konnte ihr nicht helfen. – Ich bin doch ihre Mutter."

Viktoria schluchzte im Arm ihres Vaters. Sie hatte keine Kraft mehr. Die letzten Tage und Nächte hatte sie am Bett ihrer Kinder Franziska und Josef gewacht. Jegliches Zeitgefühl war Viktoria abhandengekommen, seit sie an den Betten ihrer beiden jüngsten Kinder gewacht und sie mit dem Gefühl von Hilflosigkeit gepflegt hatte, um den nicht enden wollenden Durchfall und das Erbrechen zu stoppen.

„Ich dachte an eine schnell vorübergehende Viruserkrankung, wie ich es schon oft bei meinen Kindern erlebt hatte", sprach Viktoria apathisch. „Erst als die Kinder Fieber bekamen, wurde ich unruhig. Viel zu spät."

Die Stimmung des Selbstvorwurfs schien den Raum nicht verlassen zu wollen.

„Dann ließ ich vorsichtshalber nach einem Arzt rufen. Als er kam, war das Fieber schon derart gestiegen, dass beide Kinder nicht mehr ansprechbar waren." Viktoria schlug sich mit den Fäusten auf die Brust und ließ sie schon Augenblicke später resigniert in ihren Schoß sinken. „Hier drinnen habe ich sie getragen. Neun Monate."

Bedrückende Stille erfüllte den Raum. Alfred Wagner schaute zum Bettchen hinüber, in dem Josef, das jüngste Kind, reglos lag und schlief. Das Bett wirkte wie ein verlassenes Haus, deren Besitzer nicht mehr an bessere Zeiten glaubten. Aufgegeben, obwohl noch ein Rest Leben in ihm war!

„Sie ist letzte Nacht gestorben", sagte Theodor mit einer Sachlichkeit in seiner Stimme, die erschütternd wirkte.

Dem aufmerksamen Beobachter, wie es der alte Wagner war, entging die Traurigkeit unter der rau wirkenden Oberfläche des Wirts jedoch nicht.

„Es ist nicht ungewöhnlich, dass Kinder sterben. Vielen Familien erging es so wie uns jetzt. Irgendwie habe ich es geahnt, dass es auch uns eines Tages treffen würde."

Während der erneut eintretenden Stille hoffte der alte Wagner, dass sein Schwiegersohn sich besinnen und von seinen wahren Gefühlen sprechen, seine Frau trösten oder sonst irgendetwas Sinnvolles machen würde, bevor es zu spät war.

„Irgendwann werden die Wunden heilen. Wir müssen Geduld haben." Theodor Fink schlug seine Hände in hilfloser Geste an seine Hüften.

Alfred Wagner gab die Hoffnung auf. Er wusste, dass der Wirt sich so verhielt, um nicht die Fassung zu verlieren. Er wusste jedoch auch, wie es seiner Tochter damit ging. Egal, was er jetzt zur Schadensbegrenzung unternehmen würde, es wäre sinnlos.

‚Das Leben muss weitergehen, auch wenn das Schicksal hart zuschlägt', war eine Auffassung des Wirts, die Viktoria stets mit Abstand und Unbehagen betrachtete. Solange ihre Familie nicht unmittelbar betroffen war, konnte Viktoria mit der nüchternen Einstellung ihres Mannes umgehen. Nun veränderte sich ihr Verhältnis zu seiner Auffassung abrupt.

Theodors hilflose Versuche, seine Frau mit seinen sachlichen Einschätzungen zu trösten, schlugen fehl. Es tröstete Viktoria nicht, wenn er von der Zeit, die alle Wunden heilen würde, sprach. Der Mann an ihrer Seite kam ihr plötzlich zynisch vor, wenn er behauptete, dass es anderen Familien genauso erging. Als er ihr sagte, dass sie doch noch die anderen Kinder hätten, schrie Viktoria ihn an: „Halt endlich deinen Mund! Woher weißt du, dass es anderen Müttern genauso geht wie mir? Wieso nimmst du dir eigentlich das Recht heraus, zu wissen, wie lange meine Trauer dauert?"

Das erste Mal seit Bestehen ihrer Ehe hatte Viktoria das vage Gefühl, dass ihre Beziehung einen Riss bekommen hatte. Es war wie ein Sprung am Rande eines Porzellantellers, der in einen Riss übergeht, um ihn beizeiten in zwei Teile zerfallen zu lassen. Dies war in diesem Moment nur ein kurzes Gefühl, welches jedoch in der Lage war, sich unter ihrem tiefen Kummer zu verstecken, um lauernd bei der nächsten Gelegenheit wieder zu erscheinen.

„Was ist mit Josef?", fragte der Alte leise, den Blick auf Theodor gerichtet und mit einer Hand sanft den Kopf seiner Tochter streichelnd. Sie war jetzt ganz still.

„Der Arzt sagt, wir müssen mit dem Schlimmsten rechnen."

Josef starb in der darauf folgenden Nacht.

Die kleine Viktoria spürte die Allgegenwärtigkeit der familiären Trauer als unsichtbare Bedrohung. Alles kam ihr auf seltsame Weise vertraut und zugleich beängstigend vor. Sie war verwirrt, hatte das Gefühl nicht hierher zu gehören. Ihre Hoffnung, bald elterliche Aufmerksamkeit zu erhalten, hielt sie davon ab, aus dem Haus zu schleichen und sich anschließend vom Schicksal treiben zu lassen.

Ihre Eltern kamen nicht. Sie waren viel zu sehr mit ihrer eigenen Trauer beschäftigt und Viktoria traute sich nicht, ihre Mutter oder ihren Vater zu stören. Es fehlte ihr der Mut dazu, weil sie der Anblick ihrer Eltern ängstigte. Der Gedanke, das Haus verlassen zu wollen, verlor mehr und mehr an Bedeutung, da sich eine andere Idee als mächtiger erwies und alle anderen Möglichkeiten aus ihrem Bewusstsein verdrängte.

Zielstrebig ging Viktoria auf die Küchentür zu und huschte unbemerkt hinein. Sie sah auf die offen stehende Tür zur Speisekammer, die auf Anweisung des Wirts stets verschlossen bleiben sollte, und blieb unschlüssig stehen. War es eine Falle? War jemand in der Speisekammer? Oder stand die Tür einfach nur deshalb offen, weil Trauer nachlässig machte? Viktoria entschied sich für Letzteres, sah sich sicherheitshalber noch einmal um und stellte fest, dass sie tatsächlich unbeobachtet war. Danach waren es nur noch einige Schritte bis zur Erfüllung ihrer Sehnsüchte: Geborgenheit, Trost und wärmendes Gefühl.

Sie schaute sich in der halbdunklen, kühlen Kammer um. Die Regale waren vollgestellt mit köstlichen Dingen. Ihr Blick fiel auf Gläser mit Marmelade, Dörrobst, Säften und Konserven. Neben den Konserven standen ein Kasten mit Besteck und anderen Küchenutensilien. Am Boden lagerten Kisten mit frisch geernteten Äpfeln und Kartoffeln. An der Decke hingen Würste und ein großer Schinken.

Ihr lief das Wasser im Munde zusammen, als sie hinter der Erdbeermarmelade den Topf mit dem Pflaumenmus entdeckte. Sie erinnerte sich an den köstlichen Duft, der während der Zubereitung ihre Nase erreicht hatte. Das Pflaumenmus wurde von ihrer Mutter mit Zimt zubereitet und war nur für die anspruchsvollen und zahlungskräftigen Gäste gedacht. Als sie vor einiger Zeit danach fragte, ob sie das Pflaumenmus probieren dürfte, wurde sie von ihrem Vater harsch abgewiesen.

Viktoria erschrak, als hinter ihr die Tür plötzlich mit einem lauten Krachen geschlossen wurde. Sie wollte gerade aufschreien, besann sich jedoch rechtzeitig und überlegte, was zu tun sei. Zunächst ging sie leise zum Regal und tastete vorsichtig nach einem Löffel. Ein freudiges Lächeln umspielte ihre Lippen, als sie einen Löffel erfühlte. Auf Zehenspitzen schlich sie hinüber zu den Marmeladengläsern und streckte ihren Körper dem oberen Regal, auf dem das Pflaumenmus stand, entgegen. Sie schob mehrere davorstehende Gläser ein wenig zur Seite, wobei eines der Gläser dem Regalrand bedrohlich nahe kam. Es kippte schon ein wenig über den Rand, als Viktoria mit einer reflexartigen Bewegung ein Unglück verhindern konnte. Deutlich nahm sie ihren erhöhten, kräftig pochenden Herzschlag wahr.

Erst als sie sich wieder beruhigt hatte, zirkelte Viktoria mit den Fingerspitzen das begehrte Glas nach vorne und hob es, in beiden Händen festhaltend, herunter.

Sie machte es sich neben der Tür bequem, zog an dem vorstehenden Ende des Verschlussgummis und hörte anschließend das leise Zischen der Luft, die das Vakuum aus dem Glas verdrängte.

Der erste Löffel schmeckte köstlich. Gedankenversunken gab sich Viktoria dieser gustatorischen Sinneslust hin, als die Tür plötzlich wieder aufgestoßen wurde. Der Schreck ließ sie erstarren. Das Küchenlicht warf die in Schatten flackernden Umrisse einer menschlichen Gestalt in die Speisekammer. Viktoria spürte wieder ihren erhöhten Herzschlag und das Blut, wie es durch die Halsschlagader pulsierte. Wenn sie entdeckt werden würde, drohte ihr eine Strafe. Unerwartet schnell schloss sich die Tür wieder. Gerade wollte sich in Viktoria das Gefühl von überstandener Gefahr in ihr einstellen, als sie hörte, wie sich der Schlüssel im Schloss umdrehte.

Die Angst, sich in einer Situation zu befinden, deren Entdeckung mit den unangenehmsten Konsequenzen einhergehen würde, verdrängte langsam den olfaktorischen Hochgenuss, den die gezuckerten und mit Zimt versehenen

Pflaumen in Viktoria eben noch ausgelöst hatten. Ihre Wahrnehmungswelt bestand nur noch aus Angst. Sehr bald steckte Viktoria den Löffel in immer kürzer werdenden Abständen in das Glas hinein, um ihn schnell wieder zum Mund zu führen. Die eben noch als köstlich empfundene Speise schlang sie nun ohne Sinnesgenuss in sich hinein.

Gesättigt saß Viktoria auf dem Boden der Speisekammer und hielt sich den Bauch, der sich voll und schwer anfühlte. Ihre leichte Übelkeit konnte über eines nicht hinwegtäuschen: Das wohlige Gefühl! Das Gefühl, etwas gemacht zu haben, worüber sie selbst bestimmt hatte. Sie selbst konnte entscheiden, ob sie isst oder es einfach sein lässt. Einfach? War es wirklich einfach, es sein zu lassen? Gänzlich? Nein, lieber essen! Spüren!

Es war ihr nicht möglich reflektiert zu handeln, aber das vage Gefühl von Teilhabe ließ Viktoria zu der trügerischen Feststellung kommen, dass ihr eben eingenommenes Mahl entscheidend dazu beigetragen hatte, sich beteiligt und angenommen zu fühlen.

Viktoria wollte noch eine Weile vergehen lassen, bis sie sich bemerkbar machen würde. Ihr Blick, den sie nun im Raum schweifen ließ, hatte sich längst an das Halbdunkel gewöhnt. Es gefiel ihr, wie sich das wenige Licht durch das kleine Fenster oberhalb ihres Kopfes in der Kammer verteilte. Das Licht brach sich an den Marmeladengläsern. Wenn sie genau hinschaute, konnte sie die Farben der Fruchtsorten im gebrochenen Licht wiedererkennen. Viktoria sah das Gelb der Mirabellen, das Rot der Erdbeeren, das ins Schwarz anmutende Dunkelrot der Kirschen und das Grün der Stachelbeeren. Ihre Bereitschaft, das Farbenspiel für immer aus ihrem Blickfeld zu verbannen, wenn sie ihr Vorhaben in die Tat umgesetzt hatte und aus dem Fenster gestiegen war, kam Viktoria frevelhaft vor. Während sie aufstand, beobachtete sie interessiert den genauen Winkel des Lichteinfalls zur Position der eigenen Augen, in dem die Farbstrahlen für sie unsichtbar wurden.

‚Aus dem Auge aus dem Sinn.' Viktoria konnte sich nicht erinnern, woher sie dieses Sprichwort kannte. Sie wusste nur, dass es zu dieser Situation passte. Voller Tatendrang stand sie auf und visierte das Regal unter dem kleinen Fenster an.

Es war ein Kinderspiel für Viktoria, das Regal zu erklimmen und die Gläser zur Seite zu rücken. Sie passte sogar durch das leicht zu öffnende Fenster hindurch. Als sie sich auf der Außenmauer hinabgleiten ließ, stand ein Tisch bereit, auf dem sie sich sanft vorwärts abrollen konnte. Viktoria stand auf und zog das Fenster in weiser Voraussicht zu.

Zufrieden, da sie von niemandem bemerkt worden war, setzte Viktoria sich unter den Tisch. Sie nahm sich vor, niemandem etwas von ihrem Erlebnis, ihrem neuen Geheimnis zu verraten. ‚Ein Geheimnis wie dieses behält man lieber für sich', dachte Viktoria. „Sicher ist sicher", flüsterte sie.

Viktoria hatte die Erfahrung gemacht, dass man Unerlaubtes, auch wenn es mit Angst und Überwindung verbunden sein sollte, mit ein wenig Mut unbeschadet überstehen kann und man am Ende obendrein mit einem Wohlgefühl belohnt wurde. Sie hätte ihren Mut am liebsten sofort wieder auf die Probe gestellt und schielte, den Kopf vorgebeugt, zum Fenster hoch. Allein der volle Bauch hielt sie davon ab.

Über ihr Abenteuer hatte sie sogar ihre Trauer um die geliebte Tante Josefa verdrängt. Für kurze Zeit fühlte sie sich nicht so hilflos und allein.

Kapitel 11

Montag, 13. Oktober 1890 in Berlin
Anne hielt das Telegramm fassungslos in den Händen. Ihre Mutter schrieb ihr in Stichpunkten von den Ereignissen in Glöttweng.

Als Anne vor beinahe drei Wochen von Josefas Tod erfahren hatte, machte sie sich Vorwürfe, weil sie nicht bei ihr gewesen war. Unter anderem hatte sie diese Reise angetreten, um mit hilfreichem Wissen über postnatale Säuglingssterblichkeit zurückzukehren. Sie wollte insbesondere Josefa helfen. Nun musste sie mit der schmerzlichen Erkenntnis fertig werden, dass sie bei Josefa und ihrer Familie falsche Hoffnungen geweckt hatte. Bei dem Gedanken an Josefas Tochter überkam Anne immer wieder das schlechte Gewissen. Seit mehreren Tagen nahm sie sich vor, der Tochter von Josefa einen Brief zu schreiben.

Mit dem Telegramm in der Hand fragte sie sich, ob ihr Verbleib in Berlin eine Flucht war vor der Verantwortung, die sie für viele Frauen in Glöttweng auf sich genommen hatte. Bei diesem Gedanken war ihr, als drücke eine schwere Last auf ihren Schultern. Oder war es vielleicht doch das ernsthafte Interesse an den Möglichkeiten, die sich ihr hier boten? Sie wusste es nicht mehr zu deuten. Sie war verwirrt.

Einerseits war da für Anne die Verlockung, dem unübersehbaren Bildungsrückstand des schwäbischen Dorfes zu entfliehen, in welchem sie mehr von den Schicksalen der Bewohner an sich heranließ, als sie ursprünglich wollte. Andererseits war Glöttweng ihr Heimatdorf mit dem sie tiefe Gefühle verband. In diesem Dorf wurde sie geboren. Ihre kleine Familie war dort, ihr Bruder, ihre Mutter, die ihr so viel Liebe und Geborgenheit zu geben vermochten und die sie sehr vermisste. Ein kurzes Lächeln zeigte sich auf ihren Lippen, um sich schnell wieder zu verflüchtigen.

Erneut wurden ihre eigenen familiären Gedankenbilder überlagert, indem sie an die Frauen in Glöttweng und deren Kinder dachte. Einmal mehr fragte sie sich, ob sie versagt hatte.

„Bin ich eine zu große Verantwortung eingegangen?", rief Anne in den Raum hinein. Ihre Frage klang wie eine Mahnung an sich selbst. Kaum waren ihre Worte im Raum verklungen, dachte sie darüber nach, wie sie sich von den Fesseln befreien konnte, die ihr ihre Heimat angelegt hatte. Plötzlich kam ihr das Wort ‚Abstand' in den Sinn. Abstand! Es war wie eine Eingebung. Abstand von Glöttweng, von den Menschen, die dort lebten.

Jetzt war Anne sich sicher: „Ich werde hier in Berlin meine Erfüllung finden."

Sie dachte an den Hebammentag im September zurück. Auf dem Podium wurden Vorträge über zu geringe Einkommen und eine bessere Ausbildung für Hebammen gehalten. Sie hatte großes Interesse an diesen Themen. Vornehmlich war sie jedoch nach Berlin gekommen, um etwas über perinatale und postnatale Probleme zu erfahren. Deshalb hatte Anne um eine Redezeit mit anschließender Podiumsdiskussion gebeten. Nach ihrer Rede kam der Pädiater Adolf Baginsky auf sie zu und erklärte, wie beeindruckt er von ihren Fragestellungen und Anliegen sei.

Der Kinderarzt war ein aufmerksamer Zuhörer. Er entlockte Anne auch die Geschichte von Josefa und ihre Traurigkeit darüber. Später diskutierten sie leidenschaftlich über das Thema Hygiene und den Folgen bei Nichteinhaltung, wie Ignaz Semmelweis sie beschrieb. Irgendwann sprach Adolf Baginsky über das im vergangenen Sommer eröffnete Kaiser-und Kaiserin-Friedrich-Hospital, deren Direktor er war. Der Kinderarzt erzählte Anne, dass er eine fähige Assistentin suche, und gab ihr seine Karte. „Über Ihre Bewerbung an die angegebene Adresse würde ich mich sehr freuen", sagte er freundlich und verabschiedete sich mit einem Handkuss von ihr. Sie konnte es nicht sofort erfassen, was gerade geschehen war. Der renommierte Kinderarzt Adolf Baginsky hatte ihr eine Anstellung in Aussicht gestellt. Fassungslos starrte Anne auf ihre Hand, auf der sie noch eine geraume Zeit seinen Atem deutlich spüren konnte.

Danach ging alles sehr schnell. Nach der erfolgreichen Bewerbung bezog sie ein Zimmer zur Untermiete. Frühstück und Abendessen waren inbegriffen. Sie konnte es sich leisten, da ihr Lohn höher ausfiel, als sie vorher zu hoffen gewagt hätte. Ihre Vermieterin, eine Witwe, hatte vor einigen Monaten ihren Mann verloren und fühlte sich einsam in der großen Villa. Anne fühlte sich von Anfang an wohl in der neuen Umgebung, die auf unbestimmte Zeit ihr neues Zuhause sein sollte. Die Veteranenstraße war nur einen Kilometer von der Charité entfernt und somit bequem zu Fuß zu erreichen. Gegenüber der Villa erstreckte sich die große Parkanlage der wohlhabenden Familie Wollank. Da ihre Vermieterin den Besitzer, Carl Friedrich Wollank, persönlich kannte, durfte auch Anne das umfriedete Areal mitbenutzen. Den Schlüssel für das Tor zum Park bewahrte die Witwe in einem kleinen Porzellanschälchen auf, welches auf einer Kommode im Eingangsbereich stand. Einmal hatte Anne ihn schon benutzt und sie war begeistert von der Schönheit und Vielfalt der Botanik; und der Ruhe inmitten der pulsierenden Großstadt.

Anne beschloss in Berlin zu bleiben und ihr Glück nicht mehr aus den Händen zu geben. Sie wollte sich frei machen von ihren Gewissensbissen und machte sich Mut, indem sie zu sich selber sprach: „Die ersten Arbeitstage erwiesen sich als abwechslungsreich und interessant, die Unterkunft ist sauber und die Witwe geradezu fürsorglich um mich bemüht, und Berlin ist für mich Verlockung und Freiheit in einem. – Ich muss an mich denken!"

Entschlossen setzte sich Anne an den Sekretär, nahm Tinte und Feder und begann zu schreiben:

Liebe Josefa,
es tut mir aufrichtig leid, dass deine liebe Mama nicht mehr bei dir ist.
Ich wünsche dir jetzt ganz viel Kraft, diese schwere Zeit durchzustehen.
Meine Gedanken sind häufig bei dir und deinem Vater.
Gerne hätte ich deiner Mama die letzte Ehre erwiesen.
Leider lassen es die Umstände nicht zu, dass ich Berlin jetzt verlassen kann.
Sonst würde ich dich besuchen kommen.
Ich habe hier eine Anstellung in einem Kinderkrankenhaus angenommen und bekomme erst einmal keinen freien Tag.
Vielleicht ist es dir ja möglich, nach Berlin zu kommen. Über einen Besuch von dir würde ich mich sehr freuen. Ein Bett wäre hier, wo ich zur Untermiete wohne, für dich schnell bereitgestellt.
Berlin ist eine große Stadt, die dir sicherlich einiges zu bieten hätte und die dir, glaube ich, gefallen würde.
An meinen freien Abenden und am Sonntag wäre ich ganz für dich da.
Ich werde einen Brief an deinen Vater schreiben und ihm von meinem Schreiben an dich unterrichten.
Liebe Josefa, über eine Antwort von dir würde ich mich sehr freuen.

Deine Anne Vogt

Kapitel 12

Donnerstag, 16. Oktober 1890

Viktoria saß draußen auf den Stufen des Hauseingangs. Ihr Blick war starr und leer. Die strähnigen Haare fielen über ihre Wangen bis zu den Händen, die sie unter ihrem Kinn ineinander gefaltet hatte. Sie trug ihre Wolljacke falsch herum, so dass das Innenfutter nach außen gekehrt war und die Säume fransig nach oben zeigten. Als Theodor darauf hinwies, winkte sie barsch ab. Über ihren fleckigen Rock wagte er nichts mehr zu sagen. Ihre Erscheinung gab ein groteskes Bild ab und erinnerte an einen traurigen Vagabunden, vor dem die Türe verschlossen wurde.

Sie wollte nicht mehr an einem Leben teilhaben, welches aus Mühen und Scheitern bestand. Alles kam ihr sinnlos vor. Die Trauergäste in der Wirtschaft waren ihr verhasst. Sie unterstellte ihnen, sich an ihrem Leid zu laben. Bei ihrem Anblick kam sie sich verhöhnt vor, empfand Ekel, wenn sie den Schmaus in sich hinein stopften und dabei lauthals über ihre Späße und Anekdoten lachten. Es war eine Feier, die sie nicht wollte; die ihr vom Schicksal aufgezwungen wurde. Schicksal! Davon sprach ihr Mann immer wieder. Viktoria konnte es nicht mehr hören. Sie konnte die Menschen um sich herum nicht mehr ertragen; ihre gespielt traurigen Mienen, phrasenhafte Beileidsbekundungen, Sprüche wie *Kopf hoch, wird schon wieder, du hast ja Gott sei Dank noch die anderen Kinder.*

Eben noch hatte Viktoria die Gäste vor der Eingangstür hysterisch angeschrien, hatte darauf bestanden, allein sein zu dürfen, worauf Theodor die Gäste zurück in die Wirtsstube gebeten hatte. Hier konnten sich die Gäste über den Schmaus hermachen. Sahnetorte, Kaffee und Alkohol würde die Stimmung der Trauergäste heben und das Leid der Mutter in den Hintergrund treten lassen. Alle würden glücklich sein, weil sie sich noch unter den Lebenden wussten.

„Ich will meine beiden Kinder zurück", flüsterte Viktoria ihrem Vater neben sich zu. Er war der Einzige, den sie jetzt an ihrer Seite duldete. Ihr Vater war in ihrem Umfeld der einzige Mann, der es vorzog, nichts zu sagen, bevor er etwas Unüberlegtes von sich geben würde.

Der Alte dachte nach. Die Beerdigung ihrer beiden jüngsten Kinder ließ seine Tochter regungslos über sich ergehen. Sie erzählte ihm, dass in ihrem Kopf nur noch Platz für die Frage nach dem ‚Warum' war. Auch er fragte sich häufig, warum der viel gepriesene Gott das viele Leid zuließ. Er schaute seine Tochter an. Viktoria war ganz in Schwarz gekleidet. Sie sah erschöpft aus. Der Alte nahm die Hand seiner Tochter.

„Ich würde mein altes Leben dafür geben." Der Alte kam sich jämmerlich vor, auf eine ihm unbekannte Art hilflos. Er spürte die Leere in sich, die er empfunden hatte, als seine Frau starb. Ein Kind zu verlieren war jedoch etwas anderes, vielleicht sogar etwas Unbegreifliches. Er hatte niemals ein Kind verloren, wusste folglich nicht, wie sich das anfühlte.

„Weißt du, Papa, mir ist, als ob mit Josefas Tod das Unglück auf mich übergegangen ist."

Die Worte trafen den Alten bis ins Mark. Es machte ihm deutlich, wie tief verletzt sein Kind war und wie angstvoll sie in die Zukunft blickte.

„Es gibt Dinge im Leben, die wir nicht beeinflussen können. Das Unglück trifft uns oft genauso unerwartet wie uns das Glück im selben Moment verweigert wird. Ich glaube aber nicht daran, dass Unglück übertragbar ist", sagte der alte Wagner leise. „Es sei denn, wir wollen es haben." Er legte eine rhetorische Pause ein, um anschließend mit mehr Optimismus in der Stimme weiterzusprechen. „Ebenso wenig glaube ich, dass uns das Glück ewig verweigert bleibt."

Kurzes Schweigen. Lachen drang aus der Wirtsstube zu ihnen nach draußen.

„Ich weiß nicht, ob ich jemals wieder etwas wie Glück empfinden möchte."

„Das liegt bei dir. Du bist meine Tochter und trägst meine Erbanlagen in dir. Schon deshalb wirst du dich auf Dauer nicht dem Schicksal ergeben."

„Ich sehe keinen Sinn mehr", sagte Viktoria mit einem Anflug von Trotz in ihrer traurigen Stimme.

„Ich auch nicht, meine liebe Tochter", sagte der Alte sanft. „Aber wir können uns auf die Suche machen. – Kommst du irgendwann mit?"

„Ja", sagte Viktoria leise, während sie sich kurze Zeit bei ihrem Vater anlehnte. „Wollen wir ein wenig gehen?"

„Aber ja." Sie standen beide auf und gingen ohne Ziel.

Der Alte freute sich, weil er einen Sinn im gemeinschaftlichen Spaziergang erkennen konnte, während Viktoria glaubte, ein wenig von der mentalen Kraft, die sie neben ihrem Vater verspürte, in sich aufnehmen zu können.

Die kleine Viktoria schaute gedankenversunken durch ein Fenster. Vor ihr stand ein Topf mit einer Schiefblattpflanze. Ihre kleinen Finger glitten durch die schwarze Erde, während sie ihrer Mutter und ihrem Großvater nachsah, die eben aufgestanden waren und sich langsam vom Haus entfernten. Das Mädchen ängstigte sich sehr. Sie verstand nicht, warum Menschen, die ein Teil ihres Lebens waren, ohne erkennbaren Sinn starben. Viele Fragen, die zu formulieren sie nicht imstande war, stellte sie nicht und blieben somit unbeantwortet. Wäre sie zur Formulierung fähig gewesen, hätte sie ohnehin der

Mut verlassen, denn viel zu häufig hatte sie die Erfahrung machen müssen, dass sie nicht ernst genommen, verspottet oder abgewiesen wurde. Es gab niemanden, der mit ihr über ihre Nöte sprach, und da es sich so verhielt, musste sie davon ausgehen, dass dies der Normalzustand war.

Die Traurigkeit der Mutter war für das kleine Mädchen nicht einschätzbar. Wie alle Kinder ihres Alters fand das Leben im Hier und Jetzt statt; eine Zukunft lag jenseits ihrer Vorstellungskraft. Deshalb nahm Viktoria an, es müsse sich jetzt etwas ändern, ansonsten würde der Zustand ihrer Mutter für immer andauern. Es musste doch eine Möglichkeit geben, dies zu verhindern.

In Viktorias kindlich naiven Gedanken reifte eine absurde Idee. Sie stellte sich vor, wie sie ihrer Mutter mit Blumen in der Hand folgen und ihr die Blumen überreichen würde. Dann wäre alles wieder gut. Daher war es für sie nur folgerichtig, die drei gelben Blüten von der Begonie abzurupfen, um sie anschließend zwischen ihrem Daumen, Zeige- und Mittelfinger haltend aufzureihen.

Hoffnungsfroh lächelnd schaute Viktoria auf ihr Werk, welches ihre kleinen Finger gerade so eben zu halten vermochten. Als sie sich zum Gehen umdrehte, stieß sie mit ihrer freien Hand gegen den Blumentopf, der augenblicklich zu Boden fiel. Das laute Scheppern ließ sämtliche Gespräche der Gäste verstummen. Die kleine Viktoria stand wie erstarrt vor dem Gemisch aus Scherben und schwarzer Erde. Die Blüten leuchteten in der nach oben gestreckten Kinderhand.

„Was machst du denn schon wieder?", fragte Theodor. Der Vater war sichtlich bemüht, in seiner Stimme nicht die aufgestaute Niedergeschlagenheit erkennbar werden zu lassen. Seine Nerven waren angespannt. Er litt. Er litt unter dem Verlust seiner Kinder, litt unter der Stimmung seiner Frau und darunter, dass sich die Welt gegen ihn verschworen zu haben schien. Erstmals hatte er das Gefühl, dass ihm alles entglitt und er auf nichts mehr Einfluss nehmen konnte. Theodor war angeschlagen wie ein Tier, das in eine Falle getappt war. Auch das Tier wusste nicht, wie es in diese Situation geraten konnte. Eben war doch noch alles gut gewesen.

„Ich wollte doch ...", begann die kleine Viktoria mit zittriger Stimme.

„Hole die *Handeule* und das Kehrblech", unterbrach der Vater sein Kind.

„Aber Papa, ich muss zu Mama." Viktorias Stimme klang flehend.

„Rede keinen Unsinn und sehe zu, dass du machst, was ich dir sage." Der Vater legte mehr Schärfe in seine Worte.

„Papa ...", begann die kleine Viktoria einen letzten schwachen Versuch. Sie sah in das spannungsgeladene Gesicht ihres Vaters und wusste augenblicklich, dass sie diesen ungleichen Kampf verlieren würde.

„Mach schon", zischte Theodor leise.

Der Wirt sah seiner Tochter nach, die mit gebeugtem Rücken zur Küche ging. Bald nahm er aufatmend wahr, dass die Trauergäste sich wieder ihren Gesprächen widmeten. Niemand sollte sagen können, dass der Wirt Schwäche gezeigt hätte. Über jeden können sie so sprechen, wenn nötig auch über seine Frau, aber nicht über ihn.

Das verzweifelte Gefühl, etwas nicht richtig gemacht zu haben, kam trotzdem in ihm hoch. Der Wirt schwankte, er war sich seines eigenen Handelns nicht mehr sicher. Durch die Hintertür verließ er ohne weiteres Wort die Wirtsstube, setzte sich draußen auf eine Bank und starrte auf das vor ihm liegende Fallobst. Wenn er es sonst sah, nahm er einen Eimer und brachte das Obst in die Küche. Noch nie war ihm alles so gleichgültig gewesen wie in diesem Moment. Er weinte die wenigen Tränen eines verzweifelten Mannes, der sich seiner Schwächen immer schämte; eines Mannes, dessen Leben aus den Fugen geraten war.

„Gehe zu ihr", sagte eine weich klingende Frauenstimme.

Theodor hatte niemanden kommen hören und schaute erstaunt auf die Frau, die nun unerwartet vor ihm stand.

„Zu wem?", fragte Theodor, während er versuchte, seine Traurigkeit zu bekämpfen.

Mit den eingeschränkten Bewegungsmöglichkeiten eines in die Jahre gekommenen Körpers setzte sich die Witwe Vogt vorsichtig neben ihn. Ein leises Stöhnen verriet ihr Rückenleiden.

„Du brauchst dich bei mir nicht zu verstellen." Sie nahm seine Hand in die ihre. „Ich meine deine Tochter Viktoria – sie braucht deinen Trost."

Theodor schaute auf die alten, mit Adern durchzogenen Hände. Er staunte ein wenig darüber, dass ihm die Anwesenheit der Witwe nicht unangenehm war. Sie gab ihm Trost und das Gefühl von mütterlicher Wärme. ‚Vielleicht hängt es damit zusammen, weil die Witwe bei meiner Geburt dabei war', dachte er.

Bei dem Gedanken daran beschlichen ihn ein vertrautes Gefühl und eine Sehnsucht nach seiner Mutter, die verstarb, als er elf Jahre alt gewesen war. Am liebsten hätte er sich wie ein Kind bei der Witwe Vogt angelehnt.

Kapitel 13

Dienstag, 21. Oktober 1890

„Das kommt überhaupt nicht in Frage." Sichtlich aufgebracht stand Georg seiner Tochter Josefa in der Küche gegenüber. Er hatte seine eigenen Vorstellungen davon, wie es jetzt, nachdem seine Frau verstorben war, weitergehen sollte. Erst gestern hatte er Josefa von seinem Vorhaben berichtet, dass er für unbestimmte Zeit nach Augsburg gehen würde, um die verbliebenen Arbeiten für Meister Oswald zu erledigen. Solange sollte Josefa das Kleinvieh versorgen, bei Opa Mändle nach dem Rechten sehen und die Kate in Ordnung halten. Vormittags würde sie dann noch genügend Zeit finden, einige Stunden bei ihrem Onkel zu arbeiten. Dies sagte er mit einem Ton, der keinen Widerspruch duldete. Ihren ängstlich formulierten Einwand, dass sie sich vor der Einsamkeit am Tag und der Dunkelheit in der Nacht fürchtete, wenn sie allein in der Kate zurückblieb, schmetterte er barsch mit den Argumenten ab, dass sie kein kleines Kind mehr sein würde und sie schließlich, genauso wie er selbst, auch auf das Geld angewiesen sei, welches er in Augsburg verdiente.

„Aber Papa, ich würde so gerne zu Anne nach Berlin fahren. Bitte!" Josefa hielt den Brief von Anne in den Händen, der ihr heute vom Gemeindediener Franz-Josef Eber übergeben worden war. Der Brief weckte einen Funken Hoffnung in ihr, dem Gefühl von Alleinsein, wenn auch nur für kurze Zeit, entfliehen zu können. Ferner hoffte Josefa, die Ablenkungen einer großen Stadt wie Berlin könnten ihr über den Verlust der Mutter hinweghelfen.

„Ich sagte: Nein. Es bleibt bei dem, was wir gestern besprochen haben. Gestern hast du noch eingesehen, dass meine Entscheidung richtig ist", sagte Georg schroff.

„Genau! Deine Entscheidung!"

„Was soll das denn heißen?"

„Dass ich mich gestern nicht getraut habe ...", begann Josefa leise zu sprechen.

„Nicht getraut!", unterbrach Georg ungeduldig. „Fang jetzt bloß nicht an, alles in Frage zu stellen, was gestern noch gut und richtig war."

„Aber gestern wusste ich noch nicht, dass ich dieses Angebot von Anne bekommen würde."

„Aber ich!", schrie Georg laut. Es war ihm anzumerken, dass er seinen Ausruf sofort bereute. Er hatte seiner Tochter den Brief, den er zuvor von Anne erhalten hatte, verschwiegen. Das Angebot der Hebamme hatte ihm Angst gemacht und zugleich mit Neid erfüllt. Zudem unterdrückte Georg eine ihm unerklärliche Eifersucht.

Die Angst stieg auch jetzt wieder in Georg auf, weil das schreckliche Gefühl in ihm übermächtig wurde, dass mit dem Aufenthalt seiner Tochter in Berlin die letzte Verbindung zu seiner Frau gekappt werden könnte, das letzte Stückchen seiner eigenen, kleinen Familie sogar für immer gehen würde. In seiner Not erkannte Georg nicht, dass ein Vater seine Tochter auch durch eine räumliche Trennung nicht verlieren kann. Eine sichere, positive Bindung, wie sie sich für ein Kind im Laufe eines gemeinsamen Erlebens mit seinen Eltern oder anderen Bezugspersonen im Bereich der emotionalen und psychosozialen Entwicklung einstellt, wenn bereits in der frühen Kindheit eine Sensibilität für die Bedürfnisse des Kindes aufgebracht wurde, war bei Josefa vorhanden. Diese Bindungserfahrung war Voraussetzung dafür, dass Josefa genügend Selbstbewusstsein haben würde, um für sich die richtigen Entscheidungen zu treffen. Sollte Josefa jedoch jetzt, in der Blüte ihrer Jugend, durch den Vater in ihrer Autonomieentwicklung eingeschränkt werden, indem sie an richtungsweisenden Entscheidungsprozessen nicht beteiligt werden würde, könnte dies unter Umständen doch noch zu einem nicht wiedergutzumachenden Vertrauensbruch zwischen ihnen führen.

All dies war dem Vater nicht bewusst und hinzu kam eine Eigenschaft, die er in dieser Situation nicht mehr unterdrücken konnte. Neid! Georg war neidisch, weil es in Berlin einen Menschen gab, dem es nach seinem Dafürhalten besser ging als ihm selbst. Ihm, der sich mühte und abrackerte und, so seine schlimmste Befürchtung, am Ende sein Glück vielleicht niemals finden würde.

Zu allem Übel plagte ihn zusätzlich die Eifersucht. Die Hebamme konnte seiner Tochter etwas geben, was er ihr nicht zu geben vermochte: Hoffnung! Er war verwirrt. Seine Gefühlswelt war aus den Fugen geraten und ließ ihn wider seiner sonstigen Vernunft handeln. Und das Schlimmste: Er konnte nichts dagegen tun!

„Du hast es schon vorher gewusst?" Josefa war erschüttert.

„Ja", sagte Georg nun leise. Er war verlegen. „Ich hatte zuvor schon einen Brief von Anne Vogt bekommen. Sie fragte mich, ob ich einverstanden bin, wenn du zu ihr kommst."

„Vater! Bitte, lass mich gehen", flehte Josefa.

Im Gesicht des Vaters sah sie nichts als Pein. Bei seinem Anblick wurde ihr plötzlich gewahr, dass sie so nicht um ihr Recht kämpfen konnte. Der Verlust der Mutter hatte ihr schon alles abverlangt. Sie wollte nicht auch noch den Vater unter ganz anderen Umständen verlieren. Langsam neigte sie ihren Kopf und ihr war, als würde ihr das Herz bluten.

„Nein", sagte Georg, drehte sich um und ließ seine Tochter allein in der Küche zurück.

Er hatte nicht bemerkt, dass seine Tochter ihn erstmals mit „Vater" angesprochen hatte.

Das sonst selbstverständlich formulierte Wort „Papa" wollte ihr nicht mehr über die Lippen kommen.

Kapitel 14

Samstagabend, 20. Dezember 1890
Leise klopfte der alte Wagner an das Fenster. Der Alte hatte auf die Dunkelheit gewartet, denn beide wollten nicht, dass jemand von ihren neuerlichen Treffen erfuhr. Ihm graute vor dem langen Winter mit seinen einsamen Nächten. Er wollte sich anlehnen, ihre Brust spüren. Es ging ihm nicht um die Befriedigung der Fleischeslust allein, denn dafür würde ihm seine Potenz nicht mehr die nötige Hilfestellung geben. Es ging ihm auch nicht um Liebe. Der Alte hatte in seinem Leben genug geliebt, mit all den dazugehörigen Freuden und dem sich manchmal unausweichlich ergebenden Kummer. Das Leidliche an der Liebe

wollte der Alte nicht mehr erleben; er wollte, wenn es nötig wäre, die Reißleine ziehen können.

Die Witwe Vogt hatte ihr vereinbartes Klopfzeichen vernommen und erhob sich aus ihrem Ohrensessel, um ihm die Haustür zu öffnen. Sie war froh, dass der alte Schulmeister kam. Seitdem ihre Tochter in Berlin war, spürte die Alte die Einsamkeit ihres Witwendaseins sehr. Ihr fehlten die Gespräche mit Anne und ihre Fröhlichkeit. Alfred Wagner kam ihr in dieser Situation gerade recht. Er gab ihr jetzt das Gefühl, gebraucht zu werden. Zwar war ihr die Intimität mit ihm nicht so wichtig wie es umgekehrt den Anschein hatte, aber als intelligente Frau schätzte sie die anschließenden Gespräche mit ihm. Er war so inspirierend scharfsinnig und zuweilen sehr humorvoll.

Der Alte schlich leise durch den Türspalt und klopfte ihr neckend den Po.

„Nun warte gefälligst, bis du in meiner Kammer bist", flüsterte die Witwe. „Mein Sohn arbeitet noch nebenan. Er sitzt über den Büchern."

Alfred erkannte an ihrer Stimmung, dass die Witwe heute freundlich aufgelegt war.

Um den Sohn machte sich der Alte wenig Sorgen. Es war nicht Martins Art, mit erhobenem Zeigefinger auf seine Mutter zu zeigen. Vielmehr waren alle drei Familienmitglieder der Vogts von ausgesprochen liberaler Natur. Wahrscheinlich wusste Martin sogar von den heimlichen Treffen seiner Mutter.

Kaum war die Tür zur Kammer geschlossen, zog Alfred die Handschuhe und seinen Mantel aus. Seine Vorfreude stand ihm ins Gesicht geschrieben. Er nahm die Hand der Witwe und zog sie langsam zum Ohrensessel. Nachdem er sich gesetzt hatte, fühlte der Alte die Wärme auf der Sitzfläche, wo zuvor die Frau seines Begehrens gesessen hatte. Langsam zog er sie zu sich, drückte sein Gesicht an ihre großen Brüste und gab einen leisen Laut der Lust von sich. Dann schaute Alfred zu ihr auf, während er ihr weites Oberteil über die Schultern und Arme abwärts gleiten ließ. Im flackernden Kerzenlicht sah er sich ihre üppigen Brüste an. Sie waren vom Alter gezeichnet und doch ließen sich die besseren Zeiten nicht wegdenken. Viele nebeneinanderliegende Falten konnten dem Busen nicht die Würde der erotisch ausstrahlenden Weiblichkeit nehmen. Ihre Brustwarzenvorhöfe waren groß und boten ihm, gemeinsam mit den Warzen, ein Bild der immerwährenden Begehrlichkeit.

Die Witwe freute sich über sein Begehren und beugte sich näher zu ihm hinunter. Ihre Brüste wirkten so noch größer und schwankten vor seinem Gesicht wie reife Früchte in unstetem Rhythmus hin und her.

„Dass ich das noch erleben darf", flüsterte der Alte ihr in großer Erregung zu. „Wäre ich ein Bildhauer, dann wärst du meine Muse." Er formte eine Brust in seinen Händen, wie der Künstler seinen Ton.

Ihre Freude über seinen Besuch steigerte sich. Es fühlte sich gut an, ehrlich und lustvoll begehrt zu werden. Sie legte, für den Alten völlig unerwartet, gezielt eine Hand auf seine Hose und meinte ein wenig Regung zu erfühlen. Die Witwe wusste, dass es um seine Manneskraft nicht mehr zum Besten stand, und wollte einen versöhnlichen Abbruch ihres Wirkens finden, ohne ihn mit seiner vermeintlich hilflosesten Empfindung in diesem Moment zu konfrontieren.

„Nun aber genug, bevor *Er* mir noch Dummheiten macht", sagte die Witwe schalkhaft lächelnd.

„Du hast recht. Wenn er erst mal in Fahrt kommt, gibt es kein Halten mehr", sagte er in gespielt prahlerischem Tonfall und ahnte, dass er die Wahrheit vor ihr nicht verbergen konnte.

„Siehst du. Und ich bin schließlich eine ehrbare Witwe."

Ein wenig verlegen schaute Alfred an der Witwe vorbei, während sie ihre Kleidung ordnete.

Gemeinsam setzten sie sich an den Tisch, auf dem eine Flasche Cognac, zwei Aperitifgläser und ein Teller mit Brot und Käse standen. Der Alte öffnete die Flasche und schenkte ein. Dann übergab er der Witwe ein Glas und nahm seines.

„Darauf, dass uns gemeinsam noch viele Freuden wie diese vergönnt sein werden", wünschte der Alte und prostete ihr mit erhobener Hand zu.

„Dem schließe ich mich an, mein lieber Alfred."

Nachdem beide am Glas genippt hatten, griffen sie zu den Broten.

„Woher hast du eigentlich diesen guten Magenwärmer?", wollte sie wissen und zeigte auf die Flasche mit dem französisch beschriebenen Etikett, die der Alte beim letzten Besuch mitgebracht hatte.

„Den habe ich dem alten Kindig bei seinem letzten Besuch abgekauft. Der Gaumenkitzler hatte seinen stolzen Preis, obwohl ich mit dem Juden gehandelt habe, bis sein Angebot annähernd meinen Vorstellungen entsprach." Der Alte schmunzelte.

„Entsprach der Preis auch Kindigs Vorstellungen?"

„Der hat gejammert, als ob er mit dem Verlust der Flasche Haus und Hof verschenkt hätte."

Beide lachten bei der Vorstellung an den jammernden Händler. Sie wussten nur zu gut, dass der Jude einen guten Schnitt bei jedem seiner Geschäfte machte.

„Und die schönen Gläser, die du mir geschenkt hast, wo hast du die her?", wollte die Witwe wissen.

„Von Meister Oswald. Die Gläser sind eine der ersten Produkte, die in seiner neuen Glasbläserei hergestellt wurden. Er schenkte sie mir als Zeichen seiner Wertschätzung, wie er sagte. Und nun stehen sie hier und erfüllen ihren guten Zweck." Der Alte nahm sein Glas und nippte genüsslich.

Die Witwe Vogt wusste, dass der alte Wagner am vergangenen Donnerstag nach Augsburg gefahren war, um mit Georg über dessen Tochter Josefa zu sprechen.

Alfred Wagner war es aufgefallen, dass Josefa einsam und traurig war. Er war der Meinung, dass das Mädchen für ihr Alter schon viel zu viel Verantwortung zu tragen hatte. Sie versorgte ihren Opa, der immer mehr an Lebenskraft verlor, hielt die Kate in Ordnung, versorgte das Kleinvieh und arbeitete noch zusätzlich bei ihrem Onkel Theodor in der Gastwirtschaft, während Georg, so vermutete der Alte es, die Arbeiten an der Glasbläserei längst erledigt haben müsste.

„Du hast mit Georg gesprochen?"

Das Gesicht des Alten wurde nachdenklich und er atmete tief ein und stieß seinen Atem kurz und heftig wieder aus.

„Wenn du nicht möchtest ..."

„Ist schon in Ordnung. Ja, ich habe mit ihm gesprochen." Der alte Wagner überlegte, wie er anfangen sollte. „Zunächst bin ich auf Meister Oswald getroffen. Er hat ein schönes neues Kontor, in welches er mich nach seiner freundlichen Begrüßung bat. Wir setzten uns und sprachen lange über sein Geschäft. Das Anfahren der Brennöfen sei gut verlaufen und die Qualität der

Produkte besser, als er für den Beginn zu hoffen gewagt hätte. Er wirkte sehr zufrieden."

„Das freut mich für den Meister", sagte die Witwe.

„Mich hat es auch gefreut."

„Für so einen Neustart gab es sicher viel zu bedenken und zu organisieren."

„Das glaube ich auch."

„Bestimmt hat es dem Meister Oswald eine Menge Kraft gekostet."

„Der Meister scheint immer die Ruhe selbst zu sein. Er sieht aus wie das blühende Leben."

„Wie verlief das Gespräch weiter?", wollte die Witwe wissen.

„Als ich die Rede auf Georg brachte, sagte mir Meister Oswald, dass er gleich zurückkommen müsste und ich mich auf eine Überraschung gefasst machen solle." Der Alte schwieg einen Augenblick, in dem er seine *Muse* nachdenklich anschaute. ‚Was für ein Weib', dachte er und war glücklich, in diesem Moment bei ihr sein zu dürfen.

„Eine Überraschung? Nun bin ich aber gespannt!", sagte die Witwe in einem Ton, der nicht allzu viel von ihrer Neugierde verraten sollte.

„Georg kam nicht allein."

„Nicht allein?"

„Er kam mit Kreszenz."

„Wer ist Kreszenz?", fragte die Witwe verwundert. „Und was ist daran so ungewöhnlich?"

„Kreszenz ist die Tochter vom Meister."

„Ja, richtig!" Die Witwe erinnerte sich.

„Sie gingen Hand in Hand."

„Ach du dickes Ei."

„So etwas in der Art habe ich zunächst auch gedacht. Aber für Georg ist es vielleicht das Beste, was ihm in seiner Situation passieren konnte", gab Alfred Wagner zu bedenken.

„Wie unter diesen Umständen wohl die Zukunft von Josefa aussehen wird?", fragte die Witwe nachdenklich.

„Das habe ich Georg auch gefragt, als ich mit ihm allein war."

„Und?"

„Auf meine Frage ging Georg zunächst nicht ein. Er erzählte mir, dass er die Aussicht habe, eine Schmiede in Unterknöringen preiswert zu kaufen. Und dass sein zukünftiger Schwiegervater ihn vielleicht bei der Finanzierung unterstützen würde."

„Was heißt das?"

„Ich glaube, der Georg kann das nötige Geld nicht aufbringen. Sollte es zur Heirat zwischen Kreszenz und Georg kommen, ist Meister Oswald bereit, in das Vorhaben zu investieren."

„Steht denn schon ein Termin zur Heirat fest?"

„Ich glaube nicht das Datum, aber im nächsten Frühling wollen sie das Aufgebot in Hafenhofen bestellen.

„In Hafenhofen? Warum dort?"

„Die beiden Glücklichen haben festgestellt, dass sie beide in diesem Ort geboren und getauft wurden. Beide betrachten dies als glückliche Fügung und möchten in der Kirche St. Peter und Paul vermählt werden. Übrigens eine recht schöne Kirche aus dem 17. Jahrhundert, errichtet im romanischen Stil mit einigen sehr beeindruckenden, barocken Anteilen."

„Das hört sich alles schon recht konkret an", stellte Witwe Vogt fest und überging das Kunstinteresse des Alten. „Und wie kommt Georg auf die Schmiede in Unterknöchingen?"

„Unterknöringen heißt das Kaff, aber das ist ja auch egal", schmunzelte der Alte und nahm erneut das Glas in die Hand. Er wartete, bis auch sie ihres nahm.

„Auf die Liebe!", sagte Alfred Wagner.

„Auf die Liebe, du Schwerenöter!" Die Witwe war sich nicht sicher, ob Alfred auf ihre Beziehung oder auf die des zukünftigen Brautpaares angestoßen hatte; oder ob der Trinkspruch ein wenig Sarkasmus in sich barg. Sie jedenfalls zog es vor, den Toast auf sich zu beziehen, denn ihr schwante bereits, was eine Heirat des Vaters für Josefa bedeuten könnte.

„In Unterknöringen ...", erzählte der Alte weiter und stellte sein Glas ab, „... kennt Meister Oswald den jetzigen Schmied; ein in die Jahre gekommener Mann. Dessen Sohn hat es in die Kaiserliche Armee verschlagen und die Töchter sind gut verheiratet. Der Schmied, sein Name ist Krabanz oder so ähnlich, hatte Meister Oswald von seinem Vorhaben, die Schmiede zu verkaufen, im letzten Sommer erzählt. Damals hatte der Meister natürlich noch nicht geahnt, dass diese Information jemals interessant für ihn werden würde. Aber jetzt, mit einem Schmied als zukünftigen Schwiegersohn …"

„Dann wird sich Georg nun um einiges kümmern müssen; hoffentlich auch um Josefa", sagte die Witwe spitz.

„Georg betrachtet sein Kind, mit ihren vierzehn Jahren, als eine Erwachsene, die jetzt Verantwortung tragen muss. Was er im Besonderen damit meinte, sagte mir Georg nicht."

Der Alte wirkte ein wenig bekümmert.

„Und wo bleibt seine Verantwortung für sein Kind?", wollte die Witwe wissen.

Sonntag, 21. Dezember 1890

Der eisige Wind fegte Georg ins Gesicht. Der Wind kam aus Nordosten, was seiner Fahrtrichtung entsprach. Er hatte das Angebot von Meister Oswald gerne angenommen, seinen Einspänner für die Fahrten nach Glöttweng und zu den Verhandlungen zum Kauf der Schmiede nach Unterknöringen zu benutzen. Die Bedingung von Meister Oswald, ihm das Gefährt gleich nach Neujahr zurückzubringen, machten Georg die Besitzverhältnisse zähneknirschend klar.

Bei kalten, frostigen Temperaturen und Sonnenschein verließ Georg Augsburg. Bei Neusäß schlug das Wetter plötzlich um. Wolken brachten zunächst Schneegestöber, welches bald in Regen überging. Die Temperaturen lagen knapp über dem Gefrierpunkt, als Georg Adelsried hinter sich ließ. Nachdem Georg Zusmarshausen passiert hatte, war seine Kleidung völlig durchnässt, und als er schließlich Glöttweng erreichte, schlotterte sein ganzer Körper vor Kälte.

Georg dachte daran, wie gerne er in Augsburg bei seiner neuen Liebe geblieben wäre, um gemeinsam mit ihr Weihnachten zu feiern. Er bildete sich ein, dass er auch ohne den Besuch des alten Wagner zu Josefa gefahren wäre, um an den Festtagen bei ihr zu sein. Trotzdem ärgerte sich Georg im Nachhinein über den Alten, weil er ihm mit seinen Ausführungen über die Aufgaben eines Vaters zu sehr ins Gewissen geredet hatte. Es ärgerte ihn nun umso mehr, da dieser nicht einmal direkt mit ihm verwandt war. Auch seinen zukünftigen Schwiegervater verfluchte er jetzt im Stillen, da ihm unablässig Regentropfen von den Haaren ausgehend über das Gesicht in den Halskragen liefen. Meister Oswald war es, der ihn gemahnt hatte, seine Tochter an den

Festtagen nicht allein zu lassen. Plötzlich kam es ihm so vor, als ob die beiden alten Männer ihn um sein persönliches Glück gebracht hatten, da sie ihn, wenn auch nur für wenige Tage, von dem Ort wegbeorderten, an dem er zurzeit am glücklichsten sein konnte. Er wollte nicht an dem Ort sein, wo ihn alles an das Leben vor Kreszenz erinnerte, und niemand würde dies verstehen.

Kreszenz hatte ihn gedrängt nicht auf den letzten Drücker nach Glöttweng zu fahren, weil es zum Weihnachtsfest sicher noch einiges für ihn zu tun gäbe. Georg hatte keine Lust, etwas für das Fest vorzubereiten. Er hatte nicht einmal ein eigenes Geschenk für seine Tochter im Gepäck.

Er dachte an das Geschenk, welches Kreszenz für Josefa in seine Reisetasche gelegt hatte, und redete sich ein, dass es damit genug sein würde.

Nachdem Georg bei der Kate angekommen war, stellte er das Gefährt in den Unterstand und versorgte das Pferd mit dem Nötigsten. Danach ging er zur Kate und klopfte heftig an die Tür. Niemand öffnete.

„Josefa!", rief er zunächst in einer Lautstärke, die den Wind und den prasselnden Regen kaum zu übertönen vermochte.

Nichts tat sich. Georg pustete seinen warmen Atem in seine hohlen Hände.

„Josefa!", rief er lauter, während sich seine Stirn in Falten legte. Verzweifelt versuchte er, durch Springen auf der Stelle seinem Körper Wärme zuzuführen, musste diesen Versuch jedoch schnell aufgeben, da ihm nach jedem Sprung ein unerträglicher Schmerz in die kalten, steifen Glieder fuhr.

„Josefa, wo bist du?", schrie er ein letztes, verzweifeltes Mal, aber es rührte sich nichts.

Nachdem Georg sich der Sinnlosigkeit seines Geschreis bewusst wurde, setzte er sich auf die Eingangsstufe und starrte den schmalen Weg hinunter, der an der Gartentür endete. Das Gefühl von Erschöpfung in ihm wurde übermächtig. Er lehnte sich mit seinem Rücken an die Haustür und verspürte eine Willenlosigkeit in sich aufsteigen, die zum Einschlafen führen könnte. „Tu es nicht!", mahnte ihn das tiefliegende Gewissen, welches ihm die möglichen Folgen bewusst machte. „Schlafe nicht hier, ungeschützt vor den Gewalten der Natur, ein."

Der stete Regen ließ die Pfützen auf dem Weg größer werden und vom reetgedeckten Dach rann das Wasser ohne Unterlass, um in großen Tropfen auf der Erde zu zerplatzen. Viele dieser Tropfen trafen Georg auf Kopf und

Schulter, wurden jedoch von dem triefend nassen Stoff seiner Kleidung nicht mehr aufgenommen. Plötzlich war sich Georg gewiss, dass er nicht mehr fror, obwohl er das Zittern seines Körpers noch deutlich verspürte. Gerade wollte er aufstehen und sich zum untergestellten Pferd gesellen, als er in der Ferne eine Gestalt schemenhaft ausmachen konnte, die eilig näher kam.

„Na endlich! Wurde auch Zeit. Bin völlig durchnässt", sagte Georg, als er Josefa in Hörweite vermutete.

„Vater, du bist da?" Josefa war ehrlich überrascht, weil sie schon keine Hoffnung auf ein gemeinsames Weihnachtsfest mit dem Vater mehr gehabt hatte. Im Geiste hatte sie sich allein mit ihrem schwerhörigen Opa vor einem Gesteck aus Zweigen und vier Kerzen darauf gesehen, während sie versuchte, dem Fest mit Weihnachtsliedern die erhoffte Stimmung zu verleihen. Neben dem Gesteck würde der spärlich dekorierte Gabentisch stehen, der ihre jämmerliche Situation am Ende doch noch allzu deutlich machen würde.

Für einen Augenblick stieg Hoffnung in Josefa auf.

„Das siehst du doch. Nun gib mir endlich den Schlüssel, damit ich die verdammte Tür aufschließen kann. Ich muss aus den nassen Klamotten raus."

Josefa holte den Schlüssel aus ihrer Jacke und übergab ihn dem Vater. Als sie bemerkte, dass ihr Vater die Tür mit seinen kalten, zittrigen Fingern nicht öffnen konnte, nahm sie ihm den Schlüssel aus der Hand und schob sich an ihm vorbei. Während sie die Tür aufschloss, wurde ihr bewusst, dass es keinen Gruß und keine Umarmung gegeben hatte.

„Ach, bevor ich es vergesse, das Pferd muss noch trocken gerieben und gefüttert werden", sagte Georg und verschwand im Haus.

Als Georg sich trocken gerieben, umgezogen und sich in der Kate umgesehen hatte, trat er müde und sichtlich erschöpft in die kleine Küche. Er schaute zum Tisch, auf den Josefa zwei Tassen und eine Kanne mit Tee gestellt hatte. Der Tee duftete nach den Holunderblüten, die Josefa im Herbst geerntet und getrocknet hatte. Sie wusste die Menge und die Zeit des Ziehens genau zu dosieren, so dass er nicht nur schmackhaft war, sondern seine Wirkung auch voll entfalten konnte.

Josefa schenkte die Tassen voll, als sich der Vater zu ihr setzte.

„Wo warst du eigentlich?", fragte er, nachdem er schlürfend einige Schlucke Tee zu sich genommen hatte.

„Bei Opa."

„Wie geht's ihm?" Sein Tonfall verriet ihr, dass kein echtes Interesse hinter seiner Frage stand.

„Der Opa wird älter und jetzt auch noch vergesslich. Gestern hat er sich in die Hose gebrunzt. Als ich kam, stand er vor mir, ohne untenherum etwas anzuhaben. Die Hose hatte Opa in den Abtritt gestopft und wollte, wie er mir versicherte, sie dort später waschen."

Bei der Vorstellung, wie sich sein Schwiegervater verhalten hatte, musste Georg lachen, obwohl ihm dies in seinem geschwächten Zustand einige Mühe abverlangte.

Josefa schaute ihren Vater zunächst mit Unverständnis im Blick an, um jedoch plötzlich in sein Lachen mit einzustimmen. Sie spürte die Erleichterung, die ihrer Annahme entsprang, dass ihr Leidensweg nun endlich beendet sein würde. Von nun an würde ihr Vater dem Opa in seiner Not helfen und sie könnte dann im Haushalt alles zu seiner Zufriedenheit erledigen.

„Und dann?", fragte Georg amüsiert lächelnd.

Josefa hörte abrupt zu Lachen auf und blickte nachdenklich in ihre Teetasse.

„Ich sagte ihm, er solle sich eine frische Hose aus dem Schrank holen."

„Und?"

„Er konnte keine mehr aus dem Schrank holen."

„Wieso nicht?", wollte Georg wissen und wartete auf die nächste amüsante Begebenheit.

„Opa hatte seine sämtlichen Hosen vollgemacht und sie zurück in den Schrank gepackt."

Nun lächelte auch Georg nicht mehr.

„Ich habe gestern seine gesamte Kleidung waschen müssen. Sie trocknet bei dem Wetter sehr langsam." Josefa schaute ihren Vater an.

„Was hat er denn jetzt an?" Noch bevor die Antwort kam, erinnerte sich Georg an seinen eigenen Schrank, der ihm leerer als sonst vorkam. „Nein, nicht meine ... oder?"

„Was sollte ich tun?" Josefa hatte die Befürchtung, etwas falsch gemacht zu haben. Sie schaute ihren Vater ängstlich an.

„Das hast du richtig gemacht."

Josefa war erleichtert; ihr Vater hatte Verständnis.

„Ich wusste ja auch nicht, was ich hätte sonst tun sollen."

„Mach dir keine Sorgen. Ich mache mir auch keine. Jetzt weiß ich, dass ich mich auch in Zukunft auf dich verlassen kann."

Josefa ließ den letzten Satz ihres Vaters in Gedanken Revue passieren. Sie begriff, dass ihr etwas bevorstand, worauf sie erneut keinen Einfluss nehmen konnte.

„Was meinst du damit?"

„Es gibt Neuigkeiten. – Ich werde wieder heiraten."

Sekundenlang sprach keiner der beiden ein Wort. Georg erwartete eine Tochter, die an seiner Freude Anteil nehmen würde, und Josefa glaubte, zunächst nicht richtig gehört zu haben.

„Aber Mama ist doch gerade erst gestorben", sprach Josefa ihren kläglich klingenden Einwand aus.

„Möchtest du denn gar nicht wissen, wen ich heirate?"

„Das Trauerjahr ist doch ..." Josefa war zu entsetzt, um ihren Satz zu Ende zu sprechen. Ihre Trauer um die Mutter schien kein Ende zu nehmen und ihr Vater kam so plötzlich mit einer Nachricht, die ihr den Atem raubte. Sie konnte beim besten Willen keine Freude für ihren Vater empfinden. Statt ihrem Vater eine Antwort zu geben, stellte sie eine der vielen Fragen, die ihr in diesem Moment durch den Kopf gingen. „Wann wird sie hier einziehen?"

„Kreszenz wird nicht hier einziehen. Ich werde eine Schmiede in Unterknöringen kaufen und dort mit ihr leben."

„Aber, warum können wir nicht hierbleiben? Hier sind unsere ganzen Verwandten, der Opa und die Onkel und Tanten", gab Josefa verzweifelt zu bedenken.

„Für dich wird sich so schnell nichts ändern. Solange die Kate nicht verkauft ist, kümmerst du dich weiterhin um alles. Allzu schnell wird sich die Kate in diesem Zustand ohnehin nicht verkaufen lassen." Georg ließ seinen Blick über die maroden Wände streifen, ohne dem entsetzten Gesichtsausdruck seiner Tochter Beachtung zu schenken. „Und der Opa kann, nach allem, was ich von dir gehört habe, sowieso nicht alleine bleiben."

„Nimmst du mich denn nicht mit nach Unterknöringen?" Josefas Stimme verriet zugleich Resignation und einen Rest Hoffnung, deren Erfüllung an ein Wunder grenzen würde.

„Aber Josefa, du musst doch einsehen, dass wir den Opa nicht allein lassen können. Du hast doch jetzt auch alles so gut gemacht. Es wird ja nicht für ewig sein."

„Vater, ich hatte gehofft, dass du jetzt den Opa versorgst. Ich kann das nicht auf Dauer." Sie dachte an die schmutzige Wäsche ihres Opas.

„Aber Kind, ich muss mich doch um die neue Schmiede kümmern. Ich werde von morgens bis abends arbeiten, um unser tägliches Brot zu verdienen und um uns eine Zukunft zu sichern."

Josefa gefiel es nicht, dass ihr Vater sie mit seiner überheblich klingenden Stimme *Kind* nannte und gleichzeitig Dinge von ihr verlangte, die nur von Erwachsenen zu erwarten gewesen wären. Sie fragte sich, warum er das, was er ihr zumutete, nicht von seiner neuen Frau verlangte.

„Kann denn wenigstens Kreszenz hier sein, bis die Kate verkauft ist?", bat Josefa.

„Das kann ich nicht von Kreszenz erwarten. Sie kommt aus ganz anderen Verhältnissen."

„Aber von mir kannst du es verlangen! Aus welchen Verhältnissen komme ich denn?"

Georg schaute seine Tochter grimmig an. „Wir beide, du und ich, wir kommen aus ärmlichen Verhältnissen. Aber ich will nicht, dass das so bleibt. Zu lange haben wir von der Hand in den Mund gelebt. Deshalb müssen wir ein letztes Mal bereit sein, Opfer zu bringen."

„Aber ich kann das mit dem Opa nicht mehr."

„Der wird nicht ewig leben", antwortete Georg schnell, zu schnell, um rechtzeitig zu erkennen, was er gerade anrichtete.

Josefa begriff die Tragweite seiner Worte. „Ich soll für Opa da sein, bis er stirbt?", fragte sie entsetzt.

„Das habe ich nicht gesagt."

„Was denn?" Josefa schaute ihren Vater einen Augenblick herausfordernd an, bevor sie wieder zurückwich und den Blick auf ihre Teetasse richtete.

Georg erhob sich von seinem Stuhl.

„Ich bin müde und werde mich ein wenig hinlegen."

Der Vater ließ seine am Tisch sitzende Tochter zurück. Er wollte jetzt kein Mitleid empfinden. Es musste schließlich irgendwie weitergehen. Seit Generationen konnte sich die Familie Fink Mitleid nicht erlauben. Die Familie hatte es niemals leicht gehabt, musste immer um ‚das täglich Brot' kämpfen. Da hätten Schwäche und weiche Gefühle nimmer genützt. So hatte es ihm sein Vater Franz Josef gesagt, sein Großvater Georg seinem Vater und vermutlich auch sein Urgroßvater Leonhard seinem Großvater.

Georg verschlief den Rest des Tages. In der Nacht wachte er verschwitzt und fiebrig auf, schlief wieder ein und erwachte erst am späten Vormittag. Nach dem Aufstehen verspürte Georg ein starkes Schwindelgefühl. Er musste sich immer wieder an Möbeln festhalten, um nicht aus dem Gleichgewicht zu geraten. In der Küche trank er ein Glas Wasser und nahm sich eines mit an sein Bett. Nachdem er sich wieder hingelegt hatte, kam es ihm so vor, als ob sich die Welt mit enormen Tempo um ihn herum drehte. Kurze Zeit später übermannte ihn wieder der Schlaf.

Josefa war im ersten Morgengrauen aufgestanden. Sie ging in die Küche, um ihr Gesicht zu waschen und anschließend ein Frühstück einzunehmen. Danach zog sie sich warm an, ging hinaus und fütterte das Kleinvieh. Als die Sonne dem Tag schon den Glanz eines schönen Spätherbsttages verliehen hatte, traf sie bei ihrem Großvater ein.

„Großvater! Ich bin es", rief Josefa, nachdem sie die Haustür geöffnet hatte.

Als Josefa in die Stube trat, bemerkte sie ihren Großvater im Sessel sitzend. Er sah zufrieden aus dem Fenster.

„Ach Käthe, ist das Essen schon fertig?"

„Opa, ich bin es nur, die Josefa."

Der greise Mann sah seine Enkelin an. „Ja, du siehst deiner Mutter ähnlich", freute er sich. „Wo ist sie überhaupt?"

„Aber Opa! Mama ist doch vor kurzem gestorben."

„Sie war doch eben noch hier", behauptete der Greis ein wenig ärgerlich.

Josefa begriff, dass ihr Opa verwirrt war. Intuitiv beschloss sie, ihn in dem Glauben zu lassen, dass vor ihm seine Tochter stand.

„Ich werde dir jetzt ein Frühstück machen und dann das Bett aufschütteln."

„Wieso? Es ist doch schon Mittag. Ich habe Hunger. Es gibt doch mein Leibgericht – du hast es versprochen", sprach der Greis, als würde sich Josefa einen Scherz mit ihm erlauben.

„Ich sage dir, wenn etwas auf dem Tisch steht. Ein wenig musst du dich noch gedulden."

Josefa schaute ihren Großvater an, um einschätzen zu können, ob es ihm überhaupt genehm war, wenn es jetzt noch kein Mittagessen geben würde. Ihrem Blick blieb die feuchte Hose des Greises nicht verborgen.

Nachdem sie seine Stimmung als aggressionslos eingeschätzt hatte, atmete Josefa tief durch und beschloss, zunächst das Frühstück zu machen. Sie schmierte dem Greis einige Brote mit Marmelade und stellte einen Kaffee dazu.

„Opa! Das Essen steht auf dem Tisch!", rief Josefa und ging in die kleine Kammer, in der das Bett des Großvaters stand. Sie schlug das Oberbett zurück und traute ihren Augen nicht. In der Mitte des Bettes war ein großer, nasser Fleck. Der stechende Geruch von Urin stieg ihr in die Nase. Weiter oben, halb versteckt unter dem Kopfkissen, erkannte Josefa die geknäulte Hose ihres Vaters, die verdächtige braune Flecken aufwies.

Der Verzweiflung nah, stellte sich Josefa vor, wie sie dem Großvater die Hose wütend ins Gesicht schleudern würde. Ein lauter Knall schreckte Josefa aus ihren Gedanken auf und ließ keinen Platz mehr für weitere Rachephantasien. Sie lief in die Küche. Zerbrochenes Geschirr lag zerstreut zwischen Brot- und Kaffeeresten auf dem Boden. Dazwischen stand der Großvater und gab mit seinem drohend erhobenen Zeigefinger und der eingenässten Hose ein skurriles Bild ab.

„Ich wollte doch Sauerbraten mit Spätzle", schrie der Greis Josefa an.

Josefa machte auf dem Absatz kehrt und lief zur Tür hinaus. Nachdem sie außer Atem bei der Kate angekommen war, beschloss Josefa ihrem Vater alles zu erzählen. Sie ging davon aus, dass er sie unter diesen Umständen nicht allein mit dem Großvater zurücklassen würde.

Josefa stand im Flur und horchte, um zu ergründen, wo ihr Vater sich aufhielt. Sie vernahm kein Geräusch. Langsam ging sie zur geschlossenen Tür seiner Kammer und horchte. Von innen hörte Josefa leises Röcheln. Auf ihr Klopfen reagierte ihr Vater mit einem Stöhnen.

Mittwoch, 24. Dezember 1890

Heilige Nacht!

Soeben war Josefa von der Bescherung bei ihrer Tante Viktoria und ihrem Onkel Theodor zurückgekehrt und saß nun bei Kerzenschein am Stubentisch. Sie hielt ein kleines Geschenk in ihren Händen und schaute es verträumt an.

Einsam fühlte sie sich jetzt nicht. Nein, sie war sogar froh darüber, jetzt ein wenig für sich sein zu können, um den vergangenen Abend in Gedanken Revue passieren zu lassen. Sie fragte sich, ob ihre Tante unter all ihren Familienmitgliedern nicht einsamer war, als sie sich selbst manchmal fühlte. Dass ihre Tante traurig war, blieb ihr nicht verborgen. In manchen Momenten konnte Viktoria ihre Tränen nicht mehr zurückzuhalten. Als die Adventskerzen angezündet und die Geschenke vom Gabentisch genommen wurden, schluchzte sie so heftig, dass nur Opa Wagner sie zu trösten vermochte.

Genoveva freute sich währenddessen über ein paar neue Schuhe, die sie aus braunem Packpapier ausgewickelt hatte. Es waren schwarze Lederschuhe, die bis über die Knöchel reichten. Die Schnürbänder hatte Viktoria aus brauner Wolle geflochten. Genoveva brauchte die Schuhe dringend. Ihre alten waren längst zu klein geworden und gingen auf ihre jüngere Schwester über.

Anna hatte ein Baumwollkleid ausgepackt, während Georg sich über ein paar Strümpfe und ein Jäckchen aus Schurwolle freute.

Als Theodor seinen Tornister aufgesetzt hatte, staunten alle anderen Kinder. Es war das eindeutig beliebteste Geschenk des Abends. Ein wenig verlegen schaute der Wirt seine Kinderschar an und gab zu bedenken, dass der kleine Theodor schließlich Ostern zur Schule kommen würde.

Nach dem Tod von Josef und Franziska war Maria mit ihren drei Jahren die Jüngste in der Familie. Sie freute sich über eine kleine Puppe. Der wattierte Puppenkörper war mit geblümten Stoff überzogen und die hölzernen Gliedmaßen waren beweglich. Die kleine Maria gluckste vor Freude und drückte ihren Kopf auf den Bauch der Puppe. Dies blieb die einzige Situation an diesem Abend, an dem die Mutter ein kurzes Lächeln auf ihrem Gesicht hatte.

Genoveva erinnerte ihre Schwester Viktoria daran, ihr Geschenk endlich auszupacken. Es war das einzige Geschenk, das in Zeitungspapier eingewickelt war. Langsam zupfte Viktoria das Papier vom kleinen, jedoch schweren Geschenk. Die Vorfreude auf das Geschenk sah man Viktorias Augen und ihrem Lächeln an.

Als das Zeitungspapier entfernt war, kam ein Glas mit köstlichem Pflaumenmus zum Vorschein. Das Lächeln auf dem Gesicht der kleinen Viktoria erstarb und wich einer bösen Vorahnung. Langsam schaute sie vom Glas auf und richtete ihren Blick in die Richtung des Vaters.

Wo eben noch die freudige Stimmung auf das zu Erwartende und frohe Gesichter den Raum beherrschten, war jetzt eine von Kerzenlicht erfüllte, gespenstische Stille eingetreten.

Theodor beendete die Stille und erklärte seiner Tochter mit ungeheuerlichem, für das Kind im vollen Umfang aber nicht erfassbarem Sarkasmus in der Stimme, dass sie doch so gerne nasche. Und bevor der Dieb, der offensichtlich im Hause umginge, alles aus der Speisekammer gestohlen haben würde, solle sie sich doch noch tüchtig satt essen dürfen.

Nachdem alle am Festtisch Platz genommen hatten, wurde der Gänsebraten bestaunt. Eine Schüssel mit Rotkohl, eine mit Klößen und die randvolle Sauciere rundeten das Bild des gedeckten Festmahls ab. Alle langten nach dem Tischgebet zu. Einzig Viktoria musste mit dem Pflaumenmus vorliebnehmen und sich fragen, welches traurige Ende ihr aufgedeckter Diebstahl noch nehmen würde.

Josefa hatte kein Geschenk erhalten. Sie hatte auch keines erwartet. Sie fragte sich, ob sie überhaupt Erwartungen haben durfte.

Als Josefa einige Bisse gegessen hatte, verabschiedete sie sich unter dem Vorwand, nach ihrem Vater schauen zu müssen. Die Wahrheit war jedoch, dass ihr die bedrückende Stimmung nach dem Vorfall mit dem Pflaumenmusgeschenk unangenehm wurde.

Niemand forderte Josefa zum Bleiben auf. Nur der alte Wagner erhob sich und brachte sie zur Tür.

Dort angekommen, griff der Alte in seine Jackentasche und übergab Josefa ein Geschenk. Danach strich er ihr über das Haar und Josefa verschwand in der Dunkelheit.

Josefa saß immer noch vor dem Geschenk, nahm es in ihre Hände und fragte sich, was es wohl für einen Inhalt verbarg. Sie wollte gerade an der roten

Schleife ziehen, als sie das Knarren des väterlichen Bettes an seine Anwesenheit erinnerte.

Nachdem der Zustand ihres Vaters sie überfordert hatte, wandte sie sich vor zwei Tagen an den alten Wagner. Er war es, der Doktor Willrich kommen ließ. Der Arzt stellte, seiner eigentümlichen Art entsprechend, nichts Beunruhigendes fest und zählte die in seinen Augen weit schlimmeren Krankheiten und Verwundungen von Menschen auf, die im großen Krieg mit dem Erzfeind Frankreich 1870/71 gekämpft hatten, und auch dort gab es keinen Anlass zum Jammern. Als der alte Wagner den Arzt aufforderte, endlich mit der Diagnose herauszurücken, brach dieser seine Ausführungen ab, um zerstreut zu fragen, ob er nicht schon längst Tonsillitis gesagt habe.

Seitdem hielt sich Josefa an den Rat des Arztes und brachte ihrem Vater ausreichend Flüssigkeit ans Bett und forderte den Patienten immer wieder zum Trinken auf. Für die verordnete Bettruhe war der Vater selbst verantwortlich. Vielmehr Sorgen bereitete ihr jetzt der Großvater. Josefa erkannte allmählich, dass der Greis nicht mehr allein in seinem Haus leben konnte. Sie schmiedete schon Pläne, wie es weitergehen könnte. Auf ihren Vater, da war sie sich sicher, konnte sie nicht mehr zählen.

Anscheinend hatte der Vater sich eben nur im Bett gedreht und würde nicht aus seiner Kammer kommen. Josefa wollte ungestört sein, wenn sie sich der einzigen Freude der letzten Monate hingeben würde. Sie zog an der roten Schleife, die sich drehend vom Geschenk löste. Danach zog sie sachte das beigefarbene Seidenpapier von der kleinen Schachtel. Sie öffnete die Schachtel und zog ein goldenes Halsband mit einem Anhänger heraus. Vorsichtig legte Josefa den Schmuck in ihre Hand und betrachtete den im Kerzenschein glänzenden Anhänger. Es war ein wunderschön gearbeitetes Kreuz. Langsam verschwand das Schmuckstück in ihrer sich schließenden Hand. Während sie die geschlossene Hand an ihre Brust drückte, schloss Josefa ihre Augen und beschloss diesen Schatz zu ehren und ihn geheim zu halten. Eine geraume Zeit gab sich Josefa der stillen Freude hin. Erst als sie die Augen wieder öffnete, sah sie einen kleinen Zettel in der Schachtel liegen. Sie nahm ihn in die Hand und las:

Behüt dich Gott!

Kapitel 15

Donnerstag, 21. April 1892

„Vreni, ich bin so froh, dass du da bist. Ich brauche unbedingt ein neues Kleid." Josefa strich sich mit beiden Händen über ihre Rundungen an Brust und Hüfte. Ihr Kleid vom letzten Jahr war eindeutig zu klein geworden. Sie stand auf einem Schemel, während Vreni mit einem Band die Maße ihres Körpers nahm. Zuvor hatte sie sich schon aus einer Auswahl von Vrenis mitgebrachten Stoffmustern einen robusten blauen Baumwollstoff ausgesucht.

„Das kann man sehen", sagte Vreni in scherzhaftem Ton.

Wie im letzten Frühling, kam Vreni auch in diesem ins Dorf und bot den Glöttwengern ihre Dienste an. Viele Frauen nahmen diese in Anspruch und ließen sich vornehmlich Kleider in den neuesten Schnitten von Vreni nähen. Anregungen holte sich Vreni aus einem kleinen Modeheft. Das Heft wurde vom Pariser Modehaus Worth herausgegeben und Vreni erhielt es von einem ihrer Kunden, der geschäftlich in der französischen Hauptstadt zu tun hatte. Auf mehreren Seiten der Broschüre fanden sich locker drapierte, fließend fallende Gewänder mit Spitzenbesatz, die Vreni als Vorbild für ihre eigenen Entwürfe nahm und für ihre Kundinnen passgenau schneiderte. Eine ihrer mutigen Kundinnen war Josefa. Sie freute sich auf ein neues Kleid nach französischem Vorbild.

„Ich platze förmlich aus allen Nähten."

„Du bist also auch körperlich eine Frau geworden", stellte Vreni fest, wobei sie die Betonung auf das Wort *auch* legte.

Josefa wusste sogleich was Vreni andeutete. Es war also bis zu Vreni nach Burgau vorgedrungen, dass sie ihren Großvater allein versorgte und nebenbei noch in den Wirtschaften ihrer Onkel arbeiten musste. Auch wenn ihr Leben nicht immer einfach war, wollte sie sich heute ihre heitere Stimmung und die Vorfreude auf das Kleid nicht nehmen lassen. „Mit meinem Verdienst von meinem Onkel und dem monatlichen Geld von Vater ist es möglich, dass ich mir ein wenig Luxus gönnen kann. Dazu gehörte auch ein neues Kleid." Josefa zwinkerte Vreni zu.

Vreni nahm das Maßband und legte es von Josefas Armbeuge bis zum Knie an. „Siebenundachtzig Zentimeter", stellte Vreni leise sprechend fest.

„Und was das Körperliche angeht, ist es auch nicht immer ein Segen, eine Frau zu sein." Josefa dachte an ihre Menstruation, die sich immer mit starken Unterleibsschmerzen ankündigte.

„Bestimmt machen dir jetzt viele Burschen den Hof", neckte Vreni und maß von Schulter zu Schulter. „Vierzig Zentimeter."

Josefa lachte. Sie genoss es sehr, mit Vreni über Dinge zu sprechen, über die sie sich mit anderen zu sprechen nicht getraut hätte. „Ach die, die können mich mal."

„Na sag schon, ist da nicht doch einer unter den Burschen, der dir gefällt?"

„Gut, da ist einer, der mir gefallen könnte." Josefa blickte verlegen zur Seite.

„Lass mich raten ...", sagte Vreni, während sie Josefas Brustumfang maß. „... bestimmt ist er groß, hat dunkle Haare und eine kräftige Figur." Vreni wählte bewusst eine Beschreibung, die auf viele der jungen Männer im Dorf zutreffen konnte. „Hundertundeinen Zentimeter."

„Woher weißt du das?", fragte Josefa erstaunt.

Vreni trat einen Schritt zurück.

„Wenn ich dich so recht anschaue, muss er wohl kräftig sein. Ansonsten hätte er bei dir nicht viel zu lachen. Von der vielen Arbeit hast du so kräftige Arme bekommen, da muss er aufpassen, ansonsten ... Und außerdem schätze ich dich so ein, dass du dir nicht die Butter vom Brot nehmen lassen würdest."

Josefa fasste Vrenis Worte als Kompliment, aber auch als Aufmunterung fürs Leben auf. Denn eigentlich fühlte sie sich eher mutlos und wünschte sich Eigenschaften, die ihr ein forscheres Auftreten ermöglichen würden. „Genau, der soll mir mal nach Hause kommen ...", sagte sie mit einem gespielt drohenden Blick.

Beide lachten ausgelassen und blickten sich dabei herzlich an.

„Weiß er denn von seinem Glück?", fragte Vreni, nachdem es wieder stiller zwischen ihnen wurde.

„Der Fidelius ..." Zu spät bemerkte Josefa, dass sie ihr wohlgehütetes Geheimnis nicht für sich behalten hatte. „Ich meine, der ... Oh nein, verflixt noch mal! So ein Mist!"

„Keine Angst, von mir erfährt es niemand."

Beide schauten sich an und fingen von neuem an zu lachen.

Vreni kannte Fidelius. Er war der Sohn von Bauer Kroitsch und genauso schüchtern wie sein Vater. Sie konnte sich beim besten Willen nicht vorstellen, wie die beiden zurückhaltenden Menschen sich wohl nähergekommen sein könnten.

„Also ...", begann Josefa erneut, als sie sich wieder beruhigt hatten. „... also der Fidelius ist zwar schüchtern, gibt aber eindeutige Zeichen."

„Du machst es jetzt aber spannend."

„Gut, dir kann ich es ja sagen, aber versprche mir, dass du es niemandem, wirklich niemandem erzählen wirst."

„Ehrenwort!" Vreni legte die Hand aufs Herz. Sie dachte, es gehe nun lediglich um eine Liebesgeschichte.

„Mein Vater hatte dem Bauern vor ungefähr zwei Jahren ein Lamm gestohlen ..."

„Oh Josefa!", unterbrach Vreni. „Erzähl lieber nicht weiter."

„Jetzt weißt du es sowieso", winkte Josefa ab. „Jedenfalls hatte mein Vater meiner Mutter versprechen müssen, den Diebstahl wiedergutzumachen, sollte er jemals wieder zu Geld kommen. Vor drei Wochen kam mein Vater zu mir und fragte mich, ob ich einen Umschlag mit Geld an einen Balken im Schafstall vom Bauern Kroitsch heften würde. Dem Umschlag hatte er einen Zettel beigelegt, auf dem er seine damalige Not beschrieb und sich für den Diebstahl entschuldigte. Mein Vater versicherte mir, dass die gesamte Familie Kroitsch auf den Weiden beschäftigt sei und ich deshalb eine Entdeckung nicht befürchten müsse."

„Aber er hätte es doch selbst tun können", gab Vreni zu bedenken.

„Das stimmt. Auf dem Weg zum Bauern habe ich mich auch gefragt, wieso ich mich darauf so widerstandslos eingelassen habe. Aber heute bin ich froh, denn sonst wäre es nicht zu der Begegnung mit Fidelius gekommen."

„Er hat dich ertappt, stimmt's?"

„Kurz vorher glaubte ich noch, ihn mit seinen Eltern auf der Weide gesehen zu haben, aber es muss jemand anderes gewesen sein, der da Zäune repariert hatte. In dem Moment, als ich den Umschlag gerade anheften wollte, stand er plötzlich im Scheunentor."

„Und dann?"

„Ich war erschrocken und fragte ihn, was er hier mache."

„Und was antwortete er?"

„Er sagte, dass er mich gerade dasselbe fragen wollte."

Vreni und Josefa mussten beide lachen.

„Ohne etwas zu sagen, kam er auf mich zu, nahm mir den Briefumschlag aus der Hand und öffnete ihn."

„Einfach so?"

„Nein, er war so höflich und fragte mich vorher, ob er ihn öffnen dürfe."

„Du hast es ihm doch bestimmt nicht erlaubt, oder?"

„Ich dumme Gans war noch ganz sprachlos vor Schreck und habe in meiner Aufregung einfach nur zustimmend genickt."

„Wer weiß, vielleicht wäre es mir genauso ergangen wie dir", sagte Vreni. „Das ist aber auch eine dumme Situation, in die du da geraten bist. Hat er gelesen, was auf dem Zettel stand?"

„Ja, erst hat Fidelius ihn gelesen, dann gelächelt – oh, dieses sanfte Lächeln – äh ... nun ja ... was ich eigentlich sagen wollte ... er hat ihn wieder in den Umschlag gesteckt und kam mir sehr nahe."

Als wäre sie abwesend, schaute Josefa träumend vor sich hin.

„Hat er dich etwa ...?"

„Nein!", sagte Josefa entrüstet. „Er blieb vor mir stehen, schaute mir tief, so tief, dass mir fast das Herz stehen geblieben wäre, in meine Augen und fragte mich, ob er den Brief für mich anheften solle."

„Nein!"

„Doch! Mir wurde sofort klar, dass ich einen Verbündeten hatte, der mich niemals enttäuschen, geschweige denn verraten würde."

„Oh, Josefa, das klingt alles wie ein Märchen."

„So kommt es mir auch vor", schwärmte Josefa.

„Und Fidelius' Vater weiß nicht, von wem das Geld ist?"

„Es ist jetzt unser Geheimnis. Wir sind uns einig, dass wir unseren Vätern nichts von unserer Begegnung erzählen werden – und auch nichts von uns."

Vreni freute sich über Josefas Glück und das Wissen über den Diebstahl lag ihr unter diesen Umständen nicht allzu schwer auf der Seele. „Ich freue mich für dich", sagte sie lächelnd.

„Aber nicht weitersagen." Josefa hielt ihren Zeigefinger verschwörerisch grinsend auf den Mund.

„Natürlich nicht." Vreni trat wieder näher an Josefa heran, um ihren Brustumfang zu vermessen. Sie legte das Maßband an und staunte über den harten Gegenstand auf Josefas Brustknochen.

„Du trägst eine Kette mit Anhänger?", fragte Vreni.

Josefa legte ihre Hand auf das goldene Kreuz. „Du hattest meinen Umfang doch schon vermessen", sagte Josefa ablenkend, aber ihre nicht zu übersehende Verunsicherung hatte sie längst verraten.

„Es tut mir leid!", sagte Vreni entschuldigend. „Ich merke manchmal einfach zu spät, dass ich mit meinen Fragen zu weit gehe. Kannst du mir verzeihen?"

„Das ist auch ein Geheimnis von mir." Josefa strich mit ihrer Hand über das vom Stoff bedeckte Schmuckstück.

„Du erstaunst mich heute aber sehr", sagte Vreni gefällig, ohne das Geheimnis gelüftet haben zu wollen.

„Es hat diesmal nichts mit Fidelius zu tun", sagte Josefa in Gedanken vertieft.

Ein Augenblick der Stille entstand.

Josefa wusste, dass Vreni dem alten Wagner viel zu verdanken hatte; genau wie sie selbst auch. „Es ist von Alfred Wagner. Er hat es mir geschenkt, als es mir sehr schlecht ging." Josefa langte in ihren Halsausschnitt und holte das Kreuz hervor.

„Es ist wunderschön", sagte Vreni nach eingehender Betrachtung.

Beide dachten an den herzensguten Mann, der seit zwei Monaten nicht mehr unter ihnen weilte. Er war der Mensch, der beiden Frauen Halt und Zuversicht gegeben hatte, als ihre Verzweiflung am größten war. Als handelte es sich dabei um das Selbstverständlichste von der Welt, konnte er mit stummen Gesten, kleinen Geschenken oder Zuversicht spendenden Worten wieder Licht in ihr Leben bringen.

„Das Kreuz ist das Wertvollste, was ich besitze. Es bedeutet mir sehr viel und ich würde es für nichts auf der Welt hergeben."

„Ich vermisse ihn sehr", sagte Vreni bekümmert.

„Ich auch. Er gab mir Unterstützung und Anleitung bei der Pflege meines Großvaters. Ich glaube, ohne ihn wäre ich verrückt geworden."

Josefa schaute hinüber zu ihrem Großvater, der scheinbar abwesend aus dem Fenster schaute. Er sah gepflegt und wohlgenährt aus.

„Ich sehe, deinem Großvater geht es recht gut", stellte Vreni anerkennend fest.

„Ja, es hat eine Weile gedauert, bis wir uns aneinander gewöhnt haben. Ich bin froh, dass ich jetzt weiß, wie ich reagieren muss, wenn er Ärger macht. – Er meint es ja auch nicht so."

„Und wie kommst du in deiner neuen Bleibe zurecht?", wollte Vreni wissen.

Bald nachdem ihr Vater mit Kreszenz nach Unterknöringen gezogen war, verließ auch Josefa endgültig die alte Kate und zog in das Haus ihres Großvaters. Der Greis konnte nicht mehr allein leben und zudem wurde die Kate für Josefa zur zusätzlichen Belastung. Seitdem verfiel die Kate zusehends.

„Es kommt mir schon vor, als hätte ich nie woanders gewohnt. Natürlich vermisse ich meine Mutter. Mit ihr wäre vieles leichter für mich. Aber ich will mich nicht beklagen."

„Fühlst du dich einsam?", fragte Vreni, die Josefa sanft am Arm berührte.

„Nein. Ich bin ja den ganzen Tag unterwegs. Meine Tante Viktoria, Genoveva und Anna kommen mich oft besuchen. Und die kleine Viktoria kommt fast jeden Tag zu mir herüber. Ich glaube, ich erinnere sie an meine Mutter." Josefa lächelte.

„Die von uns gegangen sind, sind irgendwie noch bei uns." Erneut musste Vreni an den alten Wagner denken. Bilder von der Beerdigung holte sie aus ihrem Gedächtnis hervor. Viele Menschen waren in die Kirche gekommen und Pfarrer Gumpeller lobte den Verstorbenen als einen Menschen, dessen fürsorgliches Verhalten gegenüber seinen Mitmenschen seinesgleichen suchen würde. Während seiner Predigt wurde deutlich, dass der Pfarrer seine ehemalige Meinung über Alfred Wagner zum Besseren korrigiert hatte. Die Aussagen einiger Dorfbewohner nach dem Ableben des Alten hatten offensichtlich eine Wirkung in ihm erzielt, die zuvor niemand für möglich gehalten hatte.

Damals in der Kirche fiel Vreni noch etwas auf, an das sie sich jetzt erinnerte. Die Witwe Vogt war sehr traurig. Sie saß in einer der letzten Reihen und versuchte krampfhaft ihre Tränen zu verbergen, was ihr jedoch nicht gelang. Was gab es zwischen ihr und Alfred Wagner? Hatte er auch ihr einmal so beigestanden wie Josefa und ihr? Oder war da etwas gänzlich anderes, etwas das ...?

„Servus!" Vrenis Gedanken wurde von einer Kinderstimme unterbrochen. Es war Viktoria, die in der Haustür stand. Ihr Konterfei wurde vom hellen Sonnenlicht eingerahmt. Ihre Locken reichten Viktoria bis zur Schulter. Viktoria atmete schnell ein und aus, während sie dazu immer wieder pustete.

„Ah, Viktoria, du bist ja ganz außer Atem", stellte Vreni fest. „Hast du mal wieder einige Räder geschlagen?"

„Ich habe mit Maria einen Wettlauf gemacht."

„Und wo ist Maria jetzt?"

„Kuckuck!" Maria schob ihren Kopf zur Tür herein.

Gemeinsam gaben die Mädchen ein lustiges Bild ab und die beiden Frauen hatten ihre Freude an ihnen.

„Wir haben riesigen Durst." Selten wirkte Viktoria so fröhlich und ausgelassen wie heute. Sie liebte die Tage, an denen Vreni mit ihrer Tochter Maria zu Besuch kam. Da dies nicht sehr oft geschah, empfand sie den heutigen Tag wieder wie einen Glückstag. Im Spiel mit Maria fühlte Viktoria sich immer auf für sie ungewöhnliche Weise frei. Sie konnte sich bei Maria so geben wie sie war, ohne dass ihr Handeln beanstandet wurde; ganz anders als sie es sonst gewohnt war.

Dass Viktoria dieses Erleben widerfuhr, lag nicht zuletzt an der intuitiv handelnden Natürlichkeit, mit der Josefa dem Mädchen das Nest bot, an welches es sich noch in ferner Zukunft mit einem wohligen, warmen Gefühl im Herzen erinnern würde. Tage wie dieser haben nachhaltige Wirkung.

„Setzt euch draußen auf die Bank. Ich komme gleich und schöpfe euch frisches Wasser aus dem Brunnen", sagte Josefa freundlich. Erst als die Kinder aus dem Türrahmen verschwanden, sprach sie weiter. „Wenn ich bedenke, dass es eine Zeit gab, in der ich richtig eifersüchtig auf Viktoria war …"

„Auf Viktoria?" Vreni war erstaunt. „Warum denn?"

„Als meine Mutter noch lebte, war sie die Amme von Viktoria. Den Anblick, wenn meine Mutter Viktoria so nah war, konnte ich kaum ertragen. Ich hatte auch später noch das Gefühl, dass ich meiner Mutter nie so nah sein konnte, wie es für mich notwendig gewesen wäre. – Heute weiß ich, dass mich mit meiner Mutter etwas ganz anderes verbindet."

Josefa meinte das Band zwischen Mutter und Tochter, das auch mit der Trennung der Nabelschnur nicht gelöst wird und was sie einander über den Tod hinaus verbindet. Aber darüber wollte Josefa mit niemandem sprechen.

„Das freut mich für dich", sagte Vreni mit einem Lächeln und ging einen Schritt zurück. „So, jetzt kannst du vom Schemel steigen."

Josefa stieg herunter und ging Richtung Tür. „Ich gehe und hole für die Kinder frisches Wasser aus dem Brunnen."

Als Josefa aus der Haustür kam, saßen die Kinder nicht wie verabredet auf der Bank.

„Viktoria!", rief Josefa. „Maria!"

Josefa schaute sich um und fragte sich, wo die Kinder wohl abgeblieben sein könnten. Ihr Blick schweifte und blieb am runden Steinbrunnen haften. Die Abdeckung stand entgegen Josefas Gewohnheit am Brunnen angelehnt und das abgespulte Seil deutete darauf hin, dass der Eimer in den Brunnen gelassen worden war. Plötzlich musste Josefa daran denken, wie oft sie Viktoria und auch anderen Kindern erklärt hatte, dass sie am Brunnen nichts zu suchen hätten. Wie ein Blitz durchfuhr sie eine böse Ahnung und ihre innere Stimme rief immerzu ‚bitte nicht'.

„Das kann doch nicht möglich sein", schallten Josefa die eigenen Worte in ihren Ohren wider. Wie gelähmt stand sie da, unfähig, sofort zu reagieren.

Vreni, die gerade zu ihr getreten war, erfasste die Situation sofort und lief auf den Brunnen zu, währenddessen sie den Namen ihrer Tochter in die laue Frühlingsluft kreischte. Am Brunnen angekommen, beugte sie sich über den Rand und rief: „Mariechen!" Tief unten sah Vreni die dunkle, glatte Oberfläche des Wassers, während die Brunnenwände den Namen ihrer Tochter schwach und unvollständig zurückechoten: „Riechen!"

Josefa hatte die Starre nach dem ersten Schreck überwunden und trat nun zu Vreni an den Rand des Brunnens. Die beiden starrten sich mit einem Ausdruck des Grauens an, welcher Menschen anhaftet, die in panische Angst versetzt waren. Plötzlich hörten die beiden Frauen ein Rascheln. Es kam aus der Richtung hinter dem Brunnen. Im Halbkreis gingen sie um den Brunnen herum und blickten in zwei fröhliche, lachende Kindergesichter.

„Oh, gefunden, wie schade", bemerkte Maria.

„Komm, wir suchen ein anderes Versteck", schlug Viktoria vor und beide Kinder rannten gleichzeitig los, um hinter dem Haus zu verschwinden.

Vreni und Josefa schauten sich verdutzt an, begannen prustend zu lachen und nahmen sich vor Erleichterung in die Arme.

Freitag, 22. April 1892

„Komm, nun trau dich schon." Theodors Gesichtsausdruck verriet seine Ungeduld. Er wollte, dass seine Schwester an seinem Vorhaben Anteil nahm.

„Ich mag nicht." Viktoria dachte daran, dass ihre Eltern ihr verboten hatten, sich aus dem Dorf zu entfernen.

„Bist ein Schisser", sagte Theodor verächtlich. Er wollte unbedingt zu dem Ort, an dem er tags zuvor mit seinem Bruder Georg gewesen war.

„Bin ich nicht …", wehrte sich Viktoria empört. Sie wollte einfach nichts Verbotenes tun, weil sie Ärger mit ihren Eltern nicht ertragen konnte. Sie hatte längst begriffen, dass ihr ein unbeschreibliches Leid geschah, wenn die Eltern böse mit ihr waren und sie anschließend mit schweigsamer Missachtung bestraft wurde. Andererseits konnte auch der Bruder sehr gemein sein und Viktoria fürchtete sich davor, seinen Hänseleien schutzlos ausgeliefert zu sein, wenn sie sich ihm nicht anschließen würde. Deshalb versuchte Viktoria es mit Ausflüchten und hoffte, den Bruder damit versöhnlich stimmen zu können. „… ich habe nur keine Lust."

„Angst hast du! Vor dem Wald. Angst, da durchzugehen. Stimmt's?" Theodor dachte an den Weiher, der hinter dem zu durchquerenden Wald lag.

„Das ist nicht wahr. Außerdem, was sollte es dort überhaupt so Aufregendes geben?" Viktoria gab sich desinteressiert und hoffte, dass ihrem Bruder nichts einfallen würde.

„Da gibt es einen Weiher, auf dem viele Enten schwimmen", sagte Theodor und ahnte, dass er seine Schwester damit locken konnte.

„Enten?"

„Ja, die brüten sogar." Theodor grinste und dachte an Georg, der ihn gestern davon abgehalten hatte, sich dem Nest zu nähern, nachdem der Erpel es lauthals verteidigt hatte.

„Oh, wie süß!"

„Also, kommst du mit?"

„Gut, ich komme mit." Viktoria bemerkte nicht, wie ihr Bruder tief durchatmete und einen leisen Seufzer der Erleichterung ausstieß. „Aber nur, wenn wir bald zurück sind", fügte sie hinzu.

„Ehrenwort." Theodor legte seine rechte Hand auf die Stelle seiner Brust, unter der sein Herz schlug.

Bis zum Waldrand gingen die Geschwister noch nebeneinander. Im Wald ging Theodor voran. Er wollte damit eine Überlegenheit zeigen, die er sich bei seinem älteren Bruder Georg nicht herausnehmen konnte. Jetzt war Theodor der Anführer, der er gerne sein wollte.

Je weiter sie in den Wald kamen, desto mehr erhöhte Theodor das Tempo.

„Theodor! Ich kann nicht so schnell."

„Du hast selbst gesagt, dass wir bald zurück sein wollen, da musst du schon einen Zahn zulegen", sagte der ältere Bruder, ohne sich nach seiner Schwester umzudrehen.

„Warte! Bitte!", hörte Theodor seine Schwester hinter sich jammern. Abrupt blieb er stehen, drehte sich um und wartete, bis seine Schwester vor ihm stand. „Du kannst ja verdammt noch mal umkehren und nach Hause gehen", brüllte er Viktoria drohend an. Er war sich darüber im Klaren, dass sie nicht allein zurückgehen würde.

„Aber ich habe Angst allein."

„Siehst de, habe ich doch gesagt: Du bist ein Schisser."

Viktoria wollte jetzt nicht mehr widersprechen. Sie hatte die Befürchtung, dass der Bruder sie allein im Wald zurücklassen könnte. „Gehst du bitte nicht so schnell?", bat sie ihn unterwürfig.

„Wir sind ja gleich da", sagte Theodor, während er sich wieder umdrehte und im selben Tempo wie zuvor weitermarschierte.

An einer Lichtung blieb Theodor stehen und versuchte, sich umblickend zu orientieren. Als Viktoria sich neben ihn stellte, deutete er auf eine markante Kopfweide.

„Dort müssen wir hin. Komm!"

Sie gingen weiter und langsam konnten sie auch den Weiher sehen, dessen Wasseroberfläche sich an diesem Tag glatt und geheimnisvoll dunkel zeigte. Ab und an war das Zwitschern eines Vogels zu hören.

Viktoria fielen die Worte ihres Vaters ein. „Es ist Brutzeit." Sie versuchte die Worte genauso hoffnungsvoll klingen zu lassen, wie sie es bei ihrem Vater gehört hatte.

„Hier muss es irgendwo sein", sagte Theodor zu seiner Schwester, als sie nur noch einige Schritte vom Wasser entfernt waren. Er schenkte den Worten seiner Schwester nicht die geringste Beachtung. „Da sitzt sie", stellte er fest und deutete auf eine Stockente, die zwischen Gräsern, Sonnentau und Heidelbeerpflanzen auf ihrem Nest brütete. „Der Erpel scheint nicht da zu sein."

Als sie dem Nest zu nahe kamen, fing die Ente laut an zu schnattern. Sie richtete sich drohend auf, um ihr Gelege zu verteidigen.

„Lass uns lieber weggehen", schlug Viktoria vor. „Die Ente mag es nicht, wenn wir ihrem Nest zu nahe kommen."

„Du bist ja ein Schisser, genau wie Georg", sagte Theodor, näherte sich rasant der Ente und gab ihr einen kräftigen Tritt.

Viktoria war über das Verhalten ihres Bruders zunächst verwirrt. Es überstieg ihr bis dahin vorhandenes Vorstellungsvermögen von Grausamkeit gegenüber Tieren. Fassungslos sah sie, wie Theodor in das Gelege griff, ein grünlich-graues Ei herausnahm und es in seiner Hand wiegend betrachtete. Plötzlich holte er aus und warf das Ei an den kurzen Stamm der Kopfweide. Das Ei zerplatzte platschend, worauf sich Dotter und Eiweiß langsam vermischten, während beides an der unebenen Rinde des Stammes herunterlief.

„Treffer!", sagte Theodor fast euphorisch und griff erneut ins Nest. Das nächste Ei warf er auf einen von der Sonne beschienenen Findling. „Wieder ein Treffer! – Guck mal!"

Viktoria sah auf embryonales Gewebe, das, umgeben von schleimiger Masse, einen eindeutigen Hinweis auf die Entstehung neuen Lebens gab. Traurig starrte Viktoria auf das erschütternde Bild, während ihr Bruder weitere Eier vernichtete.

„Nein", schrie Viktoria entsetzt.

„Hier, nehme auch eins." Theodor versuchte, ihr ein Entenei vorsichtig in die Hand zu legen. In seinem Gesicht erkannte Viktoria erste Anzeichen von Reue. Er wollte anscheinend die Bürde der Schuld nicht allein tragen müssen.

Viktoria sah ihren Bruder starr vor Angst an, während ihr das Ei aus den Händen glitt und neben ihren Füßen zerbrach.

„Was macht ihr da?"

Die Kinder erschraken, wussten aber sofort, dass die fremde Stimme ihnen galt. Sie drehten sich um und sahen am Waldrand einen dunkelgrün gekleideten Mann schnellen Schrittes auf sich zukommen.

Theodor reagierte schlagartig auf die sich anbahnende Bedrohung und lief so schnell er konnte davon. Seiner Schwester schenkte er keine weitere Beachtung mehr. Viktoria stand wie angewurzelt da und ergab sich ihrem Schicksal. Sie sah noch, wie der dunkle Wald ihren Bruder verschluckte, als eine kräftige Hand ihre Schulter packte.

„Was fällt euch ein, ihr dummes Pack. Keinen Respekt vor der Natur habt ihr."

Dass der Förster über die Täter im Plural sprach, entging Viktoria nicht. Für ein Leugnen an der Beteiligung der grauslichen Tat fehlte ihr, im Griff der übermächtigen Autorität in Uniform, jeglicher Mut. So ergab sie sich ängstlich in die aufgezwungene Mittäterschaft.

Den langen Weg durch den Wald hielt der Förster seine jammernde Übeltäterin am Handgelenk fest und zog sie eilenden Schrittes hinter sich her. Mit zorngeladener Stimme hatte er zuvor dem stammelnden Mädchen Namen und Wohnort entlockt. Gnade war von ihm nicht zu erwarten. Warum auch? Die Beteiligung des Mädchens war für ihn nicht abzuleugnen. Sie war mit dem, was er gesehen hatte, überführt und ihre Eltern hatten geeignete erzieherische Maßnahmen durchzuführen.

Vor der Wohnstatt des Mädchens angekommen, atmete Förster Fricke tief ein, griff zur Klinke und öffnete die Tür zur Wirtsstube. Laut aufstampfend trat er in den Raum, verharrte kurz, um sich davon zu überzeugen, dass die anwesenden Gäste seinen Auftritt gebührlich beachteten, und stampfte weiter zum Tresen, hinter dem der Wirt mit Bierzapfen beschäftigt war. Fricke spürte die in staunender Erwartung gaffenden Blicke der Gäste hinter seinem Rücken und verstärkte die Dramaturgie, indem er seiner Miene den angewiderten Ausdruck eines Menschen verlieh, dem das Schicksal das Böse aufnötigte.

„Was geht hier vor?", fragte der Wirt erstaunt.

„Ist das Ihre Tochter?", erwiderte der Förster, ohne auf die Frage seines Gegenübers einzugehen.

Der Wirt sah auf seine Tochter, die ihren Vater aus verweinten, ängstlichen Augen ansah. Er kannte die Ursache dieses unsäglichen Treibens nicht, sagte sich aber, dass es gewichtige Gründe geben musste, wenn der Förster seine Tochter mit festem Griff und unübersehbarem Zorn nach Hause brachte. Über die vermeintlichen Gründe sinnierend und sich gleichzeitig die Frage stellend, wie er den beobachtenden Blicken seiner Gäste entkommen konnte, war Theodor Fink nicht in der erforderlichen Weise offen für die Not, in der sich seine Tochter befand. Der Vater hatte keine Vorstellung von psychischen Spätfolgen, die seine Tochter haben könnte, die ein Ausgeliefertsein im Griff des Försters, der einer Fixierung in einer Schraubzwinge glich, ohne Frage mit sich bringen würde. Er hatte keine Ahnung davon, welchen Einfluss diese Situation für ihre Wertevorstellung, auf ihre Sicht auf das Recht von der eigenen Unversehrtheit oder auf den späteren Umgang mit ihrem eigenen Kind, haben würde. Er sah den massigen Körper eines zornigen Mannes nicht im Widerspruch stehen zum verschreckten, sich völlig ergebenden Menschenkind. So ließ der Vater die wertvolle Gelegenheit verstreichen, seinem Kind in der Not ein verlässlicher Partner zu sein, der Recht von Unrecht zu unterscheiden vermochte und der sein Kind vor bösen Verletzungen der zerbrechlichen Kinderseele beschützen könnte.

„Ja, das ist meine Tochter Viktoria. Aber kommen Sie doch bitte nach hinten durch." Der Wirt ging vor und ließ den Förster mit seinem Opfer hinter sich hergehen.

In der Stube angekommen, schaute sich der Förster neugierig im Raum um. Er musterte die Möbel und schien sich die Zeit zu nehmen, diese einer bestimmten Kategorie zuzuordnen.

„Was hat meine Tochter angestellt?" Der Wirt unterbrach mit seiner Frage die offene Neugierde des Franz-Josef Fricke.

Aufmerksam hörte der Wirt dem ausführlichen Bericht des vor ihm stehenden Mannes zu, während er gleichzeitig dessen Gestalt wahrnahm. Der Förster trug einen grünen Hut mit drei Fasanenfedern über der Krempe. Die Kopfbedeckung wirkte zu klein für den bulligen Kopf des Försters. Aus den dunkelbraunen, zu Schlitzen verengten Augen, blickte eine deutlich wahrnehmbare Unzufriedenheit. Die unter dem Hut hervortretenden Haare des Mannes waren vollständig ergraut, obwohl er, der glatten Haut nach zu urteilen, erst Mitte bis

Ende dreißig sein konnte. Die ohnehin kräftigen Wangen wurden von einem ungepflegt wirkenden Backenbart umrahmt.

„Und Sie haben wirklich gesehen, dass meine Tochter die Eier zerschlagen hat?", fragte der Wirt ein wenig verwundert, als der Förster seinen Bericht unterbrach. Theodor Fink hatte seine Tochter bisher als besonders tierlieb wahrgenommen, wollte nach den vergangenen Erlebnissen mit ihr aber nicht darauf beharren.

„Natürlich!", empörte sich der Förster mit theatralischer Geste, um dem Wirt den letzten Zweifel an der Glaubhaftigkeit seiner Schilderung zu nehmen. „Ich habe sogar deutlich gesehen, wie sie absichtlich ein Ei aus ihrer Hand gleiten ließ, welches anschließend auf dem Boden zerplatzte." Die Abscheu des Försters war unverkennbar. „Ich hoffe, Sie werden Ihrer Tochter kräftig die Leviten lesen. Ansonsten sehe ich mich gezwungen ..."

„Sie sagten doch, es wäre noch jemand anderes dabei gewesen", unterbrach der Wirt den Förster.

„Wer das war, entzieht sich meiner Kenntnis. Aber fragen Sie am besten Ihre Tochter, sie muss es doch am besten wissen. Aber wenn Sie mich fragen, ist sie die Hauptübeltäterin." Der Förster zeigte mit einem verächtlichen Ausdruck in seinen Augen auf das verängstigte Menschenkind an seiner Hand; ein Kind, welches für ihn längst nur noch Objekt war.

Theodor blickte auf seine Tochter herab. Der erbärmliche Zustand seiner Tochter ließ ihn für einen kurzen Moment Mitleid verspüren. „Das werde ich tun. Aber lassen Sie bitte jetzt erst einmal meine Tochter los."

Der feste Griff des Försters begann sich langsam von Viktorias Handgelenk zu lösen und sie spürte binnen kurzer Zeit, wie das Blut wieder in ihrer Hand zu zirkulieren begann. Sie spürte, wie das kribbelnde Taubheitsgefühl dem langsam einsetzenden Schmerz wich.

„Also, heraus damit. Wer war noch dabei?", forderte Theodor Fink seine Tochter barsch zur Aussage auf.

Viktoria war noch wie betäubt vom schmerzhaften Kribbeln und der mächtigen Wärme in ihrer Hand, während sie gleichzeitig zu überlegen versuchte, was sie auf die Frage des Vaters antworten sollte. Was, wenn sie ihren Bruder verriet? Wahrscheinlich würde er es ihr nicht verzeihen. Sie hatte bereits gelernt, dass die Wahrheit nicht immer glaubwürdig erscheint, und ob der Vater diese jetzt hören wollte, daran hatte Viktoria ihre Zweifel. Ihre Angst, als Lügnerin dargestellt zu werden, wenn ihr Bruder alles abstreiten würde, und davon war auszugehen, war zu groß, zumal sie schon als *Missetäterin* abgestempelt zu sein schien. Verzweifelt suchte Viktoria nach Auswegen, um den zu erwartenden Schuldspruch noch abzumildern, aber ihr wollte nichts Gescheites einfallen. Sie schaute in die Augen der Männer, die mit ihren ungeduldigen Blicken deutlich machten, dass sie eine baldige Antwort von ihr erwarteten. Viktoria spürte die ungleichen Machtverhältnisse zwischen sich und den beiden Männern, die in abwegiger Weise eine Einheit bildeten. In diesem Moment entschloss sie sich, die Anwesenheit eines Jungen am Weiher nicht zu leugnen, jedoch den Bruder nicht zu verraten. Zwar würde sie dann den ganzen Ärger abkriegen, aber der Bruder, so ihre Hoffnung, würde sie bestimmt für ihren Mut bewundern.

„Ich kenne den Jungen nicht. Ich habe ihn erst dort am Weiher getroffen."

Der Wirt überlegte einen Augenblick. „Gibst du zu, dass es sich so zugetragen hat, wie der Förster es geschildert hat?"

Viktoria wollte, dass der Alptraum endlich ein Ende haben sollte. Die Angst davor, mit einem Leugnen eine Ausweitung des Konfliktes und einen Anstieg ihrer Angst herbeizuführen, verleitete sie zu einer schnellen Antwort. „Ja", sagte sie leise. Es fiel ihr nicht leicht, ihre Wut auf den Förster, der jetzt mit selbstgefälliger Miene dastand und doch von nichts eine Ahnung hatte, zu unterdrücken. Ein dumpfer Schmerz in der Magengegend lenkte von ihren Gedanken ab.

„Habe ich doch gesagt", sagte der Förster. Er freute sich, Sieger eines ungleichen Kampfes zu sein, eines Kampfes, den die Besiegte nicht wollte. Aber das war ihm egal, es war doch nur ein Objekt, was dazu benutzt wurde, um zu einem vorübergehenden Hochgefühl zu kommen. „Der Saurüsselweiher gehört zu meinem Revier. Und ich dulde in meinem Revier derartige Geschehnisse nicht."

Das Geständnis seiner Tochter machte den Vater missmutig und brachte in ihm die Bereitschaft hervor, die dem Tatbestand angemessene Bestrafung durchzuführen. Er wollte die Bestrafung jedoch keinesfalls vor dem Förster durchführen.

„Meine Tochter wird eine angemessene Bestrafung erhalten, darauf können Sie sich verlassen."

„Das will ich doch hoffen." Der Förster sagte es in einem Ton, der Zweifel erkennen ließ.

„Sehe ich so aus, als würde ich es nicht ernst meinen? Ich werde mein Wort halten", versprach Theodor Fink.

Samstag, 23. April 1892

In langen Zügen strich Viktoria mit einem feuchten Tuch über das Regal, dippte es mehrmals in den mit Wasser gefüllten Zinkeimer hinein und drehte es anschließend mit pressendem Druck zu einem Kordel ähnelnden Gebilde, um ihm die Feuchtigkeit zu entziehen. Sie wusste, dass ihre Kraft nicht ausreichen würde, um die gewünschte Menge des Wassers aus dem Tuch zu pressen. Der Beweis spiegelte sich als feucht glänzender Film auf den Regalbrettern wider. Ihr wurde unbehaglich zumute, weil sie wusste, dass dies nicht im Sinne ihres Vaters war. Jäh spürte Viktoria wieder die Wärme auf ihrem Po, die Wärme, die von den zischenden Rutenschlägen herrührte, die Wärme, die bei der geringsten Berührung zu einem pochenden Schmerz wurde, die Wärme, die Quälende, die sie für einige Zeit aus dem Bewusstsein verdrängen konnte.

Viktoria hatte die Idee, das Fenster zu öffnen, damit die einströmende Luft das Trocknen der Regalbretter beschleunigen würde. Ein Blick auf die Fensterbank genügte, um zu erkennen, dass ihr Vorhaben nicht auf die Schnelle umzusetzen war. Dort, wo sonst nur ein Blumentopf stand, hatte Viktoria sämtliche im Regal befindliche Utensilien gestapelt. Plötzlich hatte sie das vage Gefühl, die Übersicht zu verlieren.

Hinter sich hörte Viktoria das Geräusch des sich langsam sinkenden Türdrückers, wie es nur eine Menschenhand zu tun vermochte, und erschrak; blitzartig drehte sie sich um.

„Ich bin es nur", flüsterte ihr Bruder Theodor gequält lächelnd und verschloss die Tür so leise, wie er sie geöffnet hatte. „Na, wie geht's?" Theodor wusste, dass Viktoria gestern tüchtig Prügel eingesteckt hatte und heute eigentlich niemand zu ihr durfte. Sie hatte Stubenarrest bekommen und niemand sollte mit einer *Tierquälerin*, wie sich der Wirt ausdrückte, sprechen.

„Ich soll die Stube blitzeblank putzen. Papa hat gesagt, dass ich mich auf etwas gefasst machen kann, wenn er heute Abend noch irgendwo Staub oder Schmutz sieht." Viktoria zeigte in den Raum und der Ausdruck in ihrem Gesicht schien zu sagen, wie sie das alles schaffen sollte. „Theodor, du kriegst Ärger, wenn du erwischt wirst ...", fiel es Viktoria plötzlich ein. „... und ich vielleicht auch."

„Ach, wenn einer kommt, wird mir schon etwas einfallen."

Es entstand eine Pause, in der beide Kinder überlegten, was und wie sie es dem anderen sagen wollten.

„Ich habe dich gestern nicht verraten", sagte Viktoria ein wenig verlegen, aber mit unverkennbarem Stolz in ihrer Stimme.

„Wenn du das getan hättest ...", antwortete Theodor gespielt zornig und erhob seine zur drohenden Faust gebildete Hand.

Kurze Zeit trat eine beklemmende Stille ein. Viktoria war trotz des angedeuteten Scherzes des Bruders nicht zum Lachen zumute und Theodor schien dies zu bedrücken.

„So schnell wie ich gelaufen bin, hätte der Förster mich nie gekriegt", unterbrach Theodor die Ruhe, die ihm fast unerträglich wurde. Wenn er sprach, konnten seine Worte das schlechte Gewissen in ihm eine Zeitlang überlagern. Mit einer Mischung aus gespielter Fröhlichkeit, dem Anschein, sein Gegenüber wichtig zu nehmen, und dem Bestreben, heldengleich aus allen Situationen hervorzugehen, versuchte Theodor auch heute, diesmal von Viktoria, die Absolution für sein schuldbeladenes Verhalten zu erhalten.

Viktoria ärgerte sich über die Angeberei ihres Bruders. Für sie wog ihr Mut bedeutend höher und es hätte sie ein wenig getröstet, wenn der Bruder dies in irgendeiner Form gewürdigt hätte.

„Sieh mal!" Viktoria deutete auf die Hämatome an ihrem Handgelenk. „Der Förster hat mich da fest gepackt."

„Warum bist du nicht weggelaufen?", fragte Theodor, während er beeindruckt auf die blaugrünen Verfärbungen schaute.

„Konnte ich doch nicht. Der Griff des Försters war einfach zu fest."

„Ich meine vorher."

„Da konnte ich auch nicht."

„Warum nicht?"

„Mir taten die Ente und ihre Küken so leid." Traurig dachte Viktoria an das gestern Geschehene.

„Aber da waren doch noch gar keine Küken oder sowas Ähnliches drin", meinte Theodor zu wissen und unterstrich seine Mitleidlosigkeit mit einer wegwerfenden Handbewegung.

„Doch, das konnte ich genau sehen."

„Du stellst dich aber auch an. Bist eben doch ein Schisser."

„Bin ich nicht. Gestern war ich mutig." Viktoria dachte daran, dass sie die ganze Schuld auf sich genommen hatte.

„Wieso mutig? Warum bist du denn nicht einfach weggelaufen, wenn du so mutig bist?"

Viktoria war mit Theodors Auslegung der Geschehnisse und seiner Sichtweise der Dinge völlig überfordert. Sie kannte das Dilemma, in dem sie sich wieder einmal befand, zur Genüge. ‚Am liebsten wäre ich jetzt allein', dachte Viktoria.

Plötzlich wurde die Tür geöffnet und Viktoria, die Mutter der beiden diskutierenden Kinder, stand in der Tür. Seit dem Tod ihrer beiden jüngsten Kinder und dem des geliebten Vaters schaute Viktoria gewohnheitsgemäß durch müde, träge wirkende Augen. Sie hatte längst den Glauben an die Gerechtigkeit verloren und stand dem Treiben in ihrem Hause mit einer offenen Gleichgültigkeit gegenüber. Auch die Bestrafung ihrer Tochter Viktoria hinterfragte sie nicht. Den Entschluss ihres Mannes, die Tochter zu züchtigen, tolerierte Viktoria, auch wenn sie tief in ihrem Herzen das verschüttete Verlangen nach Humanität und Mitgefühl für ihre Tochter hatte; allein die Kraft, diesem Instinkt Leben zu verleihen, hatte sie nicht.

„Warum bist du hier in diesem Zimmer?", fragte Viktoria ihren Sohn, ohne dass aus ihrer Stimme eine Emotion zu entnehmen gewesen wäre.

„Viktoria hat nach mir gerufen. Ich dachte, es wäre etwas passiert. Da musste ich doch nachsehen", log Theodor.

Kapitel 16

Unterknöringen am Dienstag, den 01. August 1893

„Es ist schön, dass du da bist und die Kleine mitgebracht hast", sagte Kreszenz leicht stotternd und freute sich aufrichtig über den Besuch von Josefa. Sie mochte ihre Stieftochter, auch wenn das Mädchen ihre Abneigung ihr gegenüber nicht verbergen konnte und vielleicht auch nicht wollte. Ab und zu plagte Kreszenz das schlechte Gewissen, weil Georg seine Tochter in Glöttweng zurückgelassen hatte und sie seit geraumer Zeit davon überzeugt war, sich nicht genügend für Josefa eingesetzt zu haben.

„Ja, die kleine Viktoria ist viel bei mir", sagte Josefa und strich dem kleinen Mädchen über das Haar. Josefa vermied den direkten Blickkontakt mit Kreszenz. Ausgiebig betrachtete sie ihre Stiefschwester Maria Kreszenz, die vor zwei Wochen auf die Welt gekommen war. Das Baby lag schlafend im Arm der Mutter und bewegte saugend die Lippen.

„Bestimmt träumt die Kleine", mutmaßte Josefa.

Kreszenz senkte den Blick und schaute liebevoll auf ihre erste Tochter.

„Nun geht es aber um dich, liebe Josefa", sagte Georg etwas verlegen und reichte Josefa ein Geschenk über den gedeckten Kaffeetisch. Ihm war sein neues Familienglück vor seiner Tochter etwas unangenehm.

„Für mich?" Josefa war überrascht. Nach allem, was in den letzten drei Jahren geschehen war, hatte Josefa nicht mit einem Geschenk gerechnet. „Danke schön!"

„Es geht uns finanziell endlich besser und da dachte ich ..." Georg räusperte sich und schaute seine Frau an. Ihm fiel ein, dass Kreszenz auch vor ihrer Heirat nicht arm gewesen war. „Ich meine, auch mir geht es nun finanziell besser und ich finde, du hast ein Geschenk verdient." Georg schaute hinunter auf seine von der Arbeit stark beanspruchten Hände.

Josefa musterte ihren Vater und versuchte sein Verhalten zu deuten. Sie sah, dass er verlegen war, dass ihn etwas quälte. Sah er seine Fehler ein? War das, was sie an ihm zu erkennen glaubte, so etwas wie Reue? Plötzlich tat ihr der Vater leid, obwohl sie es doch sein sollte, mit der man Mitleid haben müsste.

Aus den Augenwinkeln blickte Kreszenz ihren Mann nur für einen Wimpernschlag kurz an. Für Josefa reichte er aus, die Besorgnis ihrer

Stiefmutter zu erkennen, dass ihr Mann etwas ansprechen könnte, was er hinterher vielleicht bereuen würde. „De.e.e.r Ka.a.af.fee", sprach Kreszenz sichtlich angespannt und deutete Josefa mit einem Fingerzeig, den Kaffee einzuschenken.

Josefa griff in Gedanken versunken zur Kaffeekanne, hob sie an, hielt in der Bewegung inne und betrachtete staunend den gedeckten Tisch. Erst jetzt erfasste sie das edle Service in seiner ganzen Schönheit. Es war echtes Porzellan aus der Manufaktur Hutschenreuther, welches ein zart anmutendes Blumenmuster zierte. Das Porzellan wirkte auf dem runden Tisch mit dem weißen Tischtuch aus Damast ausnehmend vornehm. In der Mitte des Tisches thronte ein mit Puderzucker bestreuter Gugelhupf auf einem zum Service passenden Kuchenteller. „Das Geschirr ist ein Traum. Dass ihr euch das …" Abrupt unterbrach Josefa die Formulierung ihres Gedankens und schenkte ein. „Echter Bohnenkaffee!", staunte sie erneut, als ihr der heiße Kaffeeduft in die Nase fuhr. Es war unfassbar für Josefa, welcher Reichtum ihr hier begegnete, während sie sich in Glöttweng jede Ausgabe gut überlegte, damit für die nächsten Tage noch ausreichend Geld da sein würde. Sie versuchte, sich zu erinnern, konnte sich aber keinen Tag ins Gedächtnis rufen, an dem es bei ihren Eltern Bohnenkaffee gegeben hätte.

„Vielleicht hätten wir doch das andere Geschirr nehmen sollen."

Josefa hörte die Bedenken ihres Vaters wie aus der Ferne. Egal, seine Worte galten nicht ihr. Sie fragte sich plötzlich, was in ihr ein Gefühl von Befremdung ausgelöst hatte. Da fiel es ihr auf: Der gedeckte Tisch wirkte, als sei sie zu Gast bei vornehmen Leuten. Bei Fremden!

„Du, Josefa?"

Die Worte ihrer Cousine und das gleichzeitige Zupfen an ihrem Ärmel weckte Josefa aus ihrem betäubungsgleichen Zustand. Sie stellte die Kanne auf das Stövchen zurück.

„Ja, was ist denn?"

„Wann machst du dein Geschenk auf?" Wie alle Kinder ihres Alters, konnte es auch Viktoria kaum erwarten, dass ein ungeöffnetes Geschenk endlich ausgewickelt werden würde.

„Möchtest du gerne wissen, was da drinnen ist?", fragte Josefa, wohlwissend welche Antwort Viktoria geben würde.

„Ja!"

„Gut, dann werde ich es jetzt aufmachen."

Langsam öffnete Josefa die Schleife des Bandes, die das Geschenk zusammenhielt. Danach entfaltete sie das Packpapier, bis ein sorgfältig zusammengelegter Stoff zum Vorschein kam. Sie stand vom Stuhl auf, hob den Stoff am oberen Ende an und ließ ihn an sich herabfallen. „Ein schwäbisches Trachtenkleid", staunte Josefa.

Das Kleid traf genau ihren Geschmack und übertraf all ihre Erwartungen um ein Vielfaches. Es war ein dunkelblaues Kleid mit traditioneller Zierschnürung. Der mit Rüschen eingefasste Ausschnitt war mit einer dezenten Tüllrüsche verziert und die Bluse hatte einen unauffällig gehaltenen Spitzenbesatz am Saum. Das Himmelblau der dazugehörigen Schürze wirkte wie ein frischer Farbtupfer.

„Es ist wunderschön." Josefa hielt sich das Kleid vor den Körper. „Hoffentlich passt es auch."

„Das Kleid hat Vreni gemacht. Wir wussten, dass sie deine Maße hat und ...", sagte Georg und machte mit einer Mimik deutlich, für wie klug er sich hielt. Überdies freute er sich durchaus, weil das Geschenk augenscheinlich den Geschmack seiner Tochter traf.

„Dann wird es passen. Vielen Dank!" Josefa hatte den inneren Impuls, jemanden für das Geschenk zu umarmen. Sie schaute erst ihren Vater und dann Kreszenz an. Sie dachte unwillkürlich an ihre Mutter. Wie leicht wäre es jetzt für sie gewesen, ihre Mutter zu umarmen, dachte sie.

„Wir freuen uns, dass es dir gefällt", sagte Kreszenz langsam sprechend. Sie hatte eine leise Ahnung von Josefas Gedanken und zwinkerte ihr deshalb mitfühlend zu.

„Unter dem Kleid lag noch etwas. Ich glaube, du hast ihn noch gar nicht entdeckt." Georg sagte es mit der Stimme, wie sie kleine Jungen haben, wenn sie Vorfreude verspüren. Er deutete mit seiner Hand auf die entfaltete Geschenkverpackung und wippte dabei unruhig auf dem Stuhl hin und her.

„Ein Schlüssel?" Fragend schaute sie ihren Vater an. Sie hatte nicht die geringste Ahnung, was es mit dem Schlüssel auf sich haben könnte.

„Er hat einen symbolischen Wert", erklärte Georg. „Ich möchte, dass dir die Kate gehört, wenn du erwachsen bist und ein Heim brauchst. Sicher wirst du einmal einen Mann haben, der dann die nötigen Reparaturen durchführen kann."

„Den hätte ich ja schon", entfuhr es Josefa voreilig. Kaum hatten die Worte ihren Mund verlassen, hielt sie sich die Hand davor.

„Al.l.so Ge.e.org ...", versuchte Kreszenz abzulenken, „... erwa.a.achse.e.n i.ist Jose.e.fa scho.o ..."

„Da magst du recht haben ...", fuhr Georg seiner Frau ins Wort. Sein knabenhafter Ausdruck wechselte augenblicklich zu einer autoritären Stimmung. „... aber für einen Freier ist Josefa entschieden zu jung."

Beschwichtigend legte Kreszenz eine Hand auf den Arm ihres Mannes. „Für die Liebe kann man nicht jung genug sein", sagte Kreszenz, ohne ins Stocken zu geraten, und lächelte ihn augenzwinkernd an.

„Auch damit hast du wohl recht", sagte Georg ruhiger. Georg wusste, dass Kreszenz auf ihren Altersunterschied anspielte. Schließlich war sie sechzehn Jahre jünger als er. Wenn Georg sie neckte, sagte er oft zu ihr, dass sie eigentlich viel zu jung und unerfahren für ihn sei.

Josefa entging der besänftigende Einfluss von Kreszenz nicht, den diese auf ihren Vater hatte. Bilder stiegen vor ihr auf, Erinnerungen, die ihre Eltern im Gespräch zeigten. Ihr wurde bewusst, dass ihre Mutter diesen Einfluss nicht gehabt hatte. Josefa hörte die Stimme ihrer Mutter: „Tu's nicht!" Und sie sah, wie ihre verängstigte Mutter ihren Vater, am Ärmel ziehend, zurückhalten wollte. „Bleib!" Doch schon bald verschwand er mit dem Sack, in dem sich ein Messer befand.

„Aber vielleicht machen wir uns ja auch zu viel Gedanken", sprach Georg weiter und wendete sich direkt an seine Tochter. „Gibt es denn einen Mann, der um dich wirbt?"

Josefa wurde verlegen, während Kreszenz amüsiert ihre Augen verdrehte.

„Es gibt da jemanden, der sehr nett zu mir ist, mehr nicht." Josefa wollte möglichst wenig von ihrer Liebe zu Fidelius erzählen. Sie genierte sich bei dem Gedanken an jenen Tag der letzten Woche, als Fidelius abends, es war kurz vor der Dämmerung, leise an der Tür geklopft hatte und ihr, nachdem sie ihm nur zögernd geöffnet hatte, gestand, dass er sich vor Sehnsucht nach ihr verzehrte. Gemeinsam gingen sie hinter das Haus und ließen sich am Stamm eines Apfelbaumes nieder. Durch die hoch stehenden Gräser sahen sie am

Horizont die flammende Sonne untergehen. Sanft zog Fidelius Josefa zu sich heran und sie war bereit, alles, was folgen würde, geschehen zu lassen. Fidelius küsste sie sanft am Hals und öffnete die Knöpfe ihres Kleides. Josefa sehnte sich so sehr nach Geborgenheit, so sehr nach Zärtlichkeit, nach dem Gefühl, geliebt zu werden, dass sie sich ihrem Liebhaber ganz hingab.

„Wer ist es denn?", unterbrach Georg Josefas Gedanken.

Kreszenz spürte, dass sie ihren Mann stoppen musste, bevor er seine Tochter in weitere unangenehme Situationen bringen würde.

„Sie sagt doch, er ist nur nett zu ihr. Sie wird uns schon erzählen, wenn es ernst wird. Stimmt's, Josefa?"

„Ja, bestimmt." Josefa war froh, dass Kreszenz die Nachforschungen ihres Vaters unterbrach.

„Jetzt werden wir den Kuchen anschneiden", sprach Kreszenz, stand auf, reichte Georg den Säugling und nahm das Kuchenmesser in ihre Hand.

„Au ja", jubelte Viktoria.

Josefa sah ihren Vater an, der den Säugling unbeholfen im Arm hielt und sich in seiner zugewiesenen Rolle sichtlich unwohl fühlte. Sie fragte sich, ob ihr Vater auch sie als Baby im Arm gehalten hatte. Sie konnte es sich nicht vorstellen und dachte an ihre Mutter, die sie bestimmt sicher gehalten hatte. Wenn ihre Mutter noch leben würde, dachte Josefa, dann würde sie ihr jetzt gratulieren, vielleicht sogar sagen, wie lieb sie sie noch immer hätte. Kreszenz' Stimme vertrieb ihre Gedanken.

„Für das Geburtstagskind." Kreszenz legte ein besonders großes Stück Kuchen auf Josefas Teller.

„Danke!", sagte Josefa, die ihre Gedankenwelt nicht gerne verlassen hatte. Es gab derzeit sehr vieles, was sie beschäftigte.

„Ich möchte auch so ein großes Stück", forderte Viktoria.

„Hast du denn heute Geburtstag?", fragte Kreszenz.

„Nein, leider nicht, aber in zwei Wochen werde ich schon sieben."

„Siehst du, dann …", begann Georg in erzieherischem Tonfall zu sprechen, wurde aber von Kreszenz unterbrochen, die seinen Satz auf ihre Art zu Ende sprach, „… kriegst du natürlich auch so ein großes Stück."

„Ich habe wohl gar nichts mehr zu sagen", entgegnete Georg gespielt grantig.

„Oder was meinst du, meine Kleine?" Georg sprach seine Tochter Maria lächelnd an, während diese ihn nur mit großen Augen anschaute. „Sagst nichts? Na gut, bei vier Frauen am Tisch hat ein Mann wohl nicht viel zu melden."

„Vier Frauen, Mann nicht viel melken", sprach Viktoria nach, was sie aus Georgs undeutlicher Stimme vernommen hatte.

Die drei Erwachsenen schauten sich gegenseitig an und prusteten los. Viktoria schaute verdutzt in die Runde und stimmte bald mit ins Lachen ein.

Es war später Nachmittag, als Josefa sich verabschiedete. Sie ging in die Schmiede, in die sich ihr Vater nach dem Kaffee zurückgezogen hatte, um anstehende Aufträge zu erledigen.

Josefa sah sich im Raum um, während ihr Vater, mit dem Rücken zu ihr stehend, auf ein Stück Eisen hämmerte. Die Werkstatt war komplett eingerichtet. Sie wusste, dass ihr Vater die Schmiede vom alten Krabanz übernommen hatte, der das Altenteil im Hause bewohnte. Zum Austrag gehörte, dass Josef Krabanz ein Wohnrecht bis zu seinem Tode, Mitspracherecht bei Veränderungen am Gebäude und freie Kost hatte. Zusätzlich hatte ihr Vater dem alten Schmied noch eine ihr unbekannte Summe Geld zahlen müssen, die er nur mit Hilfe seines Schwiegervaters zusammenbekommen hatte.

Als Georg das Eisen wieder in das Feuer unter der Esse gelegt hatte, drehte er sich um und sah Josefa im Raum stehen. Er wusste, dass sie sich jetzt verabschieden wollte, da die Kutsche gleich vorfahren würde.

Die Kutsche machte direkt vor seiner Schmiede Station. Die Schmiede lag verkehrsgünstig direkt am Zollberg, eine Straße, die den Ort Unterknöringen und die Stadt Burgau miteinander verband.

„Du musst los?", fragte Georg, obwohl er die Antwort wusste, denn schließlich musste sein Schwiegervater in Glöttweng versorgt werden.

„Ja, es ist so weit."

„Hast du alles?"

Josefa zeigte ihr Bündel. „Vielen Dank noch mal für das Kleid."

„Keine Ursache. Hauptsache, es gefällt dir."

„Ja, sehr. – Vater?"

„Ja?"

„Vermisst du Mama manchmal?"

„Natürlich!" Georg war sichtlich erstaunt über die Frage seiner Tochter. „Sie war meine erste Liebe."

„Dann weißt du, wie es mir jetzt geht." Josefa ließ offen, ob sie damit den Verlust der Mutter oder ihre erste Liebe Fidelius meinte. „Ich muss los", sagte sie still lächelnd und ging vor ihrem Vater durch die Tür nach draußen.

Vor der Schmiede standen Viktoria, Kreszenz mit Maria auf dem Arm und Josef Krabanz.

„Wen haben wir denn da?", fragte Krabanz, als Josefa auf ihn zutrat. „Dich kenne ich noch nicht, wenn ich mich nicht irre." Er reichte Josefa die Hand.

„Mein Name ist Josefa Fink."

Fragend blickte der alte Schmied zu Georg.

„Josefa gehört zu unserer Familie und wohnt in Glöttweng." Georg wählte seine Worte mit Bedacht, so dass der alte Schmied keine Rückschlüsse auf das Verwandtschaftsverhältnis ziehen konnte.

Es enttäuschte Josefa und sie wunderte sich darüber, dass ihr Vater nicht frei heraus sagte, dass sie seine Tochter ist.

„Da kommt die Kutsche", freute sich Viktoria, für die eine Fahrt mit der Kutsche ein Abenteuer bedeutete.

Während die Kutsche vorfuhr, reichten sich alle zum Abschied die Hände und Georg bat Grüße an die Verwandten daheim auszurichten. Als Josefa und Viktoria eingestiegen waren, setzten sie sich ans kleine Fenster und schauten hinaus. Nachdem der Postillion mit der Peitsche laut geknallt hatte, zogen die beiden Haflinger die Kutsche langsam an und die Hände der Abfahrenden fingen aus den Fenstern an zu winken.

„Ich muss das Eisen aus dem Feuer holen", sagte Georg und ging in die Schmiede.

Das Feuer würde seine Tränen trocknen.

Die Kutsche fuhr in Richtung Burgau. Josefa legte das Bündel mit dem Geschenk auf ihren Schoß und schaute zum Fenster hinaus. Sie saß in Fahrtrichtung und blickte durchs Fenster nach draußen, sah die goldgelben Kornfelder, grünen Wiesen und das sich schlängelnde Flüsschen Mindel, wie es seinen Lauf in unbekannte Gefilde veränderte. Schon bald verschwand es aus ihrem Blickfeld. Ihr wurde heute bitter bewusst, dass ihr Schicksal ungleich härter war, als es ihre Stiefschwester Maria für ihre Zukunft erwarten durfte. Sie hatten beide zwar denselben Vater und doch gab es gravierende Unterschiede. Maria wird von Porzellan essen, während sie selbst immer von Steingut gespeist hatte, und wie es aussah, würde die Zukunft diesbezüglich keine Veränderungen bringen.

Sie hatten unterschiedliche Mütter. Die eine, Marias Mutter, stammte aus gutem Hause. Kreszenz wurde von ihrem Vater, Meister Oswald, behütet erzogen und bis in das Erwachsenenalter hinein materiell unterstützt. Josefas Mutter hingegen kam aus bildungsfernen und ärmlichen Verhältnissen, und als ihre Tochter musste sie selbst schon in jungen Jahren mitarbeiten, wodurch sie das Ihrige zum Funktionieren des Haushalts beigetragen hatte. Zu allem Überfluss sah sie sich seit geraumer Zeit sogar gezwungen, den Vater ihrer verstorbenen Mutter zu pflegen. Ein Gefühl von Enttäuschung stieg in Josefa auf. Ihr wurde bewusst, dass sie eine Last zu tragen hatte, die viel zu schwer auf ihren Schultern lastete. Sie fragte sich, ob es Frauen in ihrer Familie gab, denen es ähnlich erging wie ihr.

„Josefa, weinst du?", schallte Viktorias Kinderstimme an Josefas Ohr und durchkreuzte abrupt ihre Gedanken.

„Es ist bloß der Fahrtwind, der meine Augen tränen lässt", antwortete Josefa ein wenig verlegen. Sie schaute die kleine Viktoria an und dachte an die Bürde, die dieses kleinen Mädchen zu tragen hatte. Auch Viktoria musste für vieles herhalten und sie tat ihr zuweilen sehr leid. Trotzdem konnte man Viktorias Schicksal nicht mit dem ihren vergleichen. Es muss also etwas anderes geben, was sie gemeinsam hatten und sie so sehr miteinander verband. Was es war, wollte Josefa in diesem Moment jedoch nicht einfallen.

„Was ist Fahrtwind?"

Josefa war es nicht gewohnt, auf solche Fragen Antwort zu geben. Sie stieß schnell an ihre Grenzen, wenn sie etwas formulieren sollte. Ihr kam der Gedanke, dass es an der Schulbildung liegen könnte. Der Dorfschullehrer gab ihr, einem Mädchen, nie eine ehrliche Chance. Wenn sie etwas nicht verstanden hatte, machte er ihr und allen anderen in der Klasse mit ausschmückenden Reden glaubhaft klar, dass ihre zukünftige Berufung im Haushalt und in der Kindererziehung liegen würde. Deshalb wurden Fragen, wie Viktoria sie gerade stellte, in der Schule nicht beantwortet, sondern als unnütz bewertet, da sich die Mädchen lieber auf das Wesentliche ihrer Bestimmung konzentrieren sollten.

Josefa nahm sich vor, Viktoria zu solchen Fragen eher zu ermutigen, als sie unbeantwortet zu lassen. „Halte mal deine Hand aus dem Fenster", bat sie ihre Cousine.

„Oh, wie schön!"

„Was spürst du?", fragte Josefa.

„Meine Hand wird kühler."

„Ich glaube, das kommt daher, weil die Kutsche so schnell fährt und die unsichtbare Luft mit voller Kraft auf einen Widerstand, nämlich deine Hand, prallt. Es könnte sein, dass die Luftmassen die Wärme von deiner Handoberfläche wegpusten, und dann fühlt sich deine Hand kalt an."

Josefa war sich nicht sicher, ob die Erklärung annähernd richtig war. Aber sie war überzeugt, dass allein das Sprechen gut für Viktoria war und am Ende irgendetwas Wertvolles bleiben würde.

In Burgau hielt die Kutsche in der Mühlstraße. Josefa konnte durch das Fenster sehen, dass ein Pärchen mit Koffern zusteigen wollte. Da die Koffer noch auf das Dach geladen werden mussten, würde die Verweildauer etwas länger sein als in Unterknöringen.

„Da ist Vreni!", rief Viktoria voller Überraschung.

„Wo?" Josefa schaute zum Fenster hinaus, konnte Vreni jedoch im Menschengedränge nicht sofort ausfindig machen.

„Dort, wo die Frau mit dem großen Hut steht."

„Ja, jetzt sehe ich sie auch." Josefa stand auf und öffnete die Tür. „Vreni!", rief sie, worauf sich die Blicke der beiden jungen Frauen trafen. Vreni winkte und ging schnellen Schrittes auf die Kutsche zu.

„Grüß Gott, Josefa!" sagte Vreni und reichte ihr die Hand durch die offene Tür der Kutsche. „Viktoria!" Vreni tat erstaunt, als das Mädchen hinter ihrer Cousine hervorlugte, da sie von der eigenen Tochter wusste, wie sehr Kinder ihres Alters solche Szenen begeisterten. „So eine Überraschung, du bist ja auch dabei."

„Josefa hat Geburtstag und wir fahren mit der Kutsche", sagte Viktoria stolz und lächelte heiter.

„Das hätte ich ja fast vergessen", erwiderte Vreni mit einem gespielt entgeisterten Blick, worauf Viktoria vor Vergnügen jauchzte. Anschließend sah

Vreni Josefa mit einem strahlenden Lächeln an und hielt ihr die ausgebreiteten Arme entgegen. „Herzlichen Glückwunsch und lass dich drücken."

Beide beugten sich vor und umarmten sich. Josefa merkte, wie gut ihr gerade jetzt die Umarmung von einer Frau tat. Sie spürte etwas Mütterliches von Vreni ausgehen und hätte diesen Augenblick ins Unendliche verlängern mögen. „Wie schön, dich zu sehen", sagte Josefa.

„Mir geht es ebenso. Ich würde am liebsten einsteigen und mit euch kommen."

„Dann steige doch einfach ein." Josefa lachte verschmitzt. Sie wusste natürlich, dass es für Vreni so ohne weiteres nicht möglich war, ihre Schneiderei zu schließen.

„Ich muss meine Kleine abholen und dann wartet noch viel Arbeit auf mich", sagte Vreni.

„Du hast viel zu tun?", fragte Josefa.

„Und wie! Stell dir vor, ich nähe gerade einen Anzug zusammen, für den ich das Dreifache an Stoff brauche."

„Wieso das?"

„Neulich kam ein Mann mit einem extrem aufgetragenen Anzug in die Nähstube und sagte, er müsse sich leider von seinem Anzug trennen. Ich dachte, das wird auch höchste Zeit. Der Mann ist nicht groß, vielleicht zwei, drei Zentimeter größer als ich, aber er ist …", Vreni schaute sich um, ob niemand Ungebetenes zuhörte, „… fett!" Sie streckte beide Arme von sich und deutete so den Körperumfang des Mannes an. Beide Frauen lachten und Viktoria stimmte mit ein.

„Als ich das Maßband anlegte, wurde mir deutlich bewusst, dass ich um ihn herum gehen musste, um das eine Ende des Bandes mit dem anderen zu verbinden. Ich bat den Mann, das Band an seiner Hüfte festzuhalten, und ging um ihn herum." Vreni blickte sich erneut um, während Josefa ihre Freundin erwartungsvoll anschaute. „Ich dachte, ich mache eine Weltreise." Beide Frauen prusteten laut los und konnten sich anschließend kaum einkriegen vor Lachen.

Josefa tränten schon die Augen, als eine korpulente Frau in die Kutsche einsteigen wollte und in unhöflichem Ton Einlass verlangte. Nachdem sich die

Frau vorbeigedrängelt hatte, flüsterte Josefa: „Das ist bestimmt die Frau von deinem Kunden."

Josefa und Vreni lachten noch, als der Postillion rief, dass die Türen zur Abfahrt geschlossen werden sollten.

„Ich habe dich nie gefragt, aber ... wie hieß eigentlich deine Mutter?", fragte Josefa Vreni, einer plötzlichen inneren Eingebung folgend.

Vreni schaute Josefa irritiert an. „Vreni, genau wie ich. Sie war Magd in Adelsried", antwortete Vreni nachdenklich.

Die Tür der Kutsche wurde geschlossen und die Pferde setzten sich in Bewegung.

„Und ich bin unehelich zur Welt gekommen ...", sagte Vreni still zu sich selbst, als die Kutsche sich immer weiter entfernte.

Die fremde dicke Frau in der Kutsche schaute Josefa den ganzen Weg bis Glöttweng böse an. Aber das machte Josefa nichts aus, denn sie hatte an ihrem Geburtstag doch noch herzhaft lachen können.

Eines ging ihr jedoch nicht mehr aus dem Sinn: Vrenis Mutter hieß auch Vreni.

Josefa schaute zu Viktoria, die auch den Namen ihrer Mutter trug.

Und sie selbst ...?

Sie hörte die Räder rollen.

War es das? Waren es die Namen der Mütter, die zur Bürde wurden?

Ihr Körper schwang im Rhythmus der Fahrt.

Nein, das kann es nicht sein! Das wäre zu einfach.

Draußen ließ der Postillion die Peitsche knallen.

Plötzlich fiel es ihr ein: Es war das Schicksal! Das Schicksal der Mütter, was die Töchter so untrennbar mit ihnen verband.

Kapitel 17

Der März 1894 in Glöttweng

Es lag die Hoffnung eines zaghaft beginnenden Frühlings in der Luft. Der vergangene Winter brachte regnerische Kälte und Dauerfrost im Wechsel. Er stellte die Beziehungen der Menschen in Glöttweng, insbesondere die der Paare, auf eine jährlich wiederkehrende Belastungsprobe.

Die jungen Paare waren noch unbeschwert, sie kosteten, in zukunftsorientierter Entschlossenheit, von der honigsüßen Liebe, um später dann meistens doch nur ein schmales Erbe zu hinterlassen.

Den Paaren gehobenen Alters, denen das Bewusstsein von der unabänderlichen Mühsal des täglichen Broterwerbs nicht mehr aus den mittlerweile überfrachteten Denkorganen zu bekommen war und die durch den zumeist hohen Kindersegen bereits der Illusion einer zukünftigen Unbeschwertheit beraubt waren, konnten die langen Abende zur Qual werden.

Die Menschen, die es in dieser Welt der mangelnden Hygiene und unzureichenden medizinischen Versorgung überhaupt geschafft hatten, alt und greise zu werden, beneideten ihre Kinder nicht um deren junges Alter und die Zukunft. Sie gaben sich zumeist einer eintönigen Beschäftigung hin, die zwar den Anschein erwecken mochte, dass sie gebraucht wurden, tatsächlich jedoch nur die stille, aus dem Takt geratene Melodie eines endenden Liedes darstellte. Manche hofften, manchmal mit dem Blick des Neiders auf die Vorangegangenen, nur noch auf ein erbarmungswürdiges Ende dieser Melodie des Todes.

Freitagabend, 16. März 1894
Zu den jungen Paaren zählten Josefa und Fidelius. Sie konnten ihre Liebe vor den gewohnheitsgemäß sehr neugierigen Blicken des Dorfes geheim halten. Sie trafen sich meistens spätabends, nachdem die anstrengenden Pflichten des Tages erledigt waren. Die Kraft, nun noch die Nacht für die Liebe zu nutzen, war dem jugendlichen Alter des Paares und der unbändigen Sehnsucht nach Zweisamkeit zu verdanken.

„Da bist du ja endlich", flüsterte Josefa, die ungeduldig auf das Klopfzeichen ihres Liebsten gewartet hatte.

„Meine Eltern waren bis eben noch auf."

„Komm rein."

„Schläft der Großvater?"

„Ja. Er schläft in der letzten Zeit mehr, als dass er wach ist."

Sie schlichen sich in Josefas kleine Kammer. In ihr war gerade noch Platz für ein Bett, einen kleinen Bauernschrank und einen Stuhl. Das Mobiliar war so gestellt, dass ein schmaler Pfad zum Bett frei blieb; es hatte offensichtlich schon bessere Zeiten erlebt, denn aus der Sitzauflage des Stuhls traten bereits Teile der Sprungfedern hervor und am Schrank hing eine der Türen schräg herunter, da sie nur noch vom oberen Scharnier gehalten wurde.

Leise verriegelte Josefa die Tür. „Ich mag diese Heimlichtuerei nicht mehr. Am liebsten würde ich allen erzählen, wie glücklich wir miteinander sind", sagte sie.

„Mir geht es auch so, aber ..." Fidelius richtete seinen Blick zu den grauen Leinen, die durch die defekte Schranktür lugten.

„Ich weiß ...", unterbrach Josefa. Sie kannte Fidelius schon recht gut, um zu wissen, dass er bisher nicht den Mut aufgebracht hatte, seinen Eltern von ihrer Liebe zu erzählen. Sein Vater allein wäre nicht das Problem gewesen. Die Mutter aber, im Zusammenspiel mit ihren Eltern, die auf dem Hof wohnten und dort ein nicht unerhebliches Mitspracherecht hatten, erschien Fidelius wie ein unüberwindbares Bollwerk aus Missgunst und Bitternis. „... aber wir haben doch nichts zu verlieren."

„Da hast du recht." Fidelius schaute Josefa an. Er schämte sich wegen seiner Mutlosigkeit. „Ich verspreche dir, dass ich ihnen *bald* von uns erzählen werde."

Das einsilbige Wörtchen „bald" wog Fidelius in eine sanfte Welle der Entspannung; konnte doch durch dieses Wort der Zeitpunkt seines Handelns so lange hinausgezögert werden, bis ihm die Lösung vielleicht vom Schicksal selbst abgenommen werden würde.

Ungeachtet seiner Beteuerungen und ihrer Liebe zu ihm, fragte Josefa sich, ob dieser Mann, den sie mehr liebte als das eigene Leben und der ihr in den einsamsten Stunden ihres Lebens Trost und Hoffnung gab, ob dieser Mann wirklich lebenslang ein verlässlicher Partner an ihrer Seite sein konnte.

Den Anflug aufkommenden Zweifels schob Josefa rasch wieder beiseite. Sie wollte sich lieber dem Moment des Glücks hingeben.

„Während du zu ihnen sprichst, denke daran, dass du bestenfalls nur gewinnen kannst", sagte Josefa und streifte langsam und gespielt lasziv das Kleid von ihren Schultern.

Fidelius' Herz schlug ihm bis zum Hals, als Josefa plötzlich unbekleidet vor ihm stand. Er konnte spüren, wie ihm seine Hose zu eng wurde, weil sein Glied rasch anschwoll. Sein Blick richtete sich auf Josefas kleine Brüste, deren Brustwarzen die Kühle des Raumes deutlich machten.

Langsam ging Josefa auf Fidelius zu und schaute ihm in die Augen. Sie erkannte seine Begierde und öffnete den Latz seiner Hose. Sie ergriff seinen Penis, der schon längst aus der Hose gedrängt war und in aufrechter Haltung auf die zu erwartende Sinnesfreude zu warten schien.

„Komm!" Fidelius zog Josefa zu sich heran.

„Nicht so eilig, sonst legst du dich auf die Kartoffeln", sagte Josefa mit erhobenem Zeigefinger scheltend. Sie konnte ihre innere Belustigung kaum verbergen.

„Auf die Kartoffeln?", fragte Fidelius verblüfft.

Josefa schob die Decke zurück und beide warfen einen Blick auf die leicht dampfenden Kartoffeln.

„So haben wir ein warmes Bett und nachher sogar noch etwas zur Stärkung", sagte Josefa, die sich diese Art der Wärmegewinnung bei ihrer Mutter abgeguckt hatte.

„Eine tolle Idee", sagte Fidelius, während er amüsiert lachte.

„Das stimmt ...", sagte Josefa mit in den Hüften verschränkten Armen und spielte ihm vor, ein wenig böse zu sein, „... aber dass mir die Idee das einbringt." Sie zeigte auf Fidelius erschlafften Penis und schüttelte ihren Kopf.

Josefa lachte laut auf, während Fidelius etwas verlegen wurde.

„Warte, das werden wir gleich wieder haben." Mit zärtlicher Hand brachte Josefa das erschlaffte Glied wieder zu einer beachtlichen Größe.

Nachdem Josefa die Kartoffeln eilig in eine Schale gelegt hatte, ließ sich das Paar in das wohlig warme Bett sinken. Ein wenig ungestüm drang Fidelius in sie ein, aber das machte Josefa nichts aus. Sie war glücklich, als er sich schließlich in ihr ergoss und seinen Kopf sanft auf ihre Brust sinken ließ.

„Ich liebe dich!", sagte Fidelius flüsternd.

„Ich weiß", antwortete Josefa mit einem sanften Lächeln. Sie wusste, dass nun etwas in ihrem Körper geschehen würde, was ihrem Leben einen ganz anderen Sinn geben könnte. Sie vertraute darauf, eine gute Mutter zu werden.

Zu den Paaren gehobenen Alters zählten Viktoria und Theodor. Es wäre gut für sie gewesen, wenn sie sich an die ersten Jahre ihrer Liebe zurückerinnert hätten, um einen gemeinsamen Weg aus dem Strudel der Schicksalsschläge zu finden – stattdessen fühlten sich beide unverstanden und allein gelassen.

Theodor fühlte zunehmend das Kreuz des selbständigen Wirts auf seinem Rücken lasten. Das Einkommen für die Familie war keinesfalls immer sicher und maßgeblich davon abhängig, wie viel er leisten konnte. Da die Strapazen, die mit seiner Selbständigkeit verbunden waren, für ihn allein viel zu groß waren, lud er einen guten Teil der Arbeit vermehrt auf die Schultern der Kinder ab. Insgeheim fühlte er sich nicht gut dabei, wusste jedoch keine bessere Lösung, besonders weil ihn ein Gefühl belastete, welches ihm die Übersicht raubte: Hilflosigkeit. Früher hatte er für alles eine Lösung parat. Aber jetzt? Seit geraumer Zeit blickte er seine Frau an und zweifelte an ihrem Verstand. Sie konnte sich nach dem Verlust der beiden jüngsten Kinder aus einer Lethargie, der er mit zunehmender Überforderung begegnete, nicht befreien.

Für Viktoria verschwand die Welt um sie herum in einem immer dichter werdenden Nebel, welcher dem Zweck diente, die Unfassbarkeit des Verlustes ihrer Kinder ertragen zu können. Sie reagierte auf ihre verbliebenen Kinder mit einer Distanziertheit, die diese nicht begreifen konnten. Körperliche Nähe empfand Viktoria immer unerträglicher. Nach jedem Versuch ihrer Kinder, der Mutter näherzukommen, zog sich Viktoria ein Stückchen weiter in ihr unsichtbares Schneckenhaus zurück.

Für Theodor war das Verhalten seiner Frau ein Buch mit sieben Siegeln. Er konnte die Wortkargheit und den zunehmenden geistigen Rückzug kaum aushalten. Deshalb versuchte er heute erneut, seiner Frau das Wenige, was sie derzeit zu geben vermochte, zu entlocken. Da er es schon seit einiger Zeit nicht mehr wagte, sich ihr körperlich zu nähern, versuchte er es auf seine ihm eigene Art der Ansprache.

„Viktoria?", flüsterte Theodor in einem leisen Tonfall, der sein kläglichs Ringen um eine Haltung, die Verständnis und Anteilnahme ausdrücken sollte, deutlich werden ließ. „Bist du wach?"

Auch wenn seine Frau ihm keine Antwort gab, war ihm die Stille des Raumes, in der er keine Schlafgeräusche wahrnahm, ein sicherer Indikator dafür, dass sie wach war.

„Ich weiß, dass du mich hörst", flüsterte er weiter.

„Was ist denn? Ich bin müde."

„Ich möchte, dass alles wieder wird wie früher, als wir noch glücklich zusammen waren."

Er erinnerte sich an die schöne Zeit, in der sie einander liebten und reden konnten, bis der Mond dem Morgengrauen wich. Sie malten sich ihre Zukunft in den buntesten Farben aus. Alles erschien ihm damals unbefleckt und strahlend.

Viktoria wollte sich jetzt nicht erinnern. Ihr Kummer verbarg diese Zeit, wie ein verschlossenes Schmuckdöschen, dessen Schlüssel unauffindbar war. „Es kann aber nicht wie früher sein, es ist vorbei", sagte sie, ohne eine erkennbare Regung in ihrer Stimme.

„Natürlich können wir die Zeit nicht zurückdrehen …", Theodor fühlte sich hilflos, wenn seine Frau so sprach, und er überlegte sekundenlang, wie er seinem Satz einen sinnvollen Abschluss geben könnte, „… aber wir müssen mit dem zu leben lernen, was uns widerfahren ist", sagte er mit der Hoffnung, etwas gesagt zu haben, was seine Viktoria berühren würde.

Viktoria hörte die gedämpfte Stimme ihres Mannes wie aus der Ferne. Sie glaubte in diesem Moment noch an ein lohnenswertes Leben für sich, aber irgendwann, tief in ihr verborgen spürte sie es, irgendwann würde die Leere in ihr vergehen, eines Tages. Bis dahin würde sie es aushalten – das Leben ertragen. Bis dahin sollten alle sie in Ruhe lassen und nicht an ihr zerren.

Viktoria ahnte nichts von der zerstörerischen Kraft der Psyche, die einen Menschen, der in ihrer Situation war, nicht in das normale Leben zurückkehren lassen würde, wenn er sich nur lange genug der Verlockung hingab, alles Leid zu verdrängen. „Schlaf jetzt", sagte sie in dem sanftesten Ton, den sie derzeit zu geben bereit war.

In früheren Zeiten hätte Viktoria die Überforderung ihres Mannes erkannt und hätte ausgleichend auf ihn eingewirkt. So aber entschied sich Theodor in dieser Nacht, seine Kinder noch mehr als bisher an seinem arbeitsreichen Alltag zu beteiligen.

Zu den Paaren, denen das Schicksal ein hohes Alter bis zur Vergreisung beschert hatte, gehörten Leonhard und Gertraud Kroitsch. Sie hatten, wie so viele Menschen ihrer Zeit, kein einfaches Leben gehabt. Leonhard Kroitsch wurde 1825 als siebentes von insgesamt neun Kindern geboren. Wie seinen Eltern auch, ließ ihm die zweifelhafte Gnade Gottes ein Dasein als Bauer zukommen.

Die frühe Heirat mit der einzigen Tochter der Bauersleute Frida und Adolf Bergner brachte ihm, der ohne elterliches Erbe und damit vor einer quälenden Ungewissheit für seine Zukunft stand, den zunächst unerwarteten Genuss ein, zusätzlich zu einer gut aussehenden jungen Frau, doch noch ein Obdach zu bekommen.

Seine Schwiegereltern, Frida und Adolf Bergner, machten Leonhard sehr bald nach der Heirat verständlich, dass sie es waren, die den Hof in mühseliger Arbeit zu dem gemacht hatten, was er damals war. Ein Schafzuchtbetrieb, der das Überleben derer sicherte, die bereit waren, von Sonnenaufgang bis spät in die Nacht körperlich zu arbeiten, ohne die eigenen Bedürfnisse allzu sehr zu beachten.

Frida und Adolf waren zermürbt und übellaunig geworden von diesem Leben, das, wegen der kläglichen Erträge eines jeden, in Mühsal, vorübergegangenen Tages, Missgunst und Neid gegenüber jenen entstehen ließ, denen es besser zu gehen schien als ihnen selbst. Das Ehepaar Bergner machte ihrem Schwiegersohn mit verbalen Attacken frühzeitig klar, dass sie den Hof zu ihren Lebzeiten mit Sicherheit nicht auf seinen Namen übertragen würden. Leonhard war somit dem Gutdünken der Hofinhaber ausgeliefert und sah sich, wie es bereits seine gesamte Kindheit gewesen war, gefangen in einer Rolle, die Unterordnung von ihm verlangte.

Was den Neid gegenüber ihrem mittellosen Schwiegersohn besonders nährte, war der von Amts wegen vorgegebene Umstand, dass ihre Tochter den Familiennamen Kroitsch angenommen hatte und somit der Name Bergner nach ihrem eigenen Tode in Glöttweng erlöschen würde, während der seine eine Zukunft hatte. Die Vorstellung, dass der Hof später einmal den Namen Kroitsch tragen würde, veranlasste die alten Bergners zu immer neuen verbalen Attacken gegen eine so schüchterne Natur, wie Leonhard sie hatte. Er konnte gegen sie keine nennenswerte Gegenwehr aufbringen.

Gertraud Kroitsch war glücklich über den Umstand, dass sie nach ihrer Heirat bei ihren Eltern wohnen bleiben konnte, während ihr Mann sich langsam, aber sicher vom energiegeladenen jungen Mann zum nörgelnden Spießgesellen wandelte. Selbst die Geburt seines Sohnes Josef änderte nichts daran. Leonhard wartete insgeheim auf eine Gelegenheit, die ihn aus dieser Misere befreien würde.

Eines Tages schien ihm hierfür eine gute Gelegenheit für sein Vorhaben gekommen zu sein. Es war das Jahr 1866, als das Königreich Bayern Männer für seine Regimenter rekrutierte, die für König und Vaterland bereit waren zur Waffe zu greifen und unter Einsatz ihres Lebens die preußischen Aggressoren daran hindern sollten, sich ihr Land einzuverleiben. So meldete sich Leonhard Kroitsch freiwillig, in der Hoffnung, als Held heimzukehren und sich und seiner Familie damit Ehre zu machen.

Im Rang eines Kanoniers nahm er schließlich am 25. und 26. Juli an den Gefechten bei Uettingen, einer Hochebene zwischen Tauber und Main, teil und bezog mit seiner Armee mächtig Prügel. Ohne Ehre und ohne rechten Arm kam Leonhard Kroitsch zurück nach Hause. Seine Frau weinte bitterlich bei seiner Ankunft und Leonhard wusste nicht, ob über den Verlust seines Armes oder über ihren kurz zuvor verstorbenen Vater.

Nun war Leonhard Herr über einen Hof, den er als Krüppel nicht mehr so bewirtschaften konnte, wie es von seiner Frau und seiner Schwiegermutter erwartet wurde. Von da an legte er seine ganzen Hoffnungen in seine Söhne Josef, der 1852 geboren wurde, und Maximilian, der im April 1867 als Nachzügler zur Welt kam.

Viel zu sehr damit beschäftigt über das Unrecht seines Schicksal zu sinnieren, welches ihm, trotz des edelmütigen Einsatzes für das Vaterland, mit dem Verlust eines Armes gestraft hatte, konnte oder wollte Leonhard über die eigene Vaterschaft, trotz des höchst ungewöhnlichen Geburtsdatums von Maximilian, nicht nachdenken.

Gertraud Kroitsch wurde, wie ihr Mann auch, in dem Jahr geboren, als dem Wittelsbacher Ludwig Karl August die bayerische Königskrone auf das Haupt gesetzt wurde und er sich fortan König Ludwig I. von Bayern, Herzog von Franken, Herzog von Schwaben und Pfalzgraf von Rhein nennen durfte. Gertrauds Kindheit verlief, als einzige Tochter, zwar ohne die geschwisterlichen

Rivalitäten, wie sie ihr späterer Mann oft beklagt hatte, sollte aber gewiss nicht königlich zu nennen sein.

Das Ehepaar, Frida und Adolf Bergner, erzog die Tochter mit einer Strenge, die dem Kind immer wieder die Zornesröte ins Gesicht steigen ließ. In seiner Phantasie entwarf das Kind Planspiele zur Gegenwehr, die jedoch immer im Keim erstickt wurden, denn der erhobenen Hand des tyrannischen Vaters hatte der stärkste Kinderwille nicht viel entgegenzusetzen und so ergab sich das Kind immer wieder wie ein reuiger, um Gnade winselnder Hund seinem Herrn. Die Abhängigkeit zum Herrn wuchs mit den Jahren und die in der Kindheit verspürte Ablehnung der Tochter verlor sich im tiefen Meer der Ergebenheit.

Es war die erste erfolgreiche Auflehnung gegen die Eltern, als Gertraud ihren Leonhard heiratete. Die Eltern zeterten über das in ihren Augen ‚faule Ei' von Bräutigam, der ohne ihre Tochter das Leben eines Vagabunden hätte führen müssen.

Sehr bald bereute Gertraud ihre Heirat mit einem Mann, der von den Eltern abgelehnt wurde und keine Anzeichen zeigte, sich bei ihnen durchzusetzen. Ihre Ehe fühlte sich für Gertraud an, wie eine nicht enden wollende Flaute, in der sich ein Segelkriegsschiff befand, dessen Existenz, wegen der nicht enden wollenden Windstille, nutzlos erschien.

Im Jahre 1866 hatte Gertraud erstmals das bewusste Gefühl, etwas in ihrem Leben verpasst zu haben, und fühlte sich innerlich bereit ausbrechen. Sie freute sich, ihren Mann so fern des Heimatortes zu wissen, denn in ihr erwachte der Sommer des Lebens. Sie bemerkte die Blicke der Männer, die begierig auf ein Zeichen von der zurückgelassenen Soldatenfrau warteten. Es gab jedoch nur einen Mann, dem Gertraud in jenem Sommer 1866 ein Zeichen gab und sich ihm bald darauf hingab. Sie genoss die ungewohnte Sinnesfreude ein einziges Mal ekstatisch und hätte es gerne wiederholt, wenn sich in ihr nicht dieses quälend schlechte Gewissen eingeschlichen hätte. Sie kam sich plötzlich schmutzig und billig vor, weil sie den Mann betrogen hatte, dem sie vor Gott ewige Treue geschworen hatte, einem Mann, der bereit war, sein Land, ihr Land, das Land der Bayern, mit seinem Leben zu verteidigen. Reumütig schwor sie sich selbst, ihrem Mann ewig treu zu bleiben.

Irgendwann im Herbst wurde Gertraud ihre Schwangerschaft zur Gewissheit. Später, als ihr Mann längst schon aus dem Krieg zurückgekehrt war, wurde ihr bewusst, dass der Zeitpunkt von Maximilians Zeugung und Leonhards Kriegsverletzung an ein und demselben Tag passiert sein mussten.

Längst war der Sommer des Lebens einem Herbst gewichen, der schon die weißen Flocken des Todes heranwehte. Leonhard und Gertraud ahnten bereits die fröstelnde Kälte, die aus den Tiefen aufstieg, die Kälte, die nach ihrem Leben griff.

Doch noch floss das dicker werdende Blut durch ihre Adern, während sie das frühlingshafte Treiben ihres Enkelkindes Fidelius beäugten, ohne sich ihres geerbten Neides zu schämen.

„Das darf doch wohl nicht wahr sein, schleicht er doch schon wieder draußen umher", sagte Gertraud Kroitsch und hob ihre Hand, um mit dem knorrigen Zeigefinger durch das Fenster zu zeigen.

„Wer?" Leonhard schaute angestrengt und mit verkniffenen Augen zum Fenster hinaus. Seine Sehstärke hatte in den letzten Monaten rapide abgenommen, so dass er nur die vagen Umrisse von Fidelius erkennen konnte, der im Licht des nächtlichen Mondes über den Hof schlich.

„Wer wohl!", rüffelte die Alte in verächtlichem Tonfall. „Dein missratener Enkel."

Leonhard hatte es sich zur Gewohnheit gemacht, die spitzen Bemerkungen seiner Frau tunlichst zu überhören. Er ignorierte ihre scharfe Bemerkung, dass es sich um *sein* Enkelkind handeln würde, auch jetzt noch, nachdem über frühere Vorkommnisse jahrzehntelang geschwiegen wurde. Niemals wurde darüber gesprochen, dass Maximilian von einem anderen Erzeuger war. Da Leonhard ein hohes Alter erreicht hatte, welches in ihm die Bereitschaft hervorbrachte, die unabwendbaren Tatsachen gelassener zu betrachten, war er sich sicher, dass er die versteckten Botschaften seiner Frau ignorieren konnte, ohne dass es ihn noch tief berührte. „Wo kommt er denn jetzt noch her?"

„Woher wohl?" Die Alte lauschte, ob ihr Mann antworten würde.

„Von der Fink'schen, der Josefa", sprach sie verächtlich weiter, nachdem Leonhard nichts erwidert hatte.

„Wie kommst du denn darauf?"

„Vor Monaten habe ich den Bub mit der Göre aus dem Stall gehen sehen."

„Vor Monaten?", fragte Leonhard ungläubig.

„Genau! Und vorletzte Nacht habe ich ihn im Schlaf sprechen hören. Ständig sprach er ihren Namen aus." Erstmals konnte die Alte ihren Schlafstörungen etwas Gutes abgewinnen. „So ..., und nun kommst du."

„Was soll ich denn sagen? Wir waren auch mal jung." Der Alte dachte an seine eigene Jugend. Sie war so voller Hoffnung gewesen. Ihn überkam ein Hauch von Traurigkeit, während er an seine damaligen Hoffnungen dachte und was das Leben ihm dann gebracht hatte. Sanft strich er sich über seinen Stumpf.

„Aber die Göre bringt nichts mit und hat von der Schafzucht keine Ahnung." Die Alte quetschte Daumen und Zeigefinger aufeinander und hielt ihre gichtgeplagten Finger vor Leonhards Gesicht. „Und ich glaube, einen Knacks hat sie auch." Die Alte tippte sich mit dem Zeigefinger an die Stirn.

„Sie ist noch sehr jung", stellte Leonhard gelassen fest.

„Das tut doch nichts zur Sache", keifte die Alte. „Ich werde morgen mit Josef sprechen."

„Was versprichst du dir davon?"

„Stell dir vor, diese Göre empfängt unseren Fidelius des Nachts. Dieses Flittchen verdreht dem Buben den Kopf und dreht ihm womöglich im Handumdrehen noch ein Kind an. Später haben wir den Ärger mit ihr auf dem Hof."

Der Gedanke daran, wie er selbst auf diesem Hof willkommen geheißen wurde, versetzte Leonhard einen Stich in die Magengrube. Er strich sich mit seiner verbliebenen Hand über den schmerzenden Bauch.

„Du hast recht! Wir sollten morgen mit unserem Josef sprechen."

Kapitel 18

Samstag, 17. März 1894

„Vater, ich möchte mit dir über etwas sprechen, das mir schon lange auf der Seele liegt."

Fidelius spürte die Erleichterung, als der lange überlegte Satz endlich ausgesprochen war. Noch meinte er, dass seine Ehrlichkeit und die bittende Tonlage seiner Stimme das Herz seines Vaters erreichen würden. Denn noch wusste Fidelius nichts von dem Gespräch zwischen seinem Vater und seiner Großmutter am frühen Morgen.

„Ich weiß, mein Sohn", antwortete Josef Kroitsch, der damit beschäftigt war, ein Ferment-Wasser-Gemisch in die frische Schafsmilch zu gießen. Der Vater war auf seine Arbeit konzentriert und seine Stimme klang milde. Trotzdem konnte Fidelius die Besorgnis erkennen, die in der Stimme des Vaters mitschwang.

Fidelius wartete ab, bis der Vater das Ferment unter die Milch gerührt hatte. Er wusste, dass nun eine Stunde vergehen musste, bis die Milch zu einer geleeartigen Masse geronnen war und danach in der milchig schimmernden Molke liegen würde.

„Die Milch ist gut, obwohl wir die Tiere schon vor längerem in den Stall gebracht haben", sprach der sonst so schweigsame Vater weiter. Auch ihm war das bevorstehende Thema unangenehm und er war versucht, es noch eine Weile hinauszuzögern. „Es wird ein würzig schmeckender Käse werden, den ich dem Wirt zu einem akzeptablen Preis verkaufen kann."

„Das freut mich, Vater." Fidelius Gedanken schweiften von Josefa ab und sie beschäftigten sich mit der Arbeit seines Vaters – der Käseherstellung. Er verspürte seine innere Bereitschaft, von dem eben noch ernsthaften Willen zur Aussprache abzurücken und über die Qualität des eigenen Käses zu fachsimpeln, als der Vater unvermittelt das Wort ergriff.

„Deine Großmutter hat den Verdacht, dass du dich des Nachts mit der Josefa triffst, stimmt das?"

„Darüber wollte ich mit dir sprechen, Vater", stammelte Fidelius, weil er sich ertappt und überrumpelt zugleich fühlte. Eigentlich war er es doch gewesen, der das Gespräch mit seinem Vater gesucht hatte, um mit ihm über Josefa zu sprechen. Der Vater sollte es doch aus seinem Munde erfahren, aber nun sah es so aus, als hätte dieser ihn zu diesem Gespräch gezwungen. Fidelius' Ziel, Verständnis vom Vater zu erhalten und besten Falles auch seinen Segen, sah er jetzt unerreichbar. Er musste erkennen, dass ihm die böse Zunge der Großmutter zuvorgekommen war und seinem Vater bereits ihr gehässiges Gift verabreicht hatte.

„Also ist es so?", hakte der Vater nach, da sein Sohn nicht antwortete.

„Ja, ich treffe mich mit Josefa."

„Seit wann?"
„Schon längere Zeit."
„Schon, dass du es heimlich tust, zeigt doch, dass es nicht richtig ist."
„Aber Vater, ich wollte doch heute mit dir darüber sprechen."
„Jetzt, nachdem deine Großmutter es mir erzählt hat?"
„Ich konnte doch nicht ahnen, dass sie mir nachspioniert."
Kaum hatte Fidelius den Satz ausgesprochen, hatte er eine schallende Ohrfeige von seinem Vater erhalten.
„Werde man nicht frech! Wenn die Großmutter nachts ein wachsames Auge hat und nach Dieben oder sonstigem Gesindel Ausschau hält ..." Josef sprach das Wort Gesindel mit besonderer Schärfe aus und schaute seinen Sohn ungewohnt kalt an. Es sollte unmissverständlich für Fidelius sein, dass er ihn mit dem Gesindel auf eine Stufe stellte. „... dann können wir alle nur froh sein, um Schlimmeres für Haus und Hof zu vermeiden."
Fidelius hatte die Ohrfeige in stummes Entsetzen versetzt. Ungläubig schaute er seinen Vater an. Wenn schon der sonst so zurückhaltende Vater gegen seine Beziehung mit Josefa war, würde er sich auch gegen die anderen Familienmitglieder nicht wehren können.
„Vater ...", begann Fidelius, er erholte sich nur langsam von dem Schlag ins Gesicht, „... was hast *du* gegen Josefa einzuwenden?" Er schaute seinen Vater hilflos an.
Josef Kroitsch selbst war über den Verlauf des Gesprächs mit seinem Sohn entsetzt. Er begann die gellende Ohrfeige zu bereuen und betrachtete seine Hand, auf der er noch den Aufprall von der Wange seines Sohnes spürte. Er begann zu bereuen, weil Fidelius' Frage an seinen Verstand appellierte. Der Vater begann zaghaft eine eigene Meinung zu entwickeln, frei von den vergiftenden Worten der Großmutter. Er begann wieder an sich zu zweifeln; fühlte seine eigene Schwäche; konnte nicht gegen die Eltern aufbegehren. „Sie ist viel zu jung!", hörte er sich sprechen. Es war das einzige Argument, das ihm spontan gegen Josefa einfiel. Er fühlte sich erbärmlich, denn eigentlich mochte er das Mädchen. Wenn er es sich recht eingestand, bewunderte er das Mädchen sogar dafür, wie sie ihre schwierigen Lebensumstände meisterte.
„Und du bist auch noch viel zu jung", posaunte Josef heraus, bevor die eigene Sympathie für das Mädchen überhandnehmen würde.

„Vater!" In Fidelius keimte etwas Hoffnung auf. „Daran soll es nicht scheitern. Josefa und ich können warten, bis wir alt genug sind."

„Es sprechen noch andere Argumente dagegen, die ich jetzt nicht besprechen werde." Der Vater machte eine abwehrende Handbewegung, die seinem Sohn Bedauern signalisieren sollte und zugleich die Beendigung des Gesprächs bedeutete. „Wir haben genug zu tun und sollten an die Arbeit gehen. – Und eines ist ja wohl klar: Ab morgen ausgeschlafen!"

Fidelius drehte sich wortlos um und ging an seine Arbeit. Er hörte noch, wie ihm sein Vater nachrief: „Du wirst sie nicht mehr sehen!"

Sonntag, 18. März 1894

Die meisten Dorfbewohner waren in der Kirche. Es war die Zeit der bleiernen Stille, die unwillkürlich nach dem ersten Glockengeläut Einzug hielt, in der die Kirchenbesucher gespannt das Wort von der Kanzel erwarteten. Entgegen seiner sonstigen Gewohnheit kostete Theodor diese Ruhe heute vor dem Haus sitzend aus, um sich die wenige Sonne dieses Märztages in sein Gesicht scheinen zu lassen. In der Ferne hörte er das Wiehern eines Pferdes. Theodor wusste, wen dieses Wiehern ankündigte. Die unmittelbar bevorstehende Ankunft des Juden Samuel Kindig verdrängte seine Vorstellung vom Pfarrer, wie dieser im Augenblick mahnend zu seinen Schäfchen sprechen mochte. Er wollte kein Schäfchen sein, wollte auch nicht das Schaf der Familie sein. ‚Am liebsten wäre ich so frei, wie ich mir die Freiheit des Samuel Kindig vorstelle. Mit Pferd und Wagen über das Land fahren und nur dort Station machen, wo es mir gefällt', dachte Theodor. Vor seinem inneren Auge sah er die schönsten Landschaften an sich vorbeiziehen, bevor er den herannahenden Wagen des geschäftstüchtigen Juden wahrnahm.

Gemächlich fuhr der Jude in den Ort hinein und hielt vor dem Wirtshaus.

„Brr, mein Guter, wir sind da", sagte der Jude, obwohl sein Pferd längst stehen geblieben war. Es neigte seinen Kopf zu Boden, um sofort das wenige Grün vor dem Wirtshaus auf seine Genießbarkeit zu überprüfen.

„Grüß Gott, Herr Wirt! Ich brauche ein Zimmer für die Nacht und hoffe, dass ich nicht ungelegen komme", sprach Kindig und zog seinen Hut.

„Grüß Gott, Kindig. Für Sie ist immer ein Zimmer frei. Auch wieder einmal im Lande?" Theodor sah dem alternden Juden zu, wie er die Bremse feststellte und mühsam vom Bock stieg. Plötzlich war er sich nicht mehr sicher, ob er sein Leben mit dem des Juden eintauschen wollte.

„Aber ja, ich muss doch mein täglich Brot verdienen", antwortete Kindig, als er festen Boden unter den Füßen verspürte.

„Da sagen Sie etwas. Das liebe Geld ist nie genug."

„Es ist leichter, über Geld zu sprechen, als es zu verdienen, stimmt's?"

„Das ist wohl wahr, und trotzdem, wenn man reicher wäre, wäre vieles leichter im Leben."

„Das Geld gleicht dem Seewasser", gab Kindig zu bedenken, schaute den Wirt mit wachen Augen an und erkannte, dass dieser das Zitat nicht kannte. „Je mehr davon getrunken wird, desto durstiger wird man."

„Wo haben Sie das denn her?"

„Schopenhauer!"

„Aha."

„Wie geht es der Familie?", erkundigte sich Kindig.

Theodor machte eine wegwerfende Handbewegung. „Seit dem Verlust unserer beiden Jüngsten ist alles ein wenig anders geworden."

„Ja, so etwas geht nicht spurlos an einem vorbei. Meistens sind es die Frauen, die noch lange Zeit daran zu beißen haben."

Samuel Kindig wusste, wovon er sprach. Als eines seiner Kinder gestorben war, veränderte sich seine Frau. Sie konnte sich lange Zeit über nichts mehr freuen und er fühlte sich hilflos. Damals war er froh, wenn er der Situation zu Hause entfliehen und mit seinem Wagen über das Land fahren konnte. Manchmal machte er sogar unnötig weite Touren. Heute, viele Jahre später, war seine Frau nur noch selten traurig und er hatte mittlerweile gelernt, seiner Leah helfenden Trost zu geben.

„Geht das vorbei?", wollte Theodor wissen.

„Irgendwann geht alles vorbei."

„Bis dahin muss ich mich wohl zusammenreißen. Manchmal könnte ich aus der Haut fahren. Am liebsten möchte ich …" Theodor ballte seine Faust.

Samuel Kindig trat einen Schritt näher an den Wirt heran und legte ihm seine Hand mit sanftem Druck auf die Schulter. „A Weib schlaga isch koi Kunscht, aber a Weib ned schlaga."

Zwischen Kindig und Fink war es in den letzten Jahren zur lieben Gewohnheit geworden, sich gelegentlich einige schwäbische Weisheiten zu sagen; wie auch jetzt, es musste stimmig sein und durfte nicht schulmeisterhaft klingen.

Kindig nahm seine Hand von der Schulter des Wirts und wechselte erneut das Thema. „Mein Gaul braucht unbedingt Pflege. Kann ihn jemand versorgen?"

„Die Viktoria kommt bald zurück – ist gerade in der Kirche. Sie wird es dann machen."

„Deine Frau versorgt die Pferde? Das ist neu!" Kindig staunte.

„Nein, meine Tochter Viktoria."

„Die kleine Viktoria?", fragte Kindig staunend und sein Gesicht verriet seinen Zweifel.

„'s Brot essa lernt ma leichter, wies 's verdehna."

„Da ist was dran", staunte Kindig. „Wie alt ist Viktoria jetzt?"

„Sie wird diesen Sommer acht."

„Und dann kann sie schon das Pferd versorgen?" Der Jude nahm seinen breitkrempigen schwarzen Hut vom Kopf und strich sich mit seiner Hand übers Haupt. „Alle Achtung!"

„Anna und Genoveva haben es auch schon früh gelernt."

Die Glocken fingen an zu läuten und die Männer schauten sich einen Augenblick stumm an.

„Gleich kommt sie und versorgt deinen alten Klepper." Theodor schaute das Pferd an. Es wirkte kränklich, alt und müde. „Das ist nicht dein altes Pferd, oder?"

„Leider nicht. Mein mir lange treu dienendes Pferd ist in der Wurst." Kindig sprach mit Ironie in der Stimme, wirkte aber gleichzeitig betreten und hob in bedauernder Geste beide Hände in die Höhe. Er wollte nicht über den Verlust seines Pferdes sprechen.

Theodor wusste, dass Menschen, deren Pferde zu ihrem Broterwerb beitrugen, im Laufe der Zeit eine besondere Verbindung zu ihren Tieren bekamen, so dass sie über deren Verlust nur schwer hinwegkamen. Er zog es deshalb vor, nicht weiter nachzufragen, und klopfte stattdessen dem Klepper beruhigend auf den Hals. „Bist ein ganz braver. Bekommst gleich das Fell gebürstet und kriegst eine extra Portion Hafer."

„Da kommen sie schon." Kindig deutete auf eine Menschengruppe, die sich langsam näherte.

Viktoria und ihre sechs Kinder begrüßten den Juden freundlich, als sie vor dem Wirtshaus angekommen waren. Der Kaufmann Kindig grüßte freundlich zurück, wobei er es sich nicht nehmen ließ, der Frau des Hauses die Hand zu reichen und einen Handkuss anzudeuten.

„Viktoria, versorge das Pferd unseres Gastes, aber hurtig! Es ist durchgeschwitzt von der Reise. Und gebe ihm eine extra Portion Hafer", wies der Wirt seine Tochter befehlend an. „Das Pferd wird ihn gewiss brauchen können", ergänzte der Wirt und lächelte den Juden wissend an.

Kindig sah das enttäuschte Gesicht des kleinen Mädchens. Es hatte, genau wie seine Mutter, die Augen zu schmalen Schlitzen gezogen, nachdem der Wirt seine Anweisung gegeben hatte.

Der fahrende Kaufmann spürte, dass die Stimmung in dieser Familie nicht zum Besten stand und hielt es für sinnvoll, das Augenmerk der Mutter mit freundlicher Stimme auf sich zu lenken. „Ich habe einiges mitgebracht, was sicher Ihr Interesse wecken dürfte, Frau Fink."

„Aber Papa, ich wollte zu Josefa und dem Opa Mändle gehen", sagte die kleine Viktoria ungeachtet der Worte des Händlers.

„Kommt nicht in Frage. Ab an die Arbeit!" Theodors Stimme ließ keinen Zweifel daran aufkommen, dass sein Wort unumstößlich war und Widerstand geahndet werden würde.

„Darf ich denn danach?"

„Wir werden sehen. Heute ist Sonntag, da gibt es sicherlich noch genug zu tun."

Viktoria ging, innerlich traurig und mit unterdrückter Wut im Bauch, auf das Pferd zu und streichelte es an seinem Hals. Sie würde ihren Ärger niemals an diesem unschuldigen Wesen auslassen. Ganz im Gegenteil, Pferde schenkten ihr zuweilen den Trost, den sie eigentlich so sehr von Menschenhand benötigt hätte.

Die kleine Viktoria spannte das Tier aus und lenkte es am Zügel haltend in Richtung Stall. Sie beobachtete, wie der Jude ihrer Mutter Geschirr präsentierte.

„Wie heißt das Pferd eigentlich?", rief die kleine Viktoria zu den beiden hinüber.

„Caspar!", rief Kindig freundlich und fügte hinzu: „Er ist ein ganz Lieber."

„Du bist also einer der *Heiligen Drei Könige*", flüsterte Viktoria dem Pferd zu und verschwand mit Caspar im Stall.

Viktoria würde sich nun viel Zeit mit dem Tier lassen. Sie hoffte, dass sie so der scheinbar nie enden wollenden Arbeit und der lauten Atmosphäre in der Gastwirtschaft entfliehen könnte. Lärm konnte Viktoria kaum ertragen.

Samstag, 24. März 1894

Die ganze Woche hatte Fidelius sich nicht bei Josefa gemeldet. Sie machte sich Sorgen und dachte, er könnte vielleicht krank sein. Oder war sie doch zu weit gegangen? Hätte sie ihn vielleicht doch nicht drängen dürfen, seinen Eltern endlich von ihrer Beziehung zu erzählen. Vielleicht hatte er nicht die Courage, es ihnen zu sagen, und nun traute er sich nicht mehr zu ihr. Oder hatte er sich etwa doch getraut? Bestimmt sind seine Eltern wenig begeistert oder gar verärgert, so dass sie ihren Fidelius nicht mehr zu ihr ließen. Wie auch immer, sie wusste, dass Fidelius sich bei zu großem Widerstand aller Wahrscheinlichkeit nach nicht durchsetzen konnte. Zum ersten Mal kam ein zaghafter Zweifel in ihr auf, ob die Liebe, die beide füreinander empfanden, die Hürden, die das Leben immer wieder stellte, überwinden würde.

Josefa verwarf ihren Zweifel schnell als Hirngespinst, während sie durch das kleine Küchenfenster blickte und ihre Cousine Viktoria auf das Haus zukommen sah. Ihr fiel ein, dass auch Viktoria die letzte Woche nicht, wie sonst üblich, beinahe täglich bei ihr vorbeigeschaut hatte. Plötzlich überkam sie ein Gefühl von Einsamkeit. Zwar war sie nicht allein in diesem Haus, aber von einer geistigen Anwesenheit ihres Großvaters war schon lange nichts mehr zu spüren. Er reagierte von Tag zu Tag weniger auf ihre Ansprache. Ihr Kontakt zu ihm bestand hauptsächlich darin, ihm das Essen zu verabreichen und seinen Schmutz zu beseitigen. Manchmal ertappte sie sich bei dem stillen Wunsch, dass Gott Erbarmen mit ihrem Großvater haben möge – in gewisser Weise auch mit ihr – und ihn aus diesem unwürdigen Dasein erlösen würde. Hinterher schämte sie sich für ihre Gedanken, da sie sicher nicht gottgefällig waren.

Noch bevor Viktoria angekommen war, öffnete Josefa die Haustür. Weil die Abendsonne Josefa blendete, hielt sie sich schützend die flache Hand an ihre Stirn. Den ganzen Tag über war es ungewöhnlich mild gewesen und Josefa spürte auch jetzt, da die abendliche Sonne schon fast den Horizont erreicht hatte, noch den warmen Wind.

„Viktoria!" Josefa streckte ihr beide Hände zur Umarmung entgegen, obwohl dies eine eher ungewöhnliche Geste in der Familie Fink war. Freude schien in dieser Familie kein Anlass zu sein, um sich in die Arme zu schließen. Es schien so, dass kein Erwachsener ein Bedürfnis nach Nähe verspürte. Für die nachkommenden Kinder gab es in der Familie kein Vorbild, welches die anerzogene Distanz auch nur ansatzweise in Frage stellte. Nähe ließ ein Gefühl von Beklemmung aufkommen, welches es tunlichst zu vermeiden galt. Bei Beerdigungen, da war man sich wiederum einig, da durfte es geschehen. Anders. Ohne Nähe. Abstand bewahrend, trotz Handauflegens. Mit Floskeln wurde versucht Trost zu spenden: „Wird schon wieder. Es war besser so." Josefa war anders. Sie hatte etwas in sich, das ihre Liebe und ihren Optimismus, trotz der für sie widrigsten Umstände, immer wieder Oberhand gewinnen ließ. Josefa war sich bisher nicht bewusst, dass auch ihre Mutter diese Stärke hatte. Sie war eine Mändle.

„Josefa, ich freue mich so!" Viktoria umarmte ihre Cousine und wollte sie, überwältigt von ihren Gefühlen, am liebsten nie mehr loslassen. Eine derartig liebevolle Nähe zu einem Menschen war Viktoria nicht gewohnt. Es war für sie etwas seit langem Vermisstes, und sie konnte die tiefe Sehnsucht, die sie hatte, nicht deuten. Wie sollte sie auch, weiß der Verstand eines Kindes die eigene Sehnsucht doch nur zu deuten, wenn ihm die passenden Gefühle dazu in Wort und Handlung liebevoll vermittelt wurden.

„Ja, worüber denn?"

„Weil ich wieder hier bei dir bin."

Seit einer Woche war Viktoria nicht zu Besuch bei Josefa gewesen. Es wurden ihr immer wieder neue Aufgaben aufgetragen, die sie zum Teil nicht zur Zufriedenheit ihres Vaters ausführen konnte. Sie wurde kritisiert, wenn das Geschirr nicht trocken genug war, der Boden nach seinen Vorstellungen nicht sauber gewischt war oder ein Pferd nicht gut genug von ihr versorgt wurde. Oft musste sie alles noch einmal machen, worüber sie dann traurig und böse zugleich war. Sie fraß den Zorn auf den Vater in sich hinein und verwünschte ihre Mutter, wenn sie ihr Verlangen nach einem Gespräch, in dem sie gerne ihre Nöte geschildert hätte, abwies. Abends fiel sie regelmäßig erschöpft ins Bett und weinte sich manchmal leise in den Schlaf.

„Ich freue mich auch, dass du da bist. Ich habe dich vermisst. Wo warst du die letzten Tage?", fragte Josefa, während sie einen Schritt zurücktrat und sich so aus der Umarmung löste.

„Ich musste ganz viel arbeiten. Papa sagte: ‚Du musst das alles jetzt lernen. Bist doch schon so ein großes Mädchen.'" Viktoria äffte ihren Vater in Wort, Gestik und Mimik gekonnt nach.

Josefa lachte, weil sie in ihrer kleinen Cousine den Wirt erkannte. „Und jetzt darfst du eine Pause machen?", fragte sie.

„Papa ist gerade nicht da und Mama ist es egal, wenn ich zu dir gehe."

„Ist es Papa denn nicht recht, wenn du zu mir kommst?"

„Ich weiß nicht. Ich glaube, er will lieber, dass ich mich nützlich mache."

„Was Erwachsene immer für Redewendungen von sich geben", sagte Josefa mehr zu sich selbst. *„Sich nützlich machen!"* Sie war sich dessen bewusst, dass Erwachsene solche Redensarten anwendeten, um ihre Kinder oder Untergebenen zur Arbeit anzutreiben. „Es ist doch auch nützlich, wenn man die Sonne genießt oder zur Schule geht und etwas Anständiges lernt", fügte Josefa hinzu und dachte an Anne. Sie gönnte sich doch auch Lebensfreude und schöpfte daraus die Kraft, einer anspruchsvollen Arbeit nachzugehen. Es wäre ein Traum, wenn auch sie irgendwann in die Welt hinausgehen könnte, um einem Dasein aus körperschindender Arbeit und Bildungsarmut entfliehen zu können.

Josefa schaute Viktoria an und dachte, dass auch ihr ein Leben in Glöttweng oder Umgebung bevorstand, wenn sie keine eigenen, neuen Wege gehen würde.

„Irgendwann gehe ich nach Berlin und besuche Anne." Josefa dachte an Annes Einladung. In einem zweiten Brief schrieb ihr Anne, dass sie sich auch über einen späteren Besuch von ihr freuen würde.

„Wer ist Anne?", fragte Viktoria. „Und wo ist Berlin?"

„Anne ist die Hebamme, die geholfen hat, dich auf die Welt zu bringen."

„Hat mich denn nicht der Storch gebracht?", fragte Viktoria zweifelnd. Sie ahnte schon seit geraumer Zeit, dass dies nicht der Wahrheit entsprach, konnte aber bisher mit niemandem ernsthaft darüber sprechen.

„Davon weiß ich nicht sehr viel", antwortete Josefa und wich Viktorias Frage aus. „Auf jeden Fall wohnt Anne in Berlin. Das ist eine riesengroße Stadt, wo der Kaiser von Deutschland in seinem Schloss wohnt."

„Da möchte ich auch mal hin", freute sich Viktoria. Sie stellte sich einen Mann vor, der den ganzen Tag eine Krone trug und einen schimmernden Mantel anhatte. Sein Schloss bestand aus lauter funkelnden Edelsteinen und goldenen Dächern.

„Wenn du groß bist und eine Reise machen möchtest, solltest du dir diesen Traum erfüllen", sagte Josefa, um nicht nur Viktoria, sondern auch sich selbst Mut für eine spätere Reise zu machen.

„Au, das wird fein."

„Und bis es so weit ist, gehen wir rein und malen ein Bild. Was hältst du davon?"

„Au ja!" Viktoria liebte es, mit den Kohlestiften von Josefa zu malen. „Ich male das Schloss von Berlin."

Es begann schon zu dämmern, als es an der Tür klopfte.

„Bleib ruhig sitzen und male dein Bild weiter", sagte Josefa zu Viktoria. „Ich gehe und mache die Tür auf." Im Stillen hoffte sie, dass Fidelius kommen und sie aus der quälenden Ungewissheit befreien würde.

Als Josefa die Tür geöffnet hatte, stand der Wirt vor ihr. Ohne einen Gruß drängelte er sich zur Tür hinein und fragte: „Ist die Viktoria hier?"

„Ja, Viktoria ist in der Küche. Sie malt ein Bild." Josefa war über das rabiate Auftreten ihres Onkels überrascht.

Der Wirt ging wortlos in die Küche und schaute auf das Bild seiner Tochter. Viktoria hatte das Schloss des Kaisers gemalt, wie sie es sich vorstellte. Es hatte Fenster, die von Edelsteinen umrahmt waren und deren Scheiben in Viktorias Phantasie aus Zucker sein sollten. Die Dächer waren aus Gold und aus den Schornsteinen quollen Rauchschwaden, die in ihrer Phantasie nach frisch gebackenem Kuchen rochen.

„Schau Papa, ich habe das Schloss des ..."

„Habe ich dir und Genoveva nicht aufgetragen, das Klosett sauber zu machen?"

„Das haben wir gemacht." Viktoria erinnerte sich unwillkürlich an den Gestank des Holzeimers. Ihre Schwester Genoveva hatte ihr den Eimer in die Hand gedrückt, damit sie ihn auf dem Misthaufen ausleeren konnte. Dafür hatte Genoveva den Sitz des Klosetts mit grüner Seife und Wasser gereinigt.

„Jetzt ist es aber dreckig. Sieh zu ...", drohte der Vater mit erhobener Hand, „... dass du dich am Klosett nützlich machst und an die Arbeit gehst, damit du das Abendessen wert bist."

Viktoria stand ruckartig auf und ging eiligen Schrittes an ihrem Vater vorbei, um die geforderte Arbeit anzugehen.

Zurück blieb das von Kinderhand gemalte Märchenschloss.

Kapitel 19

Montag, 07. Mai 1894

Versunken in Gedanken ließ Viktoria den Farbpinsel auf und ab gleiten. Die Hauswand zum Innenhof hatte einen Anstrich nötig gehabt. Alle, die das Plumpsklo aufsuchten, ob Gäste oder Familienmitglieder, mussten an dieser Wand vorbei und schauten auf die gestern noch abblätternde Farbe, bevor sie hinter der Holztür verschwanden, um ihr Geheimstes zu verrichten.

Viktoria beobachtete, wie die weißen Streifen, die die Borsten des Pinsels hinterließen, zu einer glatten Fläche verschmolzen.

Nachdem sie den Pinsel in den Farbeimer gestippt hatte, strich sie ihn sorgfältig am Rand ab, damit keine kostbare Farbe daneben laufen konnte. So hatte es ihr der Vater beigebracht. Der Vater war es auch, der ihr ein Schälchen mit Pflaumenmus versprochen hatte, wenn sie diese Arbeit anständig abliefern würde. Viktoria war sich ihrer Belohnung ziemlich sicher. Was sollte passieren? Diese Arbeit bereitete Viktoria Freude und sie glaubte, sogar Geschick dafür zu haben. Zudem kam ihr der Umstand gelegen, dass sie das Streichen allein durchführen konnte.

Sie war gern allein. Allein fühlte sie sich sicher vor dem Spott ihrer älteren Brüder, deren besserwisserischem Gehabe und den zuweilen verletzenden

Worten. Außerdem schwieg Viktoria gerne und gab sich ihren Gedanken hin. Verletzende Worte empfand sie oft wie Pfeile, die eingesetzt wurden, um ein Ziel im ungleichen Kampf zu gewinnen. Worte waren ihr nur angenehm, wenn sie von Josefa ausgesprochen wurden oder wenn der Vater sie, so wie heute Morgen, in eine mit Hoffnung geschnürte Verpackung steckte.

Der Vater hatte seine Tochter heute Morgen für ihre Tüchtigkeit der letzten Wochen gelobt. Darauf war Viktoria sehr stolz und sie zeigte sich deshalb umso williger, die vom Wirt aufgetragene Arbeit sorgfältig zu erledigen. Manchmal musste sie noch einen Spachtel nehmen, um Reste der alten Farbe zu entfernen. Ihr Bruder Georg war gestern der Anweisung des Vaters etwas widerwillig nachgekommen und hatte die alte Farbe von der Wand gespachtelt. Dabei hatte er einige Stellen übersehen, stellte Viktoria in dem Moment fest, als der Vater schnellen Schrittes über den Hof lief und im stillen Örtchen verschwand.

Das Örtchen war nun nicht mehr still, bemerkte Viktoria und zog es unter diesen Umständen vor, sich in der Wirtsstube eine Erfrischung zu gönnen.

Gerade als Viktoria im Haus verschwunden war, kam ihr Bruder Theodor um die Hausecke und blieb vor dem Farbeimer stehen. Er schaute nachdenklich auf den Pinsel und blickte sich anschließend um. Als sein Blick auf den Brettern des stillen Örtchens haften blieb, veränderte sich sein zuvor noch nichtssagender Blick zu einer schelmenhaften Grimasse. Er nahm den Pinsel, steckte ihn tief in den Farbeimer hinein, zog ihn wieder heraus und ging zum Klohäuschen. Darauf bedacht, sich nicht selbst zu beflecken, hielt Theodor den tropfenden Pinsel in gebührendem Abstand von seinem Körper weg. Er schaute sich nur kurz um, bevor er den Pinsel über das Holz gleiten ließ. Als die Farbkraft des Pinsels nachließ, trat Theodor einen Schritt zurück, schaute sich sein Werk an und grinste.

„Was ist da eigentlich los?", erschallte die hohlklingende Stimme des Wirts.

Erschrocken starrte Theodor auf das, gerade eben noch leer vermutete, Häuschen, während sein grinsendes Gesicht sich zu einer panisch aussehenden Maske verzerrte. Nach wenigen Augenblicken fasste sich der Junge wieder, lief eiligen Schrittes zum Farbeimer, warf den Pinsel ins Gras und verschwand schnell wieder in die Richtung, aus der er gekommen war.

Der Bruder war gerade verschwunden, als Viktoria wieder erschien. Stutzend ging sie zum Farbeimer und hob den Pinsel aus dem Gras. Sie entdeckte die Farbtropfen im Gras, die wie eine Spur zum stillen Örtchen führten, als sich die Tür zum Plumpsklo ruckartig öffnete.

„Was war denn das eben, zum Teufel noch mal. Kann man denn sein Geschäft nicht verrichten, ohne dass jemand um einen herumschwänzelt?", schimpfte der Vater und schaute grimmig zu seiner Tochter hinüber.

Den Pinsel in der Hand starrte sie am Vater vorbei auf das Bild auf dem Holz. Der Vater folgte dem Blick seiner Tochter und brüllte sein Entsetzen hinaus.

„Du versautes Stück! Willst du uns zum Gespött der Leute machen?"

Schreckerstarrt sah Viktoria ihren Vater auf sich zukommen. Näher kommend verdeckte er mit seinem massigen Körper für Viktoria den Blick auf das Bild, welches eindeutig einen erigierten Penis zeigte. Augenblicke später spürte sie, wie die flache Hand des Vaters erst auf ihre rechte, dann auf die linke Wange knallte.

„Das wirst du noch bereuen", sagte der Vater, bevor er im Haus verschwand.

Zurück blieb ein Kind, das eine Welt wahrnahm, in der nichts mehr sicher schien. Ein fassungsloses Kind starrte abwechselnd auf den Pinsel in seiner Hand und auf das ihm absurd erscheinende Bild auf dem Häuschen. Das Gemalte wusste es nicht zu deuten. Es hatte dieses *Zeichen* noch niemals zuvor gesehen. Auf seinen roten Bäckchen spürte es Tränen.

Viktoria stand noch so da, als der Vater wieder aus dem Haus kam. Er stellte ihr einen Zinkeimer mit Wasser gefüllt vor die Füße und drückte ihr eine Scheuerbürste in die Hand.

„So. Bis heute Abend ist das sauber", sagte der Wirt ärgerlich und zeigte auf das Bild. „Verstanden?"

„Ja, Papa. – Aber ich habe das da nicht gemalt." Viktoria zeigte hinüber zur Schmiererei.

„Wer denn, der Heilige Geist etwa?"

„Ich weiß es nicht", beteuerte Viktoria. „Als ich aus dem Haus kam, lag der Pinsel ..."

„Den Pinsel hattest du in deiner Hand", unterbrach der Wirt die verzweifelten Worte seiner Tochter. „Willst du dich nun auch noch mit Lügen am Herrgott versündigen?"

„Aber, ich ..."

„Schweig still!", unterbrach der Vater erneut, indem er seine Worte brüllte. „Heute Abend holst du dir drei Hiebe bei mir ab."

Viktoria erschrak. Bisher waren zwei Hiebe die Höchststrafe gewesen. Sie schaute das Bild an und fragte sich, was das Gebilde wohl zu bedeuten hatte, wenn die Strafe so hoch sein sollte.

Theodor dachte an die Beteuerungen seiner Tochter, dass sie nichts mit der Schmiererei auf den Brettern des Plumpsklos zu tun gehabt hätte. Er bereute es, dass er eine derart harte Strafe ausgesprochen hatte. Diese jedoch zurückzunehmen, kam für ihn überhaupt nicht in Frage. Es würde womöglich als Schwäche ausgelegt werden, dachte er, während er auf seine Tochter wartete. Mit ihm im Raum befanden sich auch Viktorias Brüder Georg und Theodor. Es war bis zu ihnen hervorgedrungen, dass am Abend noch eine *Maßregelung*, so war die Ausdrucksweise in der Familie Theodor Fink, stattfinden sollte.

„Papa, wofür wird Viktoria eigentlich gemaßregelt?", fragte Theodor, sich ahnungslos stellend.

„Sie hat etwas ganz Schlimmes an die Holzwand des Plumpsklos gemalt", antwortete der Vater.

„Sollte sie das Plumpsklo überhaupt streichen?", fragte Georg.

„Natürlich nicht!", sagte der Wirt schroff.

„Was hat sie denn auf die Wand gemalt?", fragte Theodor.

„Das ist doch jetzt egal", lenkte der Vater ab. „Sie sollte sich auf die Mauer beschränken."

„Hätte sie das Plumpsklo nicht einfach ganz anstreichen können?", fragte Georg.

„Aber das war doch erst im letzten Jahr neu aufgestellt worden", verbesserte Theodor seinen Bruder. „Es ist doch so gut wie neu."

„Das auch", sagte der Vater. „Mir kommt es nur darauf an, was sie darauf gemalt hat."

„Aber was kann denn so schlimm sein, dass sie Hiebe bekommt?", hakte Theodor nach, der das bestimmte Wort unbedingt aus dem Munde seines Vaters hören wollte, um sich innerlich zu amüsieren. Mit Georg hatte er um einen Pfennig gewettet, dass der Vater heute noch das Wort Penis gebrauchen würde. Da sich Georg beim besten Willen nicht vorstellen konnte, dass dem Vater Derartiges passieren würde, stimmte er einer Wette zu.

„Was kann es bloß gewesen sein?", fragte Theodor nochmals, jetzt jedoch mit gespielter Nachdenklichkeit. „Ich glaube, ich kann mir doch etwas vorstellen. Die Viktoria erscheint mir in der letzten Zeit ein wenig versaut."

„Wieso versaut?", wollte der Vater von seinem Sohn wissen.

„Neulich hatte der Hund vom Pfarrer Gumpeller die Töle von Herrn Vogt besprungen. Ich meine, da hatte die Viktoria schon sehr genau hingeschaut", log er.

„Da wird doch der Hund in der Pfanne verrückt", sagte der Wirt mit Erstaunen und wähnte sich umgehend in Sicherheit, dass die Hiebe doch die richtige Maßnahme sein würden. „Und ich habe schon daran gezweifelt, dass sie es gewesen sein könnte, die den Penis auf die Wand gemalt hatte."

Von seiner gerade erworbenen Sicherheit beseelt, bemerkte der Wirt die aussagekräftigen Blicke nicht, die sich die Brüder gegenseitig zuwarfen.

Georg fragte sich, woher sein jüngerer Bruder wohl von einem gemalten Penis gewusst haben mochte. In ihm keimte der Verdacht auf, dass sein Bruder Theodor der wahre Täter sein musste. Wenn er es recht überlegte, dann traute er nur Theodor diesen Unfug zu.

Georg überlegte, ob er seine Vermutung vor dem Vater äußern sollte; sah jedoch aus zweierlei Gründen davon ab. Zum einen hätte er die Wette so oder so verloren und müsste den Pfennig herausgeben, auch wenn er den Bruder verraten würde. Zum anderen könnte er den Pfennig behalten, wenn er die Schwester opfern und den Bruder mit seinem Wissen erpressen würde.

Nach kurzem Abwägen entschied sich Georg für den Pfennig und vertraute darauf, dass die Wunden, die die Hiebe mit der Rute hinterlassen würden, nach wenigen Tagen verheilt wären. Er kannte nur körperliche Wunden; die psychischen waren nicht nur ihm unbekannt.

Theodor schaute seinem Bruder amüsiert ins Gesicht. Er ahnte Georgs Gedankengänge und sah ihm seine soeben gefällte Entscheidung an. Zufrieden nickte Theodor seinem Bruder zu und lehnte sich zurück. Nun konnte geschehen, was das Schicksal dem gerade eintretenden Mädchen zugedacht hatte.

„Bist du fertig mit deiner Arbeit?", fragte der Wirt.

„Ja, Vater", antwortete das verängstigte Mädchen. Sie schaute in die umliegenden Gesichter.

Georg schaute sie aus weit aufgerissenen Augen an. Viktoria meinte eine Mischung aus Entsetzen und Mitleid darin zu erkennen.

Theodor blickte gelassen zu ihr hinüber. Seine Augen verrieten keine Regung. Nur seine Mundwinkel schienen sich nicht für, aber auch nicht gegen ein Grinsen entscheiden zu können.

Im Gesicht des Vaters erkannte Viktoria eine gewisse Traurigkeit, einen Restzweifel. Sie fragte sich, warum er es trotzdem tun wollte. Noch bevor sie flehen konnte, hörte sie den ruhig gesprochenen, aber auch unmissverständlich befehlenden Satz des Vaters.

„Dann zieh deine Hose runter und beuge dich nach vorne."

Für Viktoria war das Gefühl von Scham größer als die zerstörerische Kraft der Hiebe.

Kapitel 20

Donnerstag, 24. Mai 1894 (Fronleichnam)

Der Fronleichnamszug sollte sich gleich von der Kirche aus in Bewegung setzen. Fast sämtliche Mitglieder der Gemeinde Glöttweng hatten sich eingefunden, um an ihm teilzunehmen. Die Stimmung war ausgelassen, denn viele freuten sich über einen Feiertag, der in diesem Dorf immer Fröhlichkeit und ausgelassene Stimmung mit sich brachte.

Morgens, vor der Prozession, wurde nur das Nötigste gemacht. Die einen hatten die Kühe gemolken oder ähnliche unaufschiebbare Arbeiten erledigt, andere trafen letzte Vorbereitungen für das Zusammensein auf der Dorfwiese. Danach waren alle in großer Erwartung auf den neuen Baldachin, unter dem die Monstranz geführt werden sollte, zur Kirche gezogen.

Als die Glocken endlich läuteten, begannen die Menschen damit, ein Spalier zu bilden, damit der von den Diakonen aus der Kirche getragene Stoffbaldachin an die Spitze des Zuges gebracht werden konnte. Es wurde schon seit Tagen von dem neuen Baldachin gesprochen, der von der Schneiderin Vreni Linder neu gefertigt worden war.

Die Menschen staunten über den samtenen weinroten Stoff, der an den Seiten mit goldglänzenden Fransen verziert war. Sie murmelten anerkennende Worte, bevor der voranschreitende Pfarrer Gumpeller laut zu beten begann und alle mit einstimmten. Bald folgte die gesamte Gemeinde der vom Baldachin beschirmten Monstranz mit dem Allerheiligsten.

Gleich hinter dem Baldachin durfte Vreni gehen, weil sie diesen der Kirche geschenkt hatte, obwohl sie der Dorfgemeinschaft gar nicht mehr angehörte. Auf dem Arm hielt Vreni ihre Tochter Maria. Der Pfarrer erlaubte, dass Josefa neben ihr ging. Josefa und Vreni betrachteten ihren Platz in dem Prozessionszug als große Ehre und waren sehr stolz, weil von jeher eigentlich die Dorfältesten direkt hinter dem Allerheiligsten gingen.

Während der Prozession durfte nur gebetet werden. Vreni lächelte Josefa an, während sie laut betete. Feinfühlig wie sie war, ahnte sie Josefas Schwangerschaft.

Josefa lächelte zurück und irgendwie vermutete sie, dass ihre Freundin etwas wusste. Sie wäre froh gewesen, wenn sie mit ihrem Wissen nicht mehr allein gewesen wäre, zumal Fidelius nichts mehr von sich hören ließ. Sie hatte ihn vorhin noch in der Menschenmenge gesehen und musste feststellen, dass er ihren Blick nicht suchte.

In der Mitte des Trosses ging der Wirt mit seiner Frau und der Kinderschar. Alle hatten sich fein herausgeputzt. Die Kinder freuten sich auf das Essen und die Spiele auf der Dorfwiese. Genoveva und Anna war nicht entgangen, dass ihre Mutter heute schon gelächelt hatte. Das gab ihnen ein Gefühl der Hoffnung und der Freude.

Georg und Theodor freuten sich auf die Raufspiele mit den anderen Jungen des Dorfes.

Der Wirt hatte beim Anblick seiner Frau die Hoffnung geschöpft, heute noch den einen oder anderen Tanz bei ihr einfordern zu können. Schließlich hatten die Männer des Dorfes gestern aus Brettern einen Tanzboden gezimmert und ihn mit einer Brüstung versehen. Von den Frauen wurde das Ganze mit Girlanden und Blumen geschmückt.

Die kleine Viktoria war mächtig stolz darauf, dass ihre Cousine und Vreni ganz vorne gehen durften. Sie wusste, dass sie später mit ihnen zusammentreffen würde. Darauf freute sie sich schon den ganzen Vormittag.

Die Prozession war nun so weit vorangeschritten, dass die Festwiese sichtbar wurde. Tische standen aneinandergereiht. Auf ihnen standen Kuchen, Salate und andere Köstlichkeiten, die mit Tüchern abgedeckt waren. Neben den Tischen hatte der Wirt einen Stand aufgebaut, an dem er und einige Helfer später Bier, Wein, Säfte und andere köstliche Getränke ausschenken würden.

Über einer Feuerstelle würde am Nachmittag ein Spanferkel gebrutzelt werden. Daneben sollten zu den Fleischstücken geröstete Brotkanten gereicht werden.

Viktoria lief beim bloßen Gedanken an all die Köstlichkeiten das Wasser im Munde zusammen. Aber sie freute sich auch auf die vielen Spiele, die jedes Jahr stattfanden. Den Kindern ging es meistens nur um den Spaß am Spiel, während die Erwachsenen beim Pfahlwerfen großen Ehrgeiz entwickelten, um den, mit der Anerkennung des Dorfes verbundenen, Sieg und den außergewöhnlichen Preis in Anspruch nehmen zu können.

Die Prozession war auf dem Dorfplatz angekommen und die Menschenmenge hatte einen Kreis um die Monstranz gebildet, während Pfarrer Gumpeller die letzten Worte seiner Gebete sprach und sie mit einem kräftig gesprochenem „Amen" beendete.

„Liebe Gemeinde", sprach der Pfarrer nun in einem heiteren Tonfall. „Wir können nun, wo wir unseren Herrgott in angemessener Weise gepriesen haben, vom besinnlichen zum, von allen lang erwarteten, ausgelassenen Teil übergehen."

Die Menge jubelte in Anbetracht der freudigen Ankündigung.

„Aber lasst mich vorher noch daran erinnern ...", sprach der Pfarrer mit um Ruhe bittenden Gesten weiter, „... dass bei allen Spielen, egal welche Altersgruppe ihr Können präsentiert, alle Gemeindemitglieder am Rand stehen und die Wetteiferer anfeuern."

Die Menschen klatschten und der Pfarrer musste lauter weitersprechen, damit seine Stimme Gehör fand.

„Lasst uns eine Gasse für die ersten Wetteiferer, die sechs- bis zehnjährigen Kinder bilden, damit sie den Sieger aus dem Wettbewerb im Sackhüpfen ermitteln können."

Schnell war die Gasse gebildet und die ersten acht Kinder versammelten sich mit ihren Säcken in den Händen an der Startlinie. Insgesamt gab es sechzehn Kinder, die aufgrund ihres Alters teilnehmen durften. Nur die ersten drei der beiden Vorläufe kamen in den Endlauf.

In der ersten Gruppe starteten unter anderem Theodor, Viktoria und Maria, die mit ihren sechs Jahren zum ersten Mal teilnehmen durfte.

„Achtung! Fertig! Los!" Die Lehrerin der Dorfschule, Frau Stadler, gab das Startsignal.

Unter der jubelnden Menge trennte sich schnell die Spreu vom Weizen. Vier Kinder, zuvorderst Viktoria, dahinter Theodor und danach die Brüder Rupert und Anton, Söhne des Ackerbauers Krenz, lagen in Führung. Langsam, aber sicher baute Viktoria ihre Führung vor den Buben aus.

Viktoria hatte vorher tüchtig geübt und von Josefa einige Tricks erfahren. Sie raffte den Rand des Sackes und hielt ihn fest unter ihren Armen, damit er nicht zu sehr am Körper schlabberte. Ihre Sprünge waren zwar kürzer als die der anderen Kinder, jedoch gleichmäßiger.

Theodor versuchte alles, um seine Schwester noch einzuholen. Er wollte Viktoria nicht vor sich im Ziel wissen, was angesichts des größer werdenden Abstands jedoch kaum mehr zu verhindern war. So bemühte er sich um Schadensbegrenzung und mobilisierte seine letzten Reserven, um wenigstens vor den näher kommenden Krenz-Brüdern ins Ziel zu kommen.

Plötzlich trat Viktoria auf etwas Hartes, was ihr einen stechenden Schmerz in den Fuß trieb. Sie geriet ins Straucheln und kippte vornüber ins Gras. Als sie sich umschaute, sah sie ihre Konkurrenten näher kommen. Es war also keine Zeit, sich dem Schmerz im Fuß hinzugeben. Beim Aufstehen sah und hörte Viktoria das höhnische Lachen ihres Bruders, der an ihr vorbeizog. Auch Rupert und Anton hüpften an Viktoria vorbei, schenkten ihr aber keine Beachtung. Nun lag Viktoria ganz knapp hinter Anton, der jetzt jedoch an Tempo zuzulegen schien. Es waren nur noch wenige Schritte bis zum Ziel, als auch Anton hinfiel und Viktoria gerade eben noch als Dritte erschöpft ins Ziel fiel.

Als Viktoria aufschaute, blickte sie in das Gesicht ihres Bruders. „Habe ich dir doch gleich gesagt, dass du keine Chance gegen mich hast", sagte dieser selbstzufrieden.

Nun spürte Viktoria eine Hand sanft auf ihrem Rücken liegen. „Hast du dir wehgetan?", fragte ihre besorgte Mutter.

„Mama!", sagte Viktoria, bemüht nicht zu jammern. „Es tut so weh!"

„Wo tut es dir weh?"

„Am Knöchel."

„Was ist denn passiert?", fragte die Wirtin, während sie vorsichtig mit ihrer Hand über den Knöchel ihrer Tochter strich.

Viktoria hatte ihre Mutter seit langem nicht mehr so liebevoll bemüht erlebt.

„Ich bin auf irgendetwas Hartes getreten."

„Zeig mal her." Behutsam legte die Mutter den Fuß in ihre Hand und begutachtete ihn. „Ich denke, dass du vielleicht auf einen Stein getreten bist. Bestimmt wird der Schmerz bald vergehen." Sie streichelte ihrer Tochter durchs Haar.

Nach dem zweiten Wetthüpfen standen die sechs Finalteilnehmer fest und machten sich für den Start bereit.

Viktoria hatte sich von ihrem Sturz erholt und hoffte, dass sie das Finale einigermaßen schmerzfrei überstehen würde. Theodor wollte beim Entscheidungsrennen alles richtig machen und nahm sich vor, bis zum Umfallen zu kämpfen. Rupert hatte nicht besonders viel Ehrgeiz, denn ihm war es einfach nur wichtig, dabei zu sein und einen schönen Tag zu verleben.

Auch Ottilie und Wolf, zwei Kinder des Schuhmachers Auhuber, nahmen am Endlauf teil. Ottilie war bald zehn Jahre alt und wollte unbedingt das schnellste Mädchen sein. Wolf war neun Jahre alt und nahm von vornherein an, dass nur ein Junge der Sieger werden konnte.

Adelheid, die sechste im Bunde, war ein schüchternes Mädchen und rechnete sich kaum Chancen aus. Sie war die Tochter eines Melkers, hatte rote Haare und wurde wegen ihrer Sommersprossen oft gehänselt. Sie freute sich, den ersten Lauf als Dritte gut überstanden zu haben, und hatte ihrer Meinung nach jetzt nichts mehr zu verlieren.

Nachdem Frau Stadler das Startkommando gab, hüpften alle sechs Kinder eilig los. Zunächst lagen die Kinder gleichauf. Die Menge jubelte und feuerte ihre Favoriten an. Viktoria hörte die Stimmen von Josefa und Vreni, die sie an der Seite stehend anfeuerten. Ihre Mutter rief abwechselt ihren und den Namen ihres Bruders.

Theodor setzte sich nach geraumer Zeit ab und übernahm die Führung. Nach der Hälfte der Strecke fiel er jedoch hin und rollte auf Viktorias Bahn, die über ihn stolperte. Schnell erhob sie sich wieder und hüpfte nun hinter Adelheid und Rupert an die dritte Position.

Als Theodor zur Seite blickte, erkannte er, dass auch Ottilie und Wolf gestürzt waren und sich gerade aufrichteten. Schnell hüpfte er weiter, um noch eine Siegeschance zu haben. Er blickte auf den Rücken von Viktoria und wunderte sich über ihre Schnelligkeit. Nun keimte in ihm die Hoffnung auf, dass seine Schwester einen erneuten Sturz haben würde, da er sich sonst geschlagen geben müsste.

Viktoria zog an Rupert vorbei und fand sich kurz vor dem Ziel neben Adelheid wieder, die ihr Glück, ganz vorne mitlaufen zu können, kaum fassen konnte.

Während sie hüpfte und sich gleichzeitig an Adelheids schüchternen und ganz bestimmt guten Charakter erinnerte, beschloss Viktoria zugleich mit ihr ins Ziel zu kommen. Als die beiden Mädchen tatsächlich zusammen über die Ziellinie hüpften, jubelten sie Arm in Arm über ihren Sieg, während die Menge lautstark Beifall klatschte.

Als Dritte kamen auch Rupert und Wolf gemeinsam über die Ziellinie. Sie freuten sich, die schnellsten Jungen gewesen zu sein.

Fluchend kam Theodor über die Ziellinie gehüpft, schlüpfte aus dem Sack, warf ihn achtlos hinter sich und entfernte sich mit schnellen Schritten. Er konnte es nicht ertragen, dass das Glück heute anderen Kindern hold war.

Es wurden schon verschiedene Spiele durchgeführt, als endlich das lang erwartete Pfahlwerfen begann. Die teilnehmenden Männer ab achtzehn Jahren standen bereit, um ihre Kräfte demonstrieren zu können. Da jeder Teilnehmer nur einen Versuch hatte, musste dieser mit Konzentration und Entschlossenheit durchgeführt werden. Der Sieger konnte sich der Bewunderung des Dorfes sicher sein und durfte nach dem Wettbewerb eine Frau seiner Wahl küssen. Deshalb war es auch für manche Frau ein Risiko, diesem Spiel zuzusehen.

Denn ein ungeschriebenes Gesetz besagte, dass keine Zuschauerin sich des Siegers Belohnung widersetzen durfte.

Den Anfang machte immer der älteste Teilnehmer. Der Melker Gregor Karg war ein kleiner, aber kräftiger Mann mit Händen, die an die Pranken eines Bären erinnerten. Er hielt den Pfahl senkrecht, so dass das Gewicht auf der Handinnenfläche seiner rechten Hand lag. Mit der linken Hand hielt er den Pfahl im Gleichgewicht. Er machte mehrere Schritte Anlauf bis zur weißen Markierung, stoppte rechtzeitig und stieß das Holz mit einem lauten Schrei von sich. Der Pfahl flog weit durch die Luft, bohrte sich mit einem seiner Enden ins Gras und kippte vornüber. Die Menge jubelte über die vorgelegte Weite.

„Das war aber weit, oder?", fragte Adelheid, die sichtlich stolz auf den Wurf ihres Vaters war.

„Das glaube ich auch." Viktoria hielt die Hand ihrer neuen Freundin.

„Ich glaube, jetzt kommt dein Vater dran."

Theodor holte sich den Pfahl, nachdem der Pfarrer eine weiße Fahne an die Stelle in das Gras gepflockt hatte, wo der Pfahl gelandet war. Da Theodor im letzten Jahr gewonnen hatte, waren die Dorfbewohner besonders gespannt.

Auch seine Frau Viktoria stand am Rand und war neugierig, was der Wurf ihres Mannes ergeben würde. Letztes Jahr ließ sie der Sieg ihres Mannes unbeeindruckt und sein Kuss fühlte sich unbedeutend an. Sie spürte, dass es dieses Jahr anders sein würde. Sie hoffte auf seinen Sieg und in Gedanken sah sie ihren Mann auf sich zukommen, um sie mit Leidenschaft in den Arm zu nehmen und sie vor allen Anwesenden zu küssen. Es würde ihr und ihrer Liebe guttun. In diesem Moment war sie voller Hoffnung und Zuversicht.

Viktoria sah, wie ihr Mann den Pfahl von sich stieß und hörte gleichzeitig den archaisch anmutenden Schrei. Wie in Zeitlupe sah sie den Pfahl durch die Luft fliegen und hörte das dumpfe Geräusch des Aufpralls, den der Stamm hinterließ. Es war ungefähr die Stelle, an der der Pfahl des Melkers niedergegangen war.

Der Pfarrer ging gemächlich zu der Stelle, an der das Wurfgeschoss nun ruhte.

„Ganz knapp hinter Georg Karg", rief der Pfarrer und es ließ sich keine Parteilichkeit in seiner Stimme vernehmen.

Nun folgten andere Männer, die ihre Pfähle jedoch nie so weit werfen konnten, dass sie an den Pfahl des Melkers heranreichten. Die Menschenmenge wurde ruhiger und stellte sich schon in gespannter Erwartung auf die beiden letzten, zugleich jüngsten Teilnehmer, ein, als eine grollende Männerstimme ertönte.

„Jetzt bin ich wohl an der Reihe."

Augenblicklich verstummte die Menge nun vollends und blickte in die Richtung, aus der sie die Stimme vernommen hatten. Auch Fidelius, der sich gerade zum Wurf bereit machen wollte und der Jüngste im Wettbewerb, Martin Salger, der Sohn des Bauern Gottfried Salger, drehten sich verblüfft um.

Aus dem Knick hinter ihnen kam der Bauer Johann Salger, den ganz sicher niemand der Anwesenden hier und heute erwartet hätte.

„Warum so stumm? Der gute Bauer Johann Salger ist wieder da. Wollt ihr ihn denn nicht willkommen heißen?", sagte Johann Salger und ließ sein polterndes Lachen erschallen. Belustigt schaute er in die stumm gewordene Menge.

Es war der Pfarrer, der seine Fassung als Erster wiederfand und dem kühlen Blick des Ankömmlings standhalten konnte. „Wenn Sie Ihre gerechte Strafe verbüßt haben und von Amts wegen die Freiheit genießen dürfen, so werde ich Sie wieder in unsere Herde aufnehmen und Sie dürfen dann natürlich den Pfahl werfen."

„Meine Entlassungspapiere." Johann Salger zog einen zerknitterten Zettel aus seiner Brusttasche und reichte diesen dem Pfarrer, der sich den Text durchlas.

„Willkommen zurück, Herr Salger", sagte der Pfarrer. „Sie sind an der Reihe", stellte er fest.

Während Bauer Salger Anlauf nahm, konnte man seine Frau und seine drei Kinder den Hügel hinab in Richtung ihres Hofes laufen sehen.

Entsetzt schrien die weiblichen Dorfbewohner auf, als sie sahen, dass der Pfahlwurf des Bauern die Weite des bisher Führenden übertraf. Manche der ansonsten hartgesottenen Männer raunten, sahen ihre Frauen erschrocken an oder nahmen sie schützend in den Arm. Die Vorstellung, dass der aus der Haft entlassene Bauer ihre Frauen küssen würde, schien die Männer wieder an deren Wert zu erinnern, der im Alltag oft unbeachtet blieb.

Josefa guckte hinüber zu Fidelius, der sich den Pfahl genommen hatte und zu seiner Startposition ging. Sie wünschte sich sehnlichst, dass der Vater ihrer Leibesfrucht gewinnen und sich mit einem Kuss zu ihr bekennen würde. Aber angesichts der Weite, die er werfen müsste, konnte sie sich nicht vorstellen, dass ihr Traum heute in Erfüllung gehen würde.

Fidelius lief an und behielt die Stelle mit der weißen Fahne im Auge. Er musste es einfach schaffen. So konnte er seiner Josefa am Ende doch noch zeigen, wie sehr er sie lieb hatte, ohne dass seine Familie den rechtmäßig erworbenen Kuss rügen durfte. Mit aller Kraft stemmte er den Pfahl in die Richtung, in der die weiße Fahne lockend wehte, und wollte seinen Augen kaum trauen, als er mit halber Stablänge hinter der Bestmarke zum Liegen kam.

Der Jubel über die Leistung des Außenseiters war riesig. Josefa hüpfte vor Freude und klatschte sich immer wieder in die Hände. Als sich ihr Blick mit dem von Fidelius traf, konnte sie sein Augenzwinkern deutlich erkennen. Josefas Herz pochte und die Vorfreude auf den sicher geglaubten Kuss war groß.

Als letzter Teilnehmer holte sich Martin Salger den Pfahl. Martin war der Sohn von Bauer Gottfried Salger und der Neffe von Bauer Johann Salger. Niemand sah die verliebten Blicke, die Martin und Genoveva seit Beginn des Wettbewerbs austauschten. Sie trafen sich seit kurzem heimlich und begannen zaghaft damit, eine zärtliche Liebe zum Blühen zu bringen.

Auch Johann und Gottfried Salger blickten einander an. Ihre Blicke verrieten die Feindschaft, die von Kindesbeinen an zwischen ihnen stand. Ihre Charaktere waren so unterschiedlich, wie sie unterschiedlicher kaum sein konnten. Gottfried war zurückhaltend und verabscheute körperliche Gewalt, während sein Bruder den Ruf eines Raubeins besaß, der schon als Kind Angst und Schrecken bei den Gleichaltrigen verbreitet hatte. Während Gottfried mit seinen Tieren pfleglich umging, erlebten die Dorfbewohner bei Johann Salger das Gegenteil. Sein Verhalten gegenüber seinem Vieh konnte man als Tierschinderei bezeichnen. Die Brüder waren seit Jahren zerstritten. Als der Bruder ins Gefängnis gekommen war, bot Gottfried seiner Schwägerin jedoch Hilfe auf dem Hof an, die diese auch annahm. Doch nun, das wusste Gottfried, würde dieses Kapitel Geschichte sein.

Gottfried sah seinen Sohn an, dessen Blick zu Genoveva ging. Er ahnte seit einiger Zeit, dass sein Sohn verliebt war, und gönnte es ihm von Herzen.

Martin startete und lief mit kraftvollen Schritten auf den Abwurfpunkt zu. Genoveva hielt sich die Hände an den Mund und hörte die Anfeuerungsrufe.

„Bitte, lieber Gott, lass Martin gewinnen", betete Genoveva.

Ohne einen Laut von sich zu geben, stemmte Martin den Pfahl von sich und alle Anwesenden schauten dem Holzstab staunend hinterher. Wie ein Geschoss bahnte er sich seinen Weg durch die Luft, bohrte sich mit einem seiner Enden knapp hinter der weißen Fahne in den Boden und fiel anschließend, wie in Zeitlupe, um. Der Sieger war ermittelt.

Martin streckte die Hände hoch und freute sich unter dem Jubel der Menge. Er war der Sieger des heutigen Tages. Der Pfarrer kam auf ihn zu und nahm seine Hand.

„Wir haben einen Gewinner in diesem Wettbewerb", sagte der Pfarrer zu der sich langsam beruhigenden Menge. Wie die Gewinner der anderen Wettbewerbe, bekam auch Martin einen geflochtenen Siegeskranz umgelegt.

Der Pfarrer klatschte Beifall und die Menge tat es ihm gleich. Nur Josefa stand wie gelähmt am Rand und konnte die Wendung zu ihren Ungunsten kaum fassen. Enttäuscht ging sie zu ihrem Stand, um dort nach dem Wettbewerb Kuchen und Weizenkaffee auszuteilen.

„Nun, lieber Martin Salger, dürfen wir auf die Einlösung deines Gewinns gespannt sein", frohlockte der Pfarrer, der, wie fast alle anderen Anwesenden auch, gespannt auf des Gewinners Wahl war. Nur Martins Vater ahnte, wer die Auserwählte seines Sohnes sein würde.

Langsam ging Martin auf die am Rand stehenden Frauen zu. Einige der jungen Mädchen dachten, dass sie vielleicht die Auserwählte sein könnten. Aber als Martin näher herankam, wurde es zur Gewissheit. Er streckte Genoveva die Hand entgegen und sie legte die ihre bereitwillig hinein. Dann zog er sie sanft von der Menge weg zu sich heran. Langsam kamen sich ihre Köpfe näher und ihre Lippen verschmolzen ineinander.

Auf dem Festplatz war es ganz still geworden und für die Liebenden hörte die Welt auf, sich zu drehen.

Am Abend spielte Martin Vogt auf seinem Akkordeon beschwingte Melodien und viele Glöttwenger Paare tanzten dazu ausgelassen auf dem selbstgezimmerten Tanzboden. Das flackernde Licht der farbenprächtigen

Lampions ließ die Gesichter der Tanzenden wie unwirklich erscheinen. Sie drehten sich im Kreise und weithin war das unbeschwerte Lachen dieser Menschen zu hören, die die Sorgen und Nöte des Alltags vergessen wollten.

Viktoria ließ sich von ihrem Mann im Kreise drehend über die Tanzfläche führen. Sie genoss diesen Abend und würde ihn am liebsten für den Rest ihres Lebens festhalten.

„Ich liebe dich", flüsterte Theodor ihr ins Ohr.

„Ich weiß, mein Lieber."

Theodor wartete, dass Viktoria auch ihm ihre Liebe erklären würde. Aber er wartete vergebens. Gerade als er sich beklagen wollte und somit die gute Stimmung zwischen ihm und seiner Frau zunichte gemacht hätte, begann Martin mit den ersten Takten eines schwäbischen Volksliedes, dessen Fröhlichkeit sich umgehend in Theodors verletzlichem Herzen breitmachte. Von einem erneuten Hochgefühl beschwingt, sang Theodor im lautstarken Chor vieler Männerstimmen mit, während er seine Frau im Takt der Musik über die Tanzfläche führte. Dabei betrachtete er sie mit einem Blick, der sie verlegen machte.

Das Lieben bringt große Freude,
das wissen alle Leut;
weiß mir ein schönes Schätzelein
mit zwei schwarzbraunen Äugelein,
|: das mir, das mir, das mir mein Herz erfreut. :|

Theodor sah seine Frau an, die nicht wusste, wohin sie blicken sollte. Immer wieder wich sie seinem Blick aus, um schon bald wieder seine Augen zu suchen. Sie war auf eine nicht unangenehme Art berührt und erfreute sich an der Zuwendung ihres Mannes.

Wenn die nächste Strophe erklingen würde, nahm Theodor sich vor, sein wehklagendes Gefühl in Stimme und Ausdruck zu zeigen.

Sie hat schwarzbraunes Haar
dazu zwei Äugelein klar;

ihr sanfter Blick, ihr Zuckermund
hat mir das Herz im Leib verwundt,
|: hat mir, hat mir, hat mir das Herz verwundt :|

Als Viktoria ihren Mann inbrünstig mitsingen hörte und in seinem Gesicht große Traurigkeit wahrnahm, konnte sie sich seine Qualen der letzten Monate vorstellen, wollte sich aber nicht an diesem schönen Abend auf erneutes Gefühlschaos einlassen. Sie dachte daran, dass ihr Mann noch ein wenig Geduld mit ihr haben musste. Sie zwickte ihn lächelnd am Arm, um ihm liebevoll aufmunternd von seiner Stimmung abzulenken.

Während der dritten Strophe besann sich Theodor und drückte seine Frau noch ein wenig näher an sich heran. Sie schauten sich an und nickten einander flüchtig zu, während die letzte Strophe gesungen wurde.

Mein eigen soll sie sein,
kein'm andre mehr als mein.
so leben wir in Freud und Leid,
bis Gott, der Herr, uns beide scheidt.
|: Ade, ade, ade, mein Schatz, ade! :|[4]

Kapitel 21

Donnerstag, 18. Oktober 1894
Josefa ging durch die abendliche Kälte dieses zur Neige gehenden Herbsttages. Die Nacht davor hatte den ersten Bodenfrost gebracht und der heutige Tag begann mit Regen. Am Nachmittag hörte der Regen auf, aber der Wind nahm jetzt kräftig zu.

Solange Josefa beim Wirt arbeitete, merkte sie die durchdringende Kälte des Tages nicht. Es gab viel zu tun in der Wirtschaft ihres Onkels. Leonhard und Gertraud Kroitsch hatten heute beim Wirt ihre Edelweißhochzeit gefeiert und

---

[4] Schwäbische Volksweise aus dem 19. Jahrhundert

dazu eine große Gesellschaft eingeladen. Josefa bediente die Gesellschaft, zu der auch Fidelius gehörte.

Lange hatte Josefa überlegt, ob sie an diesem Tag überhaupt beim Wirt arbeiten sollte, da sie dann unweigerlich auf Fidelius treffen würde. Er, wie auch alle anderen Bewohner des Dorfes, ahnten noch nichts von ihrer Schwangerschaft. Aber vielleicht, so dachte Josefa, könnte sie bei der Gelegenheit dem Vater ihres werdenden Kindes einen Hinweis geben, bevor jemand anderes ihre Schwangerschaft bemerken würde und ihr zuvorkam. Und wie sich herausstellen sollte, konnte sie dem noch unbekümmerten, nichtsahnenden Fidelius das Zeichen geben, als sie vom großen Teller mit unterschiedlichen Fleischstücken servierte.

Josefa trug den Umständen entsprechend ein weites Kleid, das den deutlich größer gewordenen Umfang ihres Bauches nicht erkennen ließ. Bei allen Gästen war Josefa darauf bedacht, ihre Schwangerschaft nicht versehentlich zu verraten. Sie achtete darauf, niemanden mit ihrem Bauch zu berühren, während sie den Gästen das Fleisch auf ihre Teller legte. Ansonsten würde womöglich dieser Jemand die treffenden Rückschlüsse ziehen und ihr Geheimnis käme zum falschen Zeitpunkt ans Tageslicht.

Fidelius bekam als Letzter von Josefa das Stück Fleisch, etwas vom Schwein, serviert. Sie ging mit ihrem Körper so nah an ihn heran, wie es die Schicklichkeit noch erlaubte, beugte sich vor und achtete darauf, dass ihr runder Bauch große Flächen seines Armes und seiner Hand streifte.

Sie erwiderte Fidelius dusselig anmutenden Blick mit einem sanften Lächeln, nachdem er der Wölbung ihres Bauches gewahr wurde.

„Stimmt etwas nicht mit dem Bauch?", fragte Josefa und zeigte mit dem Servierbesteck auf den Teller von Fidelius.

„Äh, doch, doch!", sagte Fidelius schnell. „Es ist nur ..."

„Na, was denn, der Herr?", unterbrach Josefa den immer noch verblüfften Fidelius. „Ist der Herr vielleicht nicht zufrieden?" Josefa tat verwundert.

Fidelius, der die Blicke auf sich gerichtet sah, war sprachlos.

„Es ist doch alles zur vollsten Zufriedenheit?", richtete Josefa das Wort nun keck an alle Gäste.

Die Gäste bekundeten nickend ihre Zustimmung und murmelten Worte wie „*köstlich*", „*ganz wunderbar*" oder „*lecker*".

„Sehen Sie, Herr Kroitsch, es ist alles gut", sagte Josefa zu dem irritierten Fidelius und ging mit dem leeren Servierteller in Richtung Küche.

Beim Gedanken an diese zurückliegende Situation musste Josefa schmunzeln. Sie ging nun etwas schneller, denn zum Wind gesellte sich wieder der Regen. Unter dem Arm trug sie eine Schüssel mit Resten vom Festmahl. Darüber würde sich der Großvater bestimmt freuen, dachte Josefa, während sie die Haustür erreichte.

„Großvater!", rief Josefa, nachdem sie die Tür geöffnet hatte. „Ich bin wieder da."

Josefa erwartete keine Antwort. Ihr Großvater war in den letzten Monaten immer wortkarger geworden. Es erschien ihr manchmal so, als ob der Alte auf das Ende seines Lebens wartete. Nur wenn es etwas Schmackhaftes zum Essen gab, regten sich in ihm die Lebensgeister.

„Ich habe dir gekochte neue Kartoffeln, Erbsen und Möhren mitgebracht. Dazu gibt es ein Stück Braten vom Schwein." Josefa horchte und vernahm die Geräusche, die vom Aufstehen des Alten aus seinem Sessel zeugten. „Setz dich schon mal in die Küche." Josefa stellte die Schüssel ab und zog ihre Schuhe und den Mantel aus. „Ich komme gleich." Sie merkte, wie die Kälte des Fußbodens in ihre Füße und hoch zu den Beinen kroch. Fröstelnd ging Josefa in die Küche und stellte die Schüssel vor dem sitzenden Großvater auf den Tisch.

„Es ist kalt und klamm hier drinnen", sagte die Enkelin zum Großvater.

„Mmh", war der einzige Laut, der über die Lippen des Alten kam, bevor er mit dem Löffel in das Essen stieß.

„Du hast eine ganz rote Nase", stellte Josefa fest. „Und zittern tust du auch."

Josefa überlegte einen Augenblick und kam zu dem Schluss, dass sie heute noch den Ofen anfeuern würde. Eigentlich wollte Josefa nicht vor November heizen, da ansonsten die Holzvorräte nicht bis zum Frühjahr reichen könnten. Aber heute würde sie nicht so schnell ins wärmende Bett kommen, denn es standen noch Handarbeiten wie Strümpfe stopfen, Knöpfe annähen und Hosen und Kleider ausbessern an, die sie noch erledigen wollte. Dabei konnte sie am allerwenigsten kalte Finger und Hände gebrauchen.

„Ich werde gleich den Ofen anfeuern." Josefa zog ihre Schuhe an, öffnete die Haustür, lief um das Haus herum, zog einige Holzscheite aus dem Stapel und rannte geschwind wieder zurück ins Haus.

„So!", sagte Josefa zu sich selbst, als sie mit dem Holz in das Zimmer mit dem Kamin trat. „Gleich wird uns wärmer werden."

Sie legte mehrere Scheite Holz in den Kamin, postierte das kleine Anmachholz und zündete es mit Zündhölzern an. Langsam fing ein kleines Feuer an zu lodern, als der Großvater sich wieder in seinen Sessel setzte.

„Willst du lieber noch auf den Donnerbalken?", fragte Josefa vorsichtshalber, auch wenn dem Großvater in den letzten Tagen kein größeres Malheur passiert war.

„Nein!", sagte der Großvater energisch. „Was fragst du denn so? Bin doch kein kleines Kind."

Josefa vertraute darauf, dass auch heute alles gut werden würde und nahm eine Hose des Großvaters, um einen Riss im Stoff zu nähen.

„Hat es dir denn geschmeckt, Großvater?", fragte Josefa und musste unwillkürlich an Fidelius denken, dem das Essen sicherlich nicht besonders geschmeckt haben dürfte.

„Vorzüglich." Es sollte das letzte Wort im Leben des alten Mändle sein.

„Das freut mich", war die typische Anteilnahme dieser jungen Frau, dessen letzte Freude einem anderen Menschen vorbehalten war und wie so oft in ihrem kurzen Leben nicht sich selbst.

Die Nacht vom 18. auf den 19. Oktober 1894
Fidelius dachte die letzten Stunden mit Verzweiflung an seine Josefa. Erst allmählich, nachdem die feiernde Gesellschaft sich aufgelöst hatte, begriff er, was Josefa in den letzten Monaten durchgemacht haben musste. Schwanger! Von ihm! Und alleingelassen von einem Kerl, der so, wie er sich verhalten hatte, keinen Pfifferling wert war.

Er hatte geglaubt, diese junge Frau irgendwann einmal vergessen zu können. Aber das war ein sich selbst betrügender Irrglaube. Jetzt war seine Verzweiflung einer Entschlossenheit gewichen, die eine nicht gekannte Entschlusskraft in ihm zu Tage kommen ließ.

„Ich werde zu dir stehen", sagte er laut sprechend vor sich hin, während er zur Tür hinausging. „Egal was kommen wird, ich werde zu dir und unserem Kind halten." Ihm war es egal, ob seine Eltern oder seine Großeltern ihn jetzt hören konnten oder nicht. Viel zu sehr nahmen seine Autonomiebestrebungen Gestalt an, als dass er sich jetzt noch aufhalten lassen würde.

„Damit ihr es wisst!", schrie er, als er auf dem Hof ankam. „Ich werde zu Josefa halten!"

Zwei Fensterläden öffneten sich und die Köpfe seiner verdutzten Eltern und Großeltern lugten hinaus.

„Weil ich sie liebe!", schrie Fidelius, drehte sich um und rannte seinem Ziel entgegen.

Das Haus von Josefas Großvater lag im Dunkeln. Mittlerweile war es windstill geworden. Die dichte Bewölkung ließ keinen Mondschein zu. Das Haus wirkte so friedlich, dass Fidelius unweigerlich an den hundertjährigen Schlaf von Dornröschen denken musste. Bei diesem Gedanken ergriff ihn eine unheilvolle Vorahnung. Er hatte keine konkrete Vorstellung davon, wie das Unheil aussehen könnte, aber auf eine merkwürdige Weise ahnte er, dass sein nächtliches Tun keine Früchte tragen würde. Er beruhigte sich damit, dass Josefa schlimmstenfalls nicht im Hause ihres Großvaters übernachtete. ‚Vielleicht in der Kate', dachte er. Aber die ist schon fast unbewohnbar geworden, erinnerte er sich. ‚Oder bei ihrem Onkel in der Wirtschaft? – Nein, das kann nicht sein', beruhigte er sich. Den Großvater wird sie nicht allein gelassen haben. Josefa musste einfach da sein. Fidelius schob die schlechten Gedanken beiseite. „Es wird alles gut", flüsterte er, um sich selbst Mut zu machen.

Als er an dem kleinen Fenster zu Josefas Kammer angekommen war, schaute er durch die Scheibe hinein. Er konnte in der Dunkelheit des Raumes nichts erkennen. Leise klopfte er an. Nichts regte sich. Er versuchte es mit lauterem Klopfen. Wieder regte sich nichts.

Langsam schlich er um das Haus herum, an der Haustür vorbei, hin zum Fenster des Wohnzimmers. Was er beim ersten Blick durchs Fenster erkannte, war das Glimmen des zur Neige gehenden Kaminfeuers. „Es musste also jemand da sein", sagte er zu sich selbst. Trotzdem wollte sich tief in ihm keine

Erleichterung einstellen. Seine Augen versuchten sich an die Sicht, durch das matte Glas des Fensters, hinein in die Dunkelheit des Zimmers, zu gewöhnen. Angestrengt kniff Fidelius seine Augen zu schmalen Schlitzen zusammen und hielt sich seine Handflächen an die Schläfen. Endlich, als sich seine Augen an das diffuse Licht des Zimmers gewöhnt hatten, erkannte er den Großvater in seinem Sessel sitzend, sein Oberkörper war leicht und sein Kopf war stark nach vorne geneigt. „Wenn der aufwacht, wird ihm sein Nacken ordentlich wehtun", sagte Fidelius leise, schmunzelte ein wenig und suchte mit seinem Blick nach Josefa. Auch Josefa nahm Fidelius in einem Sessel sitzend wahr und er erkannte ein Stück Stoff auf ihrem Schoß. Ihr Kopf war zur Seite geneigt.

Fidelius nahm an, dass beide eingeschlafen sein mussten, und überlegte, wie er Josefa auf sich aufmerksam machen konnte, ohne den Alten zu wecken. Zaghaft klopfte er an die Fensterscheibe.

„Josefa", sagte Fidelius leise. Als nicht passierte, verstärkte er sein Klopfen.

„Josefa!", rief er nun laut. „Josefa, ich bin's, der Fidelius." Aber im Haus regte sich wieder nichts. Nun schlug er in aufkommender Panik mit der Faust zu. Als auch dies nichts nützte, baute sich wieder die böse Ahnung von zuvor in ihm auf. Er schaute sich panisch um und suchte einen Gegenstand, mit dem er das Fenster einschlagen konnte.

Fidelius entdeckte einen Knüppel, hob ihn auf und stieß ihn mit großer Wucht auf den Holzrahmen zwischen die Scheiben. Das Zerbersten von Holz wurde augenblicklich vernehmbar. Unmittelbar darauf flogen die beiden Fensterrahmen nach innen und prallten laut krachend gegen die Innenwände. Obwohl eine Scheibe von der Wucht des Aufpralls klirrend zu Bruch ging, blieben die Rahmen in den Scharnieren hängen.

Ein stickiger Schwall Luft kam Fidelius entgegen, als er durch das geöffnete Fenster klettern wollte. Erst als er die mit Kohlenmonoxid belastete Luft einatmete, trat er einen Schritt zurück und stolperte rückwärts über den Knüppel, den er zuvor achtlos auf den Boden geworfen hatte. Auf dem Boden liegend fing er an zu husten und zu keuchen. Es dauerte eine ganze Weile, bis der Hustenreiz sich gelegt hatte und Fidelius einen erneuten Versuch wagte. Flach atmend stieg er zum Fenster ein, hielt anschließend den Atem an und rannte zur Haustür. Nachdem er diese geöffnet hatte, atmete er die frische Luft der Oktobernacht ein.

Als alle Fenster geöffnet waren, ging er langsam zu dem leblosen Körper der jungen Frau, die er so sehr liebte. Seine schlimmsten Befürchtungen wurden ihm jetzt zur Gewissheit. Er war zu spät gekommen.

Fidelius spürte sein Herz, wie es sein Blut kräftig pumpend durch die Adern presste. Seine Panik wich dem Schmerz der Gewissheit.

Langsam beugte Fidelius sich hinunter und küsste Josefas Wangen, streichelte ihr das Haar. Er nahm die Hose von Josefas Schoß und strich mit seiner Hand über ihren gewölbten Bauch.

Freitag, 19. Oktober 1894

„Das hier ist das Nest, Herr Inspektor", sagte Bezirksschornsteinfeger Wendig. In seiner Stimme war seine Betroffenheit deutlich hörbar.

„Und das hat den Schornstein verstopft?" Unterbäumer verzichtete angesichts der Tragödie darauf den Schornsteinfeger Wendig auf seinen korrekten Titel hinzuweisen.

„So ist es."

Unterbäumer starrte auf die verendete Dohle, die sich im Nest befand. „Kann es sein, dass sich im Schornstein noch andere Dinge befinden, die zusätzlich die Abzugsfähigkeit beeinträchtigen konnten?" Er wollte Fremdverschulden unbedingt ausschließen.

„Ich habe den Schacht gründlich gereinigt und nichts gefunden, außer diesem Nest und diesen Vogel."

„Wann wurde der Schornstein zuletzt von Ihnen gesäubert?"

„Letztes Jahr. Wenn Sie möchten, kann ich Ihnen die Quittung vom letzten Jahr zeigen."

„Danke, Herr Wendig, aber das ist nicht nötig. Ich brauche Sie dann nicht mehr."

Polizeioberinspektor Unterbäumer ging in das Haus. Noch saßen der Großvater und seine Enkelin in den Sesseln. Pastor Gumpeller stand davor und las aus dem Buch Hiob. „Ich war nackt, als Gott mich auf diese Welt schickte …"

Hinter dem Pastor standen Viktoria und ihre Kinder Genoveva, Anna und die kleine Viktoria. Die Mutter der Kinder nahm die Situation mit teilnahmslosem Blick hin. Genoveva und Anna standen die Tränen in den Augen. Sie waren erschüttert über den frühen Tod ihrer Cousine. Den Tod des alten Mannes nahmen sie, den Umständen seines Alters entsprechend, als gottgegeben hin. Die kleine Viktoria schaute Josefa an. Sie stellte sich vor, dass Josefa schlief, gleich aufstehen und sie anlächeln würde. Ihre Gedanken wurden unterbrochen, als sie die Worte des Pfarrers hörte. „Wieso war der Pfarrer nackt, als er auf die Welt kam?", fragte sie sich im Stillen und wagte es nicht, sich die vor ihr stehende Respektperson ohne Kleidung vorzustellen.

„... und ebenso verlasse ich sie nun. Wie Gott mir das Leben schenkte, nimmt er es zurück; ich preise ihn dafür."

Gumpeller bekreuzigte sich und drehte sich zum Polizeioberinspektor um.

„Können wir die beiden Dahingeschiedenen nun angemessen aufbahren?", fragte der Pfarrer.

„Der Fall liegt klar. Ein Fremdverschulden kann ich ausschließen. Somit gibt es für mich hier nichts mehr zu tun. Ich empfehle mich." Unterbäumer reichte dem Geistlichen die Hand. „Grüß Gott, Herr Pfarrer."

„Grüß Gott, mein lieber Unterbäumer."

Pfarrer Gumpeller schaute Viktoria und die Kinder an. Mit nachdenklicher Miene richtete er das Wort an die Mutter. „Sie können die Verstorbenen nun zurechtmachen." Dann stapfte er langsam und nachdenklich zur Tür und schloss sie hinter sich.

„Dann wollen wir mal", sagte Viktoria und gab Anweisungen für die Waschung ihrer Nichte Josefa und ihres Großvaters.

Es war das erste Mal, dass die heranwachsende Viktoria an einer solchen Zeremonie teilnahm.

Abends lag Viktoria im Bett und konnte nicht in den Schlaf finden. Bilder von der Totenwaschung stiegen immer wieder in ihr auf. Sosehr Viktoria sich auch bemühte, an etwas anderes zu denken, diese Bilder wollten sich einfach nicht verdrängen lassen. Sie sah sich, wie sie die Anweisungen der Mutter ausführte, sah, wie sie aus Josefas Küche eine Schüssel mit Wasser holte. Als sie wieder im Wohnzimmer ankam, waren ihre Mutter und die Schwester gerade dabei, ihre Cousine vom Stuhl auf den Wohnzimmertisch zu tragen. Sie hatten Mühe, Josefa aus der sitzenden in die waagerechte Lage zu drücken. Es schien, als würde sich die Tote ein letztes Mal gegen die Bevormundung der Außenwelt wehren.

„Hole Seife und einen Lappen", hörte sie die Mutter sprechen.

Als Viktoria mit dem Geforderten erschien, stand sie wieder vor dem Geschehen und beobachtete, wie ihre Cousine entkleidet wurde. Ein furchtbares Gefühl von unerklärbarer Würdelosigkeit kam in Viktoria auf. Sie wusste, wie schamhaft Josefa im Leben gewesen war. Und nun war da dieser entkleidete Leichnam, der nichts mehr mit der Josefa, die sie kannte, gemein hatte.

Ihre Mutter begann damit, der Toten die Haare zu ordnen. Mit einem Kamm strich sie die Haare glatt, während ihre Schwestern den Körper wuschen. Sie sah Genoveva vor sich, die mit einem Lappen sanft und still über den Körper der Toten strich, zunächst einen Arm hob, um ihn zu waschen, und anschließend den anderen anhob. Sie sah Anna, die von Genoveva den Lappen übernahm und ihn schweigend in der Schüssel eintauchte. Anschließend wrang sie ihn aus und strich damit über die Beine von Josefa. Viktoria hatte auf die schwarzgefärbten Fußsohlen von Josefa gestarrt und sich darüber gewundert, dass diese von Anna nicht berücksichtigt wurden.

„So", unterbrach die Mutter das Schweigen. „Ist sie nicht schön, unsere Josefa."

Niemand antwortete. Für einen Moment kehrte die Stille wieder zurück.

Viktoria schaute das Gesicht und die Haare von Josefa an. Die Haare waren stilvoll zu einem Kranz gebunden, der dem wachsbleichen Gesicht etwas Künstliches gab.

Die Mutter maß den Körper der Toten mit kritischem Blick ab und blieb mit entsetztem Gesichtsausdruck am Ende des Tisches stehen.

„Soll die arme Josefa etwa mit schmutzigen Füßen vor unserem Herrgott erscheinen?", schimpfte sie ihre Töchter an.

In ihrem gerade eingetretenen Halbschlaf vermischten sich für Viktoria Traum und Realität miteinander. In ihrem Traum nahm Anne den Lappen aus der Schüssel und drückte ihr diesen in die Hand. „Das musst du jetzt machen", sagte Anna.

„Aber ich trau mich das nicht", antwortete Viktoria.

„Das sind doch nur die Füße. Die tun dir nichts", drängte Anna.

Widerwillig nahm Viktoria den Lappen in die Hand und wusch einen der Füße. Als sie ansetzte, um den zweiten Fuß zu waschen, setzte sich der gerade eben noch leblose Fuß unvermittelt in Bewegung und trat nach ihr. An der Schulter getroffen, schrie Viktoria aus Leibeskräften. In Schockstarre war es ihr unmöglich, vor dem zitternden Fuß zu fliehen.

„Viktoria!"

Viktoria schrie und schlug mit den Händen um sich.

„Viktoria! Ich bin es. Deine Mama."

Viktoria fühlte sich fest angefasst. „Nein! Nein!", schrie sie. „Lass mich frei!"

„Viktoria, deine Mama hat dich lieb."

Langsam fand Viktoria in die Realität zurück. Sie öffnete ihre Augen, die vom Schein des Kerzenlichts geblendet wurden.

„Du hast schlecht geträumt", flüsterte die Mutter. „Es ist alles gut. Ich bin bei dir."

„Mama", schluchzte Viktoria. „Es war ein schrecklich böser Traum."

„Ich weiß."

Eine kurze Zeit schwiegen Mutter und Tochter.

„Du, Mama ...", unterbrach die kleine Viktoria die düstere Ruhe, „... Josefa hatte mir von ihrem Traum erzählt."

„Wovon hatte sie denn geträumt?", fragte die Mutter.

„Josefa hat gesagt, irgendwann geht ihr Traum in Erfüllung und dann wird sie nach Berlin gehen."

„Das hat sie gesagt?"

„Ja, da wohnt eine Frau, ihr Name ist Anne und die kann Kinder auf die Welt bringen."

„Ich kenne diese Anne. Sie hat auch geholfen, dich auf die Welt zu bringen."

Viktoria erinnerte sich an die lange Geburt und ihre Entschlossenheit, diesem neuen Familienmitglied ihren Vornamen zu geben.

„Wo ist Berlin?"

„Ganz weit weg."

„Wie kommt man da hin?"

„Erst muss man die Kutsche nach Augsburg nehmen und dann fährt man weiter mit der Eisenbahn."

„Da will ich später auch hin."

„Aber erst wird geschlafen."

„Bitte, bleibst du heute Nacht bei mir", bettelte Viktoria.

„Ich bleibe, bis du eingeschlafen bist", antwortete die Mutter. Sie wusste nicht, warum sie von der Gewohnheit abwich und bereit war, ihrer Tochter diesbezüglich entgegenzukommen.

Die Mutter legte sich neben ihre Tochter, die bald darauf einschlief. Noch lange blieb die Mutter liegen und behütete den Schlaf ihrer Tochter. Viktoria atmete ruhig, so dass die Mutter von dem weiteren Traum ihres Kindes nichts ahnte.

Viktoria träumte in dieser kurzen Nacht Josefas erloschenen Traum weiter. Während in der Zimmerecke die tickende Standuhr die Minuten und Stunden bis zum Erwachen zählte, fuhr Viktoria in der Eisenbahn dem fernen, unbekannten Berlin entgegen. Sie sah die Dampfwolken aus dem Schornstein der Lokomotive steigen, die in luftiger Höhe wieder verpufften. Sieben kreischende Dohlen begleiteten den Zug, stoben immer wieder hinauf in die Lüfte, um anschließend im eleganten Gleitflug auf die Höhe des fahrenden Zuges abzusinken. Es war, als wollten sie dem Zug etwas entlocken, was sie nur durch ihre Beharrlichkeit zu sich in die Lüfte holen konnten. Würden die Dohlen das Verlangte erhalten, würden sie aufsteigen und ihr lautes Kreischen mit zum Horizont nehmen.

Im hintersten Abteil lag Josefa, aufgebahrt in ihrem schönsten Kleid, den paradiesischen Schlaf der Ewigkeit schlafend, der alle guten Menschen zu ihren Wünschen und Zielen bringen würde. Und Viktoria ist in diesen Zug gestiegen, in der Gewissheit, dass diese Reise ihre Sehnsucht stillen würde. Die Sehnsucht nach der Erfüllung *ihrer* Träume und Wünsche.

Am Ende dieser Reise fuhr der Zug in einen hellerleuchteten Bahnhof. Die Räder quietschten, bevor der Zug ruckartig zum Stehen kam. Viktoria lief zur Tür, die sich von selbst öffnete. Vor der Tür stand die lebende Josefa.

„Welcher Traum soll sich für dich erfüllen?", fragte Josefa.

Nach angestrengter Überlegung antwortete Viktoria: „Ich weiß es doch noch nicht."

„Überlege noch einmal genau!"

„Jetzt weiß ich es!", sagte Viktoria lachend. „Irgendwann will ich weit weg, bis nach Berlin."

Kapitel 22

Freitag, 15. März 1895

„Wer kann uns die wichtigsten Länder im Deutschen Reich und ihre Regierungsform nennen?" Frau Stadler mochte den Heimatkundeunterricht. Hier versuchte sie, den ihr anvertrauten Kindern kritisches Denken näherzubringen. Sie war sich sicher, dass ein starkes Preußen die bis vor kurzem unabhängigen Länder, durch seine Knute, in den Strudel großmannssüchtigen Denkens hineinziehen würde. Die Alten dachten zum größten Teil noch bayerisch und ehrten die lange Tradition ihrer Kurfürsten und Könige, während Frau Stadler bei der jüngeren Bevölkerung, insbesondere jedoch bei den Männern, den Hang zum geeinten, starken Deutschland zu erkennen glaubte. Deshalb sah sie es als ihre Pflicht an, den Kindern in der Schule die Unterschiede zwischen dem aufrüstenden Deutschen Reich und dem Freistaat Bayern, das den deutsch-französischen Krieg, der zur Reichsgründung geführt hatte, ablehnte, näherzubringen.

„Ja, Theodor." Die Lehrerin nahm Theodor als Erstes dran. Sie wollte ihm die Gelegenheit zur Antwort geben, bevor die meisten Länder genannt wurden. So hätte der ansonsten unmotiviert wirkende Schüler ein Erfolgserlebnis und würde sich, so ihre Hoffnung, im weiteren Verlauf konstruktiv beteiligen.

„Bayern", sagte Theodor und lehnte sich erleichtert zurück. Es war das einzige Land, welches ihm einfiel, und er war sich seiner richtigen Antwort gewiss. Er erinnerte sich deutlich daran, wie der Vater darüber klagte, dass ausgerechnet ein so bedeutendes Land wie Bayern jetzt zum Deutschen Reich gehören musste.

„Richtig!", sagte Frau Stadler und schaute sich in der Klasse um. Waren es eben noch die Hälfte der Schülerinnen und Schüler, die sich gemeldet hatten, waren es jetzt nur noch Viktoria und Adelheid, die weitere Länder zu nennen wussten. Die beiden Mädchen saßen in der mittleren Bankreihe. In den Reihen ganz links saßen die älteren Kinder und ganz rechts die Jüngsten. Diese Sitzordnung erwies sich als praktisch, wenn altersentsprechende Aufgaben verteilt wurden. Heute jedoch entschloss sich Frau Stadler für einen Unterrichtsstoff, aus dem jedes Schulkind etwas lernen konnte.

Verwundert schaute sie die Reihen auf der linken Seite an. Selbst die Kinder, die bald ihre Schulpflicht hinter sich haben würden, schauten sie fragend und zum Teil verlegen an.

„Viktoria?"

„Ich glaube, Sachsen ist ein Königreich …", sagte Viktoria verlegen, „… und Bayern auch."

„Das ist richtig und ich finde es gut, dass du uns auch die Regierungsform von Bayern genannt hast."

„Das hätte ich auch gewusst", sagte Theodor laut, der nun von vielen angeschaut wurde.

„Adelheid", sprach Frau Stadler die Freundin von Viktoria an. „Welches Land kannst du uns noch nennen?"

„Mecklenburg-Schwerin ist ein Großherzogtum, glaube ich."

„Auch das ist richtig", sagte die Lehrerin anerkennend.

„Das weiß doch jedes Kind", rief Theodor erneut dazwischen.

Frau Stadler ging über die Bemerkung des Schülers hinweg und sah auf Viktoria, die sich, genau wie Adelheid, noch immer meldete.

„Viktoria?", forderte die Lehrerin die Schülerin zur Antwort auf.

„Nicht schon wieder die!", beschwerte sich Theodor mit einer Mischung aus Neid und Ablehnung in seiner Stimme.

Die Lehrerin ging langsam auf die Bank zu, hinter der Theodor saß. Mit deutlicher Verunsicherung im Blick wartete Theodor auf die unweigerlich folgende Handlung der Lehrerin.

Bei ihrem Schüler angekommen, neigte sie ihren Oberkörper hinunter und schaute ihm ernst in die Augen.

„Wenn du eine weitere Antwort weißt, kannst du dich gerne melden. Ich werde dich dann drannehmen. Ansonsten hörst du auf, den Unterricht zu stören." Sie sah Theodor weiterhin in die Augen. „Möchtest du noch etwas zum Unterricht beitragen?"

Sekunden vergingen. Als mit keiner Antwort mehr zu rechnen war, drehte sich die Lehrerin um und ging zu ihrem Pult zurück.

„Die Länder hätte ich auch gewusst", rief Theodor plötzlich in die Stille des Raumes.

Frau Stadler drehte sich um und schaute den Rufenden an. Sie überlegte sich immer genau, wann sie einen Schüler in die Schranken weisen würde. Meistens, so war ihr bewusst, steckte hinter derartigen Störungen mehr als bloße Boshaftigkeit. „Wenn du etwas sagen möchtest, dann melde dich. Aber überlege vorher genau, was du sagen möchtest. Denn alles, was du im Leben sagst oder tust, kommt irgendwann auf dich zurück."

Theodor sah seine Lehrerin lange nachdenklich an.

„Kann ich deinem Schweigen entnehmen, dass du die bisher genannten Länder doch nicht hättest aufsagen können?"

„Hätte ich, ganz gewiss", sagte Theodor, während er sich mit erhobenem Arm meldete.

„Gut, dann schreibst du sie an die Tafel." Frau Stadler hielt ihm die Kreide hin.

Langsam stand Theodor von seinem Platz auf, ging zur Lehrerin und ließ sich die Kreide in seine Hand legen. An der Tafel angekommen, drückte er die Kreide kräftig auf und schrieb das Wort „Bayern" deutlich für alle auf.

„Bitte auch die Regierungsform", bat Frau Stadler.

Wenig später stand auch „Königreich" an der Tafel.

„Das nächste Land bitte."

Theodor drehte sich langsam zur Lehrerin. „Ich möchte nicht mehr. Darf ich mich setzen?"

„Du darfst dich setzen", sagte die Lehrerin. Es war nicht ihre Art, einen Schüler in seiner Not noch kleiner zu machen, als er ohnehin schon war.

Frau Stadler sah, wie ihr Schüler sich setzte und seinen Blick auf seine jüngere Schwester richtete. Sie meinte etwas wie Neid oder Missgunst in diesem Blick zu erkennen. ‚Er kann es nicht ertragen, wenn seine Schwester mehr weiß als er', dachte die Lehrerin, während sie selbst die genannten Länder an der Tafel ergänzte.

„Adelheid, du hattest dich noch gemeldet."

„Braunschweig, glaube ich."

„Genau, Braunschweig ist ein ...?" Frau Stadler sah, dass Viktoria sich meldete und deutete ihr zu sprechen.

„Ein Herzogtum."

„Genau."

Als sich kein Kind mehr meldete, zählte die Lehrerin alle Länder bis auf eines auf.

„Jetzt fehlt uns aber noch das größte Land im Deutschen Reich. Das Land hat auch einen König und dieser ist auch der deutsche Kaiser."

Beim Stichwort *Kaiser* schnellte Theodors Zeigefinger in die Höhe und Frau Stadler deutete ihm zu sprechen.

„Mein Vater sagt, der Kaiser ist ein Saupreiß."

Ein großer Teil der Klasse lachte und Theodor freute sich über eine ungeahnt erfreuliche Aufmerksamkeit, die ihm vor allem die älteren Schüler entgegenbrachten. Er sah auch die Lehrerin schmunzeln und die unangenehme Situation von vorhin erschien ihm wie Schnee von gestern.

Die Lehrerin freute sich insgeheim über die Herabwürdigung, die dem preußischen Staat und seinem Kaiser durch den Kindermund ihres Schülers zuteilwurde. Der Kaiser, der allen Deutschen weismachen wollte, dass sie zu Großem bestimmt seien und er sie noch herrlichen Tagen entgegenführen würde. Frau Stadler dachte daran, dass dies alles auf Kosten der 1806 gewonnenen bayerischen Souveränität geschah. Sie bedauerte sehr, dass Freiherr Ludwig von der Pfordten, 1864 von König Ludwig II. zum Vorsitzenden des Ministerrates ernannt, den Beitritt Bayerns in das Deutsche Reich nicht verhindern konnte. Von der Pfordten scheiterte mit seiner Triaspolitik, die ein souveränes Bayern als dritte führende deutsche Kraft neben den Großmächten Österreich und Preußen vorgesehen hätte, weil sich Württemberg, Baden und Hessen dagegen widersetzten.

„Und trotzdem ist Wilhelm II. der König von Preußen und zudem der Kaiser aller Deutschen", stellte Frau Stadler die augenblicklichen politischen Verhältnisse klar und bemerkte, dass sich Ottilie Auhuber meldete. Sie fragte sich, ob es jetzt, da sie mit dem Vergleich der politischen und wirtschaftlichen Ausrichtungen zwischen dem Deutschen Reich und dem Königreich Bayern den Unterricht fortsetzen wollte, sinnvoll wäre, die Tochter des Schusters dranzunehmen. Bisher konnte Ottilie den Unterricht nicht allzu oft durch zutreffend platzierte Äußerungen voranbringen. Auf der anderen Seite wollte Annemarie Stadler, dass jedes der ihr anvertrauten Kinder den Mut zum Sprechen mit auf den Lebensweg bekam. Gerade bei den Mädchen sah sie hier großen Nachholbedarf.

„Ottilie, möchtest du etwas zum Thema anmerken?"

„Ja."

„Dann hast du jetzt das Wort."

„Mein Vater sagt, dass wir froh sein können, den Kaiser zu haben."

„Hat dein Vater auch gesagt, warum?"

„Weil wir sonst nur den schwachsinnigen Otto hätten."

Wieder lachten viele Schüler über die Wortwahl eines Kindes, welches nur die Worte seines Vaters wiederholte.

„Ihr seht, es gibt mindestens zwei Meinungen", sagte Frau Stadler, während sie mit beschwichtigenden Handbewegungen für Ruhe sorgte. „Theodor sprach für den König von Bayern und Ottilie sprach für den deutschen Kaiser. Auch wenn sich das, was gesagt wurde, lustig anhört, sind es doch zwei unterschiedliche Aussagen."

So wie Viktoria begriffen viele in diesem Moment, dass man einen Umstand aus unterschiedlichen Blickwinkeln betrachten konnte und unterschiedliche Meinungen dazu geäußert werden konnten. In der Klasse wurde es still und die meisten Gesichter wirkten nachdenklich.

Die Kinder lernten, weil die Lehrerin sie ernst nahm.

„Frau Stadler?", meldete sich Georg zu Wort.

„Ja?"

„Aber wer hat denn nun recht?"

„Lieber Georg ...", sagte Annemarie Stadler nachdenklich, „... meine Antwort wird dich verwundern, aber ich muss euch dennoch sagen: Ich weiß es nicht."

Die Kinder waren verblüfft. Ihre Lehrerin gab zu, etwas nicht zu wissen.

„Wir können jedoch schauen, was Bayern Gutes hat und was für das Deutsche Reich spricht", bezog Frau Stadler die Kinder in ihre Überlegungen ein.

Georg meldete sich erneut und die Lehrerin forderte ihn zum Sprechen auf.

„Wir haben den Luitpold. Mein Vater sagt, der ist schlau und ein verdammt guter Maler."

„Das ist bestimmt richtig, Georg. Und es freut mich sehr, dass du die Malerei unseres Prinzregenten erwähnst."

„Er malt Landschaften und Tiere der Wildnis", sagte Georg begeistert. „Gerne würde auch ich ein Maler sein."

Frau Stadler entging die letzte Bemerkung von Georg nicht, beschloss aber beim Thema zu bleiben. Sie übergab das Wort an Ottilie, die sich eifrig meldete.

„Dafür hat jetzt das Deutsche Reich einen Kanzler, der Bayer ist."

„Auch das ist richtig, Ottilie. Chlodwig zu Hohenlohe-Schillingsfürst kommt aus Bayern und ist nun Reichskanzler und preußischer Ministerpräsident." Die Lehrerin wollte die Schüler nicht überfordern und ließ die ehemalige Position des Prinzen von Ratibor als bayerischen Ministerpräsidenten lieber unerwähnt.

„Und meine Eltern sagen, es ist gut, dass Bayern jetzt zum Deutschen Reich gehört", fügte Ottilie mit dem, offensichtlich von den Eltern übernommenen, Stolz hinzu.

„Und warum ist das gut?", wollte Frau Stadler wissen.

„Preußen ist ein starkes Land und gewinnt seine Kriege. Es kann dann auch uns beschützen", antwortete Ottilie.

„Aha", sagte Frau Stadler, die derartige Worte nachdenklich machten. Sie schaute zu Viktoria, die sich mit erkennbarer Unsicherheit meldete. Ihre Hand hielt sie nur halbhoch und auf ihrer Stirn bildeten sich Falten, die angestrengtes Denken verrieten.

„Viktoria. Was möchtest du uns sagen?"

„Ich möchte etwas fragen."

„Nur zu", sagte die Lehrerin aufmunternd.

„Aber wenn Preußen keinen Krieg führen würde, so bräuchte es uns auch nicht beschützen, oder?"

Frau Stadler war verblüfft. Diese einfache kindliche Logik brachte es auf den Punkt und beinhaltete gleichzeitig kritisches Denken. Frau Stadler war begeistert, wollte sich davon jedoch nichts anmerken lassen. Sie wusste, was Neid und Eifersucht anrichten konnte.

„Das ist eine gute Frage, Viktoria. Die Zeit ist leider um und wir werden morgen im Unterricht über deine Frage sprechen. – Ihr dürft jetzt gehen."

Im Lärm des allgemeinen Aufbruchs fiel Frau Stadler noch etwas ein.

„Georg!", rief sie dem ältesten Sohn der Familie Fink nach, der gerade zur Tür hinauswollte und sich verwundert umdrehte. „Komm doch noch auf ein Wort zu mir."

Der Klassenraum hatte sich schnell geleert und Georg schaute seine Lehrerin fragend an.

„Du sagtest vorhin, dass du gerne ein Maler werden würdest", sagte Frau Stadler und dachte an die Prinzregent-Luitpold-Stiftung zur Förderung der Kunst. Die Lehrerin wusste von Georgs Bildern, die sie, wenn sie ihrem Kunstverständnis trauen durfte, und davon ging sie aus, als durchaus talentiert einstufte. Und sie wusste auch, dass der Prinzregent Stipendien an vielversprechende Talente vergab. „War das nur so dahingesagt oder meinst du es ernst?"

„Es wäre mein größter Wunsch, aber mein Vater sagt, ich soll irgendwann die Gastwirtschaft übernehmen."

„Aha! Soll ich trotzdem mit deinem Vater darüber sprechen?"

„Ich glaube, es hätte sowieso keinen Sinn." Georg dachte daran, wie eingebunden er zuhause war. Wahrscheinlich wartete der Vater schon auf ihn. Genug zu tun gab es jeden Tag. „Aber, vielen Dank."

„Wenn du damit einverstanden bist, würde ich es wenigstens versuchen. Hast du etwas dagegen?"

„Nein", antwortete Georg und war froh, als die Lehrerin ihn aus diesem Gespräch entließ.

Montag, 18. März 1895

Die Wirtsstube war leer und der Wirt stellte nach dem Feudeln die letzten Stühle an die Tische, als Frau Stadler zur Tür hereinkam.

„Grüß Gott, Herr Fink!"

„Ach, die Frau Lehrerin." Der Wirt war überrascht, Frau Stadler zu sehen. „Wer von meinen Bälgern hat etwas ausgefressen?", fragte er lächelnd.

„Niemand, Herr Fink. Haben Sie einen Moment Zeit für mich?"

„Einen Augenblick nur, denn ich erwarte um fünfzehn Uhr Gäste."

„Ich hoffe, es dauert nicht allzu lange."

„Bitte, setzen Sie sich doch", sagte der Wirt und wies der Lehrerin einen Stuhl. Beide setzten sich an die Ecke eines Tisches, so dass sie einander gegenübersaßen.

Frau Stadler spürte den musternden Blick ihres Gegenübers. Sie suchte den Augenkontakt mit ihrem Gesprächspartner, der seinen Blick nach ihrem Geschmack einen Moment zu lange auf ihrer Oberweite verweilen ließ.

„Es geht zunächst um ihren Sohn Georg ...", sagte die Lehrerin energisch, um die Aufmerksamkeit des Theodor Fink in die richtige Bahn zu lenken.

Theodor Fink hob den Blick und schaute der Lehrerin erschrocken in die Augen. „Natürlich", sagte der Ertappte in einem Tonfall, in dem eine Entschuldigung mitschwang.

„... und wenn die Zeit es zulässt, auch um ihre Tochter Viktoria."

„Ich bin ganz Ohr und bereit, mich nicht durch meine Augen ablenken zu lassen", sagte der Wirt schmunzelnd. Er erkannte sich selbst nicht wieder. Es war lange her, dass er Augen für andere Frauen gehabt hatte. Und nun saß da eine Frau vor ihm, die eine Retterin in seiner Not sein könnte. Plötzlich erkannte er, wie sehr er sich nach Geborgenheit sehnte, nach einer Frau mit Brüsten, in die er sich vergraben könnte. In diesem Moment musste er sich zwingen, seine Augen nicht wieder eine Etage tiefer blicken zu lassen.

„Ihr Georg, der malt wunderschöne Bilder", eröffnete die Lehrerin das Gespräch.

„Ja, er malt sehr gerne."

„Ich verstehe zwar nicht sehr viel von Kunst, möchte aber behaupten, dass ihr Sohn überdurchschnittliches Talent hat."

„Das freut mich als Vater natürlich, wenn die Lehrerin extra kommt, um so etwas über meinen Sohn zu sagen." Der Wirt lehnte sich stolz zurück. „Bald wird der Georg aber weniger Zeit haben. Er wird schließlich einmal die Wirtschaft übernehmen. Georg wird jetzt, wo die Schule für ihn bald vorbei ist, noch mehr in der Wirtschaft schaffen müssen."

„Darüber wollte ich gerne mit ihnen sprechen." Frau Stadler überlegte kurz. „Es wäre ein Jammer, wenn Georgs Talent nicht überprüft und bei Eignung gefördert werden würde."

„Von wem sollte das denn überprüft werden?", gab sich der Wirt abwehrend.

Frau Stadler erzählte von der Prinzregent-Luitpold-Stiftung, die nach einer Eignungsprüfung Stipendien vergab.

„So weit kommt es noch, da wird ein Haufen Zeit vergeudet, Geld, auch mein Geld, zum Fenster hinausgeworfen und am Ende steht der Bub mittellos da, weil er seine Kunstwerke nicht an den Mann bringen kann." Bei dem Wort Kunstwerke hob der Wirt den Arm und machte eine abwehrende

Handbewegung und gleichzeitig eine Miene, als hätte er in eine Zitrone gebissen. „Nix da!"

„Natürlich ist es Ihre Entscheidung, Herr Fink. Mir ist es als Lehrerin nur wichtig, dass die mir anvertrauten Kinder einen möglichst guten Bildungsweg einschlagen können."

„Wie viel Bildungsweg, wie Sie es nennen, meine Kinder für ihr Leben brauchen, kann ich sehr wohl selbst entscheiden", sagte der Wirt freundlich, aber bestimmt. „Die Entscheidung lasse ich mir nicht abnehmen", bekräftigte er seine Entschlossenheit. „Der Georg übernimmt später den Gasthof und dafür braucht er das *Gekleckse* nicht."

„Ich möchte Ihnen weiß Gott keine Entscheidungen abnehmen, Herr Fink. Es würde mir schon genügen, wenn Sie meinen Vorschlag einfach überdenken würden."

Der Wirt antwortete nicht, weil er meinte, alles gesagt zu haben, was er dazu zu sagen hatte. Zudem wollte er diese attraktive Frau nicht verprellen, also lächelte er die Lehrerin wortlos an und harrte der Dinge, die da kommen mochten.

Seine Gedanken wollten noch nicht weg von diesem in Stoff gehüllten Traum. Er wusste, dass die Lehrerin noch über seine Tochter sprechen wollte, und genoss den Gedanken, dass die Anwesenheit dieser Frau noch nicht vorüber war. Auch wenn das Ticken der Standuhr mahnend die fortschreitende Zeit in sein Hirn klopfte und es ihm dadurch erschwert wurde, den Termin um drei ganz aus dem Gedächtnis zu verdrängen, wollte er jede Sekunde ihrer Anwesenheit auskosten.

Theodor senkte seinen Blick auf ihre Schuhe. Er vermutete, dass sich in den kleinen Schuhen zierliche Füße verbargen, die er in diesem Moment gerne liebkost hätte. In Gedanken küsste er ihre Fesseln, ließ seine Lippen sich aufwärts unter ihren Rock vortasten, um den Geruch dieser Frau in sich aufnehmen zu können. In diesem Moment gestand sich Theodor Fink ein, dass er diese Frau über Gebühr begehrte, dass sie sogar eine ungeahnte Sehnsucht nach neuen Abenteuern in ihm wachrief. Nach etwas Neuem. Prickelndem.

Der Wirt dachte zurück an das Fronleichnam-Fest. Dort war ihm Frau Stadler zum ersten Mal aufgefallen. Ihr Lächeln, ihre jugendliche Attraktivität, obwohl sie die dreißig schon weit überschritten haben dürfte, der sicherlich unbeabsichtigte Schwung ihrer Hüften, wenn sie sich bewegte, und ihre überaus freundliche Art, mit Kindern zu sprechen, ohne dass sie den Respekt vor ihr verloren. Damals war er so sehr damit beschäftigt gewesen, seine Frau Viktoria wieder zurückzuerobern, sie in das gemeinschaftliche Leben zurückzuholen, dass er bereit war, die Vorzüge dieser attraktiven Lehrerin in den Hintergrund zu drängen. Heute sah er alles mit anderen Augen, weil seine Bemühungen von damals nicht von Erfolg gekrönt gewesen waren. Die Hoffnung von damals, er könne seine Viktoria zurück ins gemeinschaftliche Eheleben holen, zerschlug sich schon bald nach dem Fest. Viktoria wollte keine Zärtlichkeit mehr von ihrem Mann empfangen und war auch nicht mehr bereit, sie ihm zu geben.

„Ich würde jetzt gerne über Ihre Tochter Viktoria mit Ihnen sprechen. Haben Sie dafür noch Zeit?"

Sein Blick lag träumerisch auf ihren Hüften, als Frau Stadler eine Antwort auf ihre Frage erwartete.

„Aber natürlich!", sagte der Wirt schnell und schaute wieder in ihre Augen.

Frau Stadler entging die Geistesabwesenheit des Wirts nicht und sie machte sich über die Ursache ihren eigenen Reim. Sie spürte, dass sie dieses Gespräch zunehmend verunsicherte. Der Gedanke daran, dass ihr Gegenüber sie begehren könnte, machte die Durchführung ihres sich selbst auferlegten Auftrags nicht angenehmer.

„Ihre Tochter ist über alle Maßen intelligent. Viktoria ist gut im Lesen und Schreiben. Ihre Leistungen entsprechen in vielen Fächern denen einer Zwölfjährigen. Sie interpretiert sehr gut und zieht erstaunliche Rückschlüsse aus dem von mir gelehrten Unterrichtsstoff."

„Auch das freut mich sehr. Das muss sie von ihrem Vater haben." Der Wirt lachte und die Lehrerin meinte, eine Spur von Selbstzufriedenheit im Wesen des Wirts zu erkennen. Frau Stadler musterte das Gesicht und die Körperhaltung des Wirts. Sie fragte sich, ob dieser Mann diese Selbstzufriedenheit nur vortäuschte und die Wirklichkeit gänzlich anders aussehen mochte. Etwas Verletzliches kam beim längeren Blick in seine Augen zum Vorschein, etwas Getriebenes, Rastloses, etwas, das Glück hemmt.

„Kinder bringen auch eigene Fähigkeiten mit auf diese Welt", sagte die Lehrerin und merkte, dass ihr Gegenüber über ihre Aussage und deren

Botschaft an ihn nachdachte. Noch ehe er es recht begreifen konnte, sprach die Lehrerin weiter: „Und Viktoria hat ein bemerkenswertes Interesse an der deutschen Geschichte. Auch hier erfasst sie Zusammenhänge und bringt die Klasse mit ihren Ansichten voran."

„Das mit den Zusammenhängen und der Geschichte hat sie sicherlich vom Zuhören in der Familie und in der Wirtschaft. Hier wird viel über Politik gesprochen. Das können Sie sich ja vorstellen." Der Wirt lehnte sich wieder zurück, scheinbar zufrieden. Doch den Gedanken der Lehrerin tat dies keinen Abbruch. Sie ahnte seine Sehnsucht nach Geborgenheit, doch dies zu äußern, war Männern in jener Zeit nicht gestattet. Männer hatten dergleichen Gefühle im Zaum zu halten, sonst wurden sie von ihresgleichen als schwach und verwundbar wahrgenommen. Die Lehrerin hatte es mehrfach erlebt, dass Männer die aufgedeckten Schwächen ihrer Geschlechtsgenossen ausnutzten, um triezend und stichelnd von eigenen Unzulänglichkeiten abzulenken, worauf das Selbstwertgefühl der Betroffenen sich stark minderte.

„Es ist das, was Viktoria von dem Gehörten für sich als wichtig herausfiltert und interpretiert. Sie ist in der Lage, Sinnvolles von Sinnlosem zu trennen und es entsprechend für sich zu verwerten. Das habe ich bei einer Schülerin in ihrem Alter so noch nicht erlebt."

„Wie ist Viktoria im Rechnen?", fragte der Wirt, ohne weiter auf das Gehörte einzugehen.

Frau Stadler war resigniert, weil sie das Gefühl hatte, diesen Mann nicht erreichen zu können. „Rechnen gehört nicht zu Viktorias Stärken."

„Sehen Sie, das ist mir auch schon aufgefallen. Für die Arbeit in der Wirtschaft braucht die Viktoria aber das Einmaleins, ansonsten wird sie später von den Gästen womöglich beschuppst."

„Herr Fink, ich möchte mit Ihnen über Viktoria sprechen, weil sie sehr intelligent ist und ich Ihnen anraten möchte, ihre Tochter möglichst lange zur Schule zu schicken, um sie später einen Beruf erlernen zu lassen."

„Einen Beruf?", sagte der Wirt aufgeplustert. „Dass ich nicht lache!" Theodor Fink beugte sich zur Lehrerin vor und schaute ihr mit eindringlichem Blick in die Augen. So, als wüsste sie es nicht selbst, sagte er: „Sie ist ein Mädchen."

„Na und! Mädchen und Frauen können die Welt verändern."

„Dass ich nicht lache. Von welchen Frauen sprechen Sie denn?"

„Von keiner expliziten, aber ich könnte Ihnen durchaus welche nennen."

„Na, jetzt bin ich aber gespannt."

„Herr Fink, ich möchte nicht in eine grundsätzliche Diskussion mit Ihnen geraten. Mir geht es hier einzig um das Wohl und die Zukunft Ihres talentierten Kindes."

„Sie weiß keine", stellte der Theodor Fink mitleidig lächelnd fest.

„Queen Viktoria!", sagte Frau Stadler schnell.

„Wie Viktoria?" Der Wirt verstand nicht sofort.

„Königin Viktoria von England meine ich."

„Ach die, die hätte den Thron doch gar nicht besteigen dürfen."

„Auch wenn das salische Gesetz des Hauses Hannover Frauen von der Thronfolge ausschließt, sitzt Viktoria von England schon über 60 Jahre auf dem Thron und hat viel für England erreicht – wenn ich richtig informiert bin."

„Trotzdem hätte sie den Thron nicht besteigen dürfen", sagte der Wirt trotzig.

„Mit ihrer Thronbesteigung endete die Personalunion zwischen Hannover und dem Vereinigten Königreich", sagte die Lehrerin nüchtern und bot dem Wirt gleich den nächsten Namen einer weiblichen Persönlichkeit an, um auf ihr eigentliches Anliegen zu sprechen zu kommen. „Helene Lange."

„Wer ist denn das nun wieder?"

„Helene Lange ist eine Lehrerin, die es demnächst Mädchen ermöglichen will, dass sie eine Reifeprüfung ablegen können."

„Bestimmt wieder so eine Frauenrechtlerin, die die Welt verändern will", stellte der Wirt belustigt fest.

„Sie ist eine Frau, die es Jungen und Mädchen gleichermaßen ermöglichen möchte, eine höhere Schulbildung zu erlangen", hielt Frau Stadler dagegen.

„Und wo sollen die Jungen und Mädchen diese Schulbildung erlangen?", fragte der Wirt gedehnt. „Hier in Glöttweng vielleicht?"

„In Berlin." Frau Stadler wusste, dass dies das größte Hindernis dieses Gesprächs sein würde. „Eine Aufnahmeprüfung würde für Viktoria erst im nächsten Frühjahr stattfinden können."

„In Berlin?" Der Wirt dachte an die Hebamme Anne Vogt, die sich anscheinend für etwas Besseres hielt und nach Berlin gegangen war, obwohl sie, aus seiner Sicht, hier in Glöttweng nötiger gebraucht wurde. „Zur Schule gehen? Wer soll das bezahlen?" Der Wirt tat empört.

„Mit Ihrem Einverständnis würde ich Kontakt nach Berlin aufnehmen und mich über die Modalitäten erkundigen."

„Damit bin ich natürlich nicht einverstanden. Ich möchte klarstellen, dass wir uns über ein Mädchen unterhalten. Meine Tochter wird hier in der Volksschule ausreichend rechnen und schreiben lernen. Und hier bei mir lernt sie fürs Leben. Später wird sie heiraten und Kinder haben. So wird es sein!"

„Es ist sehr schade, denn Ihre Tochter ist ein sehr begabtes Mädchen."

„Ich habe auch intelligente Söhne und die wären ja wohl eher zu fördern." Der Wirt war in seiner Empörung darüber, einem Mädchen so viel Aufmerksamkeit im Bereich der schulischen Ausbildung zukommen zu lassen, derart abgelenkt, dass er für die körperlichen Reize seiner Gesprächspartnerin keine Muße mehr hatte.

„Über Ihren Georg haben wir eingangs gesprochen, Herr Fink", erinnerte die Lehrerin. „Ich hoffe, Sie verstehen mich nicht falsch ...", sprach sie ruhig weiter, „... aber ich möchte Sie hier keinesfalls zu etwas drängen. Es geht mir eher darum, Möglichkeiten für die Zukunft aufzuzeigen."

Einen Augenblick lang sagte niemand ein Wort.

„So, ich muss jetzt gehen", sagte Frau Stadler schließlich und erhob sich. „Vielen Dank, dass Sie sich die Zeit genommen haben."

Der Wirt schaute hinüber zur Standuhr, die Zeit mahnte ihn, dass er mit seinen Vorbereitungen beginnen müsste.

„Natürlich", sagte der Wirt, erhob sich und geleitete die Lehrerin zur Tür.

Nachdem der Wirt die Tür geschlossen hatte und einige Schritte zum Tresen gegangen war, konnte er seinem Ärger darüber, dieser attraktiven und zudem intelligenten Frau nicht in angemessener Form begegnet zu sein, nicht zurückhalten. Er schlug mit der Faust auf den Tresen. Hatte er sich selbst seiner ohnehin kleinen Chance beraubt? Mit leiser Stimme sagte er: „Dieses verlockende Weib, dieses geile Biest mit ihren entzückenden Brüsten. Irgendwann werde ich diese alte Jungfer stoßen ..."

Viktoria hörte noch ein ihr unerklärliches Grunzen des Vaters, bevor er in der Küche verschwand. Sie hatte das Gespräch hinter dem Tresen hockend belauscht. Eigentlich hätte sie nicht hier sein dürfen. Längst sollte Viktoria wieder einmal das Plumpsklo reinigen, bevor die Gäste kommen würden. Zuvor wollte sie sich jedoch etwas Gutes tun und Apfelsaft aus einer bereits geöffneten Flasche kosten. Viktoria konnte sich gerade noch ducken, als ihr Vater die Wirtsstube betrat. Nun saß sie in ihrem Versteck fest und hoffte, mit pochendem Herzen, dass der Vater wieder hinausgehen würde. Ihre Hoffnung auf baldige Erlösung schwand, als einen Augenblick später die Lehrerin zur Tür hereinkam und sich ein längeres Gespräch entwickelte.

Viktoria hatte keine Erklärung für das merkwürdige Grunzen des Vaters. Es musste jedoch mit seiner Äußerung über die Brüste der Lehrerin zusammenhängen, schlussfolgerte sie. Das Verhalten und die Äußerungen der Erwachsenen fand sie ohnehin manchmal verwirrend. Was jedoch nicht verwirrend, sondern sich einfach nur traurig anfühlte, war die Klarheit, mit der ihr Vater festgelegt hatte, dass seine Söhne auf Kosten der Mädchen vorzuziehen wären. Er war offensichtlich der Meinung, dass Jungen und Männer begabter wären als Mädchen und Frauen.

Viktoria hätte dies auch geglaubt, wenn Frau Stadler nicht das Gegenteil gesagt hätte. Ihre Lehrerin war offensichtlich der Meinung, dass Mädchen und Jungen gleichermaßen lernen können. Und wenn Kinder eine besondere Begabung haben, können sie auf besondere Schulen gehen.

Viktoria verstand, dass ihr Vater diese Schulen ablehnte. Georg darf nicht nach München gehen, um ein Maler zu werden, und sie würde niemals in Berlin zur Schule von einer Helene Lange gehen dürfen. Berlin! Wie sehr klang der Name in ihr nach Sehnsucht und Erfüllung! Nach Erfüllung von Träumen, wie sie von Mädchen und Frauen geträumt wurden. Auch Josefa hatte diesen Traum gehabt und sie wünschte sich sehnlichst, dass sie irgendwann einmal nach Berlin gehen würde.

Eine Traurigkeit befiel Viktoria. Zu ihrer Traurigkeit gesellte sich eine leise Ablehnung ihrem Vater gegenüber. Beim Gedanken an ihren Vater fiel ihr die Aufgabe ein, die sie noch zu erledigen hatte. Sie stand auf und huschte unbemerkt zur Hintertür hinaus.

Der süße Saft des hauseigenen Apfels blieb unberührt zurück.

Annemarie Stadler genoss eine Tasse Tee, während sie hinter der Gardine sitzend zum Fenster hinausschaute. Sie war eines von sechs Kindern des jüdischen Kantors Isaak Stadler aus Krumbach, einem Juden pommerscher

Herkunft, dem es wichtig war, dass alle seine Kinder eine gute Ausbildung bekamen. Deshalb durfte auch Annemarie die *Höhere Töchterschule* in Augsburg besuchen und bestand dort sechzehnjährig die Prüfung zur Sprachlehrerin.

Eigentlich wollte Annemarie Journalistin oder Übersetzerin in Berlin werden. Aber ihr Vater bestand zunächst auf der Anstellung in Glöttweng, bevor er die Mittel zur Erfüllung ihrer weiteren beruflichen Vorstellungen bereitstellen würde. Zwei Jahre sollte sie als Lehrerin arbeiten, sagte der Vater. Eine kurze Zeit, wie er meinte, die jedoch wichtig war, um sein Kind auf das Leben in der großen Stadt vorzubereiten. Bei dem Gedanken an ihn wurde es ihr warm ums Herz. Sie wusste, dass ihr Vater sie nur schrittweise gehen lassen mochte. Wie an allen seinen Kindern, hing er auch sehr an ihr. Ihr war bewusst, dass es die Liebe ihres Vaters war, die ihr die Kraft gab, ein eigenständiges und selbstbestimmtes Leben zu führen. Ihre Lippen bildeten ein sanftes Lächeln.

Diese Selbstbestimmung wünschte sie allen Mädchen dieser Welt; insbesondere aber Viktoria, die sie für ungeheuer wissbegierig hielt. Sie wusste, dass eine Förderung nur mit Hilfe der Eltern und oft nur mit deren finanziellen Unterstützung möglich war. So wie es aussah, würden Viktoria und Georg wohl kaum mit der Unterstützung ihrer Eltern rechnen können. Annemarie ärgerte sich über den Wirt, wollte ihm aber keinen Vorwurf machen, weil er ein Kind dieser Provinz, mit allen daraus resultierenden Konsequenzen, war. Sie hatte Mühe, ein wenig Verständnis für seine Art zu denken aufzubringen, die so weit von ihren Vorstellungen entfernt war.

Erst jetzt, wo sie Verständnis für Theodor Fink aufbringen wollte, erinnerte sie sich an seine anzüglichen Blicke. Annemarie Stadler konnte sich von dem Gefühl nicht befreien, dass sie sich von seinem offenkundigen Interesse an ihrem Körper geschmeichelt fühlte, auch wenn sie ihn eben noch als tölpelhaft wahrgenommen hatte. Als Mann fand sie ihn durchaus attraktiv. Sie erinnerte sich an seine hochgewachsene Erscheinung, die kurzen gewellten Haare, an fordernde Augen und breite Schultern. Nur sein Selbstbewusstsein schien leichte Kratzer abbekommen zu haben, was ihn jedoch auf merkwürdige Weise interessant für sie machte.

Als die Lehrerin sich von ihrer Nachdenklichkeit gelöst hatte, schalt sie sich ihrer Gedanken an diesen älteren Mann. „Ich will anständig durch das Leben gehen", sagte sie leise vor sich hin und erinnerte sich sogleich an ein Gedicht, welches ihre pommerschen Vorfahren oft zitierten. Erst heute begriff sie den Hintersinn dieser Verse.

Komm, mein Mädchen, komm ins Grüne
Sieh wie uns der Frühling lacht
Wie der Schmetterling, und die Bienen
Halten auf den Blumen Wacht[5]

Annemarie verspürte ein angenehmes Kribbeln in ihrem Bauch, als sie dem Text in ihrer Phantasie eigene Bilder gab.

Kapitel 23

Freitag, 19. April 1895
„Endlich! Ein schöner Frühlingstag, nicht wahr?", rief Theodor von seinem Kutschbock herunter, nachdem er seine Pferde zum Stehen gebracht hatte.

„Das kann man wohl sagen." Annemarie Stadler hatte sich vorgenommen, diesen freien Tag für einen ausgedehnten Spaziergang in der Natur zu nutzen, und wollte das Alleinsein genießen. Deshalb kam ihr das unvorhergesehene Treffen mit dem Wirt zunächst gar nicht gelegen.

„Wohin des Weges, wenn ich fragen darf?"

„Ich weiß noch nicht, wo mich meine Wanderung hinführen wird. Vielleicht nach Roßhaupten und über den Römerweg wieder zurück. Mal sehen."

„Mein Weg führt heute nach Günzburg. Wenn Sie möchten, bekommen Sie heute eine Kutschfahrt nach Burgau oder Günzburg gratis", sagte der Wirt und lächelte freundlich. „Sogar mit Rückfahrt", fügte er auffordernd hinzu.

Annemarie Stadler lächelte zurück. Sie überlegte sich das Angebot mehr als einen Augenblick, weil es sicher nicht schicklich wäre, wenn sie zu einem verheirateten Mann auf den Kutschbock steigen würde, um mit ihm in eine Stadt

---

[5] Lied / Gedicht aus Pommern

zu fahren; so verlockend der Gedanke auch war, mal wieder in einer Stadt zu schlendern.

Der Wirt erriet ihre Gedanken. „Es ist doch nichts dabei." Er überlegte kurz, mit welchem Argument er ihr das Aufsteigen erleichtern könnte. „Und zudem bin ich heute bestimmt handzahm", spielte er auf ihr letztes Aufeinandertreffen in der Wirtsstube an.

„Ehrenwort?", fragte sie und beruhigte sich gleichzeitig mit der Tatsache, dass sie im Mai ihre neue Stellung in Berlin anzutreten hatte und eventuell aufkommendes Gerede bis dahin irgendwie überstehen würde.

„Ehrenwort!", beteuerte Theodor und reichte der jungen Frau die Hand, um sie hinaufzuziehen.

„Was führt Sie nach Günzburg", fragte Annemarie Stadler.

„Ich fahre zum alten Mack. Seine über die Stadt hinaus bekannte Radbrauerei hat das beste Weizenbier. Aber auch sein Helles kann sich sehen lassen." Theodor wollte nicht über sich und seine Gastwirtschaft sprechen. Er wollte vielmehr etwas über seine Begleitung erfahren und suchte nach etwas, das ihm unverfänglich erschien. „Ich habe gehört, dass Sie uns bald verlassen werden. Stimmt das?"

„Ja, das stimmt. Das Schuljahr ist vorbei und nach den Osterferien wird mein Nachfolger, Herr Nörgel, den Unterricht übernehmen. Meine Wohnung im Schulhaus muss ich bis dahin geräumt haben."

„Ich bedaure das sehr", sagte der Wirt und schaute die Lehrerin mit einem Seitenblick an. Er erkannte, dass sie skeptisch guckte. „Es ist mein voller Ernst. Ich bin nach unserem letzten Gespräch zu dem Schluss gekommen, dass Sie eine gute Lehrerin sein müssen", sprach er weiter, und da die Frau neben ihm immer noch nichts sagte, fügte er hinzu: „… auch wenn wir in manchen Dingen nicht einer Meinung sind und wahrscheinlich auch nie sein werden."

Jetzt schauten sich beide an und mussten lachen.

„Für die gute Lehrerin bedanke ich mich natürlich und für die anderen Dinge hege ich durchaus noch Hoffnung für Sie."

Wieder lachten beide.

„Warum wollen Sie uns schon nach so kurzer Zeit verlassen?" Es klang deutliches Bedauern in der Stimme des Wirts.

„Ich habe eine Stelle als Übersetzerin in Berlin angenommen."

„Warum so weit weg?"

„Ich würde auch noch weiter gehen, wenn es mich voranbringt."

Diese Frau imponierte ihm. Mit welcher Zielstrebigkeit sie gesellschaftliche Hindernisse und vielleicht sogar gottgegebene Ordnungen, die einer Frau auferlegt wurden, aufzubrechen im Stande war, dies beeindruckte ihn.

„Mein Platz ist hier in meiner Heimat", stellte Theodor fest. In seiner Stimme klang ein wenig Traurigkeit mit.

„Haben Sie nicht manchmal das Gefühl, ausbrechen zu müssen?", fragte Annemarie. ‚Seltsam, wie ungeahnt vertraut ich mich mit diesem Mann unterhalte', dachte sie.

Theodor überlegte einen Augenblick. „Dieses Gefühl habe ich manchmal, nur für kurze Zeit, so wie jetzt ..."

„So wie jetzt? Was meinen Sie genau?" Annemarie Stadler merkte, dass sich eine knisternde Spannung zwischen ihr und diesem Mann bildete, die ihren Herzschlag erhöhte und Hitze in ihr aufsteigen ließ. ‚Bitte, lieber Gott, lass ihn jetzt keine Dummheiten machen', sagte sie in sich hinein. ‚Ich würde in dieser Stunde jeder Dummheit nachgeben', dachte sie und hoffte insgeheim, er würde erste Schritte tun.

„Ich würde gerne in den Forstweg einbiegen", sagte Theodor leise und zeigte auf die Abzweigung in einiger Entfernung.

Annemarie blieb stumm und schaute Theodor von der Seite an. Dass er sie jetzt nicht anschauen mochte, machte ihn ihr noch sympathischer. Aber dies war jetzt nicht mehr ausschlaggebend. Sie hatte innerlich ohnehin schon zugesagt und würde auch heute das Heft nicht aus der Hand geben, das wusste sie.

Als sie am Forstweg ankamen, zog sie am Zügel, so dass die beiden Pferde in den unbefestigten Weg einbogen.

Stumm saßen sie nebeneinander, bis sie an eine von Pappeln umsäumte Lichtung kamen.

Annemarie Stadler fuhr an diesem Tag weder nach Burgau noch nach Günzburg. Sie zog es nach dem unvorhergesehenen Abenteuer vor, zu Fuß über Roßhaupten nach Glöttweng zurückzugehen.

Die Lehrerin war schon fast in Glöttweng, als der einladende Schatten einer alten, hochgewachsenen Fichte sie zum Verweilen einlud. Sie setzte sich, lehnte sich zurück und spürte den mächtigen Stamm des Baumes im Rücken. Sie sah weit am Rande, auf der vor ihr liegenden Wiese, eine Herde Kühe, die anscheinend von einem Kind gehütet wurde. Das Gefühl von Erschöpfung ließ sie ihre Augen schließen. Bilder über die Begegnung mit dem Wirt stiegen in ihr auf. Sie sah die wollene rote Decke, auf der sie beide gelegen hatten, hörte das leise Rauschen des Windes in den Pappeln, fühlte die Hände von Theodor auf ihrem Körper, nachdem sie sich rasch ausgezogen hatten. Sie empfand erneut das Gefühl, dass ihr alles zu schnell gegangen war, und hörte sich sanft und leise sprechen: „Wir haben Zeit, uns treibt doch niemand."

„Entschuldige bitte, aber ich bin so aufgeregt." Theodor Fink legte sich neben sie und seine Manneskraft erschlaffte augenblicklich.

„Das macht doch nichts." Sie legte ihre Hand auf seine Brust und streichelte ihn. „Wir werden uns Zeit lassen." Langsam glitt ihre Hand abwärts und massierte ihn an seiner empfindlichsten Stelle.

„Ich habe ein schlechtes Gewissen", sagte Theodor, dem es peinlich war, weil sich sichtbar wenig zwischen seinen Beinen regte. „Eigentlich liebe ich meine …"

Annemarie hatte ihren Zeigefinger auf seine Lippen gelegt und ihm angedeutet zu schweigen. „Ich weiß", hatte sie gesagt. Sie konnte sich seine Not vorstellen. „Und so darf es auch bleiben." Annemarie hatte das Ehepaar Fink schon seit einiger Zeit beobachtet und kannte die familiären Hintergründe. „Darüber zu sprechen ist später noch Zeit", flüsterte Annemarie Stadler und küsste ihn an einer Stelle, von der er sich bisher kaum vorzustellen gewagt hatte, dass ihn dort jemals eine Frau küssen würde.

Binnen kurzem merkte Annemarie, wie der Mann sich ihr hingab. Bald darauf war er der zärtliche Liebhaber, den sie sich für diese einmalige Begegnung gewünscht hatte.

„Frau Stadler!", rief eine Stimme. Die Stimme wirkte unwirklich und weit weg.

Annemarie wollte nicht in die Realität zurück. Sie wollte nicht raus aus ihren Gedanken und Träumen. Sie wollte das erlebte Gespräch nach dem Liebesakt noch zu Ende träumen, wollte den Kummer des Mannes nochmals hören und ihre Antworten geben. Er brauchte sie doch jetzt, um über seine verlorenen

Träume, seine ewig traurige Frau, die viele Arbeit oder über die Kinder, denen er glaubte kein guter Vater zu sein, zu sprechen.

„Frau Stadler!", rief die Stimme erneut. Diesmal fordernder. Woher kam sie? Annemarie Stadler spürte eine Hand auf ihrer Schulter. Allmählich begriff die Lehrerin, dass sie sich von ihrem Traum verabschieden musste. Langsam öffnete sie die Augen. „Viktoria?", fragte sie erstaunt. „Was machst du hier?"

„Ich hüte die Kühe des Bauern Salger", antwortete Viktoria und starrte auf die geöffnete Hand ihrer Lehrerin, in der ein Aktinolith lag. Viktoria kannte solche Steine von ihrem Vater. Er besaß einige davon und pries sie als Glücksbringer an, die seine Besitzer vor allerlei beschützen würden. „Ich dachte, Sie sind verletzt, weil sie so regungslos unter dem Baum liegen."

Als Annemarie Stadler den Blick ihrer Schülerin bemerkte, schloss sie die Hand zur Faust und stand auf. „Sonst hütet doch eine der Töchter vom Bauern die Kühe, oder?"

„Die liegen alle krank im Bett und können die Kühe nicht hüten. Mein Vater hat der Bäuerin versprochen, dass ich die Aufgabe übernehme, bis ihre Töchter wieder gesund sind."

„Dann hoffe ich, dass es den Mädchen bald wieder besser gehen wird", sagte die Lehrerin und verabschiedete sich.

Viktoria schaute Frau Stadler eine Weile nach und rätselte noch lange, wie der Stein in den Besitz ihrer Lehrerin gekommen sein mochte.

„Ich habe heute unsere Lehrerin getroffen", sagte Viktoria.

Bis auf Anna und Genoveva hatten sich alle Mitglieder der Familie Fink in der Wohnstube zum Abendessen am gedeckten Tisch versammelt. Viktoria saß rechts neben ihrer Mutter, die an einer der Stirnseiten Platz genommen hatte. Theodor Fink kam gerade aus der Wirtsstube und war dabei, sich zu setzen, als er Viktorias Worte vernahm. Er räusperte sich laut und wollte lieber ein unverfänglicheres Thema anschneiden.

„Heute ist aber auch wieder ein Betrieb in der Wirtsstube." Der Wirt nahm sich vor, dass er Anna und Genoveva nicht zu lange mit den Gästen allein lassen wollte, und beeilte sich mit dem Essen. „Auch der Salger gönnt sich mal wieder ein Bierchen zu viel, obwohl er sich besser um seine kranke Familie kümmern sollte."

Als niemand auf ihn einging, versuchte Theodor erneut, das Thema in seine Bahnen zu lenken. „Und der Doktor Willrich erzählt vom Preußisch-Deutschen Krieg von 1866 und seinen Heldentaten als Lazarettarzt."

„Wo hast du sie getroffen?", wollte Viktoria von ihrer Tochter wissen.

„Sie lag schlafend unter einem Baum", antwortete Viktoria. Sie war noch immer erstaunt über den kuriosen Anblick.

„Er unterhält den ganzen Tisch mit seinen Geschichten", sagte Theodor laut und künstlich lachend über den Tisch.

„Die Stadler hat unter einem Baum geschlafen?", hakte Georg nach, als hätte er zuvor nicht richtig gehört.

„Stellt euch vor, er hat einem Mann ein Bein amputiert und ...", versuchte Theodor erneut abzulenken, wurde aber jäh von seiner Frau unterbrochen.

„Theodor, wir kennen die übertriebenen Geschichten des Arztes. Ich möchte jetzt lieber hören, was es mit der Lehrerin auf sich hat."

Theodor sah ein, dass seine Bemühungen keinen Sinn machten, und überließ es dem Schicksal, wie das weitere Gespräch verlaufen würde. Vielleicht sah er auch Gespenster, beruhigte er sich selbst und lehnte sich zurück.

„Hat sie wirklich unter einem Baum geschlafen?", hakte Georg nochmals nach und schaute seine Schwester mit großen Augen an.

„Ich hütete gerade auf einer Wiese die Kühe von Bauer Salger, als ich von weitem etwas unter der großen Fichte liegen sah. Neugierig geworden trieb ich die Tiere näher zum Baum und entdeckte dort Frau Stadler. Ich erschrak, weil ich tatsächlich dachte, sie wäre tot – so still wie sie dalag."

„War sie wirklich tot?", wollte die kleine Maria wissen.

„Ach, so ein Quatsch", fuhr Theodor seine kleine Schwester barsch an. „Sonst wäre doch schon längst die Polizei hier bei uns gewesen."

„Übrigens, der Herr Polizeioberinspektor Unterbäumer ist auch in der Wirtsstube", gab der Wirt bekannt.

„Theodor!", ermahnte ihn seine Frau. Es war ein ungeschriebenes Gesetz der Familie, dass sich, von wenigen Ausnahmen abgesehen, am privaten Essenstisch nicht über die Gäste in der Wirtschaft unterhalten wurde. „Ich möchte jetzt nichts aus der Wirtsstube hören."

„Ich meine ja nur."

„Also Viktoria, wie ging es nun weiter?", fragte die Mutter.

„Ich habe Frau Stadler mehrmals bei ihrem Namen gerufen, aber sie hat nicht geantwortet."

„Ist sie denn gar nicht aufgewacht?", wollte Georg wissen.

„Erst als ich sie an der Schulter rüttelte." Viktoria war beeindruckt, weil sie sonst nicht so viel Aufmerksamkeit von der Familie bekam. „Dann regte sie sich endlich und ich war froh."

„Ist sie aufgewacht?", wollte Maria wissen.

„Ja", antwortete Viktoria kurz.

„Dann ist es ja gut ausgegangen", gab sich die Mutter erleichtert.

Als es still in der Runde wurde, atmete auch der Wirt erleichtert auf, füllte sich noch einige Bratkartoffeln auf und schaufelte eine große Portion davon in seinen Mund. Genüsslich kaute er, schob noch ein gewaltiges Stück Spiegelei nach und genoss die aufkommende Harmonie in seinem eben noch unruhigen Inneren.

„Aber eins fand ich merkwürdig", sagte Viktoria in das allgemeine Schweigen. „Als Frau Stadler schlief, hielt sie einen von Papas Steinen in der Hand."

Der Wirt hörte auf zu kauen und starrte seine Frau mit seinen von Ei und Kartoffeln aufgeblähten Backen an.

Auch seine Frau schaute an den Kindern vorbei über den Tisch. Es legte sich eine nie zuvor dagewesene Schärfe in ihren Blick, der sich, vermischt mit Bitternis und Traurigkeit, direkt in die Augen des ertappten Ehebrechers bohrte.

„Meinst du den Stein, den man Aktinolith nennt?", fragte der ahnungslose Georg seine Schwester.

„Ja, Papa sagt, der bringt seinem Besitzer Schutz und Glück", antwortete Viktoria mit Stolz in der Stimme, weil sie sich an die vor Wochen gegebenen Erklärungen ihres Vaters erinnerte. „Der Aktinolith kommt aus dem Salzburger Land", fügte sie hinzu und drehte sich lächelnd zu ihrem Vater um.

Dieser schaute sie hasserfüllt an und brüllte, für Viktoria völlig unerwartet, auf sie ein.

„Halt endlich deinen Mund, du dummes Balg."

Viktoria sah, wie einzelne Stücke von Kartoffeln und Ei aus dem Mund ihres Vaters auf den Tisch zischten, und schauderte augenblicklich. Sie spürte, dass sie eine Gänsehaut auf Rücken und Armen bekam, als der Vater eiligen Schrittes den Raum verließ und die Tür hinter sich zuschlug.

Viktoria blickte unsicher in die Gesichter am Tisch. Die Mutter schaute traurig auf ihre Hände, die sie nervös aneinander rieb. Theodor aß weiter, als sei nichts geschehen. Er hatte wieder einen unbändigen Appetit, den es zu stillen galt, bevor er sich anderen Gedanken zuwenden wollte.

Georg schaute Viktoria mitleidig an. Sein Blick ließ erahnen, dass er die Ursache dieses Dilemmas kannte. So war es auch. Er konnte sich aus dem Verhalten und dem gesprochenem Wort seiner Familienangehörigen die Wahrheit annähernd zusammenreimen. Da er jedoch eine Fähigkeit entwickelt hatte, sich uneingeschränkt an die gegebenen Umstände anzupassen, war er nicht bereit, seine Erkenntnisse über das Wort zu formulieren. Dies entspräche auch nicht seinem Charakter, welcher zum Duckmäuserischen bestimmt war.

Marie saß mit eingezogenem Kopf, vibrierenden Lippen und ängstlichem Blick da und versuchte offensichtlich, ihr Entsetzen zu unterdrücken. Marie verstand genauso wenig von dem, was hier gerade vor sich ging, wie ihre völlig verunsicherte Schwester Viktoria.

Kapitel 24

Montagvormittag, 10. Juni 1895

„Er kommt!", rief Theodor und alle Kinder eilten zu ihren Tischen, stellten sich neben ihnen auf und standen lautlos abwartend da. Innerhalb kürzester Zeit hatte der neue Lehrer es mit rücksichtsloser Strenge geschafft, den Kindern ‚anständiges Verhalten', wie er es selbst nannte, beizubringen.

„Guten Morgen, Herr Nörgel!", erscholl es aus den Kehlen aller Kinder, während der Lehrer den Klassenraum betrat.

„Guten Morgen, Kinder!", sagte der Lehrer mit strenger Miene, wobei das Wort *Kinder* in einem wahrnehmbar abfälligen Ton über seine Lippen kam, der seine Meinung, dass Kinder unfertige, noch zu formende Wesen seien, durchaus unterstreichen sollte.

„Wozu seid ihr hier?", fragte Nörgel laut.

„Um zu lernen!", erscholl es erneut aus vielen Kehlen.

„Wie werdet ihr lernen?"

„Indem wir leise sind und aufmerksam zuhören."

„Wann sprecht ihr?"

„Wenn wir von Ihnen dazu aufgefordert werden."

Der Lehrer war zufrieden mit seinem Erfolg, dass er die Kinder in so kurzer Zeit diszipliniert hatte. Wie er bei jeder sich bietenden Gelegenheit pflichtschuldig wiederholte, war ihm nicht entgangen, dass seine Vorgängerin eine ungeheuerliche Nachlässigkeit im Umgang mit den ihr anvertrauten Kindern zugelassen hatte, die sie seiner Meinung nach überhaupt nicht vertrugen. Davon würden sie rebellisch und ungehorsam werden. Die Kinder kamen ihm über alle Maßen vorlaut vor, wenn sie sich kritisch äußerten. Zudem musste er sich über die Unart doch sehr wundern, dass Kinder sich mit erhobener Hand meldeten, während er noch sprach.

Es war ihm ein wichtiges Anliegen, dass die Kinder eine Art von Höflichkeit erlernten, die Erwachsenen den gebührenden Respekt entgegenbringen sollte. Dass die Kinder seine Vorstellung von Höflichkeit als eine gefühlte Unterwerfung verspürten, entging seinem geringen Einfühlungsvermögen völlig.

„Setzen!", rief Nörgel und schmetterte einen Stapel Hefte auf das Pult. „Ich habe die Diktate korrigiert und bin sehr unzufrieden mit euren Ergebnissen." Er stand eine Weile da und musterte die Kinder, indem er sein Kinn hob, so dass sein Blick von oben herab auf die Kinder einwirkte. Seine Augen maßen einen Schüler nach dem anderen, während er in stetem Rhythmus einen Zeigestock in seine Handinnenfläche prallen ließ.

In den Gesichtern vieler Kinder war sie deutlich zu erkennen, die Angst vor diesem unberechenbaren Mann.

„Zum Teil sind sie das kostbare Papier nicht wert, auf dem ihr es geschrieben habt." Er hob das erste Heft vom Stapel und schritt auf Georg zu. „Bis du die Schule verlässt, ist es nicht mehr lange. Also sehe zu, dass du dich anstrengst und bis dahin an deiner Zeichensetzung und der Groß- und Kleinschreibung arbeitest." Der Lehrer legte Georgs Heft vor ihm ab. „Gerade noch eine Drei."

Der Lehrer schritt die Reihe der Knaben ab und gab zu jeder Arbeit meistens einen kritischen und gegen alle Erwartungen auch einen aufmunternden Kommentar ab. Die Knaben saßen hintereinander auf Zweiersitzbänken, von denen jeweils zwei nebeneinander standen. Gleich an seinem ersten Arbeitstag hatte der Lehrer die Knaben von den Mädchen getrennt hingesetzt, damit, wie er den Kindern verkündete, die von Natur aus geschwätzig gearteten Mädchen die Knaben nicht vom Unterricht ablenken würden. Theodor saß ganz hinten und war somit der letzte Knabe, zu dem Herr Nörgel kam. Der kopfschüttelnde Lehrer und sein Schüler schauten sich kurze Zeit in die Augen. Theodor hielt den Blick des Macht ausstrahlenden Erwachsenen nicht stand und senkte den Kopf.

„Was soll aus dir werden?", fragte der Lehrer, ohne eine Antwort zu erwarten. Für Theodor hatte er kein Wort der Aufmunterung übrig. Langsam ging er zurück zum Lehrerpult und setzte sich. Mit missmutigem Ausdruck im Gesicht zog der Lehrer die Hefte der Mädchen zu sich heran. Nacheinander rief er die Namen der Mädchen auf, die sich ihr Heft bei ihm abholen sollten.

Viktoria hörte ihren Namen, stand auf, ging zum Pult und blieb vor ihm stehen. Sie schaute den Lehrer fragend an, weil er keine Anstalten machte, ihr das Heft zu geben. Er wedelte sich mit dem Heft seiner Schülerin Luft zu und schaute sie mit ausdruckslosen Augen an. Der leichte Wind aus dem geöffneten Fenster wog seine spärlichen, fettigen Haare auf und ab. Seine Nase kam Viktoria wie ein riesiges Gebilde aus Knorpel und Knochen vor. Seine mächtigen Atemstöße wirkten auf sie, als wenn ein abscheuliches Monster mit seinen Schnaufgeräuschen den Verzehr seiner hilflosen Beute ankündigt. Beim Anblick seiner hellen, teigigen Haut mit den tiefen Falten überkam sie Ekel, der sich auf unangenehmste Weise mit großer Angst vermischte; die Angst vor einer perfiden Unberechenbarkeit, die sie bei Männern mit derartigem Gesichtsausdruck erwartete.

„Was glotzt du mich so blöde an?", fragte der Lehrer leise drohend.

Viktoria senkte den Blick und betete innerlich zur Heiligen Jungfrau Maria um Erbarmen und bat um Gnade in dieser schlimmen Minute.

„Nimm dein Heft und setze dich", hörte Viktoria das grundlose Brüllen des Lehrers. Verängstigt begab sie sich zurück zu ihrem Platz. Sie hatte nicht die leiseste Ahnung, warum der Lehrer sie so behandelte.

Stumm öffnete Viktoria das Diktatheft und hoffte, wenigstens eine gute Note zu haben. Suchend betrachtete sie ihre geschriebenen Reihen und konnte keine rotmarkierten Stellen des Lehrers erkennen. Ganz unten stand trotzdem eine große 3 mit einem Minus versehen. Langsam schaute sie auf und ihr fragender Blick traf den des Lehrers. Sie hätte gerne nach dem Grund seiner Benotung gefragt, es fehlte ihr jedoch der Mut.

„Und? Warum glotzt du mich schon wieder so an?", fragte der Lehrer provozierend.

Viktoria war wie erstarrt. Sie wusste nicht, ob die Frage als Phrase oder als Aufforderung zum Sprechen gemeint war. Dies verunsicherte sie und sie traute sich erneut nicht zu sprechen.

„Antworte, wenn du gefragt wirst!", sprach der Lehrer sie zurechtweisend an. Stockend antwortete Viktoria. „Ich habe keine Fehler gemacht."

„Und?"

„Und habe trotzdem nur eine Drei bekommen", sagte Viktoria mit trauriger Stimme.

„Eine Drei minus, um genau zu sein." Lehrer Nörgel tat so, als wäre es das Normalste von der Welt, wenn man bei einer fehlerlosen Arbeit eine mittelmäßige Note bekommt. „Was hast du an der Note auszusetzen?"

„Ich dachte, ohne einen einzigen Fehler würde ich eine Eins bekommen."

„Nun hört euch dieses Mädchen an ...", sprach der Lehrer die ganze Klasse an. „Schreibt mit einer Schrift, die aussieht, als hätte eine Sau von Bauer Salger auf das Blatt gekritzelt, und das Mädchen verlangt dafür auch noch eine gute Note."

Die ganze Klasse brach in schallendes Gelächter aus, froh und erleichtert, nicht selbst Opfer des Spotts zu sein – nicht Opfer dieses Lehrers.

Viktoria schaute die Schrift ihres Diktates an und erkannte ihre mühevoll geschriebenen Wörter als gut leserlich an. In ihr kroch das Gefühl von Rebellion empor. Sie begriff, dass der Lehrer ungerecht war und sehnte sich nach einer schützenden Hand, wie sie die Lehrerin Frau Stadler immer ausgestreckt hatte.

„Frau Stadler fand meine Schrift immer gut", sagte Viktoria mehr zu sich selbst.

Nörgel erhob sich und ging gemächlich auf Viktoria zu. „Willst du damit sagen, dass ich keine Ahnung von ordentlicher Schrift habe?" Der Lehrer brachte mit grimmiger Mimik und ärgerlicher Stimme sein starkes Missfallen zum Ausdruck.

„Das habe ich nicht gesagt, ich habe nur gesagt, dass ..."

„Ich weiß, was du gesagt hast!", schrie der Lehrer und ließ seinen Stock auf den Tisch seiner Schülerin schnellen, so dass Viktoria vor Schreck zusammenzuckte. Tränenflüssigkeit füllte ihre Augen. Sie begann zu zittern und schon bald liefen Tränen über ihre Wangen.

Abrupt machte der Lehrer Nörgel auf dem Absatz kehrt und ging zurück zu seinem Pult. Dort angekommen, verkündete er ihre Strafe für ungebührliches Verhalten. „Du wirst heute in der Mittagsstunde nachsitzen und das Gedicht ‚*Der ungelehrige Schüler*' auswendig lernen. Wenn wir uns nach der Mittagsstunde hier wieder versammeln, wirst du es uns aufsagen."

Giesbert Nörgel öffnete die Glastür vom Bücherschrank und entnahm diesem den Gedichtband „Buch der Deutschen Gedichte". Er legte das Buch vor Viktoria ab, mit der Bemerkung, dass es sich bei dem Gedicht um eines von Karl Lappe handelt, und führte den Unterricht fort, als sei nichts gewesen.

Nach der Stunde verließen alle Kinder, bis auf Viktoria, den Klassenraum. Viktoria schaute keines der Kinder an, sondern senkte ihren Blick auf das Buch mit den Gedichten. Sie wollte weder Mitleid noch Spott von den Kindern erfahren. Die meisten Schüler hatten den Raum bereits verlassen und es wurde merklich leiser, als Viktoria den Schatten eines Menschen direkt vor ihrem Tisch wahrnahm. Sie schaute auf und blickte in das fröhlich dreinblickende Gesicht ihres Bruders Theodor.

„Mädchen schreiben keine besseren Noten als Knaben", log der Bruder, obwohl er sehr genau wusste, dass unter seinem Diktat eine Fünf stand.

„Das glaube ich nicht." Viktoria hatte es schon oft genug anders erlebt.

„Wenn der *Nörgelpott* die Hefte nicht wieder eingesammelt hätte, würde ich es dir beweisen", gab Theodor sich selbstsicher.

„Und wenn schon, ich hatte jedenfalls keinen Fehler." Es war Viktoria egal, wer bessere Noten schrieb; einer ihrer älteren Brüder oder sie. Aber sie konnte die Ungerechtigkeit, mit der sie grundlos konfrontiert wurde, nicht ertragen. „Es ist doch ungerecht, dass ich nachsitzen muss, findest du nicht auch?"

„Das ist mir egal", stellte Theodor fest und verließ vergnügt das Klassenzimmer. Er war froh darüber, dass seine jüngere Schwester heute nicht besser dastand als er.

Viktoria schaute in das Register des Buches und öffnete die angegebene Seite, unter der das Gedicht des Karl Lappe geschrieben stand. Sie las:

Matuschka, Lucas, Spitzner, all ihr Heere
Der Bienenwachs, Schwach, Riem und Christ
Korsemka, Janscha ...[6]

„So ein Käse ...", sprach Viktoria laut und erschrak ein wenig über ihren Gefühlsausbruch. Sie klappte das Buch wieder zu, verschränkte ihre Arme vor der Brust und war fest entschlossen dieses Gedicht nicht auswendig zu lernen.

Schnell war die Mittagsstunde vorbei und der Klassenraum füllte sich wieder. Lehrer Nörgel kam herein und stellte mit Genugtuung fest, dass die Kinder sich ganz nach seinen Vorstellungen untertänig verhielten. Sie hatten sich in aufrechter Haltung, den Blick respektvoll auf ihn gerichtet, neben den Tischen postiert.

„Setzen!", rief er und hob sein Kinn in gewohnter Manier. „So, nun wollen wir doch mal hören, was unsere aufmüpfige Schülerin uns aufzusagen hat." Der Lehrer ließ seinen Blick schweifen und grinste boshaft dazu. Als sein Blick sich mit dem von Georg traf, meinte er Widerstreben zu erkennen, maß dem aber wenig Bedeutung bei. Schon bald blieben seine unbarmherzigen Augen an seinem Opfer haften. „Du kannst anfangen!"

„An einen Schüler", fing Viktoria mit dem Titel eines Gedichtes an, welches sie bei Frau Stadler im Unterricht gelernt hatte. Sie liebte dieses Gedicht sehr.

„Falsch!", rief der Lehrer freudig dazwischen. „Wenn schon der Titel von dir falsch genannt wird, wie soll dann der Rest werden?" Er schüttelte den Kopf. „Noch mal anfangen!"

„An einen Schüler", begann Viktoria erneut, richtete sich auf und ihrem Gesichtsausdruck war zu entnehmen, dass sie sich nicht wieder unterbrechen lassen würde.

„Wieder falsch, aber das ist jetzt auch egal. Weiter!"

„Noch bist du jung, noch fasst die junge Seele
geringes Wünschen nach gelingen Dingen,
gering die Jahre, die – wenn ich sie zähle – ..."

---

[6] Poetisches Werk von Karl Lappe aus dem 19. Jahrhundert

Der Lehrer hörte sich drei Verse an, bis ihm die Ungeheuerlichkeit gänzlich gewahr wurde, dass dies nicht das von ihm geforderte Gedicht war. „Unerhört!", schrie er. „Aufhören!"

„... mir eine Träne in das Auge zwingen."

„Sofort aufhören!", schrie Lehrer Nörgel. Er wollte auf keinen Fall die zweite Strophe von dem, nach seinem Dafürhalten, feministisch angehauchten, schwülstigen Unsinn, welchen die Verfasserin Marie Paschke-Diergarten zusammengereimt hatte, hören.

„Noch sind dir unbekannt des Lebens Sorgen –
geschützt von selbstlos-treuer Elternliebe ..."

„Sofort aufhören, sagte ich!", zischte er wütend.

„... grüßt dich mit neuen Freuden jeder Morgen"

Der Lehrer nahm den Stock und lief eilig zum Tisch seiner Schülerin, die es unbedingt zu bezwingen galt.

„... und nie erscheint ein Tag dir grau und trübe."

Mit zischendem Geräusch sauste der Stock auf Viktorias Hand nieder. Auf der getroffenen Stelle bildete sich ein roter Streifen roten Blutes. Viktoria schaute dem Lehrer fest in die Augen, während sie mit der dritten Strophe begann. Ihre verletzte Hand lag immer noch da, wo sie der Stock getroffen hatte.

„Oh lerne wahrhaft diese Zeit genießen,
die Jugend ..."

Zornesröte stieg dem Lehrer ins Gesicht, als er erneut zum Schlage ausholte. Gleichzeitig erhob sich Georg von seinem Stuhl und schnellte mit einem enormen Sprung zwischen den niedersausenden Stock und die Hand seiner Schwester.

„... ist der Morgen uns'res Lebens ..."

„Es reicht, sie hat schon einen Hieb erhalten." Georges Stimme zitterte.

„Geh mir aus dem Weg!", befahl der Lehrer. „Sofort!"

„... dann wirst du einst – mag der Abend dich grüßen"

Georg achtete nicht mehr auf den Lehrer. Er drehte sich um, hakte seine Schwester unter den Arm und verließ mit ihr den Klassenraum.

"... nach schönen Stunden schauen nicht vergebens."[7]

Nachmittag

„Sie können sich sicher vorstellen, dass ich das Verhalten von Georg und Viktoria auf das Äußerste missbillige." Giesbert Nörgel hatte dem Wirt die Vorgänge in der Schule aus seiner Sicht geschildert. Viktoria und Georg standen in gebührlichem Abstand zu den Erwachsenen, die am Wohnzimmertisch Platz genommen hatten und hörten dem Gespräch zu. Sie wussten, dass sie kein Wort sagen durften, bevor sie nicht gefragt wurden.

„Das kann ich mir voll und ganz vorstellen. Ich kann Ihnen auch nicht sagen, was in letzter Zeit in meine Tochter gefahren ist. Sie ist so anders, hat so gar nicht die Art, wie meine Jungs sie haben. Sie ist zuweilen sogar boshaft." Theodor Fink dachte an die Situation mit dem Edelstein zurück und konnte seiner Tochter bis heute nicht verzeihen, dass seine Frau nun noch abweisender zu ihm war, obwohl er ihr versichert hatte, dass alles ganz harmlos und unbedeutend war.

„Boshaftigkeit ist das richtige Wort für das Verhalten ihrer Tochter."

„Mal abgesehen von ihrem Verhalten, wie schätzen Sie ihre schulischen Leistungen ein?" Der Wirt dachte an das Gespräch mit Annemarie Stadler zurück, die die Leistungen seiner Tochter für gut befunden hatte.

„Handarbeit und Hauswirtschaft sind bekanntlich Fächer, die Frau Dwenger unterrichtet. Da müssen Sie mit ihr sprechen. Ich kann nur sagen, auch nach der kurzen Zeit, die ich Ihre Kinder unterrichte, ist mir eindeutig klar geworden, dass die Leistungen Ihrer Tochter knapp unter dem Durchschnitt liegen, wie es bei Mädchen nicht anders üblich ist. Mit meiner nicht unerheblichen Erfahrung kann ich mit Fug und Recht sagen, dass dies in der Natur der Sache begründet zu sein scheint und sich bedauerlicherweise auch kaum ändern wird."

Theodor bemerkte nicht, dass der Lehrer eine „sich selbst erfüllende Prophezeiung" für die Zukunft gestellt hatte, die eine vorurteilsfreie Bewertung von Mädchen nicht zulassen würde. „Nun ja, die Mädchen sollen schließlich Kinder kriegen und sich um den Haushalt kümmern", meinte er und war sich der freudigen Zustimmung des Lehrers sicher.

---

[7] Gedicht von Marie Paschke-Diergarten (Dichterin des frühen Expressionismus)

„Das will ich aber auch meinen. – Ich sehe, wir verstehen uns", bemerkte der Lehrer, der auf seiner Suche nach Verbündeten, für seine Jungen bevorzugende Pädagogik, anscheinend einen willigen Komplizen gefunden hatte.

„Und was machen wir nun mit den beiden Sorgenkindern?", wollte der Wirt wissen.

„Dem Georg möchte ich zugutehalten, dass er sich für seine Schwester einsetzen wollte. Dass er sich jedoch mir gegenüber ungebührlich verhalten hat, verdient gerechte Strafe. Ich schlage vor, Georg entschuldigt sich vor der Schulklasse bei mir und zusätzlich bekommt er eine angemessene schriftliche Strafarbeit von mir aufgetragen."

„Das dürfte Georg nicht schaden", sprach der Wirt und war insgeheim stolz auf das couragierte Eingreifen seines Sohnes für seine Schwester. Das hätte er ihm bisher gar nicht zugetraut.

„Aber die Boshaftigkeit Ihrer Tochter verlangt nach größerer Strafe. Erstens erwarte ich, dass sie sich gleich nach unserem Gespräch und morgen vor der Schulklasse bei mir entschuldigt. Zweitens hat sie bis morgen das von mir geforderte Gedicht aufzusagen." Nörgel tippte mit der Hand auf den Gedichtband, den er eigens aus der Schule mitgebracht hatte. „Und da sie so gerne weibliche Dichterinnen rezitiert, schlage ich drittens vor, dass Viktoria uns jeden Morgen bis zur Erntezeit das Gedicht von Fürstin Eleonore Reuß aufsagen wird", sagte Nörgel mit einem boshaften Lächeln. „Dann wird sie immer wieder an ihr ungebührliches Verhalten dieses Tages erinnert werden."

„Wie heißt das Gedicht?", wollte der Wirt wissen.

„Es gibt nur eins von ihr in diesem Buch." Wieder tippte der Lehrer auf den Gedichtband.

„Wie war doch gleich der Name der Frau, die das Gedicht geschrieben hatte?"

„Reuß, Fürstin Eleonore Reuß."

„Das ist ja leicht zu merken", freute sich der Wirt. „Reuß wie die Reuse des Fischers."

Der Lehrer grinste belustigt und der Wirt stimmte nichtsahnend ein. Theodor Fink ahnte nicht, dass der Lehrer sich über seine Unwissenheit amüsierte.

„Gut", sagte der Wirt und wendete sich seinen Kindern zu. „Ihr habt gehört, was wir besprochen haben und wisst, was ihr jetzt zu tun habt."

Georg trat auf den Lehrer zu und entschuldigte sich für sein Verhalten.

„Und versprichst du, dass es nicht wieder vorkommen wird?", fragte Nörgel.

„Ja, Herr Nörgel", sagte er zögernd und wusste, dass er für seine Lüge würde beichten müssen. Es war ihm klar, dass er in der gleichen Situation wieder für seine Schwester einstehen würde.

Nun trat Viktoria vor. „'tschuldigung", sagte sie mit deutlich hörbarem Unwillen in der Stimme.

„Wie bitte?", fragte der Lehrer ungläubig.

Viktoria schaute zum Boden.

„Viktoria!", mahnte die Stimme des Vaters.

„Entschuldigung, Herr Nörgel", sagte sie, hob den Kopf und spähte in ungeduldige Männergesichter. „Es tut mir leid."

Der Vater wirkte erleichtert, während der Lehrer zufrieden grinste.

„Darf ich das Gedicht von Eleonore Reuß nachschlagen." Viktoria zeigte ehrliches Interesse, zumal der Name Eleonore freundlich und verheißungsvoll klang.

„Natürlich", sagte Nörgel und deutete auf das Buch. „Bedenke beim Lesen und später beim Aufsagen vor der Schulklasse bitte, dass du die letzten beiden Silben der ersten, zweiten, vierten und fünften Reihe betonst und die letzten Wörter der dritten und sechsten Reihe in dich hinein sprichst."

Viktoria fand die Seite, auf der das Gedicht stand, und las leise, während der Lehrer ihren wandelnden Gesichtsausdruck studierte.

Sie las:

*Stille, meine Seele, **stille**,*
*nimm nur hin, was Gottes **Wille**,*
sei es Freude oder Leid;

*seine Wege – Wunder**wege**,*
*seine Schläge – Liebes**schläge**,*
und das Ziel – die Seligkeit.[8]

---

[8] Gedicht von Fürstin Eleonore Reuß aus dem 19. Jahrhundert

Kapitel 25

Samstag, 17. August 1895

Der August verlief bislang regnerisch und für die Jahreszeit viel zu kühl. Erst jetzt schien sich beständiges, warmes Wetter einzustellen. Die Kraft der Sonne ließ die Pfützen von den Äckern verdunsten und die Menschen in Glöttweng waren sich einig, dass vereinte Kräfte nötig waren, um das Korn noch rechtzeitig zu ernten. Auf vielen Feldern standen an diesem Tag schon gebündelte Korngarben.

In der Diele des Ernhauses von Gottfried Salger wurde schon das erste Korn in die Luft geworfen und ein mäßiger Luftzug ließ die Spreu vom Korn fortwehen. An dieser Arbeit beteiligten sich auch Martin Salger und Genoveva, die sich immer wieder verstohlene Blicke zuwarfen und einander anlächelten. Aus der Küche duftete es schon nach dem Essen, das Amalie Salger, die Hausherrin, und weitere Frauen für die hart arbeitenden Männer, Frauen und helfenden Kinder gekocht hatten. Von draußen drang das Klopfen der Schlegel in das Haus. Starke Männerhände droschen das Korn im Hof und Kinder des Dorfes trugen das verbliebene Gemisch aus Stroh, Spreu und Weizen in die Diele des Ernhauses.

Nur Viktoria und Adelheid waren noch auf einem Feld. Sie sollten die letzten Garben aufstellen. Im Laufe des Tages wollte es ihnen einfach nicht glücken, die Garben zur vollen Zufriedenheit des Bauern aufzustellen. Erst wenn sie die letzten verbliebenen Getreidehalme zu Bündeln aufgestellt hatten, durften sie zum Ernhaus des Bauern kommen, um ihre verdiente Mahlzeit zu sich zu nehmen.

Die beiden Mädchen hatten bereits die zwölfte Garbe aufgestellt, als Viktoria sich ein wenig reckte.

„Es dürften nur noch drei Garben sein und dann gibt es endlich etwas zu essen", sagte Viktoria gähnend.

„Mir knurrt schon der Magen", stellte Adelheid fest, ließ sich gespielt theatralisch auf das Stoppelfeld fallen und schaute zum Himmel. „Ob wir wohl fertig werden, bis es dunkel geworden ist?"

„Bestimmt", antwortete Viktoria und schaute zum Horizont. Auch wenn das Licht des Tages noch nicht so bald erlöschen würde, färbte die Sonne die

Wolken schon in unterschiedlichste Rot- und Gelbtöne. „Sieh mal dort am Horizont!" Verblüfft zeigte Viktoria mit ausgestreckter Hand zur Sonne.

„Ich weiß, so einen schönen Sonnenuntergang hatten wir schon gestern", sagte Adelheid, die noch immer auf ihrem Rücken lag.

„Das meine ich nicht. Sieh dir das dahinten mal an. Ich glaube, es kommt auf uns zu."

„Was?" Adelheid wurde neugierig und erhob sich.

„Ich weiß nicht, wie man das Ding nennt."

„Ein Ballon!", antwortete Adelheid erstaunt. Zum Schutz vor den Sonnenstrahlen hielt sie sich eine Hand an ihre Stirn. „So etwas habe ich schon mal auf einem Bild gesehen."

An Höhe verlierend, glitt der Ballon langsam näher und die beiden Mädchen konnten den Korb gut erkennen. Auf dem Rand des Korbes stand ein Mann und hielt sich mit beiden Händen an zwei von den acht Seilen fest, die den großen, mit Gas gefüllten gelben Ballon umspannten. Der Mann war mit einem dunklen Jackett, einem weißen Hemd mit gestärktem Kragen und einer offensichtlich viel zu weit geschnittenen grauen Hose bekleidet. Am Hals trug er eine rote Fliege und auf dem Kopf einen Elbsegler. Alles in allem sah er aus, als hätte er sich für eine Vorstellung im Varieté oder für einen ähnlichen Anlass gekleidet.

„Ich glaube, der will hier landen. Er kommt genau auf uns zu", sagte Adelheid leise. „Wollen wir lieber nach Hause?"

„Hast du etwa Angst?"

„Ein wenig schon."

„Also, ich bleibe hier. Schließlich will ich wissen, ob die Landung gutgeht", sagte Viktoria mehr zu sich selbst.

„Ich bleibe auf keinen Fall", sagte Adelheid und wollte sich gerade zum Gehen abwenden, als sie eine fremde Stimme vernahm.

„Buona sera, bambini!", rief der Mann auf dem Korb.

Die Mädchen guckten erstaunt.

„Was hat er gesagt?", fragte Viktoria.

„Ich glaube, das war nicht unsere Sprache."

„Attento!"

„Er kommt immer näher. Schnell zur Seite, Adelheid!" Viktoria lief eilig zur Seite und zog ihre verdutzte Freundin am Ärmel mit sich, damit keine der beiden vom näherkommenden Ballon getroffen wurde.

„Das war aber knapp", stellte Adelheid erschrocken fest. „Ich weiß auch nicht, aber ich konnte irgendwie nicht reagieren."

„Wie festgewachsen bist du dagestanden", lachte Viktoria vor Erleichterung, weil die Gefahr vorüber war.

Es schien so, als würde der Korb auf seine letzten Meter immer schneller werden. Kurz vor der Berührung mit der Erde schnellte der Ballon kurz nach oben und landete mit einem Ruck in dem Haufen mit den restlichen Getreidehalmen. Als der Korb von der Fliehkraft überzukippen drohte, versuchte der Mann dies mit seinem ganzen Körpergewicht zu verhindern, indem er sich gegen die Brüstung stemmte. Aber es nützte nichts, der Korb kippte zeitlupengleich auf die Seite und der in sich zusammenfallende Ballon legte sich daneben. Oben auf der Brüstung des Weidenkorbes stand der Mann und lachte.

„Come si meraviglia!", sagte der Mann.

Die beiden Mädchen standen verunsichert da und verstanden kein Wort von dem, was der Mann sprach.

„Stai bene?" Der Mann fing zu lachen an. „Scusa, ich vergessen, ich in Baviera, äh, wolle sagen in Bayern, stimmt?"

Beide Kinder nickten.

„Sono italiano! – Ich bin Italiener." Der Italiener lächelte die Kinder freundlich an und sie lächelten zurück.

„Meine Name ist Alfonso Spirenzi." Der freundliche Mann sprang vom Korb, ging auf die Kinder zu und reichte ihnen die Hand. „Und wie der Name von die hübsche Mädchen?"

„Grüß Gott!", sagte Viktoria freundlich, als sie ihre Hand in die des Italieners legte. Sein ganzes Gesicht wirkte erfrischend und seine dunklen Augen strahlten pure Lebensfreude aus. Mit seinem freundlichen Lächeln kam eine große Zahnlücke zwischen den oberen Schneidezähnen zum Vorschein, die hervorragend zu seinem Mund passte. Ihr fiel auf, dass dieser Mann eine Fröhlichkeit in sich trug, deren Ursprung in einem guten Herzen begründet sein musste und die seinem Handeln eine Leichtigkeit gab. Er wirkte so ganz anders, als die Männer, die sie bisher kannte. „Mein Name ist Viktoria."

„Eine schöne Name." Er wandte sich Adelheid zu und gab ihr ebenfalls die Hand. „Und mit wem ich habe Vergnügen?"

„Mein Name ist Adelheid."

„Bello!", sagte der Italiener. „Auch eine wunderschöne Name." Alfonso Spirenzi drehte sich um und zeigte auf seinen Ballon. „Ich packen zusammen und ihr mir zeigen, wo ich essen und schlafen, si?"

„Si!", reagierte Viktoria schnell, die sich an das italienische Wort für ja erinnerte.

Der Ballonfahrer lachte amüsiert und begann damit, die Ballonhülle, die mit Leinöl getränkt worden war, zusammenzulegen.

„Was ist das für ein Stoff?", fragte Viktoria, nachdem sie ihn vorsichtig befühlt hatte. „Er glänzt so schön."

„Seide mit Behandlung speciale!"

„Speciale?"

„Si, Signora, damit sfuggire, äh, wie sagt man, entkomme keine Stickstoff aus die Ballon."

„Und womit wird der Ballon aufgeblasen?"

„Wasserstoff. Das ist eine Gas", antwortete Spirenzi freundlich, während er den gelben Stoff weiterhin sorgfältig zusammenlegte.

„Was machen wir denn jetzt mit den restlichen Getreidehalmen?", fragte Adelheid und schaute Viktoria an.

„Das Ding hat alles ganz schön zerzaust." Viktoria zeigte auf den Ballon. „Lass uns aus dem ganzen Durcheinander noch eine Garbe machen und dann gehen wir mit Herrn äh, wie ... "

„Alfonso Spirenzi", erinnerte der Ballonfahrer die Mädchen an seinen Namen.

„Also gut, danach gehen Herr Spirenzi und wir zurück, bevor es dunkel wird."

Auf dem Weg zum Ernhaus erzählte der Italiener in gebrochenem Deutsch von der Kunst, einen Ballon zu fahren. Viktoria hatte viele Fragen und Alfonso Spirenzi erklärte ihr, wie ein Ballon gestartet wird und welche Aufgabe dabei das großen Ventil, Parachute genannt, hat. Die Erklärung, warum er manchmal eine ungewollte Schleiflandung nicht verhindern konnte, band er in eine abenteuerliche Geschichte ein. Außerdem benannte er den ganzen Aufbau eines Ballons vom Weidenkorb über den Äquator bis hin zum oberen Drittel.

„Was ist ein Äquator?", fragte Viktoria neugierig.

Alfonso Spirenzi pflückte eine kleine Margerite vom Wegrand und steckte sie hinter sein Ohr, so dass sie unter seinem Elbsegler hervorlugte. Als Viktoria ihn anlachte, pflückte er ihr auch eine Margerite und deutete ihr, sie auch hinter das Ohr zu stecken. „Du kennen Erde?", sagte Spirenzi und deutete mit seinen Armen und Händen eine Kugel vor seinem flachen Bauch an. „Da wo Erde am dicksten, da Äquator. Äquator ist bei die schwarze Menschen in Afrika."

„In Afrika liegt der Äquator?" Viktoria fand den Fremden und seine Erklärungen lustig.

„Esatto, Signora", lachte der Italiener. „Und in Mitte von die Ballon."

„Wir sind da." Viktoria hätte noch lange mit dem fremden Mann aus Italien so weitergehen können. Er begegnete den Mädchen auf eine zugewandte Art und Weise, die eine erfrischende Selbstverständlichkeit hatte und ihnen bisher unbekannt war. Er nahm ihre Fragen wichtig und wenn sie auch nicht alles verstanden, waren die beiden Freundinnen dankbar für die Erklärungen, die er ihnen gab.

Bevor Alfonso Spirenzi in das Haus der Salgers eintrat, nahm er seine Kopfbedeckung ab.

„Buona sera", grüßte er, als er die Diele betreten hatte, und stellte sich in seinem gebrochenen Deutsch vor. Die am Tisch sitzenden Glöttwenger waren beim Anblick des Fremden still gewordenen und starrten ihn an.

„Herr Spirenzi ist eben mit seinem Heißluftballon auf dem Stoppelfeld gelandet und hat Hunger", sagte Adelheid mutig.

Erneute Stille beherrschte den Raum.

Es war der Hausherr, Gottfried Salger, der die Stille mit dem Zurückrücken seines Stuhles unterbrach. „Grüß Gott! Ich bin Gottfried Salger und heiße Sie herzlich willkommen an unserem gedeckten Tisch." Er winkte Spirenzi zu sich heran. „Setzen Sie sich bitte! – Martin, hol einen Teller und Besteck für unseren Gast."

„Vi ringrazio tutti sentitamente", sagte der Italiener und verbeugte sich vor allen Anwesenden. „Danke!", wandte er sich an den Hausherrn und setzte sich.

Langsam kehrte wieder Geschäftigkeit in den Raum zurück. Geschirr klapperte und flüsternde Unterhaltungen begannen, während viele Glöttwenger neugierig zu dem ungewöhnlichen Gast hinüberschauten.

Viktoria und Adelheid setzten sich an den für die Kinder vorgesehenen Tisch. Von hier aus hatte Viktoria eine gute Sicht hinüber zu Spirenzi, der sich bald angeregt mit seinen Tischnachbarn unterhielt. Die anderen Kinder am Tisch löcherten die beiden Mädchen mit ihren Fragen. Sie wollten wissen, woher der Mann gekommen war, wie der Ballon aussah, wie er gelandet war und vieles mehr, aber Viktoria war nicht nach Antworten zumute. Sie wollte das phantastische Erlebnis in ihrem Herzen bewahren, ohne es mit anderen teilen zu müssen. Außerdem wollte sie lieber der Unterhaltung von Herrn Spirenzi und den anderen Erwachsenen lauschen, deren Worte durch die Gesprächslautstärke zu ihr herübergetragen wurden.

Alfonso Spirenzi wurde auf seine Kopfbedeckung angesprochen und er erzählte von Hamburg, wo die meisten Elbschiffer so einen ‚Elbsegler' trugen. Hamburg sei eine große Stadt an einem Fluss namens Elbe, erzählte der Mann mit der Blume im Haar. Dort sei er schon als Kind gewesen. Ein Fischer aus Finkenwerder setzte ihm irgendwann den Elbsegler auf seinen Kopf, während er ihm lustige plattdeutsche Geschichten erzählt hatte. Zwar verstand er nicht jedes Wort, aber das Wichtigste konnte er anhand seiner Gestik und Mimik doch begreifen. „Seitdem ist mein Elbsegler immer dabei."

Das Abendessen ging viel zu schnell vorbei und Viktoria musste mit ihren Eltern nach Hause gehen. „Es wird Zeit", sagte die Mutter.

„Darf ich Herrn Spirenzi noch eine ‚Gute Nacht' wünschen?"

„Nein! Er ist ein fremder Erwachsener für dich und du machst jetzt, dass du ins Bett kommst."

Viktoria fügte sich und nahm sich vor, gleich morgen nach dem Aufstehen zum Feld zu rennen, um den Abflug nicht zu verpassen. Dann würde sie ihm eine gute Reise wünschen.

Viktoria lag nach einem langen Tag schlaftrunken in ihrem Bett. In der Dunkelheit sah sie den großen gelben Ballon vor sich, wie er in der Luft schwebte, immer näher kam und drohte auf dem Wirtshaus zu landen. Auf dem Rand des Korbes stand sie selbst, angezogen mit einem gelben Kleid und einem wehenden Tuch um den Hals. Auf ihrem Kopf trug sie einen zu großen blauen Elbsegler, der ihre Stirn fast ganz verdeckte. Von oben sah sie im Garten hinter dem Wirtshaus ihren Vater stehen.

„Hallo, da oben!", rief der Vater.
„Ahoi, da unten!", rief Viktoria zurück.
„Wohin geht die Reise?"
„Weit weg, bis nach Hamburg!"
„Warum willst du fort nach Hamburg?"
„Weil es dort so schön ist."
„Was ist denn dort schöner als hier?"
„Dort gibt es einen großen Fluss, die Elbe. Und es gibt Schiffe, die in ferne Länder fahren. Die Schiffe sind so groß ...", Viktoria breitete die Arme aus, so dass sie freischwebend auf dem Rand des Korbes stand, „... und Fischer erzählen den Kindern fröhliche Geschichten."
„Kommst du bald wieder?"
„Kommt darauf an ...", antwortete Viktoria, als der Ballon wieder aufstieg und immer weiter fortschwebte, „... ob ich Alfonso finden werde."

Am nächsten Morgen erinnerte sich Viktoria nicht mehr an ihren Traum. Ihre Augen mussten sich an das Licht des Tages gewöhnen und sie blinzelte gegen die Helligkeit im Raum an. Sie fragte sich, was es war, woran sie unbedingt denken wollte. Irgendetwas war wichtig. Aber was? Sie gähnte und spürte beim Strecken der Glieder die geleistete Arbeit des Vortages. Plötzlich war alles wieder da. Vor ihrem inneren Auge stiegen Bilder des gestrigen Abends auf. Abrupt sprang sie aus dem Bett heraus, zog sich eilig ihr Kleid über das Nachthemd, rannte durch das Haus und zur Tür hinaus.

Als sie am Rand des Stoppelfelds ankam, blieb sie kurz stehen und sah die vielen Menschen, die sich um den prächtigen Ballon versammelt hatten. Das Gelb des runden Ballons hob sich vom blauen Himmel ab, als wäre die Sonne der Erde viel zu nahe gekommen. Einige Männer hielten Seile in ihren Händen, die sie im nächsten Moment losließen. Sanft gewann der Ballon an Höhe und schwebte langsam in Viktorias Richtung.

„Warum hat mich keiner geweckt?", flüsterte Viktoria. „Ich wollte dir doch noch etwas sagen, Alfonso Spirenzi."

Viktoria lief auf den Ballon zu und ihr Blick traf den des Alfonso Spirenzi.

„Molte grazie signora Viktoria e arrivederci!", rief Alfonso lachend und winkte.

Der Ballon stieg und Alfonso wurde immer kleiner. Bald war der freundliche Italiener nicht mehr zu erkennen.

Viktoria schaute lange zum Himmel. „Er hat meinen Namen nicht vergessen", sagte sie leise, als der Heißluftballon sich dem Horizont immer weiter näherte. „Er hat Viktoria gesagt."

Kapitel 26

Sonntag, 12. Januar 1896

Schnee bedeckte die Landschaft. Die letzten Nächte hatte es immer wieder geschneit, während am Tage herrlichster Sonnenschein das weißbedeckte Land zum Glitzern brachte.

Viktoria stand auch heute früh auf und betrachtete den sich anbahnenden Sonnenaufgang durch Fensterscheiben, die von Eisblumen umrandet waren. Sie war fasziniert von den Darbietungen der gefrorenen Flüssigkeit und genoss diese in der frühmorgendlichen Stille des Hauses. Sie wusste, dass die schöne Zeit ihrer Betrachtungen mit dem Erwachen des Hauses vorbei sein würde. Der Lärm, den der Betrieb einer großen Familie mit sich brachte, ließ Übersicht und geordnetes, überlegtes Vorgehen für Viktoria unmöglich erscheinen. Ganz zu schweigen, wenn außerdem gegen Nachmittag der Hauptbetrieb in der Wirtschaft einsetzte.

Viktoria war zur Frühaufsteherin geworden und wischte in den frühen Morgenstunden meistens den Fußboden in der Wirtschaft. Sie hatte sich mit ihren Eltern darauf geeinigt, dass sie sich als Lohn für ihre vorgeleistete Arbeit am späten Nachmittag eher zurückziehen durfte, während ihre älteren Geschwister noch in der Gaststube aushelfen mussten.

Viktoria betrachtete die langen Schatten der Bäume. Amseln pickten auf ihrer Suche nach Essbarem an den wenigen schneefreien Stellen in den hartgefrorenen Boden. Leise knackend öffnete sie das Fenster und die Vögel stoben auseinander. Kälte drang in den Raum. Sie musste sich beeilen.

Geschwind ließ sie ein paar Haferkörner aus ihrer hohlen Hand auf das Fenstersims fallen, schloss das Fenster wieder und ging einen Schritt zurück.
Es dauerte eine Zeit, bis der erste Vogel angeflogen kam. Zufrieden sah sie, dass sich eine kleine Kohlmeise über die Körner hermachte. Viktoria freute sich. Sie war glücklich in diesen Minuten und lächelte. Plötzlich schoss ihr die Frage durch den Kopf, ob diese Situation „Vergnügen" bedeutet, so wie Vreni es ihr einmal erklärt hatte. Vreni hatte gesagt, dass jeder Mensch Vergnügen braucht und dass er davon ein Leben lang zehren würde. Vergnügen stellt sich für jeden anders dar, hatte sie gesagt. Während der eine gerne splitterfasernackt in einen See springt, rodelt der andere lieber einen schneebedeckten Berg hinunter. Viktoria würde beides gerne ausprobieren, auch wenn der Vater dann wahrscheinlich fragen würde, ob sie nicht ganz gescheit wäre oder nichts Besseres zu tun hätte.

Schnell verdrängte Viktoria den Gedanken an den Vater wieder. Sie wollte lieber an Vreni denken. Sie bewunderte Vreni. Sie war immer guter Dinge. Am liebsten würde sie bei Vreni das Schneiderhandwerk erlernen und genauso leben wie sie. „Vielleicht wird es dir dein Vater später erlauben", sagte Vreni bei einem ihrer Besuche in Glöttweng und strich ihr lächelnd über das Haar.

Nun war sie doch wieder mit ihren Gedanken bei ihrem Vater und konnte sich dem nicht entziehen. Sie machte sich Sorgen um ihn, weil er schon seit einiger Zeit über Bauchweh klagte und wenig aß.

Viktoria beruhigte sich ein wenig mit dem Gedanken, dass Dr. Willrich für morgen sein Kommen angekündigt hatte, um den Vater zu untersuchen. Sie schaute der fortfliegenden Meise nach, trat näher an das Fenster heran und hauchte dagegen. Ein feuchter milchiger Film entstand auf der Scheibe und Viktoria malte mit ihrem Finger ein Herz darauf.

Wenig später begann Viktoria den Fußboden in der Wirtsstube zu feudeln und spülte anschließend die restlichen Gläser vom gestrigen Abend. Als ihre Eltern aufstanden, hatte Viktoria schon den Frühstückstisch für die ganze Familie gedeckt.

„Guten Morgen", sagte der Vater freundlich und sah sich im Raum um.

„Schon wieder so fleißig gewesen?", stellte die Mutter fragend fest.

Der Stimme der Mutter war nicht zu entnehmen, ob sie sich über den Fleiß der Tochter freute. Ihre Tonlage hätte genauso gut eine Ablehnung bedeuten können, weil sie Viktorias Arbeitseifer am frühen Morgen nicht nachvollziehen konnte.

„Ja, dann kann ich heute Abend weiterstricken", sagte Viktoria, die ihre Mutter hoffnungsvoll anschaute. Ihr Blick suchte den der Mutter jedoch vergebens. Vreni hatte Viktoria das Stricken beigebracht und ihr Wolle für ein kleines Deckchen geschenkt, worauf ihre Mutter bisher mit keiner Silbe eingegangen war.

Nach der kühlen Abfuhr von der Mutter wendete sich Viktoria dem Vater zu. „Wie geht es dir, Papa?"

Der Vater winkte ab, setzte sich und begann damit, sich lustlos eine Scheibe Brot zu schmieren.

Viktoria setzte sich dazu, nahm sich ebenfalls eine Scheibe Brot und beobachtete ihre Mutter immer wieder aus dem Blickwinkel. Wie nebenbei bestrich diese das Brot mit Butter und biss mechanisch ab.

Ihr fiel auf, dass ihre Mutter wieder in sich gekehrt war. Sie sah heute nicht mehr so traurig aus wie die Tage zuvor, wirkte aber wieder einmal teilnahmslos. Ihre Haare hatte sie hinten zu einem Dutt gedreht. Sie hatte wenig Falten und niedliche Krähenfüßchen an ihren Augen, die an fröhliche Zeiten erinnerten. Die Augen selbst hatten die Farbe eines glitzernden Sees. Viktoria fand ihre Mutter melancholisch schön.

„Mama, was bedeutet Vergnügen für dich?", fragte Viktoria ihre Mutter, einer spontanen Eingebung folgend.

Die Mutter schaute irritiert auf und begegnete dem Blick ihrer Tochter. Sie überlegte geraume Zeit, so als würde sie darüber nachdenken, ob es dieses Wort überhaupt gibt.

„Ein gesunder Mann kann ein Vergnügen sein", antwortete die Mutter und richtete ihren Blick hinüber zu ihrem Mann, der mit offensichtlicher Appetitlosigkeit kaute und über die Antwort seiner Frau sichtlich unzufrieden war.

„Viktoria, also …", mahnte Theodor seine Frau in entsprechendem Ton. „Gebe doch bitte eine vernünftige Antwort auf die Frage deiner Tochter."

„Deine Geburt war kein Vergnügen." Dies fiel der Mutter offenbar unvermittelt ein. Sie sagte es so milde, wie sie lange nicht mehr gesprochen hatte. „So wie sicherlich alle Geburten kein Vergnügen sind. Aber ich erinnere mich, dass ich bei deiner Geburt wiederum auch Vergnügen empfunden habe. Die Spannung, ob du ein Mädchen werden würdest, war bei mir riesengroß, weil ich unbedingt wollte, dass du ... Und als du auf die Welt gekommen warst, gab ich dir meinem Namen. Das war ein Vergnügen für mich." Die Mutter lächelte ihre Tochter an. Viktoria gefiel die Vorstellung, dass ihre Geburt mit Vergnügen in Zusammenhang gebracht wurde.

„Wenn ich groß bin, möchte ich auch ein Mädchen haben", sagte Viktoria und überlegte kurz, bevor sie weitersprach. „Womit hat sich Josefa eigentlich vor ihrem Tod vergnügt?"

„Wie kommst du denn jetzt darauf?", fragte die Mutter erstaunt.

„Na ja, als Josefa von dir, Genoveva und Anna gewaschen wurde, hast du gesagt, dass sie sich, bevor sie verstarb, sichtlich vergnügt hatte."

Der Wirt schaute seine Frau erstaunt an. „Gibt es etwas, wovon ich nichts weiß?", fragte er seine Frau.

„Nicht dass ich wüsste", log seine Frau Viktoria. Sie erinnerte sich noch sehr genau an den gewölbten Bauch ihrer Nichte, der eindeutig von einer Schwangerschaft herrührte. Sie konnte sich an den Blick von Genoveva erinnern, der auf dem Bauch ihrer Cousine haftete und dann zu ihr geschweift war. Sie hörte die Worte wieder, die sie damals zu Genoveva gesprochen hatte. „Sie hat sich wenigstens noch vergnügt, bevor sie starb." Dann war sie leise auf ihre älteste Tochter zugegangen und hatte ihr ins Ohr geflüstert. „Das bleibt unter uns. Niemand wird etwas erfahren. Verstanden?"

Viktoria sah ihren Mann so unbekümmert an, wie es ihr in dieser Situation möglich war. ‚Wenn ich nicht aufpasse, wird doch noch etwas an die Oberfläche kommen', dachte sie.

Der Wirt schaute seine Frau ungläubig an. „Da gibt es doch etwas, wovon ich nichts weiß. Nun aber heraus damit!"

„Aber Theodor, das ist doch Unsinn. Was soll es denn da geben?" Viktoria schaute von ihrem Mann hin zu ihrer Tochter. „Was weiß ich denn, was das Kind gehört haben will."

„Josefa soll ein Vergnügen gehabt haben, von dem ich anscheinend nichts wissen soll."

Die kleine Viktoria entnahm dem Gespräch der Eltern, dass es eine Art von Vergnügen geben musste, wovon bestimmte Menschen lieber nichts wissen sollten. Sie konnte sich beim besten Willen nicht vorstellen, dass es etwas geben konnte, was Freude bereitet und doch verboten oder anrüchig war.

„Aber das ist doch Quatsch, Theodor. Nun esse dein Brot in Ruhe weiter. Denke daran, was der Doktor gesagt hat: Du sollst Aufregungen vermeiden."

Viktoria fragte sich in ihrer kindlichen Naivität, ob Vergnügungen einen Menschen so aufregen konnten, dass man davon krank wurde. Sie erinnerte sich an ihre Exkursionen in die Speisekammer. Das Pflaumenmus zu schlecken war gewiss ein Vergnügen gewesen, aber die Angst, dabei erwischt zu werden, konnte Übelkeit und Brechreiz hervorrufen. „Hatte Josefa auch unerlaubt vom Pflaumenmus genascht?", fragte sie ihre Eltern schließlich.

„Unsinn!", antwortete die Mutter. „Du weißt doch, woran die Josefa verstorben ist."

„Aber was ist vorher passiert?", fragte Theodor drängend.

„Theodor, nun hör schon auf. Es gibt nichts zu erzählen und schon gar nicht vor dem Kind."

„Aha, da kommen wir der Sache also schon näher. Es ist also etwas, was nicht für Kinderohren geeignet ist", stellte der Wirt fest. Er guckte seine Tochter ernst an und zeigte zur Tür. „Ich rufe dich, wenn du wieder hereinkommen kannst."

Augenblicke später stand Viktoria vor der Tür und lauschte. Sie konnte beim besten Willen nichts durch die Tür hören. Erst als der Vater laut lachte, so wie sie ihn schon seit langem nicht mehr lachen gehört hatte, wusste sie, dass ihr Lauschen umsonst gewesen war.

„Du kannst hereinkommen!", rief der Vater.

Viktoria setzte sich schmollend an den Tisch und aß ihr Brot weiter. Sie war ärgerlich über den Ausschluss, der ihrer kindlichen Neugier einen Riegel vorgeschoben hatte.

„Aber warum soll die Kleine davon nichts wissen?", fragte Theodor seine Frau.

„Wenn du nicht anders kannst, dann erzähle es ihr", sagte die Mutter und schmunzelte.

„Deine Tante Josefa ...", begann der Vater lachend, „... hat dem alten Mändle gegen die Kälte eine seiner Unterhosen über den Kopf gezogen", prustete der Vater heraus und war bemüht einen Lachkrampf zu unterdrücken. „Ich hätte nie gedacht ...", sagte er zu seiner Frau gewandt, „... dass Josefa an derartigen Dingen Vergnügen gehabt hat."

Sie zuckte mit den Schultern und war froh, dass damit das Thema vom Tisch war.

Das war der Schalk von Viktoria Fink, wie sie ihn in ihren besten Jahren viel öfter ausgelebt hatte.

Montag, 13. Januar 1896

„Tut es hier weh?", fragte Dr. Willrich seinen Patienten, während er seine Finger in die Magengegend seines liegenden Patienten drückte.

„Das kann man wohl sagen", stöhnte der Wirt.

„Und hier?" Der Arzt untersuchte ihn nun um den Nabel herum.

„Nicht so sehr."

„Nun setzen Sie sich bitte aufrecht hin, mit dem Rücken zu mir."

Dr. Willrich klopfte den Rücken ab. „Spüren Sie etwas?"

„An den Seiten tut das Klopfen weh."

„Sie können sich wieder anziehen", sagte der Arzt und schaute Viktoria an.

„Ihre jüngste Tochter?" Der Arzt musterte Viktoria, sprach aber den Wirt an.

„Meine Zweitjüngste. Sie macht sich Sorgen um mich und wollte unbedingt dabei sein, wenn Sie meinen Bauch untersuchen."

„Aha", sagte der Arzt nachdenklich. „Wie dem auch sei, es ist ja für heute beim Oberkörper geblieben, ansonsten ..."

„Was ist es denn nun, Herr Doktor?"

„Ich tippe auf Ulcus ventriculi."

„Ulcus was?" Der Wirt schaute verunsichert.

„Sie haben zu viel Stress, Herr Fink", sagte Dr. Willrich und zeigte mit dem Daumen über die Schulter in Richtung Schankraum. „Und das ganze Drumherum, also wenn Sie mich fragen ..." Der Arzt schaute seinen Patienten mit nachdenklichem Blick an.

„Was, Herr Doktor?"

„Sie brauchen jetzt Ruhe, vermeiden Sie Hektik und Stress."

„Wie soll ich das denn machen?", fragte der Wirt bekümmert.

„Stellen Sie sich vor, es gäbe Sie nicht." Der Arzt schnippte mit den Fingern, als ob er ihn damit aus dem Diesseits in das Jenseits katapultieren würde. „Ich will damit sagen, dass es eine Zeitlang auch ohne Sie gehen muss."
„Wie soll das gehen? Nein, nein …" Der Wirt schüttelte den Kopf.
„Dann gönnen Sie sich wenigstens zwischendurch zur Entspannung ein Vergnügen."
Da war das Wort wieder, das für Viktoria immer größere Bedeutung bekam. Wenn sie es richtig deutete, soll der Vater sich, wenn nicht Ruhe, so doch Vergnügen gönnen.

Der Wirt dachte kurz an das amouröse Abenteuer mit Annemarie Stadler, bevor er wieder gänzlich in die Gegenwart zurückkehrte. „Was ist denn dieses Ulcus sowieso überhaupt?"

„Ich vermute, Sie haben ein Magengeschwür. Wenn dem so ist, sollten Sie meine Anweisungen beachten und sich mit möglichst leichter Kost ernähren."

„Und was ist, wenn ich mir aufgrund der anfallenden Arbeit nicht genügend Ruhe gönnen kann?"

„Dann ist der Ausgang ungewiss."

Kapitel 27

Freitag, 12. Juni 1896

Die Kate lag verlassen und dem Verfall preisgegeben da. Sie gab im Licht der aufgehenden Sonne ein nostalgisches Bild ab. Durch die Fugen der roten Backsteinmauer zogen sich lange Risse, die bald ein Lösen ganzer Mauerteile zur Folge haben würde. Dort hatten Gräser und kleine Bäumchen Halt gefunden. Einzelne Scheiben waren zerbrochen und der Wind ließ die unbefestigten Fensterläden in ihren Angeln quietschend vor- und zurückfahren. Der Garten war längst verwildert. Die wildwuchernden Gräser fürchteten schon lange keine scharfe Sense mehr. Sie standen zum Teil so hoch wie die Stämme der einst gepflegten Apfelbäume. Der dem Verfall preisgegebene Zaun markierte zwar die damaligen Grenzlinien des Grundstücks, bedeutete jedoch kein Hindernis für die steten heimlichen Besucher, die diesen Ort als geheimnisvoll und verwunschen wahrnahmen.

An diesem Morgen wateten Martin und Genoveva händchenhaltend durch das feuchte Gras. Hunderttausende Tröpfchen des Morgentaus wurden von der Sonne beschienen und glitzerten in leuchtenden Farben; Smaragdsplittern gleich. Genoveva kicherte, worauf Martin mit dem Zeigefinger auf den Lippen zur Ruhe mahnte. Beide schauten sich um, bevor sie die Kate betraten. Sie konnten nicht ahnen, dass es sich im Innern schon jemand bequem gemacht hatte.

Das Pärchen schaute sich im Raum um. Die meisten Möbelstücke waren längst ausgeräumt. Der Holzfußboden war zwar schmierig, könnte jedoch nach einer Reinigung als intakt angesehen werden. Martin Salger nahm beide Hände von Genoveva in seine und begann die Melodie eines schwäbischen Volksliedes zu summen. Er rückte näher an Genoveva heran und wollte sie küssen, was das Mädchen jedoch durch Neigen ihres Kopfes verhinderte. Martin lächelte und summte weiter sein Lied, um bald darauf den Text zu singen. Genoveva lachte vergnügt und ließ sich, von der lustigen Weise des Liedes beschwingt, im Kreise drehen.

> Mädel, ruck, ruck, ruck an meine grüne Seite,
> Ich hab dich gar zu gern, ich mag dich leiden.
> Bist so lieb und gut, schön wie Milch und Blut,
> Du musst bei mir bleiben, kannst mir die Zeit vertreiben.

Martin summte weiter und Genoveva drückte ihm einen schnellen, kurzen Kuss auf die Lippen. Beide lachten laut auf und Martin schaute seiner Angebeteten verliebt in die Augen. „Und nach der nächsten Strophe bekomme ich noch einen", sagte er mit fester Stimme.

Als Genoveva zustimmend nickte, sang Martin weiter und sie drehten sich im Takt der Melodie.

> Mädel, guck, guck, guck in meine blauen Augen,
> du kannst ...[9]

---

[9] Schwäbisches Volkslied aus dem 19. Jahrhundert

Martin brach abrupt ab. Er meinte ein knarzendes Geräusch gehört zu haben.

„Was ist? Warum singst du nicht weiter? Es war gerad so schön." Genoveva wollte gerne den liebreizenden Moment festhalten.

„Hast du es auch gehört?"

„Was gehört?", fragte Genoveva ungeduldig.

„Da hat doch irgendetwas geknackt."

„Bestimmt das Gebälk."

„Das glaube ich nicht."

„Ludowika meinte, hier soll es spuken. Nachts würde Josefa von den Toten auferstehen und hier Zuflucht finden", sagte Genoveva. Sie wurden beide still und schauten sich im Raum um. In einer dunklen Ecke des Zimmers stand ein alter Sessel, der an den stoffbezogenen Lehnen abgewetzt war. Von den Decken hingen Spinnweben herunter. Es war jetzt so still wie in einem Grab, so dass sie das Rascheln der Mäuse unter dem Dach hören konnten.

„Buh!", rief Martin derart laut und unerwartet, dass nicht nur Genovevas Herzschlag aussetzte.

Auch Viktoria, die kauernd hinter dem Sessel saß, erschrak und musste sich ihre Hand vor den Mund halten, um einen Schrei zu unterdrücken. Ihre Augen waren so weit aufgerissen, wie man es auch bei einem Tier sieht, wenn es keinen Ausweg aus der Gefahr weiß und vor Schreck erstarrt. Schon von Genovevas Ausführungen über das Spuken in diesem Gebäude war ihr eine Gänsehaut über den Rücken gelaufen.

Sie hatte alles mitbekommen, hatte dem Lied zugehört und vernahm sogar den Kuss. Bis dahin war alles gut gewesen und sie freute sich über das Glück der großen Schwester. Ihr wurde erst bange, als Genoveva den unheimlichen Ausspruch von Ludowika zum Besten gab. Wenig konnte sie aus ihrem Versteck heraus im Raum erkennen. Alles kam ihr plötzlich düster und bedrohlich vor. Am liebsten würde sie fortlaufen, wollte jedoch nicht entdeckt werden. Deshalb musste sie in ihrem Versteck ausharren, bis die unerwarteten Besucher diesen Ort verlassen würden.

Viktoria hörte Schritte, die sich dem Sessel näherten, und kauerte sich noch ein wenig mehr zusammen. Sie vernahm das Hinsetzen von Martin.

„Komm", sagte Martin und Genoveva setzte sich auf seinen Schoß.

„Erschrecke mich nie wieder so", sagte Genoveva gespielt böse.

„Nur, wenn du mir noch einen Kuss gibst."

„Ich mag jetzt nicht."

„Warum nicht? Ich bin doch jetzt ganz nett, oder?

„Weil es hier spukt! Und wo es spukt, mag ich nicht küssen. Ludowika sagt, sie war schon mal kurz vor der Abenddämmerung hier."

„Und?"

„Sie hatte durch das Fenster fremde Männer gesehen, die unrasiert und zerlumpt aussahen. Furchterregende Gestalten sollen es gewesen sein, die bestimmt etwas auf dem Kerbholz hatten." Genoveva hielt kurze Zeit inne. „In der nächsten Nacht waren die Männer nicht mehr da."

„Dann sind sie wohl über alle Berge", stellte Martin fest.

„Dafür soll Josefa da gewesen sein. In ihrem weißen Totenhemd soll sie durch den Raum geschwebt sein. Ludowika meint, Josefas Geist hätte die Fremden bestimmt vertrieben."

„Glaubst du ihr?"

„Ich weiß nicht. Aber wenn ich mich hier so umsehe …"

„Komm, wir gehen zur Tür", schlug Martin vor. „Dort ist mehr Licht … und außerdem wird es mir hier allmählich zu gruselig."

Sie gingen zur Tür. Der anfängliche Zauber des Ortes war für beide nicht mehr zu spüren.

Auch für Viktoria würde der Zauber niemals wiederkehren. Sie wartete, bis sie sicher sein konnte, dass Martin und ihre Schwester weit genug weg waren. Ihre Augen blickten tastend durch den Raum. Ein Windstoß ließ Staub aufwirbeln und verwandelte sich in Viktorias Vorstellung zu einem gespensterähnlichen Wesen. In ihrer Phantasie meinte Viktoria Josefa darin zu erkennen. Schnell sprang sie auf und rannte zur rettenden Tür hinaus. Auf dem Weg nach Hause, als sich ihre Angst allmählich gelegt hatte, fragte sich Viktoria, warum Martin und auch ihre Schwester heute so früh aufgestanden waren. Nachdem ihr darauf keine Antwort eingefallen war, schob sie die Frage wieder von sich. Sie dachte an die Arbeit, die nun vor ihr lag, bis die anderen Familienmitglieder erwachen würden.

Noch bevor Viktoria ihre Arbeit begann, schwor sie sich, niemals mehr einen Schritt in das spukende Gemäuer zu tun.

Sonntagnachmittag, 21. Juni 1896

„Also, wenn du die Mutprobe nicht machst, dann bist du eben doch noch ein kleines Mädchen", setzte Theodor seine jüngere Schwester unter Druck.

„Ich war schon oft da drinnen", betonte Viktoria möglichst lässig und zeigte auf die Kate, die ihr immer noch Angst einflößte.

„Dann kannst du doch einfach durch die Haustür hineingehen und durch das Fenster auf der gegenüberliegenden Seite wieder hinausklettern."

„Nein, ich möchte lieber nicht."

„Also doch noch ein kleines Mädchen, das sich in die Hosen macht, weil es Angst hat."

„Außerdem, was habe ich denn davon?", lenkte Viktoria, nach Befreiung suchend, ab.

„Wer sich das traut, wird mit einem Bonbon belohnt", sagte Theodor und zog ein karamellisiertes Zuckerstück mit Erdbeergeschmack aus seiner Hosentasche. Er wickelte es vor den erstaunten Augen seiner Schwester aus einem kleinen Tuch heraus.

Verlockend lag die Süßigkeit in dem Tuch. Bei dem Anblick lief Viktoria das Wasser im Munde zusammen. „Und wenn ich mich traue, bekomme ich das Bonbon und du sagst allen, dass ich mutig bin, weil ich die Mutprobe bestanden habe?"

„Na klar."

Viktoria überlegte einen Moment. „Aber du machst es vor."

„Warum nicht." Theodor zuckte mit den Schultern und ging langsam los. Er fragte sich, warum sich seine Schwester so zierte. Sie konnte doch nicht wissen, welchen Plan er ausgeheckt hatte. Gleich würde er die Kate betreten, in der sich Georg, sein Komplize, befand. An der Eingangstür drehte sich Theodor um und winkte Viktoria in gespielter Freundlichkeit zu. Nichts ahnend winkte Viktoria zurück und freute sich über die ungewohnt nette Geste des Bruders.

„Ich bin es", flüsterte Theodor, als er im Innern der Kate angekommen war. „Sie kommt gleich, dann kannst du loslegen."

„Ist gut", kam Georgs geflüsterte Antwort vom Dachstuhl hinunter.

Theodor ging weiter zum Fenster und drehte sich noch einmal um. „Aber warte, bis ich die Tür zugemacht habe", erinnerte er seinen älteren Bruder befehlend.

„Alles klar."

Nachdem Theodor zum Fenster hinausgestiegen war, schloss er es und stellte einen Balken angewinkelt gegen das Fensterkreuz, so dass es sich von innen nicht mehr öffnen ließ. Dann ging er in freudiger Erwartung um die Kate herum und kam langsam schlendernd auf seine Schwester zu. Er strich mit seinen Händen durch das hohe Gras, pflückte eine Margerite und steckte sie sich hinters Ohr.

Für Viktoria ergab sich ein idyllisch anmutendes Bild, wie ihr Bruder so lässig daherkam, im Hintergrund die alte Kate und der leicht bewölkte Himmel; die Blume an seinem Ohr erinnerte sie an Alfonso Spirenzi. Sie konnte sich jetzt gut vorstellen, die Kate ohne Angst zu betreten. Und sollte etwas Unvorhergesehenes geschehen, so überlegte sie, würde ihr älterer Bruder sie bestimmt beschützen.

„Ein Kinderspiel!", sagte Theodor und hob die Arme, um die Lässigkeit seiner Unternehmung zu unterstreichen. „Ich glaube, es ist doch zu einfach und ich behalte mein Bonbon."

„Du hast es versprochen", sagte Viktoria empört.

„Na gut, ich will nicht so sein", heuchelte der Bruder. „Dann geh schon!"

„Du hältst doch dein Versprechen?"

„Natürlich! Aber du musst zum Fenster hinausgehen und um das Haus herum zurückkommen."

„Abgemacht. Gut, dann gehe ich jetzt los."

Viktoria ging auf die Kate zu, während Theodor erleichtert aufatmete. Am Haus angekommen, machte es Viktoria ihrem Bruder nach und drehte sich um. Sie winkte ihm lächelnd zu, auch wenn ihr jetzt doch Bedenken kamen. Freundlich lächelnd winkte Theodor zurück und wartete, bis seine Schwester die Kate betreten hatte. Als nichts mehr von Viktoria zu sehen war, rannte Theodor zur Tür und schob sie zu.

Als Viktoria den Knall von der Tür vernahm, erschrak sie und drehte sich abrupt um. Wo eben noch der Lichtkegel von der offenen Tür den Fußboden erleuchtet hatte, war jetzt nur noch dunkelstaubiger Belag wahrzunehmen, dessen Grau sich der Umgebung anzupassen schien.

„Theodor!", rief Viktoria erschrocken und rannte zurück. Sie versuchte die Tür zu öffnen, doch es gelang ihr nicht. Auch kräftiges Stoßen half nichts. Viktoria erinnerte sich an das Fenster und schaute hinüber auf die andere Seite des Raumes. In dem Moment, als sie neuen Mut schöpfte und hinüberlaufen wollte, drangen unheimliche Geräusche vom Dachstuhl zu ihr hinunter. Leises Heulen wurde von einer menschlichen Stimme abgelöst, die den Raum mit ihrer schrillen und zugleich hohen Tonlage in gespenstische Stimmung versetzte.

„Ich bin es", sagte die Stimme.

Viktoria hielt sich die Hand vor den Mund und hätte am liebsten geschrien, traute sich jedoch nicht, weil sie die Folgen nicht abschätzen konnte.

„Ich bin es. Ich bin Josefa", begann die Stimme aufs Neue. „Erkennst du mich?" Kleine Gegenstände wirbelten durch den Raum und prallten mit dumpfen Geräuschen an unterschiedliche Stellen auf dem Fußboden und an den Wänden auf.

Als ein Gegenstand Viktoria am Arm traf, stieß sie einen lauten Schrei aus und rannte hinüber zum Fenster. Bei dem verzweifelten Versuch, es aufzustoßen, rutschte sie mit der rechten Hand ab und durchschlug ungewollt eine Scheibe. Glassplitter stoben auseinander und trafen sie an Armen und im Gesicht. Unter Schreien versuchte sie es weiter, während die hohe Stimme im Hintergrund mit gespielter Verzweiflung unablässig rief: „Bleib hier bei mir, bleib hier bei mir ..."

Endlich hatte Viktoria, mit einem Griff durch die zerbrochene Scheibe, den angewinkelten Balken wegschieben können, worauf sich die Fensterläden, wie von Geisterhand, öffneten. Schnell kletterte Viktoria heraus und lief um das Haus herum in Richtung Gartenpforte, um auf direktem Wege nach Hause zu rennen, als sie plötzlich gegen etwas großes Weiches lief. Schreiend schaute Viktoria nach oben und sah in zwei warmherzig blickende Augen.

„Ist ja gut, meine Kleine. Bei mir bist du sicher", sagte die Stimme der Frau.

Viktoria vergrub ihr Gesicht in das schützende Kleid der Frau.

„Ich bin Anne. Vielleicht kennst du mich noch", sagte die sanfte, beruhigende Frauenstimme. Anne Vogt guckte sich um und sah auch in die Richtung, aus der Viktoria gekommen war. Zunächst konnte sie nichts Verdächtiges erkennen, bis zwei Gestalten in geduckter Haltung im Dickicht hinter der Kate verschwanden.

„Willst du mir mal deine Hand zeigen?", fragte Anne, die sah, dass unablässig Blut aus einer Wunde an Viktorias Hand floss.

Langsam löste sich Viktoria von Anne und schaute verdutzt auf ihre blutende Hand. Rote Tropfen verfärbten das Kleid der Hebamme und den hellbraunen Sand des Weges.

„Komm, wir gehen dort zur Bank. Ich möchte deine Wunden verbinden", sagte Anne, die besorgt den geschockten Blick des Kindes beobachtete. „Du wirst sehen, es wird alles wieder gut."

Anne führte Viktoria zur Bank. Dort angekommen, riss sie ein Stück Stoff aus dem unteren Teil ihres Kleides und verband die Wunde notdürftig. Sie wusste, dass die große Wunde an der Hand genäht werden musste.

Bevor Anne das Kind nach Hause brachte, nahm sie es in den Arm, drückte es an sich und streichelte ihm in sanften, wiederkehrenden Bewegungen über das Haar. „Alles wird wieder gut", flüsterte sie dem Kind mehrmals beruhigend in sein Ohr.

Sonntagabend

„Was ist passiert?", fragte der Wirt seine beiden Söhne.

„Viktoria und ich haben nur eine Mutprobe machen wollen", sagte Theodor mit einer Betroffenheit, deren beeindruckende Anteilnahme über jeden aufkommenden Zweifel erhaben war. „Ich konnte ja nicht ahnen, dass so etwas passieren würde."

„Wieso ließ sich denn die Tür der Kate nicht öffnen, als Viktoria dies versucht hatte?"

„Also, als ich durch die Tür ging, war sie noch offen. Nachdem Viktoria hineingegangen war, muss sie der Wind zugeweht haben", schlussfolgerte Theodor, als wollte er die Ursache der unglücklichen Umstände herausfinden.

„Wieso bekam sie die Tür denn nicht auf?", wollte der Wirt wissen, noch nicht davon überzeugt, die Wahrheit gehört zu haben.

„Ich denke, sie war zu sehr in Panik und hat den Griff nicht gefühlvoll genug nach unten gedrückt", führte Theodor aus. „Bei der Eingangstür der Kate muss der Griff ein wenig nach vorne gedrückt werden, damit die Hebefalle nicht verkanntet."

„Das kann natürlich sein", überlegte der Wirt und stellte sich vor, wie seine Tochter in ihrer Panik und Verzweiflung den Griff nicht sachgemäß heruntergedrückt hatte. Bei dieser Vorstellung meldete sich sein Magen mit einem drückenden Schmerz und er legte, als könne er das Organ damit schützen, seine Hand auf die betroffene Stelle.

Der Wirt dachte nach. So wie es aussah, gab es unglückliche Umstände, die zu dem Unglück geführt hatten, und seine Söhne konnten nichts dafür. „Warum war denn bloß das Fenster verriegelt?", hakte der Vater nach, um letzte Zweifel auszuräumen.

„Ich kann mir nur erklären ...", führte Theodor erneut aus, „... dass Viktoria nicht das Fenster genommen hat, durch welches ich gestiegen bin." Theodor schaute so, als wolle er sagen, wie das Leben eben so spielen kann. „Mein Fenster war offen, und als ich zufällig bei dem anderen Fenster nachschaute, durch das Viktoria anscheinend gegangen war, habe ich den angelehnten Balken gesehen, mir aber nichts dabei gedacht", log Theodor unverfroren und schaute Georg an, der zustimmend nickte.

„Wo warst du denn, als das alles passiert ist?", wollte der Vater nun von Georg wissen.

„Ich kam erst dazu, als schon alles vorbei war", log Georg, wie er es mit seinem Bruder zuvor besprochen hatte. „Wir haben noch durch das offene Fenster gerufen, aber da war niemand mehr in der Kate", sagte Georg etwas unsicher. „Deshalb suchten wir das Dickicht hinter der Kate ab. Wir dachten, Viktoria hätte diesen Weg nach Hause gewählt."

„Genau!", mischte sich Theodor ein, der die zunehmende Unsicherheit seines Bruders erkannte und befürchtete, sie würde noch in einem Geständnis münden. „Wir haben heruntergetretenes Gras entdeckt und wollten dieser Spur schnell folgen, damit wir Viktoria noch zur Hilfe eilen können."

„Genau!", pflichtete Georg schnell bei, den das schlechte Gewissen ins Gesicht geschrieben stand.

„Das war auch nobel gedacht von euch Jungens", sagte der Vater. „Aber Gott sei Dank war auch Anne Vogt zur Stelle und hat Viktoria zunächst versorgt."

Theodor merkte, dass sein Vater die von ihm und seinem Bruder ausgeführte Version geschluckt hatte und an die Verkettung unglücklicher Umstände glaubte. „Meinst du, ich kann jetzt zu Viktoria?", fragte er seinen Vater.

„Du kannst ja mal leise die Tür öffnen und fragen", sagte der Vater und ließ das vermeintliche Unschuldslamm vorgehen.

„Ich kann dir nicht genug danken, Anne", sagte Viktoria gerade zu ihrer Freundin, als sich die Tür hinter ihnen öffnete. „Wenn du nicht zur Stelle gewesen wärst, um meiner Tochter zu helfen ..."

„Darf ich reinkommen?", fragte Theodor, dem die Anwesenheit der Hebamme, auf eine ihm unerklärliche Weise, unheimlich war. Ihr Blick hatte etwas Wissendes, etwas Durchleuchtendes. Es lief ihm bei der Vorstellung, sie könnte etwas von seinem Fehlverhalten erahnen, eiskalt den Rücken hinunter.

„Komm nur herein", sagte die Mutter zu ihrem Sohn, die das Gespräch mit Anne offensichtlich nur ungern unterbrach.

Leise schloss Theodor die Tür hinter sich und schlich an Anne vorbei. Er schaute Anne zögernd in die Augen und grüßte sie mit einer Schüchternheit, die er nur bei ihr verspürte. Ihrem Blick, der deutliches Misstrauen und die Ablehnung seiner Tat vermuten ließ, konnte er nicht standhalten. Es ärgerte ihn, dass er seine Augen früh abwenden musste. Diese Verunsicherung kannte er bei keinem anderen Menschen. Sonst konnte er den Menschen immer mit Sicherheit und Überzeugungskraft gegenübertreten und ihre Gedanken zuweilen sogar in eine ihm wohlgefallene Richtung lenken.

„Wie geht es deiner Hand?", fragte er mit so viel Anteilnahme, wie es ihm ehrlich zu fühlen möglich war.

„Es pocht sehr", antwortete Viktoria, die sich über die Fürsorge ihrer Mutter und die Anwesenheit von Anne freute.

„Ich werde jetzt gehen", sagte Anne leise und erhob sich.

„Oh, schade!", sagte die kleine Viktoria traurig. Anne hatte ihr so viel Wärme und Beruhigung gegeben, als ihre Angst, die einer Todesangst gleichkam, ihr fast den Verstand geraubt hatte. Dafür und für das behutsame Gespräch danach würde sie ihr immer dankbar sein.

„Du kannst mich gerne besuchen, wenn es dir besser geht ...", sprach Anne weiterhin in ruhigem Ton, „... und deine Mutter es erlaubt." Anne schaute ihre Freundin fragend an.

„Natürlich kann sie dich besuchen."

„Au fein, morgen?"

„Wenn es dir gut geht, auch schon morgen", sagte Anne lächelnd und strich Viktoria über das Haar.

„Ich bringe dich noch zur Tür", sagte die Mutter. „Gleich bin ich wieder bei dir", ergänzte sie, um ihre Tochter zu beruhigen, und ließ deren Hand los, die sie, seitdem Doktor Willrich die Wunde genäht hatte, nicht mehr losgelassen hatte.

„Was findest du bloß an dieser blöden Anne?", fragte Theodor, als die Frauen das Zimmer verlassen hatten. Er wartete keine Antwort auf seine Frage ab, sondern posaunte lieber eine seiner Feststellungen hinaus. „Du siehst im Gesicht ganz schön lädiert aus."

„Der Arzt sagt, dass ich sehr viel Glück gehabt habe, denn einige der Splitter sind ziemlich nah am Auge vorbeigegangen."

„Ich habe mich auch schon mal geschnitten. Guck hier ...", Theodor zeigte auf seinen Arm, „... da bin ich mal vom Baum gefallen und habe mich ganz schön verletzt."

Viktoria schaute auf die Stelle, konnte jedoch nichts erkennen. Sie erinnerte sich aber an den Sturz und dass sich Theodor an einem Ast geratscht hatte.

„Ich habe die Mutprobe bestanden", sagte Viktoria mit vernehmbarem Stolz in ihrer Stimme. „Jetzt bekomme ich noch die Belohnung, die du mir versprochen hast."

Theodor dachte an das Bonbon, welches er seiner Schwester zwar versprochen, aber schon vor Stunden selbst genascht hatte. Er hatte nicht mehr damit gerechnet, dass Viktoria es beanspruchen würde, und hatte nun keine passende Ausrede parat. Er verwarf den kurzen Gedanken daran, die Wahrheit zu sagen, weil es ihm in dieser Situation unangenehm gewesen wäre, unfairerweise nicht zu seinem Wort stehen zu können.

„Wenn du dich an unsere Abmachung gehalten hättest, würde ich dir die Belohnung geben, aber ..."

„Ich habe mich an die Abmachung gehalten", sagte Viktoria empört.

„Wenn du dich an unsere Abmachung gehalten hättest, wärst du durch das richtige Fenster hinausgeklettert und hättest dich nicht verletzt."

„Durch welches Fenster ist doch nun wirklich egal."

„Das denkst du", antwortete Theodor selbstgefällig. „Wärst du durch das von mir beschriebene Fenster geklettert, hätte ich meinen Kopf nicht aus der Schlinge ziehen müssen."

„Wieso deinen Kopf aus der Schlinge ziehen?" Viktoria kannte die Redewendung nicht.

„Papa dachte zunächst, dass ich etwas mit deinem Unfall zu tun hätte."

„Ja, aber ..."

„Jetzt weiß er, dass ich nichts Böses im Sinn hatte", unterbrach Theodor seine Schwester und freute sich darüber, dass das Thema Bonbon für ihn erledigt und die Frage nach einer Schuldbeteiligung geklärt war.

Montag, 22. Juni 1896

„Guten Morgen, Viktoria", begrüßte Anne ihre Besucherin, die sie schüchtern anblickte.

„Guten Morgen, Frau Vogt", erwiderte Viktoria den Gruß.

„Ich freue mich über deinen Besuch. Komm doch durch." Anne winkte sie zur Tür hinein und ging anschließend voran durch das kühle Haus. „Wir setzen uns in den Garten."

Viktoria folgte der Hebamme und nahm das gleitende Geräusch eines Hobels wahr, der von Menschenhand in stetem Rhythmus über ein Stück Holz geschoben wurde und irgendwie beruhigend auf sie wirkte. Der Rhythmus kam aus Martins Werkstatt. Viktoria dachte daran, wie schön es sein muss, wenn man in der beruhigenden Abgeschiedenheit eines Raumes sein eigenes Tagwerk vollbringen kann.

Sie blieben an der Küche, aus der geschäftiges Treiben zu vernehmen war, stehen.

„Mutter, ich habe einen Gast. Die Viktoria ist zu Besuch gekommen. Wir gehen in den Garten."

Viktoria kam Annes Würdigung, dass sie Gast sei, wie aus einem Märchen vor. Ihr Großvater, der alte Wagner, hatte ihr hin und wieder Märchen vorgelesen, in denen hochwohlgeborene Mädchen als Gast angesehen wurden. Dass dies auch für sie, einem einfachen Kind vom Lande, zutreffen könnte, hatte sie bisher nicht geglaubt.

„Die Viktoria!" Annes Mutter rieb sich die Hände an der Schürze ab und reichte dem Gast die Hand. „Schön, dich zu sehen. Ich bin gerade dabei, einen Tee zu machen. Ich bringe ihn gleich in den Garten."

„Grüß Gott, Frau Vogt", erwiderte Viktoria schüchtern den Gruß. Sie war von dem zugewandten, höflichen Umgangston beeindruckt.

„Geht nur schon durch", sagte die Witwe und wendete sich wieder ihrer Arbeit zu. Sie begann ein Lied zu summen.

Viktoria betrat nach Anne den Garten. In der Mitte des Gartens wuchs ein Kirschbaum und in dessen Schatten stand ein runder Tisch mit Stühlen drum herum.

„Was sind das für Pflanzen?", fragte Viktoria interessiert und zeigte auf eine der sorgfältig gepflegten Rabatten. Es war eins von den Beeten im Garten, auf das morgens die Sonne schien.

„Das sind die Heilkräuter meiner Mutter."

Sie gingen näher heran und Anne roch an einer rosettenförmigen dottergelben Blume, die einen flaumigen behaarten Stängel hatte, an dem ganz unten zerzaust wirkende Blätter standen.

„Rieche mal daran", bat Anne.

„Die riecht aber stark", sagte Viktoria erstaunt, nachdem sie den Duft eingeatmet hatte.

„Sie riecht stark aromatisch …", bemerkte Anne lächelnd. „… und sie hilft bei Verletzungen wie Quetschungen oder bei Wunden, wie du sie gerade an deiner Hand hast. Die Medizin, die ich dir gestern verabreicht habe, stammt aus einer solchen Blume. Sie heißt Arnika."

Viktoria staunte. Beide gingen einige Schritte weiter.

„Das hier ist Lungenkraut. Es blüht dieses Jahr spät." Anne zeigte auf die rote Blüte. „Es hilft bei Erkältungen und Grippe, aber auch bei Entzündungen des Magens."

Viktoria horchte auf und dachte an ihren Vater, dessen Beschwerden mit dem Magen in den letzten Wochen erheblich zugenommen hatten.

„Aber ich möchte dich nicht langweilen", sagte Anne, die Viktorias Nachdenklichkeit falsch deutete.

„Nein, es langweilt mich überhaupt nicht", beteuerte Viktoria. „Ganz im Gegenteil, es ist neu für mich und ich finde es sehr interessant." Sie zeigte auf ein Gewächs mit einer dicken, knollenartigen Blüte, deren Ränder von üppigen Blättern umschlossen wurden. „Was ist das für eine Pflanze?"

„Das ist Benediktenkraut."

„Kann man es auch bei Magenbeschwerden anwenden?"

„Es findet bei vielerlei Beschwerden Anwendung; auch für den Magen kann es gut sein." Anne beugte sich ein wenig vor und strich mit ihren Händen durch die ästigen Stängel des Baldrians. „Auch der Baldrian kann Magenschmerzen lindern, denn er hilft den Menschen bei Stress, der so manchem auf den Magen schlägt. Der Baldrian wirkt beruhigend; genau wie das Johanneskraut. Im nächsten Monat wird er rosafarbene Trugdolden tragen und dann auch bald seine volle Höhe erreicht haben." Anne erhob die Arme und zeigte einen Halbkreis, um die ungefähre Höhe anzudeuten.

„Ganz schön hoch", wunderte sich Viktoria. „Gibt es viele Kräuter gegen Magenleiden?", wollte sie wissen.

„Die Heilpflanzen, die wir eben angeschaut haben, sind nur einige Kräuter, die bei bestimmten Magenleiden helfen können." Anne hakte Viktoria ein und führte sie zum Tisch. Sie setzten sich einander gegenüber. „Du machst dir Sorgen um deinen Vater. Stimmt's?"

Viktoria nickte. „Ich habe das Gefühl, er wird von Tag zu Tag dünner, weil er so wenig isst."

Anne legte ihre Hand auf die von Viktoria. Sie wusste seit gestern von den Beschwerden des Wirts und hatte ihn gefragt, ob ihre Mutter bei ihm vorbeischauen sollte.

„Kann Ihre Mutter nicht nach meinem Vater sehen? Sie kennt sich doch mit all den Kräutern aus." Viktoria wusste, dass viele Dorfbewohner, insbesondere Frauen, das Wissen der Witwe Vogt in Anspruch nahmen.

„Davon ist dein Papa nicht überzeugt, glaube ich", antwortete Anne und dachte an die Worte des Wirts, der ihr freundlich lächelnd gesagt hatte, dass sie ihn bloß in Ruhe lassen solle mit dem Kräuterweib, deren Essenzen ganz sicher ein Gebräu des Teufels seien. „Er fühlt sich bei Doktor Willrich in guten Händen."

Viktoria wirkte nachdenklich und besorgt zugleich. Anne erkannte in ihr ein Mädchen mit sehr viel Einfühlungsvermögen, welches bereit war, ihre eigenen Ängste nicht zu zeigen. Ferner würde dieses Mädchen seine Belange und Bedürfnisse *noch* nicht in den Vordergrund rücken. Was dies in Zukunft für Folgen haben würde, wenn diesem Kind der Trost und die Sicherheit spendende Fürsorge weiterhin verwehrt bleiben würde, daran wollte Anne lieber nicht denken.

„Wie geht es deiner Hand?" Anne änderte bewusst das Thema. Sie wusste, dass der Wirt es nicht gerne sah, wenn sich hinter seinem Rücken über ihn unterhalten wurde. Es könnte Viktoria zum Nachteil werden, wenn er erfuhr, dass beide über ihn gesprochen hatten.

„Es tut nicht mehr weh", sprach Viktoria mit erstickender Stimme. „Es ist nur …" Sie brach den Satz ab.

Anne ahnte, dass das Mädchen vor ihr Seelenqualen litt. Der Blick in Viktorias Augen genügte ihr, um dies zu wissen. Alles, was sie diesem Mädchen würde geben können, war ein offenes Ohr und Verständnis. „Ist es wegen gestern in der Kate?"

Viktoria nickte. „Ich hatte solche Angst." Obwohl Anne gestern ausführlich mit ihr gesprochen hatte, kamen ihr jetzt erneut Bedenken. „Kam die Stimme wirklich nicht von Josefa?"

„Es waren zwei Jungen, die davonliefen. Bestimmt war der eine dein Bruder Theodor und der andere Junge, den ich nicht erkannt habe, hatte bestimmt zuvor im Dachstuhl gesessen und die Stimme von Josefa nachgeahmt."

„Und wenn es doch Josefa war?"

„Tote können nicht mehr sprechen. Und ich bin mir sicher, sollte Josefa vom Himmel auf uns herabblicken, möchte sie bestimmt, dass es dir gut geht. Sie würde nichts tun, was dich erschrecken würde."

Diese Worte beruhigten Viktoria sichtlich und Anne lächelte ihr aufmunternd zu.

„Josefa mochte mich, glaube ich." Viktoria lächelte zurück.

„Ganz bestimmt", versicherte Anne.

Nun kam die Witwe Vogt in den Garten. Sie trug ein Tablett, auf dem sich das Geschirr für den Tee und ein Holzbrett mit köstlich anzusehenden

Marmeladenbroten befanden. „So, ihr Lieben. Jetzt machen wir es uns gemütlich." Sie stellte das Tablett ab und Anne half ihr, den Tisch zu decken.

„Du verwöhnst uns aber, Mama." Anne schaute ihre Mutter mit einem herzlichen Blick an.

„Du kommst so selten heim, bist so oft in Berlin, da soll es dir ..." Sie wendete ihren Blick von Anne zu Viktoria. „... und natürlich auch deinem Gast gut gehen." Die Witwe schenkte Tee ein und bedeutete Viktoria von dem Brot zu nehmen. „Apropos Berlin, wie ergeht es dir dort?"

Anne erzählte von ihrer Arbeit, von der Stadt mit ihren Bauwerken und vom Kaiser, den sie am 1. Mai, als er die Berliner Gewerbeausstellung eröffnete, gesehen hatte. Anne beschrieb die Ausstellung und faszinierte ihre beiden Zuhörerinnen mit den Superlativen, die mit dem Spektakel einhergingen. Sie beschrieb den Treptower Park, in dem 3780 Aussteller entlang der Spree ihre Produkte und Entwicklungen vorstellten, erzählte von der Görlitzer Bahn, die einen eigenen Bahnhof erhalten hatte. Ihrer Schilderung nach, eröffneten eigens für die Gewerbeausstellung einige neue Bahnstrecken, unter anderem die elektrischen Straßenbahnlinien der „Großen Berliner Pferde-Eisenbahn" und die von Siemens & Halske betriebenen „Elektrischen Straßenbahnen".

Viktoria staunte über die überdimensional große Stadt. „Ist der Kaiser auch mit der Straßenbahn zur Gewerbeausstellung gefahren?", wollte sie wissen.

„Der Kaiser fährt mit einem eigenen Schiff zu der eigens für ihn und anderen Majestäten eingerichteten Landungsbrücke."

„Wie viele Menschen sind bisher zur Ausstellung gekommen?", fragte die Witwe.

„Über zwei Millionen. Man schätzt, dass bis Mitte Oktober, wenn die Gewerbeausstellung ihre Pforten schließt, etwa sieben Millionen Besucher dort gewesen sein werden."

Viktoria staunte über die gewaltigen Zahlen, deren Menge sie nicht einschätzen konnte. „Kommen die Menschen alle aus Berlin?", fragte sie wissbegierig.

„Sie kommen vor allem aus Berlin, aus dem Reich, aber auch aus der ganzen Welt reisen die Besucher an, um sich zu informieren und zu staunen."

Plötzlich hörten die drei, wie jemand heftig an die Haustür klopfte.

„Da scheint es jemand dringend nötig zu haben", sagte die Witwe, erhob sich und ging ins Haus, um nachzusehen, wer da so heftig klopfte.

Anne und Viktoria hörten aufgeregtes Sprechen und anschließend schnelle Schritte, die näher kamen.

„Anne!", rief die Witwe aufgeregt. „Ludowika steht an der Haustür. Sie sagt, es sei dringend."

„Dann will ich mal hören, was so dringend ist", sagte Anne zu Viktoria und stand auf. „Entschuldige bitte."

„Ich will jetzt auch gehen", sagte Viktoria. „Vielen Dank für alles. Es hat mir sehr gefallen bei Ihnen."

„Nichts zu danken. Wir, meine Mutter und ich, haben uns sehr über deinen Besuch gefreut", sagte Anne und lächelte Viktoria aufmunternd zu. „Und denke immer daran, es gibt keine Gespenster, nur Menschen, die uns manchmal das Fürchten lehren. Solchen Menschen dürfen wir keinen Nährboden für ihr Unwesen bereiten."

Viktoria lächelte. Sie verstand den Hinweis von Anne so, dass sie Menschen, die Böses im Schilde führten, lieber aus dem Weg gehen sollte. Sie fragte sich, ob sie dieses wirklich könnte. „Ich werde es versuchen", sagte sie mit der vagen Hoffnung eines Mädchens, welches stets auf der Suche nach Schutz und Kontinuität war.

Gemeinsam gingen sie zur Haustür, vor der die ängstlich wirkende Ludowika stand. Viktoria grüßte die Tochter von Johann Salger, die jedoch nur Augen für Anne hatte.

„Frau Vogt, Sie müssen dringend zu uns kommen", sagte Ludowika aufgeregt, ohne an einen Gruß zu denken.

„Was ist denn los?", wollte Anne wissen.

„Meine Mutter bekommt ein Kind und es will nicht herauskommen." Die Angst und der Schrecken standen Ludowika deutlich ins Gesicht geschrieben.

„Mutter ...", sprach Anne ihre Mutter an, die sich eben hinter sie gestellt hatte, „... bring mir bitte deine Tasche mit den Instrumenten." Ihre eigene Tasche hatte Anne in Berlin gelassen. Sie hatte nicht damit gerechnet, während ihres kurzen Aufenthalts in Glöttweng beruflich aktiv werden zu müssen.

„Einen Moment, ich hole sie schnell." Bei Ludowikas Verhalten war der Witwe spätestens jetzt klar, dass keine Zeit mehr zu verlieren war.

„In welchem Monat ist deine Mutter schwanger?", fragte Anne.

„Ich weiß es nicht", antwortete Ludowika verzweifelt, weil sie diese Frage nicht beantworten konnte.

„Wie lange hat sie schon Wehen?"

„Seit gestern Morgen."

„Ist schon eine Hebamme oder ein Arzt bei ihr?"

„Nein."

„Warum, verdammt noch ..." Anne brach ihren Satz ab und mahnte sich selbst, ruhig zu bleiben. Jetzt war an der Situation sowieso nichts mehr zu ändern. „Warum nicht?", fragte sie ruhiger.

„Mein Vater will nicht, dass ..." Ludowika brach ab.

„Schon gut, Ludowika, ich kann es mir denken." Anne überlegte einen Moment. „Du läufst jetzt sofort nach Landensberg zu Doktor Willrich und holst ihn", befahl Anne.

„Ich weiß nicht, wo er wohnt", bekannte Ludowika weinerlich.

Anne schaute zu Viktoria, die sich schon auf den Weg nach Hause gemacht hatte und gerade noch in Hörweite zu sehen war. „Viktoria!", rief Anne laut.

Viktoria schaute sich um und bemerkte das Winken von Anne, die ihr deutete zurückzukommen. So schnell Viktoria konnte, lief sie zurück.

„Viktoria, du weißt, wo Doktor Willrich wohnt?"

„Ja!"

„Dann läufst du jetzt mit Ludowika zu ihm. Sagt ihm, dass ich nach ihm schicke und er dringend kommen muss. Eine letzte Frage." Anne schaute Ludowika an. „Wie ist es mit dem Blutverlust? Hat sie viel Blut verloren?"

Ludowika nickte heftig. „Es wird immer schlimmer."

„Wir dürfen keine Zeit verlieren", sagte Anne, während sie sich die Tasche von ihrer Mutter geben ließ. „Los jetzt!"

Anne klopfte heftig an die Tür des Bauernhauses. In ihr regte sich der Verdacht, dass sie nicht erwartet wurde. Als der Bauer endlich öffnete, fluchte er und wollte wissen, wie sie dazu käme, sich in die Angelegenheiten seiner Familie einmischen zu wollen. Die Hebamme zeigte jedoch keine Angst, drängelte sich an ihm vorbei und forderte ihn auf, ihr sofort das Schlafzimmer zu zeigen, ansonsten würde noch am selben Tag die Polizei vor seiner Haustür stehen.

Ungnädig deutete der Bauer auf eine grüne Zimmertür mit Bauernmalerei, deren Farbe an vielen Stellen abgeblättert war.

Im Schlafzimmer fand Anne eine völlig entkräftete Frau vor, die in einem blutverschmierten Bett lag. Daneben stand die verängstigte Adelheid.

„Ich habe solche Angst", sagte sie. „Meine Mutter spricht nicht mehr mit uns."

Anne beachtete das Mädchen zunächst kaum, nickte ihr nur kurz zu. Sie setzte sich auf den Rand des Bettes und fühlte den Puls der Gebärenden. Anne wusste, dass die Bäuerin die vierzig schon weit überschritten hatte, und dachte sich ihren Teil über Männer, die ihre Unersättlichkeit mit Rücksichtslosigkeit auslebten, ohne sich mit den Folgen für die Frauen auseinanderzusetzen.

„Hole heißes Wasser", bestimmte Anne. Es war keine Zeit für Höflichkeiten, auch wenn Adelheid, mittlerweile eine junge Frau, nichts für diese Situation konnte. „Und vergiss die sauberen Tücher nicht."

Adelheid ging mit eiligen Schritten zur Tür, öffnete sie und sah sich ihrem Vater gegenüber, der an der Tür gelauscht zu haben schien. Sein Blick traf, durch die geöffnete Tür hindurch, den der Hebamme.

„Mach die Tür zu. Ich möchte hier keinen Kerl sehen", befahl die Hebamme.

Leise schloss der Bauer die Tür und Anne hörte die sich entfernenden Schritte.

Anne tastete den Muttermund ab und stellte dabei fest, dass sich der Kopf des Kindes schon tief im Becken befand. Sie wusste, dass damit die Voraussetzung für die Durchführung der Forcepsentbindung gegeben war. Zudem schien bei der Gebärenden eine Hypoxie vorzuliegen, worauf die graue Hautfarbe und die blauen Lippen hinwiesen. Eine Zangengeburt war die einzige Möglichkeit, die für Anne in dieser Situation in Frage kam, um wenigstens das Leben des Kindes zu retten. Aus ihrer Erfahrung wusste Anne, dass nur ein Wunder das Leben der Mutter retten könnte.

Adelheid kam gerade mit sauberen Tüchern wieder, als Anne die Geburtszange aus der Tasche nahm. „Lege die Tücher auf den Tisch", sagte Anne. „Du wirst sie bald brauchen."

„Ich?", fragte Adelheid ungläubig.

„Ja, du!"

„Aber, was …"

„Du wirst es gleich sehen." Anne schaute die junge Frau an. „Du wirst in Zukunft mutiger sein müssen, als du es bisher warst." Sie schaute kurz zur Tür. „Deine jüngere Schwester hatte den Mut, mich zu holen. Ihr Mut soll belohnt werden", sagte Anne anspornend. „Mit dieser Zange werde ich jetzt dein Geschwisterchen holen und wenn Gott es will, wird es leben."

Adelheid sah mit offenem Mund zu, wie Anne die Zange vorsichtig in den Geburtskanal der leblos daliegenden Mutter einführte und die Griffe bald leicht auseinanderzog. Langsam glitt die Zange unter Annes sanftem Druck vorwärts. Widerstände glich die Hebamme durch gefühlvolle Bewegungen aus. Bald drückte sie die Griffe ein wenig zusammen und zog sie sachte zurück.

Für Adelheid schienen Ewigkeiten vergangen zu sein, bevor endlich der Kopf des Babys zu sehen war. Anne legt die Zange beiseite und zog das Kind behutsam auf die Welt. Es war ein Mädchen und fing sofort an zu schreien.

„Hole ein sauberes Tuch für deine Schwester", sagte Anne, während sie die Nabelschnur durchtrennte.

Adelheid nahm ein Tuch vom Tisch und breitete es auf ihren Armen aus. Anne legte das Neugeborene hinein und deckte es mit den überhängenden Enden zu.

„Eine Schwester", sagte Adelheid gerührt und schaute das kleine Geschöpf abwesend an.

„Hat deine Mutter gesagt, wie es heißen soll, wenn es ein Mädchen wird?", fragte Anne.

„Frieda soll es heißen. Das hat sie gesagt."

„Dann gehst du jetzt zu deiner Mutter, legst ihr Frieda auf den Bauch und sagst ihr, dass sie ein Mädchen namens Frieda geboren hat."

Adelheid befolgte Annes Worte, setzte sich auf den Rand des Bettes und legte ihrer Mutter sanft das Neugeborene auf den Bauch. „Mama, die Frieda ist da. Du hast ein Mädchen geboren", flüsterte Adelheid ihrer Mutter zärtlich zu.

Ganz leicht hoben sich die Augenlider der Mutter und schauten auf Frieda, die zufrieden dalag und ihre Lippen saugend bewegte. Ein zärtliches Lächeln zeigte sich auf den Lippen der Mutter, bevor sie die Augen für immer schloss.

In diesem Moment trat Doktor Willrich ein, grüßte knapp und versuchte augenblicklich das Leben der Bäuerin zu retten.

Anne nahm das Neugeborene auf den Arm und deutete Adelheid, mit einem Blick zur Tür, den Raum gemeinsam mit ihr zu verlassen. Im Flur warteten Ludowika und der Bauer. Neben den beiden stand Viktoria, die verunsichert darüber war, ob sie überhaupt an diesem Ort sein durfte.

„Ludowika, ich danke dir für deinen Mut", begann Anne zu sprechen und zwinkerte dem Mädchen aufmunternd zu. „Dir, Viktoria, danke ich …" Sie schaute auch Viktoria direkt und mit aufmunternder Geste an. „… weil du sofort bereit warst zu helfen." Annes Blick schweifte zu Adelheid und während sie anfing zu sprechen, übergab sie ihr das Kind, welches deutliche Anzeichen eines sogenannten *Mongolenkindes* hatte. „Adelheid, jetzt bist du die älteste Frau in diesem Haus. Es wird jetzt eine große Verantwortung auf dich zukommen. Dazu zählt auch, dass du auf deine neue Schwester Acht gibst." Sie strich mit einer Seite ihres Zeigefingers sanft über die Wange des Babys. „Und deine Familie wird dich dabei unterstützen."

„Aber meine Mutter …" Adelheid hielt inne. Ihre Augen füllten sich mit Tränen. Erst jetzt wurde ihr bewusst, warum die Hebamme ihre Mutter nicht einbezog.

Anne schaute Adelheid tröstend an und nickte kaum merkbar, als sich die Tür des Schlafzimmers langsam öffnete und der Doktor erschien.

„Ich konnte nichts mehr für sie tun", erklärte der Arzt und schüttelte resigniert den Kopf.

Anne wandte sie sich mit festem Blick dem Herrn des Hauses zu und führte ihn zur Tür des Schlafzimmers.

„Es wäre besser gewesen, sie hätten dich noch ein Jahr länger im Gefängnis behalten, denn dann wäre deiner Frau dies hier erspart geblieben." Mit bitterer Miene schaute sie zum Bett, auf der die Tote friedlich inmitten der blutigen Laken lag. Der Bauer stand stumm daneben. Nach einer Weile wendete sie sich dem Bauern wieder zu. „Wenn ich merke, dass diesem Mädchen …" Anne zeigte auf Frieda, die geborgen in Adelheids Armen lag. „… irgendein Haar gekrümmt wird, dann Gnade dir Gott", drohte Anne. „Haben wir uns verstanden?"

Der Bauer nickte und schaute beschämt zu Boden.

Viktoria lag im Bett ihres Alkovens und dachte über den gestrigen und den heutigen Tag nach. Es war viel passiert, so dass es schwierig für sie war, die

Geschehnisse in eine strukturierte Reihenfolge ihrer überfrachteten Gedankenwelt zu bekommen.

Immer wieder erschienen ihr Bilder vom gestrigen Erlebnis in der Kate und sie durchlebte die höllische Angst vor der geisterhaften Stimme in abgeschwächter Form. Jetzt, nach dem Gespräch mit Anne, war Viktoria in der Lage, die Geschehnisse sachlicher einzuordnen. Sie war erneut in eine Falle getappt, obwohl ihr Gefühl sie zuvor gewarnt hatte. Das sollte ihr nicht mehr passieren, auch wenn damit ein enormer Verlust von Vertrauen gegenüber anderen Menschen einhergehen mochte. Das Verhalten von Theodor machte ihr zu schaffen. Er konnte seine Handlungen und die dazugehörigen Ereignisse im Nachhinein derart glaubhaft schildern, dass ihren Eltern der Blick auf die Wahrheit verschlossen blieb und Viktoria in ihrer Ohnmacht selbst keine Lösung erkannte. Der Hinweis von Anne Vogt schien ihr ein erstes Mittel zur Abwehr zu sein.

Bald wurden die Bilder von den Geschehnissen in der Kate durch die Eindrücke ihres Besuchs bei Anne Vogt und den damit verbundenen Informationen über die Kräuterpflanzen im Garten der Witwe Vogt, verdrängt. Es war eine kurze, aber wunderschöne Zeit der Wertschätzung gewesen, die Viktoria während des Gesprächs mit der Witwe und der Hebamme empfunden hatte.

Viktoria dachte auch an Adelheid, wie ihr Gesicht sich verzerrt hatte, als ihr der Tod der Mutter gewahr wurde. Adelheid hatte geweint und als ihr schwindelig wurde, hatte sie sich auf den einzigen Stuhl im Flur gesetzt. Danach ergriff sie Viktorias Hände und zog sie zu sich heran. Adelheid drückte ihren Kopf an Viktorias Bauch und umklammerte die Hüften der Wirtstochter. Ihr Weinen wurde immer heftiger und Viktoria erinnerte sich an das Gefühl, welches Adelheids wankender Kopf auf ihrem Bauch hinterlassen hatte. Sie fühlte sich hilflos, während sie Adelheids Haar gestreichelt hatte. Immerhin war Adelheid sechs Jahre älter als sie. Sie kam ihr wie eine junge Frau vor.

Nach einiger Zeit übernahm dann die Hebamme die Fürsorge für Adelheid, bedankte sich nochmals bei Viktoria und entließ sie nach Hause.

Dafür, dass sie in jeder Situation das Richtige für die Menschen tat, schätzte sie Anne sehr. Für ihren Mut bewunderte sie die Hebamme besonders. Anne

Vogt hatte den für seinen Jähzorn bekannten Bauern Salger auf eine Art in die Schranken gewiesen, die ihr imponierte.

„Wenn ich groß bin, will ich so sein wie Anne", sagte Viktoria leise und gähnte. Sie faltete ihre Hände und sprach mit geschlossenen Augen ein Gebet.

In der langen, dunklen Nacht
Habe du, Gott, auf mich Acht.
Schütze alle, die ich lieb,
alles Böse mir vergib.

Kommt der helle Sonnenschein,
lass mich wieder fröhlich sein.[10]

Viktoria öffnete die Augen wieder und starrte in das Halbdunkel des Alkovens. „Und, bitte lieber Gott, mach, dass der Papa wieder gesund wird", sprach sie und schloss ihre müden Augen.

Kapitel 28

Sonntag, 10. Januar 1897

Die vielen Gebete, in die Viktoria ihren Vater mit einbezogen hatte, halfen nichts. Der Wirt starb im Morgengrauen dieses dunkelgrauen, bewölkten Tages. Am vergangenen Freitag waren die Schmerzen, die der Wirt sonst zu ignorieren vermochte, unerträglich geworden, so dass seine Frau Viktoria nach dem Arzt schickte. Nach eingehender Untersuchung war Doktor Willrich zu dem Schluss gekommen, dass das Ulcus ventriculi sehr weit fortgeschritten sein musste, worauf das blutige Erbrechen und auch der Teerstuhl des Patienten Hinweise genug waren. Der Durchbruch der Magenwand in die Bauchhöhle dürfte bereits erfolgt sein und eine Bauchfellentzündung hervorgerufen haben.

---

[10] Nachtgebet für ein Kind

Schonend, wie es sonst so gar nicht seine Art war, machte Doktor Willrich Viktoria mit dem zu erwartenden Tod ihres Mannes vertraut. Er verabreichte Theodor Fink starke Schmerzmittel und versicherte ihr, dass ihr Mann nicht würde leiden müssen.

Viktoria blieb sehr gefasst und rief am Samstagabend, nach reiflicher Überlegung, alle ihre Kinder an das Bett ihres Mannes. Die Kinder wagten nicht, an das Schlimmste zu glauben; konnten den Ernst der Lage jedoch erkennen.

„Ich glaube, es gefällt eurem Vater, uns versammelt bei ihm zu wissen." Die Kinder schauten ihren Vater stumm an, der mit geschlossenen Augen und röchelndem Atem unter einer frisch bezogenen Bettdecke lag. Seine rechte Hand schaute unter der Bettdecke hervor und schien den weißen Damast zu streicheln.

„Kann Papa uns hören?", fragte Theodor seine Mutter mit ängstlicher Stimme.

„Ich glaube, Papa spürt unsere Anwesenheit und freut sich darüber."

„Ich möchte Papas Hand streicheln", sagte Viktoria und war unsicher, ob sie seine Hand nehmen durfte.

„Papa wird sich darüber freuen", sagte die Mutter und nickte ihrer Tochter aufmunternd zu.

Viktoria streichelte die unruhige Hand. Dann ging sie an das Kopfende und streichelte ihm die Stirn. Einem Impuls folgend sah sie ihren Vater ganz fest an, so als gäbe es kein Wiedersehen. Bald wendete sie sich ab und ging zur Zimmertür, um den Raum zu verlassen.

„Viktoria!", rief die Mutter ihrem Kind nach. Das Mädchen drehte sich um und schaute zurück.

„Du bist ein gutes Kind", sagte die Mutter und senkte den Blick.

Anschließend gingen die Kinder, eines nach dem anderen, zum Kopfende des Vaters und taten es ihrer Schwester Viktoria gleich, verabschiedeten sich vom Vater und gingen nacheinander aus dem Zimmer. Nur Genoveva blieb, nach einem Wink der Mutter, noch im Zimmer.

„Genoveva, ich werde hier bei Papa bleiben. Wenn etwas ist, kommst du zu mir."

Genoveva nickte.

„Anna und Georg helfen dir in der Wirtschaft. – Theodor, Viktoria und Maria sollen ins Bett gehen", fügte die Mutter hinzu.

„Du kannst dich auf uns verlassen, Mama." Genoveva verließ in aufgewühlter Stimmung den Raum.

Viktoria setzte sich auf einen Stuhl, der neben dem Bett stand, und blieb die ganze Nacht an der Seite ihres Mannes. Auf einem Beistelltisch neben ihr brannte eine weiße Kerze, die in einem Kerzenhalter aus Messing stand. Manchmal schlief sie, den stetigen Atemrhythmus ihres Mannes im Ohr, ein, um bald wieder auf das Bett zu gucken.

Im Morgengrauen erloschen gleichzeitig das Licht im Kerzenhalter und das Leben ihres Mannes. Mit einem letzten tiefen Atemzug verabschiedete sich Theodor Fink von dieser Welt und überließ seine Frau und seine sechs Kinder ihrem Schicksal.

Es war sehr mild für diese Jahreszeit und Viktoria schämte sich fast für den Gedanken, dass ihr verstorbener Mann somit schnell unter die Erde kommen würde. Sie erinnerte sich an ihre Mutter, die nach ihrem Tod einige Wochen in der Kapelle gelegen hatte, weil mit dem Spaten kein Loch in die hartgefrorene Erde zu bekommen war.

„Also am Mittwoch." Pfarrer Gumpeller war beeindruckt von der Fassung, die Viktoria Fink bewahrte. Sie weinte keine Träne und er hatte auch nicht den Eindruck, dass zuvor welche geflossen waren.

„Danke, Herr Pfarrer!" Viktoria war froh, das Gespräch mit dem Geistlichen abgeschlossen zu haben. Er respektierte ihren Wunsch nach einer möglichst kurz gehaltenen Trauerrede, in der die Eckpfeiler in Theodors Leben genannt werden sollten, jedoch keine theatralisch anmutenden Anekdoten vorkommen sollten.

„Wir sehen uns dann am Mittwoch um elf in der Kirche", wiederholte Gumpeller.

Viktoria nickte und brachte den Pfarrer zur Tür, an der ein Schild mit der Aufschrift *„Wegen Trauerfall geschlossen"* hing.

Sie blickte Pfarrer Gumpeller nach und sah den Tischler, Martin Vogt, auf das Wirtshaus zukommen. Auf seiner rechten Schulter trug er das Unterteil des Sarges. Neben ihm ging seine Schwester Anne, die schneeweiße Wäsche unter ihrem Arm trug. Ihr kam der Gedanke, dass das, was jetzt so weiß wie die

Wäsche des Toten war, eigentlich der Schnee sein sollte, der sonst um diese Jahreszeit in rauen Mengen fiel.

Anne kam als Erste auf Viktoria zu und umarmte sie still. Beide Frauen machten Martin Platz, der mit einem stummen Nicken an ihnen vorbeiging. Viktoria war froh über die stille Anteilnahme. Jedes Wort der Beileidsbekundung wäre ihr im Moment zuwider gewesen.

Martin trug seine selbstgezimmerte Arbeit in den Raum in dem der Verstorbene lag. Georg und Genoveva waren gerade bei ihrem Vater und schauten Martin traurig, aber gefasst an. Georg wischte sich das tränenfeuchte Gesicht mit dem Ärmel ab und half Martin, den Sarg auf den Tisch zu postieren.

„Es tut mir leid, dass ihr euren Vater gerade jetzt verlieren musstet", sagte Martin. „Aber der Tod kommt nie im günstigen Augenblick", fügte er nachdenklich hinzu. „Ihr beiden und Anna seid die ältesten Kinder eurer Eltern. Nun seid ihr es, auf die sich eure Mutter verlassen muss. Kriegt ihr das hin?"

Beide nickten.

Martin legte eine Hand auf Georgs Schulter. „Bist du bereit?"

Georg wusste, dass es zu seiner Pflicht gehörte, seinen Vater gewaschen in den Sarg zu betten. „Ja", sagte er mit einer Stimme, die wie eine Verneinung klang.

„Dann hole Wasser und ein Tuch", sagte Martin zu Georg, der sofort bereit war, Gesagtes zu erledigen. „Und bring deinen Bruder Theodor mit."

Georg machte sich auf den Weg und Genoveva folgte ihm.

In der Wirtsstube saßen Anne, die Hebamme, und Viktoria an einem der Tische. Viktoria hatte die schluchzende Maria auf dem Schoß und ihre Kinder Theodor und Viktoria standen daneben. Anna war freiwillig in den Stall gegangen, um die Tiere zu versorgen.

Die Kinder trauerten sichtlich, wirkten aber erstaunlich ruhig auf Anne. Sie fragte sich gerade, ob und wann sich die Trauer wohl stärker bemerkbar machen würde, als Georg mit einer Schüssel in den Händen eintrat. Sie war randvoll mit Wasser gefüllt.

„Theodor, es ist so weit. Komm, wir gehen jetzt gemeinsam zum Vater", sagte Georg.

Mit angsterfülltem Gesichtsausdruck starrte Theodor seinen Bruder an, begann zu zittern und versuchte krampfhaft zu sprechen. Sosehr er sich auch anstrengte, es kam kein Wort aus seinem Mund. Ganz plötzlich, als würde ein Pfropfen dem Druck nicht mehr standhalten können, löste sich explosionsartig ein lauter, kreischender Schrei aus Theodors Mund.

Erschrocken starrten ihn alle Anwesenden an und wurden aus der lethargischen Trauer geholt. Sie sahen, wie sich Theodor mit einer schnellen Bewegung vom Stuhl erhob und unter dem Tisch verschwand.

„Theodor? Was ist mit dir?", fragte Anne, die sich als Erste gefasst hatte und die Tischdecke ein wenig anhob, um Sichtkontakt zu dem Jungen zu bekommen, der offensichtlich in Panik geraten war.

„Lass mich in Ruhe!", schallte es unter dem Tisch hervor und die Tischdecke wurde wie von Geisterhand wieder nach unten gezogen. „Du bist eine Hexe!"

„Theodor!", entrüstete sich seine Mutter mit energischer Stimme. „Georg wartet auf dich. Was ist denn bloß in dich gefahren?"

„Ich will nicht zu Papa. Er ist tot!", wimmerte Theodor.

Es war seine Schwester Viktoria, die Theodors Gefühlslage erkannte. „Theodor, wenn du nicht magst, brauchst du nicht mitzugehen. Ich kann statt deiner gehen."

„Würdest du das tun?", fragte die Stimme unter dem Tisch erleichtert und erstaunt zugleich.

„Soweit kommt es noch, dass ein Mädchen den Vater ..." Die Witwe stockte und starrte mit offenem Mund in die Runde.

„Er hat Angst!", stellte Georg aus dem Hintergrund fest. Die Erkenntnis erstaunte ihn, hatte er seinen Bruder bisher doch eher als skrupellos wahrgenommen.

„Ich habe keine Angst!", kreischte Theodor mit dem Ärger eines Entlarvten in der Stimme.

„Komm jetzt unter dem Tisch hervor!", befahl die Mutter.

„Viktoria", mahnte Anne und legte die Hand auf den Arm der Freundin. „Lass gut sein. Ich denke, Georg und Martin werden auch alleine zurechtkommen." Beide schauten sich an. „Es ist ohnehin schon schwer genug für die Kinder."

„Du hast sicher recht." Viktoria legte beide Hände auf ihr Gesicht und rieb sich kurz die Augen. „Theodor, du brauchst nicht mit Georg zu gehen."

Georg ging stumm aus dem Raum und unter dem Tisch blieb es still.

Einige Zeit später hatten sich Anne und Viktoria mit den Kindern Genoveva, Anna, Georg, Viktoria und Maria um den aufgebahrten Wirt gestellt. Martin und Georg standen am Kopfende des Toten. Sie hatten ihre Arbeit gemacht und der Wirt lag mit seinem Kopf, die Augen geschlossen, auf dem Rüschenkissen. Den Körper von Theodor Fink bedeckte eine weiße Decke, auf der seine gefalteten Hände lagen.

Wie schlafend lag er da und wenn der hölzerne Sarg unter dem Toten nicht vom Ableben des Vaters zeugen würde, dachte Anne, könnte man auf die Idee kommen, der Mann würde sich gleich erheben und fragen, warum denn alle so mitgenommen aussehen.

Auch Viktoria, die Tochter des Wirts, dachte an die Möglichkeit, dass dies alles nur ein böser Spuk sein könnte und ihre Gebete doch nicht Schall und Rauch gewesen waren. Sie schaute in das Gesicht ihres Vaters und versuchte seinen leisen, raschelnden Atem wahrzunehmen, der ihr noch von gestern in Erinnerung geblieben war. Aber sie hörte nur die leise Geschäftigkeit aus der Küche, wo Theodor freiwillig Hausarbeit leistete; eine Arbeit, der er sonst aus dem Wege ging.

Viktoria sah auf die geschlossenen Augen des Vaters. Vielleicht würden sie sich öffnen, wenn sie nur lange genug darauf blickte, dachte sie. Aber nichts dergleichen geschah, obwohl sie ihre Augen so lange wie möglich offen gehalten hatte, um nicht den Augenblick zu verpassen, wenn der Vater seine Lider öffnen würde. Ihr Blick wanderte auf seine Hände, die immer so fleißig gewesen waren. Nie im Leben hätte sie gedacht, dass diese Hände jemals zur Ruhe kommen würden. Sie schaute auf ihre eigenen Hände, um die Bestätigung zu bekommen, dass ihre Hände noch tätig sein können. Es erschien ihr wie ein kleines Wunder, dass ihre Finger sich nur durch ihren eigenen Willen zu Bewegungen animieren ließen.

Mit einem Lächeln auf dem Gesicht bewegte Viktoria ihre Finger auf und ab. Alsbald hielt sie inne, langte mit ihren Händen über den Rand des Sarges und legte ein letztes Mal ihre Hände auf die gefalteten, kalten Hände ihres Vaters. Durch die Kälte, die vom Vater ausging, wurde Viktoria plötzlich bewusst, dass alles Leben aus dem Körper des Vaters gewichen war und es kein Zurück mehr gab. Nun war sie bereit, die aufgestauten Tränen zu weinen.

„Ich bringe das Wasser mal weg", sagte Georg zu seiner Mutter, die Viktoria beobachtete.

Wie so oft, empfand sie ihre Tochter, auch in diesem Moment, als merkwürdiges Kind, so ganz aus der Art geschlagen; fast schon ein wenig sonderbar. Sie hatte manchmal Schwierigkeiten, das Gebaren ihrer Tochter einzuordnen. So manches Verhalten von ihrer Tochter bereitete der Mutter unbehagliche Gefühle, und sie wusste, dass sie sich Zeit ihres Lebens bemühen müsste, dieses Kind gern zu haben.

„Ist gut." Viktoria schaute ihren ältesten Sohn freundlich an. „Georg, ich danke dir."

Georg nickte seiner Mutter zu und ging zur Küche. Dort traf er auf seinen Bruder Theodor.

„Du kannst jetzt zum Vater gehen", sagte Georg zu Theodor, nachdem er das Wasser aus der Schüssel in den Ausguss gekippt hatte. „Oder hast du noch Angst?"

„Natürlich habe ich keine Angst. Auch nicht gehabt", behauptete Theodor mit vorgetäuschter Empörung. „Ich kann gerade nicht. Du siehst doch, dass ich die Kartoffeln schäle."

„Gib her, ich schäle für dich weiter." Georg hielt seinem Bruder die geöffnete Hand entgegen. Theodor starrte auf die Hand des Bruders und überlegte einen Augenblick. „Sind Martin und die Hexe von Hebamme noch da?"

„Sie werden gleich gehen, weil er Anne Vogt bald zum Bahnhof nach Augsburg bringen muss." Während Georg und Martin den Wirt zur Aufbahrung vorbereitet hatten, sprachen sie über dieses und jenes, auch darüber, dass die Hebamme ihren Weihnachtsbesuch länger als üblich ausgedehnt hatte, um mehr Zeit mit ihrer Familie verbringen zu können. „Anne wird in Berlin erwartet und kann nicht zur Beerdigung bleiben, sagte mir Martin mit ehrlichem Bedauern."

Erst jetzt wurde Georg bewusst, dass Martin, der ansonsten sehr wortkarg war, versucht hatte, ihn mit dem Gespräch bewusst abzulenken.

„Aha", sagte Theodor nachdenklich.

„Theodor." Georg sprach seinen Bruder mitfühlend an. Er hatte längst bemerkt, dass Theodor etwas auf der Seele lag. „Es ist nicht das Ende."

„Was meinst du?"

„Mit Papas Tod endet es nicht."

„Was meinst du? Was ist nicht zu Ende?"

„Das Leben."

„Aber Papa ist doch nicht mehr am Leben."

„Es gibt kein Ende. Niemals", behauptete Georg. Er war von seiner Sicht der Dinge überzeugt, während ihn sein Bruder verständnislos anschaute. „Sieh dir zum Beispiel die Blumen an. Sie blühen im Sommer und der Wind verstreut im Herbst ihre Samen in alle Himmelsrichtungen. Aus dem Samen entsteht eine neue Blume und immer so weiter. Was ich sagen will: Es vergeht nichts! Alles ist im Wandel, und wenn du die Blume im nächsten Sommer betrachtest, unterscheidet sie sich vielleicht ein wenig von der im Jahr zuvor, aber sie trägt alles in sich, was schon zuvor da gewesen ist."

Theodor blickte seinen Bruder interessiert an. Aus seinem Gesicht verschwand der trübsinnige Ausdruck. „Aber es sind doch nur Blumen", stellte er ein wenig kritisch fest.

„Es ist im Kleinen wie auch im Großen so. Stelle dir den nächtlichen Sternenhimmel vor, wie er dir bei klarem Himmel erscheint. Er ist so voller Sterne, die Milliarden von Lichtjahre von uns entfernt sind; eine Strecke, die für uns unvorstellbar ist. Ich nehme an, dass es kein Ende gibt, niemals und nirgendwo."

„Und du meinst, bei den Menschen auch nicht?"

„Auch bei den Menschen nicht, denn sie sind mittendrin."

Die Brüder hörten Schritte, die an der Küchentür vorbei und danach in Richtung Haustür gingen. Sie vernahmen Worte des Abschieds. Anne und Martin würden gleich fort sein.

„Ich werde jetzt zum Vater gehen", sagte Theodor und legte das Messer zu den Kartoffeln.

Georg nickte ihm aufheiternd zu. „Und ich werde mich von Martin und Anne Vogt verabschieden."

Mittwoch, 13. Januar 1897

Die Trauergemeinde saß in der Wirtsstube, die bis auf den letzten Platz belegt war. Von den Aufregungen der Beerdigung war jetzt nichts mehr zu erkennen. Immer wieder erklang, mal von diesem, mal von jenem Tisch, Gelächter, so dass ein Außenstehender meinen konnte, es handele sich bei dieser Gesellschaft um ein munteres Dorftreffen mit heiterem Anlass, abgesehen von der schwarzen Kleidung.

Um elf Uhr hatte der Pfarrer, wie von Viktoria gewünscht, die Totenmesse für den Wirt gehalten. Er war in seiner Ansprache nur auf die wichtigsten Stationen im Leben des Verstorbenen eingegangen.

Mit hängenden Köpfen folgte die Familie Fink kurze Zeit später dem Sarg, der von sechs Gemeindemitgliedern aus der Kirche hin zum angrenzenden Friedhof getragen wurde. Gleich hinter dem Sarg ging Viktoria mit Genoveva an ihrer Seite, es folgten die anderen Kinder des Wirts, dann Karl, der Bruder der Witwe, dahinter die Brüder des Verstorbenen mit ihren Frauen und danach die Freunde. Am Schluss gingen die Menschen, die sich ihres Lebens freuten und sich größtenteils an die gedeckten Tische im warmen Wirtshaus sehnten.

Am offenen Grab hielt der voranschreitende Pfarrer Gumpeller an und deutete den Trägern, den Sarg auf die beiden Hölzer, die zuvor über das offene Grab gelegt worden sind, zu stellen.

Als die Männer mit dem Sarg über der offenen Grube angekommen waren, wunderte sich Viktoria über die beiden Hölzer. Sie empfand diese als ungewöhnlich dünn für die schwere Last eines so großen Sarges. Wäre sie ein Kind, das zum beherzten Einschreiten in gefährlichen Situationen erzogen worden wäre, so hätte sie laut gerufen und auf die zu dünnen Hölzer hingewiesen. So aber ließ sie dem Geschehen freien Lauf, in der Annahme, dass irgendein Erwachsener das drohende Unheil abwenden würde. Aber nichts dergleichen geschah. Der schwere Sarg wurde über die Grube auf die Hölzer gestellt und der Pfarrer begann ein Gebet zu sprechen.

„Gott, aus deiner Hand empfangen wir das Leben, und in deine Hände legen wir es wieder zurück."

Die Worte des Gebets gingen an Viktoria vorbei. Sie hörte vielmehr das leise knarzende Geräusch der auseinandertreibenden Fasern des Holzes, welches das Unheil ankündigte.

„Wir müssen Abschied nehmen von Theodor Fink ..."

Ein lautes Knacken unterbrach die Rede des Pfarrers, während das Kopfende des Sarges in die Grube sauste, und nach einem dumpfen Aufprall blieb das hintere Ende des Sarges schräg am zweiten, noch intakten Holzbalken hängen. Nach dem lauten Aufschreien einiger Trauergäste folgte betretenes Schweigen.

Alle Blicke hafteten an dem skurrilen Bild, das sich ihnen bot. Es war der Pfarrer, der als Erster seine Fassung wiedererlangte. Er wies die Sargträger an, den Sarg mit den Seilen wieder in die waagerechte Position zu ziehen. Zu diesem Zwecke wurden zunächst zwei Freiwillige ausgesucht, die in die Grube hinabstiegen, um die Seile entsprechend zu positionieren. Mit der vereinten Muskelkraft von sechs Sargträgern wurde der Sarg anschließend wieder an das Tageslicht befördert.

Weil keine tragfähigen Balken zur Stelle waren, standen die sechs Männer bald darauf an der Grube und hielten den Sarg in der Waagerechten darüber. In ihren Gesichtern wurde die Anstrengung ihres Unterfangens sichtbar.

Der Pfarrer sprach sein Gebet schnell weiter und behielt währenddessen die langsam ins Schwitzen kommenden Männer im Auge. Als er die letzten Worte gesprochen hatte, deutete er ihnen, den Sarg hinabzulassen. In Windeseile ließen die Männer ihn in die Grube sinken, um sich anschließend mit deutlicher Erleichterung zu entspannen. Sie beugten ihre Oberkörper vor, stemmten ihre angestrengten Arme in die Hüften und sogen in kurzen Zügen die Atemluft ein, um sie keuchend wieder auszustoßen.

Im Gasthof angekommen, kümmerte sich die ganze Familie Fink, noch unter dem Eindruck der Beerdigung, um die anwesenden Gäste. Sie schenkten Kaffee und andere Getränke aus, schnitten Kuchen an, servierten ihn und gingen auf das Redebedürfnis der Gäste ein. Die Brüder des Verstorbenen, Georg und Joseph, unterstützten Viktoria und ihre Kinder zusammen mit ihren Frauen Kreszenz und Theresa.

Von der Theke aus beobachtete Georg, wie sich Genoveva an den Tisch gesellte, an dem die Familie Salger Platz gefunden hatte. Er sah, wie Genoveva ein Gespräch mit Adelheid begann.

Georg fiel auf, dass er einen guten Blick auf das gesamte Treiben in der Wirtsstube hatte. Er erinnerte sich, dass auch sein verstorbener Bruder diesen

Platz gern gehabt hatte und, genau wie er jetzt, von hier aus so manches beobachtet haben mochte.

Georg entging auch der verzückte Blick nicht, mit dem Martin, der Sohn des Bauern Gottfried Salger, seine Nichte Genoveva maß. Auch dass Martin ihren Oberschenkel streichelte, was keiner von den Gästen bemerkte, entging Georg nicht und er überlegte, wie alt Genoveva jetzt wohl sein mochte. Er kam nicht drauf und seine Gedanken schweiften ab zu seiner eigenen Jugendzeit, als er sich in Josefa verliebt hatte. Das Gefühl der ewig jungen Liebe, hervorgeholt aus den Tiefen längst verschüttet geglaubter Erinnerung, wurde ihm wieder gewahr. Hätte in diesem Moment nicht Kreszenz, seine zweite Frau, ein Tablett mit schmutzigen Gläsern laut klirrend neben ihm abgestellt, er hätte glatt vergessen, dass er sich auf der Beerdigung seines Bruders befand.

Wie nebenbei tauchte Georg ein Glas in die Spüle, während sein Blick zu Theodor schweifte, der gerade dabei war, der Witwe Vogt Kaffee nachzuschenken. Sie bedankte sich freundlich und Theodor erwiderte die Freundlichkeit mit einem Grinsen. Der Junge wandte sich ab und ging um den Rücken der Witwe herum, um, wie es schien, auch Martin Vogt nachzuschenken. Dessen Hund hatte auf dem Fußboden brav neben seinem Herrchen Platz genommen. Martin unterhielt sich angeregt mit seinem Tischnachbarn und nahm Theodor gar nicht wahr. Georg beobachtete den kurzen Blick, den Theodor auf den Hund warf. Anschließend trat er dem Tier kräftig auf den Schwanz. Der Hund jaulte laut tönend auf, so dass jedes Gespräch im Raum abrupt verstummte.

„Was hast du denn?", fragte Theodor unschuldig, noch bevor Martin Vogt reagieren konnte.

Martin tröstete seinen Hund und die Menge nahm allmählich ihre Gespräche wieder auf. Es dauerte eine Weile, bevor sich der Hund gänzlich beruhigt hatte und sich wieder vertrauensvoll neben seinem Herrn niederlegte.

Georg fragte sich, was das Verhalten seines Neffen zu bedeuten hatte, als er von seiner nächsten Beobachtung abgelenkt wurde. Der Rauch einer Pfeife, die sich Johann Salger gerade angesteckt hatte, nebelte seine nähere Umgebung beträchtlich ein. Genüsslich zog er an ihr und atmete den Rauch nach einer kräftigen Inhalation langsam wieder aus. Trotz des Nebels konnte Georg erkennen, dass die gierigen Augen des Bauern ein Ziel nicht aus den Augen ließen. Georg folgte seiner Blickrichtung und sah, dass das Ziel seiner Beobachtung seine Schwägerin Viktoria war. ‚Dieser Mistkerl hat doch selbst gerade seine Frau verloren und giert schon wieder nach einer anderen, die gerade eben ihren Mann zu Grabe getragen hat', dachte Georg.

Georg, sein Neffe und Namensvetter, kam zum Tresen.

„Onkel Georg, möchtest du eine Pause machen, um etwas zu essen?"

„Nein, mir gefällt es hier ganz gut."

„Mein Vater ...", Georg zögerte ein wenig, als wolle er nicht gerade jetzt an ihn denken, „... hat auch gerne dort gestanden, wo du jetzt stehst."

„Ja, und ich weiß jetzt auch warum." Der Onkel lächelte und beugte sich vor, so dass keine ungebetenen Zuhörer ihn verstehen konnten „Von hier aus hat man einen guten Blick."

„Jetzt wird jemand anderer seinen Platz einnehmen müssen", sagte Georg und schaute seinen Onkel ein wenig bekümmert an.

„Ich kann mir auch schon vorstellen, wer dieser Jemand sein wird." Der Onkel schaute seinen Neffen aufmunternd an. „Und ich weiß auch, dass dieser Jemand es gut machen wird."

„Ich weiß nicht, wen du meinst", log Georg offensichtlich. Er hatte sich schon seit einiger Zeit mit dem Gedanken an sein Erbe beschäftigt, weil sein Vater ihm mehr als einmal gesagt hatte, dass er die Wirtschaft eines Tages übernehmen sollte. Er hatte nur nicht damit gerechnet, dass dies so schnell eintreten würde.

„Wann kommst du aus der Schule?"

„Im nächsten Jahr erst." Georg wollte erwachsen wirken und hätte gerne gesagt, dass er schon in diesem Jahr die Volksschule beenden würde. „Dann bin ich fast vierzehn und werde konfirmiert."

„Bis dahin werden deine Mutter und Schwestern die Stellung hier in der Wirtschaft halten. Deine Mutter wird dein Erbe gut verwalten, bis du erwachsen bist, da bin ich mir sicher."

„Georg!", rief Viktoria ihren Sohn aus der Küche.

„Ich geh dann mal", sagte Georg zu seinem Onkel und verschwand in der Küche.

Georg hätte das Gespräch mit seinem Neffen gerne noch länger geführt. Er hielt ihn für einen guten, aufgeweckten Jungen, dem bei seinem künstlerischen

Talent zwar andere Türen geöffnet werden müssten, wie Kreszenz sich ausdrückte, der eines Tages aber auch seine Arbeit als Wirt gut machen würde. Davon war Georg überzeugt.

Nun war Georg neugierig, ob sich etwas Neues am Tisch des Bauern Salger getan hatte. Er stellte jedoch fest, dass sich die Augen des Bauern ein wenig Entspannung gönnten, jedoch hin und wieder zur Küchentür hinüberblickten. Seine Töchter Adelheid und Ludowika hatten sich derweil, vom Vater unbemerkt, erhoben und waren zur Hintertür hinaus in den Garten geschlichen. Zuvor hatte Georg Erich, den Sohn von Förster Fricke, und Fidelius durch selbige Tür hinausgehen sehen. Georg konnte sich denken, was das zu bedeuten hatte, und sah, dass der Vater der Töchter gerade eben das Fehlen seiner Brut bemerkt hatte. Unruhig spähte er durch den Raum. Da gesellte sich Emma, die Amme seiner Tochter Frieda, mit ihrem Sohn Wilhelm, der bald drei Jahre alt werden würde, zu ihm. Sie flüsterte ihm etwas ins Ohr. Der Bauer lachte leise, erhob sein Glas und prostete ihr zu. In diesem Moment betrat Viktoria wieder den Raum und der Bauer wendete seinen Hals in die Richtung seiner Begierde.

Emma erkannte das Interesse des Bauern und schmollte. Niemand in Glöttweng kannte Emma wirklich gut. Sie kam vor etwa drei Jahren aus Hafenhofen hierher, dort hatten sie die Frauen des Dorfes durch ihr bösartiges Gerede vertrieben. Angeblich war sie in Hafenhofen mehr als einem Mann allzu gefällig gewesen. Damals kam Emma als Magd beim Bauern Gottfried Salger unter. Schon bald kam ihr Malheur in Form eines gewölbten Bauches zum Vorschein und es war nicht schwer zu erraten, dass es sich dabei nur um ein Mitbringsel aus Hafenhofen handeln konnte.

Georg dachte sich, dass Emma dem Bauern Johann Salger Avancen machte, um eine gesicherte Existenz zu erlangen. Er schaute sich den Sohn von Emma näher an. Er hatte dunkle, volle Haare mit einem markanten Wirbel am Rande seiner Stirn, unter der seine schmalen, dunkelbraunen Augen aufmerksam guckten. Seine Nase erschien ein wenig zu groß für seinen kleinen Kopf und die Lippen zu voll. Dieses Gesicht erinnerte Georg an jemanden, den er kannte. An wen, das fiel ihm erst ein, als er seinen Bruder Joseph auf sich zukommen sah, der offensichtlich etwas von ihm wollte.

„Na, Bruder, hast du etwas zu trinken für mich?", fragte Joseph ihn. „Meine Kehle ist wie ausgedorrt."

Georg reagierte nicht. Er starrte seinen Bruder nur stumm an.

„Was starrst du mich so an?", fragte Joseph zögernd, nachdem er eine Weile irritiert auf Antwort gewartet hatte. „Ist etwas?"

„Es ist nichts", sagte Georg mehr zu sich selbst. „Mir ging nur gerade etwas durch den Kopf."

„Der Tod unseres Bruders geht auch mir sehr nahe", schlussfolgerte Joseph. „Irgendwie ist es so, als fehle jetzt ein Teil, das wir hatten, jedoch nicht richtig zu schätzen wussten."

„Da sagst du etwas Wahres."

„Also, langst du nun ein kühles Blondes rüber?"

Georg nickte und stellte zwei Gläser unter den Zapfhahn. Schnell waren die Gläser voll und weiße Kronen zierten den oberen Rand der Gläser.

„Zum Wohl!", sagte Georg und stellte ein Glas vor seinem Bruder auf den Tresen.

„Auf unseren Bruder! Möge er von oben auf uns herunterschauen."

„Auf Theodor." Georg hob sein Glas ein wenig höher als sonst und blickte nach oben. „Hättest du nicht noch ein wenig warten können, großer Bruder?"

Beide Brüder tranken einen kräftigen Schluck und nahmen sich anschließend, über den Tresen gebeugt, in den Arm.

„Kopf hoch, Alter", sagte Joseph.

„Selber Kopf hoch", erwiderte Georg und sah über die Schulter seines Bruders hinweg in die Augen von Emma, die ihn verschwörerisch anlächelte, so wie man den Mitwisser eines gut behüteten Geheimnisses anlächelt.

Die kleine Viktoria stand draußen und sah sich den Sternenhimmel an. Die Wolken des Tages hatten sich verzogen und die Finsternis des frühen Abends ließ den Dreiviertelmond strahlen.

Es war zwar nicht still, aber doch angenehm leise um sie herum. Es drangen die gedämpften Stimmen von Ludowika und Erich zu ihr herüber. Sie schienen sich hinter dem Apfelbaum aufzuhalten. Ab und an kicherte Ludowika und Erich mahnte sie mit zischendem Ton zur Ruhe, damit sie unentdeckt blieben. Er ahnte nicht, dass Viktoria die beiden hören konnte. Auch ein Stückchen weiter meinte Viktoria Geräusche zu hören, die sie Fidelius und Adelheid zuordnete. Die Geräusche von den Paaren hielt Viktoria für Schmatzen und sie fragte sich, warum sie drinnen wohl gesitteter gegessen hatten.

Vreni trat von hinten an sie heran, stellte sich neben Viktoria und legte ihr einen Arm um die Schulter. Auch sie guckte hoch zum Sternenhimmel.

„Er ist schön, dieser Sternenhimmel, nicht wahr?", stellte Vreni fest.

„Ich mag es nicht, wenn so viele Menschen um mich herum sind", sagte Viktoria, ohne auf den Himmel einzugehen. „Um diese Zeit bin ich eigentlich immer allein."

„Ist es dir recht, wenn ich jetzt hier bei dir bin?"

Viktoria nickte und legte ihren Kopf an Vrenis Schulter. „Ich wünschte, du wärst viel öfter bei mir. Bleibst du ein wenig länger als sonst?"

„Morgen Mittag muss ich wieder weg", sagte Vreni. „Komm, wir gehen hinter das Klohäuschen in den Mondschatten, vielleicht sehen wir dann die Sterne noch klarer."

Sie gingen hinter das Häuschen, während sich eine einzelne Wolke vor den Mond schob. Es wurde dunkler und die Sterne leuchteten dadurch scheinbar heller.

„Es ist schön", staunte Viktoria.

„Ja, das finde ich auch."

Sie hörten, wie sich die Hintertür des Gasthofes öffnete und anschließend laut krachend wieder zufiel.

„Adelheid!", rief eine kräftige Männerstimme. „Ludowika!"

Das Kichern und Schmatzen verloschen umgehend.

„Wo sind die Bälger nur hin?", fragte die Männerstimme ärgerlich, worauf sich die Tür wieder öffnete, um erneut zurück in das Türschloss zu krachen.

Viktoria und Vreni schauten sich an und grinsten still in sich hinein. Augenblicke später liefen Adelheid und Ludowika zur Tür hinein, während Fidelius und Erich nacheinander um das Haus eilten, um den Haupteingang zu benutzen.

Nun war niemand mehr zu hören. Die viel zu milde Winternacht ließ allmählich Bodennebel entstehen, der langsam und in kleinen Schwaden über dem Boden zu schweben schien.

„Wie soll es jetzt weitergehen? Papa war doch so stark", resümierte Viktoria, die ihren Blick wieder zum Sternenhimmel richtete. „Ohne ihn schafft Mama das alles nicht."

„Frauen können auch stark sein", antwortete Vreni mit energischer Stimme. „Erst recht, wenn sie es sein müssen und die Situation es erfordert."

„Oder wenn ihnen die Freiheit dafür gegeben wird!" Unbemerkt war Viktoria, die Witwe, herangetreten und legte einen Arm auf die Schulter ihrer Tochter. „Wird euch nicht allmählich kalt?", fragte sie so dahin, als hätte ihre eben genannte Feststellung nichts Besonderes preisgegeben.

„Mama, du hast gesagt, Papa ist jetzt im Himmel."

„Ja, das glaube ich."

„Aber der Himmel ist so groß."

„Er wird seinen Platz finden."

„Es sieht so aus, als ob da oben die Zeit stillsteht."

„Entweder steht dort oben die Zeit still, oder Papa spürt jetzt so etwas wie Unendlichkeit."

Namensregister

PERSONEN in **Fettdruck** geschrieben haben tatsächlich gelebt, alle anderen Personen sind frei erfunden.

Theodor Fink (der Wirt)	*1848	+1897	Gastwirt in Glöttweng
Viktoria	*1851	+1937	Frau von Theodor
Genoveva	*1880	+1960	
Anna	*1881	+1954	
Georg	*1883	+1954	
Theodor	*1884	+1964	
Viktoria	*1886	+1956	
Maria	*1897	+1973	
Franziska	*1890 (im Kindesalter verstorben)		
Josef	*1890 (im Kindesalter verstorben) – deren Kinder		

Der alte Wagner, Alfred			Vater von Viktoria
Karl			Bruder von Viktoria

Joseph Fink	*1844	+1893	Bruder von Theodor
Magdalena	*1851	+1882	– dessen 1. Frau
Theresa	*1856	+1920	– dessen 2. Frau
Georg Fink	*1846	+1914	Bruder von Theodor
Josefa	*1845	+1890	– dessen 1. Frau
Josefa (die Kleine)	*1876	+1894	– deren Tochter
Herr Mändle			Vater von Josefa
Käthe			Mutter von Josefa
Kreszenz	*1863	+1910	2. Frau von Georg
Maria Kreszenz	*1893	+1972	– deren Tochter
Josef	*1895	+1966	– deren Sohn
Theodor	*1896	+1973	– deren Sohn

Meister Oswald, Johannes	Vater von Kreszenz
Else	– dessen Haushälterin

Pfarrer Gumpeller	Pfarrer in Glöttweng
Samuel Kindig	Fahrender Händler
Leah Kindig	Frau von S. Kindig
Anne Vogt	Hebamme
Martin Vogt	Bruder von Anne Vogt
Witwe Vogt	– deren Mutter
Alois Schlickengruber	Schmied aus Augsburg
Johann Salger	Bauer
Bäuerin Salger	– dessen Frau
Adelheid	
Ludowika	
Frieda	– deren Töchter
Emma	Amme von Frieda
Wilhelm	Sohn von Emma
Vreni Linder, Schneiderin	ehemalige Magd
Franz	Bruder von Vreni
Maria	Tochter von Vreni
Schneider Jaromir	Lehrherr von Vreni
Gottfried Salger, Bauer	Bruder von Joh. Salger
Amalie Salger	– dessen Frau
Martin Salger *1878 +1942	– deren Sohn
Adolf Bergner	
Frida Bergner	– dessen Frau

Leonhard Kroitsch	
Gertraud Kroitsch, geb. Bergner	– dessen Frau
Josef Kroitsch, Bauer	– deren Sohn
Fidelius	– dessen Sohn
Maximilian Kroitsch	Bruder von Josef
Adolf Leihpold	Schuster
Alois Krenz	Ackerbauer
Else Krenz	– dessen Frau
Rupert Krenz	
Anton Krenz	– deren Söhne
Doktor Willrich	Arzt aus Landensberg
Heinrich Unterbäumer	Polizeioberinspektor
Wachtmeister Diepenbusch	Polizist
Jeremias Neuhof	Blaufärber aus Augsburg
Josef Krabanz	Schmied aus Unterknöringen
Franz-Josef Fricke	Förster
Ernst	– dessen Sohn
Adolf Baginsky	Pädiater im „Kaiser-und Kaiserin-Friedrich-Hospital" in Berlin
Helene Lange	Vorsitzende des „Allgemeinen Deutschen Lehrerinnenvereins"

Giesbert Nörgel	Lehrer
Frau Dwenger	unterrichtet Handarbeit
Annemarie Stadler, Lehrerin	(vgl. **Hedwig Lachmann**, geb. in Stolp/Pommern)
Isaak Stadler	Kantor in Krumbach, Vater von Annemarie Stadler (vgl. **Isaak Lachmann**)
Winfried Auhuber	Schuster
Theodora Auhuber	– dessen Frau
Ottilie	– deren Tochter
Wolf	– deren Sohn
Gregor Karg	Melker
Adelheid	– dessen Tochter
Herr Wendig	Bezirksschornsteinfeger
Alfonso Spirenzi	Ballonfahrer (vgl. **Eduard Spelterini**)
Franz-Josef Eber	Gemeindediener

Ich danke meiner lieben Frau, die mir bei der Korrekturlesung eine unermüdliche Hilfe war. Nur durch ihre treffsicheren Hinweise, ihre Geduld und die viele Zeit, die sie mir geschenkt hat, konnte der Roman ‚Finkenflug' in dieser Form überhaupt entstehen.

Mein Dank an Kirsten kommt von ganzem Herzen.